KB094799

"나에게 앤은 실제 인물이며, 언젠가는 꼭 만날 것이라 믿는다.
해 질 무렵 연인의 오솔길에서 상상에 잠길 때, 달빛 내리는 자작나무 길을 거닐 때
내 곁에 서 있는 앤을 발견할 것이다."

*Lucy Maud
Montgomery*

에이번리의 앤

그 여인이 걷는 곳에 꽃들이 활짝 피어난다.
세심한 의무의 길,
경직되고 딱딱한 우리네 삶의 여정은
그녀와 함께 아름다움으로 굽이굽이 흐른다.

- 존 그린리프 휘티어(미국 시인, 1807-1892)

빨간 머리 앤 전집 2

ANNE OF
AVONLEA

에이번리의 앤

루시 모드 몽고메리 | 유보라 그림 | 오수원 옮김

현대
지성

- Hattie Gordon Smith. 몽고메리가 열네 살 때 캐번디시에서 그녀를 가르쳤던 교사다. 몽고메리가 문학적 재능을 키워나가도록 격려하고 도와준 인물이다.

나의 옛 스승
해티 고든 스미스* 선생님의
공감과 격려에 감사드리며

주요 등장인물

앤 셜리

엉뚱한 상상력으로 온갖 소동을 일으키던 고아 소녀가 자라서 에이번리 학교의 선생님이 되었다. 앤은 교사로 일하는 한편 친구들과 함께 개선협회를 세우고 마을을 발전시키기 위해 노력한다. 어린 시절의 풍부한 상상력과 감수성을 그대로 간직한 앤은 만나는 사람들에게 좋은 영향을 준다.

다이애나 배리

앤의 오랜 단짝 친구다. 자라면서 점점 현실적인 성향으로 바뀌지만, 변함없이 앤을 사랑하고 앤이 하는 일을 성심껏 도와준다.

길버트 블라이드

화이트샌즈 학교의 선생님이다. 어린 시절 앤에게 미움을 받았지만 이제는 앤과 친구가 되어 함께 개선협회를 이끈다. 앤을 좋아하지만 겉으로 드러내지는 않는다.

마릴라 커스버트

초록지붕집에 살며 앤을 깊이 사랑하는 중년 여인이다. 여전히 엄격하고 무뚝뚝하지만 점점 자기의 감정을 솔직하게 드러낸다. 앤이 꿈을 펼칠 수 있도록 헌신적으로 뒷바라지한다.

라벤더 루이스

메아리 오두막에 사는 노처녀다. 앤과 우연한 기회에 만나서 좋은 친구가 된다. 젊었을 때 폴 어빙의 아버지인 스티븐과 약혼했지만 사소한 다툼으로 헤어진 뒤 줄곧 혼자 살아간다.

폴 어빙

앤이 가르치는 학생 중 한 명이다. 똑똑하고 상상력과 감수성이 뛰어나 앤과 마음이 통하는 사이가 된다. 일찍 세상을 떠난 엄마를 그리워한다.

데이비드(데이비) 키스

마릴라의 먼 친척으로 엄마가 죽은 뒤 초록지붕집에 살게 된 쌍둥이 중 오빠다. 호기심이 많아 엉뚱한 질문을 자주 하고, 세상에서 둘째가라면 서러울 말썽쟁이다.

도라 키스

데이비의 여동생이다. 데이비와는 다르게 유순하고 차분하며 집안일도 야무지게 한다.

제임스 A. 해리슨

초록지붕집 근처로 이사 온 중년 남자다. 생활 습관이 독특하고 말투가 거칠어서 사람들에게 괴짜로 통한다. 입버릇이 고약한 앵무새 진저와 함께 산다.

차례

일러두기

1. 각주는 독자의 이해를 돕기 위해 역자가 단 것이다.
2. 어린아이의 말투나 글처럼 저자가 일부러 문법에 맞지 않는 단어 혹은 문장을 쓴
   부분은 우리 문화에 걸맞은 표현으로 변형해서 옮겼다.
3. 성경에 있는 표현을 옮길 때는 우리말 역본 중 개역개정판을 기준으로 삼았고, 다
   른 역본을 사용할 경우 출처를 밝혔다.

1장

성난 이웃

8월 어느 날의 무르익은 오후였다. 프린스에드워드섬 한 농가의 널찍한 붉은색 돌계단에 나이가 '열여섯 하고도 여섯 달'인 아가씨가 앉아 있었다. 키가 껑충하고 날씬한 그녀의 회색 눈동자에서는 진지함이 묻어났다. 머리카락은 친구들의 말을 빌리면 '적갈색'이었다. 그녀는 지금 베르길리우스의 난해한 시 여러 구절을 해석해보겠다고 벼르던 참이었다.

하지만 8월 오후라면 케케묵은 라틴어 공부보다 몽상에 잠기는 편이 더 잘 어울렸다. 수확기를 맞은 비탈진 밭에는 푸르스름한 안개가 드리웠고, 산들바람은 포플러나무 사이로 요정처럼 속삭이듯 불어댔다. 불붙은 듯 새빨간 양귀비꽃들은 벚나무 과수원 구석 어린 전나무들이 자라는 컴컴한 숲을 배경으로 춤추듯 흔들렸다. 어느새 베르길리우스의 시집이 손에서 미끄러져 땅으로 떨어졌지만, 앤은 깍지 낀 손으로 턱을 괸 채 제임스 A. 해리슨 씨의 집 위로 거대한 설산처럼 피어오른 솜털 모양 구름에 눈길을 주고 있었다. 아득히 먼 감미로운 세계에 빠져든 것이다. 그곳에서는 한 교사가 미래의 지도자를 기르는 임무를 훌륭하게 해내고자 젊은이들의 마음속에 높고 고귀한 꿈을 불어넣으며 용기를 북돋아주고 있었다.

앤은 어쩔 수 없는 경우가 아니라면 가능한 한 이런 생각을 하지 않으려고 애썼지만, 현실은 냉혹했다. 에이번리 학교에는 장차 유명 인사로 자랄 전도유망한 재목이 그리 많을 것 같지는 않았다. 하지만 선생님이 좋은 영향을 준다면 무슨 일이든 일어날 수 있는 법이다. 앤은 장밋빛 이상을 품고 즐거운 상상의 나래를 폈다. 앞으로 40년 뒤 어떤 유명인(무엇 때문에 유명해졌는지 정해놓지는 않았지만 대학 총장이나 캐나다 총리도 괜찮을 것 같았다)이 앤의 주름진 손을 향해서 정중하게 고개를 숙이고, 자신의 야망에 첫 번째로 불을 붙인 사람이 앤이며, 오래전 에이번리 학교에서 앤이 심어준 교훈 덕분에 성공할 수 있었다고 힘주어 말하는 중이었다. 그러나 이 즐거운 상상은 불쾌하기 짝이 없는 훼방꾼 때문에 깨지고 말았다.

갑자기 어리고 얌전한 저지종 젖소 한 마리가 오솔길을 허둥지둥 내려왔고, 5초 뒤에 해리슨 씨도 나타났다. 사실 "나타났다"라는 말은 다짜고짜로 마당으로 들이닥친 그의 모습을 묘사하기엔 너무 점잖은 표현이었다.

그는 누가 대문을 열어줄 때까지 기다리지도 않고, 곧장 울타리를 뛰어넘어 성이 잔뜩 난 표정으로 앤 앞에 섰다. 깜짝 놀라 일어선 앤은 당황한 얼굴로 해리슨 씨를 바라보았다. 그는 오른 편 집에 새로 이사 온 이웃이었다. 전에 그를 한두 번 보기는 했지만 정식으로 인사한 적은 없었다.

4월 초 앤이 퀸스에서 돌아오기 전, 로버트 벨 씨는 커스버트 네 서쪽의 농장을 팔고 샬럿타운으로 이사를 갔다. 그 농장을 산 사람은 해리슨 씨였는데, 그의 이름과 뉴브런즈윅 출신이라는 사실 외에는 알려진 게 없었다. 하지만 그는 에이번리에 온 지 한 달도 지나기 전에 이상한 사람이라는 딱지가 붙었다. 평소 거침없이 말하는 레이철 린드 부인은 그를 '괴짜'라고 했다. 확실히 해리슨 씨는 그런 별명이 어울릴 만큼 여느 사람들과 다른 점이 많았다.

그는 혼자 살았을 뿐만 아니라, 여자처럼 바보 같은 존재는 주위에 없는 편이 낫다고 공공연하게 떠들었다. 에이번리 여자들은 그 집의 살림살이와 음식에 대해 험한 말을 퍼붓는 것으로 복수했다. 그는 화이트샌즈 출신의 존 헨리 카터를 일꾼으로 고용했는데, 이 아이가 소문의 진원지였다. 한 예로 그의 집에는 정해진 식사 시간이 없었다. 해리슨 씨는 끼니를 대충 때웠고, 만약 때를 놓치면 존 헨리는 해리슨 씨가 다시 출출해질 때까지 기다려야 했다. 일요일마다 집으로 가서 배를 채우고 있으며, 월요일 아침에 어머니가 먹을 것을 챙겨주지 않는다면 자기는 벌써 굶어 죽었을 것이라고 존 헨리는 처량하게 말했다.

설거지도 마찬가지였다. 해리슨 씨는 비가 오는 일요일이 아니면 좀처럼 그릇을 닦지 않았다. 설거지를 할 때도 빗물을 받아놓은 큰 통에 그릇을 넣고 한꺼번에 헹군 뒤 마를 때까지 내버려두는 것이 고작이었다.

게다가 그는 구두쇠였다. 앨런 목사의 봉급을 마련하기 위해 기부해달라는 요청을 받자 "물건을 보지도 않고 살 수는 없으니 먼저 설교를 들어본 다음 몇 달러 정도의 값어치가 있는지 정하겠소"라고 답했다. 한번은 린드 부인이 집 안도 구경할 겸 선교 기금을 기부해달라고 부탁하러 찾아갔다. 그러자 에이번리에는 불신자이면서 남의 말을 하길 좋아하는 노파가 그 어느 지역보다 많으니 린드 부인이 나서서 이들을 개종시킨다면 기꺼이 돈을 내겠다고 핑계를 댔다. 린드 부인은 그 집을 나서면서 가엾은 벨 부인이 무덤 속에 편안히 잠들어 있기에 망정이지 생전에 그렇게나 자랑스레 여기던 집 꼴이 어떻게 돌아가는지 본다면 가슴이 미어질 것이라고 악담했다.

린드 부인은 씩씩거리며 마릴라 커스버트에게 투덜댔다.

"아니, 벨 부인은 이틀이 멀다 하고 부엌 바닥을 닦았잖아요. 지금은 어떤 줄 알아요? 치맛자락을 들어 올리지 않으면 지나갈 수도 없을 정도라니까요."

해리슨 씨는 진저라는 이름의 앵무새를 기르기까지 했다. 이제껏 에이번리에서는 아무도 앵무새를 기르지 않았으므로 그 일은 말썽거리가 되기에 충분했다. 더구나 앵무새의 행태 또한 꼴불견이었다! 존 헨리의 말에 따르면 세상에 그처럼 불경스러운 새는 없었다. 지독한 욕설을 입에 달고 살았던 것이다. 만약 카터 부인이 존 헨리에게 다른 일자리를 구해줄 수 있었더라면 당장 아들을 그 집에서 데려왔을 것이다. 게다가 존 헨리는 새장 가까이로 몸을 수그렸다가 앵무새에게 목덜미를 물어뜯긴 적도 있었다. 카터 부인은 존 헨리가 일요일에 돌아올 때면 만나는 사람들마다 아들의 목에 난 상처를 보여주었다.

해리슨 씨가 성난 얼굴로 서 있는 동안 앤의 뇌리에 이 일들이 번개처럼 스쳐 지나갔다. 키가 작고 뚱뚱한 데다 대머리였던 그는 기분이 썩 좋을 때조차도 호감을 주지 못하는 외모였다. 그런데 지금 그의 둥근 얼굴은 잔뜩 성이 나서 붉으락푸르락했고, 가뜩이나 툭 불거진 파란 눈은 곧 튀어나올 것만 같았다. 앤이 이제껏 본 사람 중에서 가장 추한 모습이었다.

말문이 터졌는지 해리슨 씨가 씩씩거리며 퍼부어댔다.

"하루 이틀도 아니고, 더는 못 참아. 이젠 못 견디겠다고. 이봐, 듣고 있는 거야? 나 참, 이번이 세 번째야! 참는 것도 한도가 있어. 다신 이런 일이 없게 하라고 네 숙모한테 단단히 일렀는데, 또 이렇게 됐잖아. 아무런 조처도 하지 않은 거야. 도대체 무슨 속셈인지 확인하러 온 거다, 이 아가씨야."

"무슨 일인지 설명해주시겠어요?"

앤이 최대한 품위 있는 말투로 물었다. 개학을 앞둔 앤은 고상한 태도가 몸에 배도록 열심히 연습하는 중이었다. 하지만 화가 머리끝까지 난 해리슨 씨에게는 전혀 통하지 않았다.

"무슨 일이냐고? 기가 막혀서 원! 그래, 문제가 뭔지 똑똑히 알려주지. 이 집의 젖소가 내 귀리밭에 또 들어왔어. 바로 조금 전에 그랬다고. 이번이 세 번째거든. 이젠 알겠어? 그 소는 지난 화요일에도 들어왔고 어제도 그랬지. 내가 여기까지 와서 다시는 그런 일이 없도록 하라고 너희 숙모에게 얘기했어. 그런데 또 이런 일이 일어난 거야. 네 숙모는 지금 어디 있지? 만나서 이야기 좀 해야겠다. 이 제임스 A. 해리슨이 말이야."

앤은 한 마디 한 마디에 품위를 담아 말했다.

"마릴라 커스버트 아주머니를 말씀하시는 거라면, 우선 그분은 제 숙모가 아니라는 사실을 알려드려야겠네요. 아주머니는 먼 친척이 편찮으시다는 소식을 듣고 이스트그래프턴에 가셨습니다. 제 소가 아저씨의 귀리밭을 망친 건 정말 죄송합니다. 그건 아주머니의 소가 아니라 제 거예요. 3년 전 아직 작은 송아지였을 때 매슈 아저씨가 벨 아저씨에게 사서 제게 주셨거든요."

"죄송하다고? 이 아가씨가 말이면 다 되는 줄 알아? 그놈이 내 귀리밭을 얼마나 엉망으로 망쳐놓았는지 직접 보는 게 좋을 거야. 밭 한가운데부터 가장자리까지 죄다 짓밟아놓았다고."

앤은 거듭 단호하게 말했다.

"정말 죄송합니다. 하지만 아저씨가 울타리를 잘 수리해놓았다면 '돌리'가 밭으로 들어가지는 못했을 거예요. 아저씨네 귀리밭과 저희 목장 사이에 있는 울타리는 아저씨 것이잖아요. 며칠 전에 보니까 그렇게 튼튼한 편은 아니었어요."

해리슨 씨는 역공을 당하자 더욱 화가 난 듯 쏘아붙였다.

"우리 집 울타리에는 전혀 문제가 없어! 감옥의 쇠창살도 저런 악마 같은 소를 가둬놓지는 못할걸? 내 말 잘 들어, 이 빨간 머리 애송이야. 네 말대로 그 소의 주인이 너라면 다른 사람의 귀리밭에 들어가지 못하도록 지켜봐야 했어. 그게 앉아서 통속소설 따위나 읽는 것보단 나을 거다."

그러면서 그는 앤의 발치에 놓인 애꿎은 황갈색 베르길리우스 시집을 쏘아보았다. 순간 앤의 그 무언가가 머리카락처럼 빨개졌다. 빨간 머리는 지금까지도 예민한 부분이었기 때문이다. 앤은 발끈해서 소리를 질렀다.

"머리카락이 귓가에 몇 가닥만 붙어 있는 것보단 빨간 머리라도 있는 편이 나아요!"

날카로운 일격이었다. 해리슨 씨는 자신이 대머리라는 사실을 민감하게 여겼기 때문이다. 또다시 화가 치밀어 오른 그는 말없이 앤을 노려보기만 했다. 유리한 고지에 오른 앤은 차분하게 말을 이어갔다.

"아저씨 기분은 알겠어요. 전 상상력이 있으니까요. 소가 귀리밭을 헤집어놓아서 얼마나 속상하신지 짐작할 수 있거든요. 아저씨가 하신 말씀 때문에 억하심정을 품지는 않았어요. 다시는 제 소가 아저씨네 귀리밭으로 들어가지 못하게 하겠다고 약속드릴게요. 제 명예를 걸고 맹세해요."

"좋아. 그럼 앞으로 신경 좀 써줘."

해리슨 씨의 말투가 조금 누그러졌다. 하지만 그는 아직 화를 충분히 삭이지 못한 듯 자리를 뜨는 내내 투덜거렸다.

심란해진 앤은 뜰을 가로질러 가서 말썽꾸러기 젖소를 우유 짜는 우리에 가둬놓았다.

"여기라면 울타리를 부수지 않는 한 빠져나오지 못할 거야. 이젠 꽤 얌전해졌네. 하기야 귀리를 그렇게 먹어댔으니 진절머리를 낼 만도 하지. 지난주 시어러 아저씨가 사겠다고 했을 때 팔아버릴 걸 그랬어. 하지만 그땐 다른 가축까지 한데 묶어 경매에 내놓는 편이 낫다고 생각했잖아. 해리슨 아저씨는 괴짜가 맞아. 절대로 마음이 맞는 관계가 될 수 없겠어."

앤은 마음이 맞는 사람을 찾고자 늘 주의를 기울이곤 했다.

앤이 집 안으로 들어가려는데 때마침 마릴라 커스버트가 마차를 몰고 마당에 들어섰다. 앤은 서둘러 차를 준비했다. 둘은 차를 마시면서 젖소 사건을 이야기했다.

"경매가 끝나야 마음이 놓이겠구나. 여기서 이렇게 많은 가축을 키우는 건 무리야. 마틴 말고는 돌볼 사람이 없는데, 그 아인 별로 미덥지 않거든. 숙모의 장례식에 가야 하니까 하루만 쉬게 해달라면서 어젯밤까진 돌아오겠다고 약속했는데, 하루가 지나도록 깜깜무소식이잖니. 도대체 걔는 숙모가 몇 명인지 모르겠구나. 1년 전에 일을 시작한 뒤로 벌써 네 분이나 돌아가셨으니 말 다했지. 추수가 끝난 뒤엔 배리 씨에게 농장을 맡길 거고, 그러면 지금보다는 마음이 놓일 거다. 돌리는 마틴이 올 때까지 우리에 가둬두자꾸나. 뒤편 목초지에 풀어두려면 울타리부터 손봐야겠어. 레이철의 말대로 세상엔 골치 아픈 일이 많다니까. 불쌍한 메리 키스는 살날이 얼마 남지 않아 보이더구나. 남겨진 두 아이를 어찌해야 좋을지 모르겠다. 메리가 브리티시컬럼비아에 사는 오빠에게 아이들 문제로 편지를 보냈지만, 아직 답장을 받지 못한 모양이야."

"어떤 애들이에요? 몇 살이죠?"

"음, 여섯 살이 넘었다고 했지? 둘은 쌍둥이란다."

앤이 눈을 반짝이며 말했다.

"어머, 그래요? 전 해먼드 아주머니가 여러 번 쌍둥이를 낳은 뒤로 쌍둥이라면 각별한 관심이 가요. 어떤 아이들인가요? 귀엽게 생겼나요?"

"글쎄다. 뭐라고 할까⋯ 너무 더러워서 차마 말을 못 하겠구나. 데이비가 흙장난을 하고 있을 때 도라가 부르러 갔거든. 그랬더니 데이비가 도라를 진흙탕에 거꾸로 처박았어. 도라가 울자 별일 아니라는 듯 자기도 거기에 뛰어 들어가서는 뒹굴뒹굴하지 뭐냐? 메리가 그러는데, 도라는 정말 착한 아이지만 데이비는 장난이 아주 심하다는구나. 잘 돌봐줄 사람이 없어서 그렇겠지. 아버지는 아이들이 갓난아기였을 때 세상을 떠났고, 메리는 그때부터 줄곧 앓아왔으니까."

"전 양육을 제대로 받지 못한 아이들을 볼 때마다 마음이 아파요. 저도 아주머니가 맡아주시기 전에는 곁에 아무도 없었잖아요. 아이들을 외삼촌이 잘 돌봐줬으면 좋겠네요. 그런데 아주머니하고 키스 부인은 어떤 사이예요?"

"메리하고 나 말이냐? 아무 관계도 아니야. 메리의 남편이 내 먼 친척인데, 팔촌 정도 되려나? 아, 저기 봐라. 린드 부인이 마당에 들어서고 있잖니. 그렇지 않아도 메리에게 다녀온 이야기를 들으러 올 것 같더라니."

"해리슨 아저씨가 찾아왔던 일은 말씀하지 말아주세요."

앤의 부탁에 마릴라가 고개를 끄덕였다. 하지만 린드 부인은 자리에 앉자마자 그 이야기를 꺼냈다.

"오늘 카모디에서 돌아오다 보니까 해리슨 씨가 이 집 젖소를 자기 귀리밭에서 쫓아내더군요. 어찌나 화를 내던지 꼭 미친 사람 같았죠. 여기 찾아와서 소동을 피우진 않았나요?"

앤과 마릴라는 슬며시 미소를 주고받았다. 에이번리에서 일어나는 일은 아무리 자질구레한 것이라도 린드 부인의 눈을 피할 수 없었다. 그날 아침에 앤이 "늦은 밤, 방문을 잠그고 블라인드를 내린 다음 재채기를 해도 다음 날에 린드 아주머니가 감기는 좀 어떠냐고 물어볼 거예요!"라고 이야기하기도 했었다.

마릴라는 고개를 끄덕이며 린드 부인에게 말했다.

"그랬다고 하네요. 전 집에 없었는데, 그 사람이 앤에게 심한 말을 퍼부어댔대요."

"정말 무례한 사람이에요."

앤은 화가 난 듯 빨간 머리를 절레절레 내둘렀다. 그러자 린드 부인이 거드름을 피우며 말했다.

"맞는 말이다. 난 로버트 벨이 뉴브런즈윅 사람에게 집을 팔때부터 이런 문제가 생길 줄 알았어. 아무렴, 그렇고말고. 낯선 사람들이 이렇게나 많이 몰려드니 앞으로 에이번리가 어떻게 될지 모르겠다. 머지않아 마음 놓고 잠도 못 자게 될 거야."

마릴라가 물었다.

"아니, 외지 사람들이 또 온다는 건가요?"

"아직 못 들었어요? 일단 도널 가족이 있잖아요. 그 사람들이 피터 슬론의 오래된 집을 빌렸어요. 피터가 제분소를 맡기려고 도널 씨를 고용했죠. 동부 출신이라는 것 말고는 알려진 게 없어요. 그리고 아무짝에도 쓸모없는 티머시 코튼 가족이 화이트 샌즈에서 이곳으로 이사 올 거예요. 그 집 식구는 마을 사람들한테 짐만 될걸요? 남편은 폐병쟁이인데, 병에 걸리지 않았어도 기껏해야 도둑질이나 했을 거예요. 부인은 게을러빠져서 손가락 하나 까딱 않는대요. 설거지도 앉아서 한다니, 말 다했죠. 또 조지 파이 부인은 남편의 조카 앤서니 파이를 맡아 키운대요.

그 아인 고아가 됐거든요. 앤, 걔는 너희 학교에 다닐 거다. 앞으로 골치깨나 앓게 생겼다니까. 그리고 새로 올 학생도 있어. 폴 어빙이 할머니랑 같이 살려고 미국에서 온다더구나. 마릴라는 그 아이의 아버지를 기억할 거예요. 스티븐 어빙이라고. 그 뭐냐, 그래프턴의 라벤더 루이스를 차버린 사람 있잖아요."

"차버린 건 아닌 듯한데…. 둘이 다퉜잖아요. 나는 양쪽 다 잘못이 있다고 봐요."

"뭐, 어쨌든 그 사람은 라벤더랑 결혼하지 않았잖아요. 그 뒤로 라벤더는 완전히 해까닥했다고 다들 그러더군요. '메아리 오두막'이라고 이름 붙인 작은 돌집에서 혼자 산대요. 스티븐은 미국으로 가서 자기 삼촌과 사업을 시작했고 양키*랑 결혼했어요. 그러고 나서는 한 번도 집에 오지 않았죠. 어머니가 그를 보러 한두 번 다녀오기는 했지만요. 그런데 2년 전에 상처하고 나서 아들을 당분간 어머니한테 맡기는 거예요. 그 아인 열 살이라는데, 학교생활을 모범적으로 할지는 모르겠네요. 마릴라는 양키가 어떤 인간들인지 절대 모를 거예요."

린드 부인은 프린스에드워드섬이 아닌 곳에서 태어나거나 자란 사람 모두를 "나사렛에서 무슨 선한 것이 날 수 있느냐"**라는 시각으로 바라보았다. 물론 섬 밖에도 좋은 사람이 있겠지

---

* 당시 미국 사람을 낮잡아 이를 때 양키(Yankee)라고 불렀다. 본디 뉴잉글랜드 원주민의 이름으로, 독립전쟁 때에는 영국인이 미국인을, 남북전쟁 때에는 남군이 북군을 조롱하여 이르던 말에서 유래했다.

** 신약성경의 요한복음 1장 46절에 나오는 구절로 예수의 고향인 갈릴리 지역에 대한 당시의 사회적 편견을 보여준다.

만 일단 의심하는 편이 안전하다는 태도였다. 특히 미국인에 대해서 편견을 가지고 있었다. 남편이 미국의 보스턴에서 일할 때 고용주에게 10달러를 떼였기 때문이다. 천사든 왕족이든 권력자든 그 누구도, 이 일이 미합중국 책임은 아니라는 사실을 린드 부인에게 납득시킬 수 없을 것이다.

마릴라가 덤덤하게 말했다.

"아이들 몇이 새로 들어왔다 해서 에이번리 학교가 단번에 나빠지지는 않겠죠. 폴 어빙에게 아버지를 닮은 구석이 조금이라도 있다면 별문제 없을 거예요. 스티븐 어빙은 이 근처에서 가장 착한 아이 축에 들었잖아요. 물론 지나치게 콧대가 높다고 헐뜯는 사람도 있었지만요. 어빙 할머니는 손자와 살게 되어 무척 좋겠네요. 남편을 여읜 뒤로 몹시 외롭게 지냈으니까요."

"아, 물론 괜찮은 아이일 수도 있겠죠. 하지만 여느 에이번리 아이들과는 다를 거예요."

린드 부인이 결론을 내리듯 대꾸했다. 그녀는 어떤 사람이나 지역, 일에 대한 자기 의견을 바꾸는 법이 없었다.

"그런데 앤, 네가 마을 개선협회를 조직한다고 들었다. 그게 어떤 모임이니?"

앤의 얼굴이 붉게 달아올랐다.

"지난번 토론클럽에서 또래끼리 의논해본 것뿐이에요. 모두들 좋은 생각이라고 했어요. 앨런 목사님과 사모님도 호의적이었고요. 그런 일을 하는 마을이 꽤 많거든요."

"음, 그런 걸 시작하면 귀찮은 일이 끝도 없이 생길 거야. 그냥 내버려두는 게 좋을 것 같구나. 사람들은 변화를 그리 좋아하지 않거든."

"저희는 사람이 아니라 마을을 바꾸려는 거예요. 에이번리를 더 좋은 곳으로 만들기 위해 할 수 있는 일이 제법 많거든요. 예를 들면 레비 볼터 아저씨를 설득해서 위쪽 농장의 낡은 집을 헐어버리는 거죠. 그런 게 바로 개선 아닐까요?"

"정말 그렇겠네. 그 낡고 쓰러져가는 집은 몇 년 동안 마을 사람들에게 눈엣가시였지. 만약 개선협회가 레비 볼터 씨를 구슬려서 자기에게는 이득이 한 푼도 안 돌아가지만 마을 전체를 위해서는 좋은 일을 하도록 만든다면, 나도 그 과정을 직접 보고 싶구나. 네 의욕을 꺾으려는 게 아니다, 앤. 네 생각에도 일리는 있으니까. 아마 쓰레기 같은 양키 잡지에서 주워들었겠지. 하지만 넌 학교 일만으로도 손이 모자랄걸? 친한 이웃이라 조언하는 건데, 무언가를 개선하려는 일은 하지 않는 게 좋을 거야. 진심이다. 뭐, 그래도 넌 마음만 먹으면 그 일을 계속하겠지. 언제나 어떻게든 해냈으니까."

앤은 입을 굳게 다물었다. 그 모습은 린드 부인의 말이 그리 틀리지 않았음을 보여주었다. 지금 앤의 마음은 개선협회를 설립하는 일에 온통 쏠려 있었다. 길버트 블라이드도 이 일에 적극 찬성했다. 그는 화이트샌즈에서 교편을 잡게 되었지만 금요일 밤부터 월요일 아침까지는 항상 이곳에 있을 예정이라 협회일을 함께 추진하는 데 무리가 없었다. 다른 젊은이들은 대부분 가끔 모여서 '재미있게' 지내는 일이라면 뭐든지 환영했다. 그러나 '개선'이 무엇인지 명확하게 이해하는 사람은 앤과 길버트뿐이었다. 두 사람은 이 일에 관해 계속 이야기를 나누고 계획을 세우면서, 아직 실체가 눈앞에 드러나지 않은 이상적인 에이번리 마을을 마음속에 세워나갔다.

린드 부인은 또 다른 소식도 가져왔다.

"카모디 학교에 프리실라 그랜트라는 선생님이 온다는구나. 너 혹시 그런 이름의 아가씨와 퀸스를 같이 다니지 않았니?"

"네, 맞아요. 프리실라가 카모디에서 가르치게 되었다니, 정말 잘됐네요!"

앤이 크게 외쳤다. 앤의 회색 눈이 저녁별처럼 반짝이자 린드 부인은 앤이 정말 미인인지 아닌지 언제쯤 뚜렷하게 알 수 있을까 새삼 궁금해졌다.

2장

—

성급히 소를 팔고 뒤늦게 후회하다

다음 날 오후 앤은 다이애나 배리와 함께 마차를 타고 카모디로
물건을 사러 갔다. 다이애나도 개선협회 회원이라서 두 사람은
카모디에 다녀오는 내내 협회 이야기만 나누었다.

"협회를 시작하면서 맨 먼저 할 일은 마을회관에 페인트칠을
하는 거야. 저렇게 내버려둔다면 마을의 수치가 될 테니까. 레
비 볼터 아저씨의 집을 허물기 전에 여기부터 신경 써야 해. 아
버지는 우리가 절대로 그분을 설득하지 못할 거라고 말씀하셨
어. 워낙 구두쇠라 그런 일에 시간을 낭비하지는 않을 거래."

에이번리 마을회관을 지날 때 다이애나가 말했다. 숲속 공터
에 덩그러니 서 있는 그 건물은 무척 낡았고 사방이 가문비나무
에 둘러싸여 있었다.

"판자를 뜯어내고 쪼개서 땔감을 마련해 드리겠다고 약속한

다면 볼터 아저씨도 남자애들이 집을 헐어내도록 허락해주실 거야. 어쨌든 최선을 다해봐야지. 처음엔 노력에 비해 일이 더디게 진행되더라도 만족해야 해. 모든 게 한꺼번에 나아지기를 바랄 순 없으니까. 우선은 대중의 인식부터 바꿔나가야 해."

앤이 희망 섞인 얼굴로 말했다. 다이애나는 "대중의 인식을 바꾼다"라는 말이 무슨 뜻인지 정확하게는 몰랐지만 무언가 그럴듯하게 들렸기 때문에, 이런 목적을 가진 협회에 참여하고 있다는 사실이 무척 자랑스럽다고 새삼 느꼈다.

"앤, 우리가 뭘 할 수 있는지 어젯밤에 생각해봤어. 카모디와 뉴브리지 그리고 화이트샌즈에서 오는 길이 만나는 곳에 있는 삼각형 모양의 땅 알지? 거긴 온통 어린 가문비나무만 무성하잖아. 그걸 모두 잘라내고 자작나무 두세 그루만 남겨놓으면 좋지 않을까?"

"멋진 생각이야. 자작나무 아래에 통나무 벤치를 놓으면 어떨까? 또 봄이 오면 가운데에 화단을 만들어 제라늄을 심는 거지."

"그것 참 좋다. 그렇게 하려면 하이럼 슬론 아주머니가 길가에 소를 풀어놓지 못하도록 미리 수를 써야 해. 그대로 두었다가는 소가 꽃을 죄다 먹어치울 테니까. 앤, 대중의 인식을 바꿔나간다는 네 말이 무슨 뜻인지 이젠 알 것 같아. 저기 볼터 아저씨의 낡은 집이 있잖아. 저렇게 흉측한 건물을 본 적 있니? 하필이면 길가에 있잖아. 난 창문이 다 떨어져 나간 낡은 집을 보면 눈알이 뽑힌 채 죽어 있는 무언가가 떠올라."

앤이 감상에 젖어서 말했다.

"낡고 사람이 살지 않는 집은 무척 슬퍼 보여. 지난 일을 생각하고 예전의 즐거움을 그리워한다는 느낌이 들거든. 마릴라 아주머니 말씀으로는, 오래전 저 낡은 집에 대가족이 살았다고 해. 멋진 정원도 있고 덩굴장미가 가득 핀 아주 예쁜 곳이었대. 어린아이들의 명랑한 웃음소리와 노랫소리가 넘쳐흘렀지. 그런데 지금은 텅 비어서 바람만 드나들잖아. 저 집은 얼마나 외롭고 슬픈 기분이 들까! 아마 달빛 가득한 밤이면 옛날에 살던 어린아이들하고 장미꽃하고 노래의 유령들이 모두 돌아올 거야. 그러면 잠시 동안 저 낡은 집은 다시금 젊고 즐거운 시절을 떠올리게 되겠지."

다이애나는 고개를 저었다.

"난 이제 어떤 장소를 두고 그런 상상은 하지 않아. 우리가 '유령의 숲'에서 귀신이 나온다고 상상했을 때 우리 엄마랑 마릴라 아주머니가 얼마나 화를 냈는지 기억 안 나니? 난 지금도 해가 진 뒤에는 그 숲을 마음 편히 지나갈 수 없어. 볼터 아저씨의 낡은 집에 대해서도 그런 걸 상상하기 시작한다면 거길 지나갈 때마다 무서울 거야. 게다가 그 아이들은 죽지도 않았어. 모두 어른이 되어 잘 지내고 있지. 그중 한 명은 정육점을 하고 있잖아. 꽃이나 노래는 유령이 될 수도 없어."

앤은 작게 한숨을 쉬었다. 앤은 다이애나를 진심으로 사랑했고, 두 사람은 언제나 좋은 친구였다. 하지만 앤은 공상의 세계를 떠돌 때 반드시 혼자여야 한다는 사실을 오래전에 깨달았다. 그곳으로 향하는 마법의 길은 가장 아끼는 친구조차 동행할 수 없기 때문이다.

두 사람이 카모디에 머물 때 천둥이 치고 소나기가 내리다가 얼마 지나지 않아 날이 개었다. 덕분에 이들이 즐겁게 집으로 돌아가는 동안 오솔길 옆 나뭇가지에는 빗방울이 반짝거렸으며, 숲이 우거진 자그마한 골짜기에서는 젖은 고사리가 진한 향기를 풍겼다. 하지만 마차가 앤의 집 앞 오솔길로 막 들어섰을 때 아름다운 경치를 망치는 훼방꾼이 눈에 띄었다.

앞쪽 오른편으로 해리슨 씨의 회색빛 감도는 푸른 밭이 펼쳐져 있었다. 늦게 열린 귀리가 비에 젖어 더욱 풍성하게 보였다. 그런데 젖소 한 마리가 밭 한가운데 버젓이 서 있었던 것이다! 소는 번지르르한 옆구리까지 무성한 귀리 이삭에 파묻은 채 두 사람을 향해서 조용히 눈을 껌벅거렸다.

앤은 고삐를 내려놓고 입술을 깨물며 일어섰다. 하지만 남의 곡식이나 훔쳐 먹는 이 약탈자는 꿈쩍도 하지 않았다. 앤은 재빨리 마차에서 뛰어내린 뒤, 무슨 일이 일어났는지 어리둥절해하는 다이애나를 뒤로하고 울타리를 뛰어넘었다.

뒤늦게야 사태를 파악한 다이애나가 소리를 질렀다.

"앤, 돌아와. 비에 젖은 밭에 들어가면 드레스가 망가져. 옷이 엉망이 된다니까. 내 말이 안 들리나 봐! 혼자서는 절대 소를 끌어낼 수 없을 텐데, 어쩜 좋아? 얼른 가서 도와줘야겠다."

앤은 정신없이 귀리를 헤치며 돌진해갔다. 다이애나는 주저 없이 마차에서 뛰어내리더니 말을 말뚝에 단단히 매어놓았다. 그런 다음 예쁜 체크무늬 드레스의 옷자락을 어깨에 들쳐 올리고 울타리를 넘어가서 미친 듯 달리는 친구의 뒤를 쫓았다. 앤이 흠뻑 젖어 달라붙은 치마 때문에 제대로 달릴 수 없었던 터라 다이애나는 앤보다 빨리 뛸 수 있었고 금세 따라잡았다. 만약 두 사람이 지나간 자리에 남은 자국을 해리슨 씨가 보았다면 가슴이 찢어졌을 것이다.

"앤, 제발 기다려. 숨차서 죽을 것 같아. 너도 흠뻑 젖었잖아."

다이애나가 애처롭게 헐떡거렸다. 앤도 숨을 가쁘게 몰아쉬면서 말했다.

"해리슨 아저씨가 보기 전에… 저 소를… 붙잡아야 해. 그렇게만 할 수 있다면… 난… 물에 빠져 죽어도… 상관없어."

하지만 젖소는 이렇게 맛있는 먹이가 잔뜩 있는 곳에서 왜 쫓겨나야 하는지 모르겠다는 듯 굴었다. 두 사람이 씩씩거리며 다가오자 젖소는 휙 돌아서더니 귀리밭 반대편 구석으로 달아났다. 앤이 소리쳤다.

"앞을 가로막아야 해! 뛰어가, 다이애나. 빨리."

다이애나는 힘껏 뛰었고 앤도 그렇게 하려고 애썼다. 짓궂은 젖소는 온 밭을 여기저기 헤집고 다녔다. 다이애나가 보기에 마치 무엇에 홀린 듯한 모습이었다. 10분 가까이 쫓아다니고 나서야 두 사람은 겨우겨우 소를 막아섰고, 밭 구석에 울타리가 조금 벌어진 곳으로 몰아서 오솔길로 내보냈다.

이때만큼은 앤의 마음속 천사가 어디론가 숨어버렸다는 것을 부인하기 어렵다. 오솔길 옆에 서 있는 마차를 보자 기분은 더 나빠졌다. 카모디에 사는 시어러 씨가 아들과 함께 마차에 앉아 이를 드러내며 웃고 있었던 것이다.

"앤, 지난주에 내가 저 소를 사겠다고 했잖아. 그때 팔았더라면 좋았을 텐데 말이다."

시어러 씨가 껄껄대며 말을 걸었다. 얼굴은 붉게 달아오르고

머리는 엉망으로 헝클어진 젖소 주인이 대답했다.

"원하신다면 지금 팔게요. 당장 데려가세요."

"좋아. 지난번에 말한 대로 20달러를 줄게. 내 아들 짐이 카모디까지 곧장 몰고 갈 거야. 그러면 오늘 저녁에 다른 것들과 함께 시내로 보낼 수 있겠지. 브라이튼의 리드 씨가 저지종 젖소를 찾는다고 했거든."

5분 뒤 짐 시어러 씨와 젖소는 큰길로 걸어갔다. 충동적으로 소를 판 앤은 20달러를 쥐고 오솔길을 따라 마차를 몰았다.

다이애나가 물었다.

"마릴라 아주머니가 뭐라고 하지 않으실까?"

"괜찮아. 아주머니는 신경 쓰지 않으실 거야. 돌리는 내 거고, 아주머니가 소를 경매에 내놔도 20달러보다 비싸게 받지는 못할 테니까. 하지만 해리슨 아저씨가 귀리밭을 보면 소가 또 들어간 걸 알게 될 텐데, 이를 어쩐다지? 다신 그런 일이 일어나지 않도록 주의하겠다고 내 명예를 걸고 맹세했단 말이야. 하! 젖소 때문에 명예를 걸고 맹세하면 안 된다는 교훈을 배운 셈이지. 우유 짜는 우리의 울타리까지 뛰어넘고 부수면서 나오는 소는 믿을 게 못 돼."

그 시간 마릴라는 린드 부인의 집에 있었고, 초록지붕집에 돌아왔을 때는 돌리를 팔아버렸다는 사실을 벌써 알고 있었다. 린드 부인이 창문으로 거래 장면을 거의 다 지켜보면서 나머지 일까지 추측해냈기 때문이다.

"앤, 소를 판 건 잘했다. 지나치리만큼 성급하게 일을 처리한 것 같긴 하다만. 그런데 소가 어떻게 우리를 빠져나왔는지 모르겠구나. 판자 몇 장을 부숴버린 게 틀림없어."

"그걸 살펴볼 생각은 못 했어요. 지금 가서 보고 올게요. 마틴은 아직 소식이 없네요. 아마 숙모 몇 분이 더 돌아가셨나 봐요. 마치 피터 슬론 아저씨 부부와 팔순 노인 이야기 같아요. 어느 날 저녁에 슬론 아주머니가 신문을 읽다가 남편에게 물었대요. '팔순 노인이 또 돌아가셨다는 기사가 났어요. 도대체 팔순 노인이 뭐예요, 피터?' 그랬더니 아저씨가 '그게 뭔지는 모르겠지만 어지간히 약한 사람들인 건 분명해. 죽었다는 이야기 말고는 들어본 적이 없으니까 말이야'라고 했대요. 마틴의 숙모들도 마찬가지겠죠?"

마릴라는 부르르 진저리를 치며 말했다.

"마틴도 다른 프랑스 사람들과 똑같아. 그들은 단 하루도 믿을 수 없다니까."

앤이 카모디에서 사온 물건을 살펴보던 마릴라는 마당 쪽에서 들려온 날카로운 비명에 깜짝 놀랐다. 곧이어 앤이 두 손을 꽉 쥐고 부엌으로 헐레벌떡 들어왔다.

"앤 셜리, 이번엔 또 무슨 일이냐?"

"아, 마릴라 아주머니. 어떡하죠? 어처구니없는 일이 벌어졌어요. 전부 제 잘못이에요. 아, 저는 언제쯤 잠깐 멈추고 생각하는 법을 배울 수 있을까요? 린드 아주머니는 제가 언젠간 끔찍한 일을 저지를 거라고 하셨는데, 그날이 바로 오늘이네요."

"앤, 넌 정말 사람의 분통을 터뜨리는 재주가 있구나! 대체 무슨 일인데 그래?"

"제가 해리슨 아저씨의 젖소를 팔아버렸어요. 벨 아저씨한테

서 샀다는 그 소 말이에요. 남의 소를 팔아버린 거라고요. 돌리는 지금 우리 안에 멀쩡히 있어요."

"앤 셜리, 너 혹시 꿈을 꾼 건 아니냐?"

"그랬다면 얼마나 좋겠어요. 악몽 같은 일이지만 꿈은 아니에요. 해리슨 아저씨의 소는 지금쯤 샬럿타운에 있을 거예요. 마릴라 아주머니, 말썽을 부릴 나이는 이제 지났다고 생각했는데, 지금 전 인생 최악의 상황에 빠지고 말았어요. 어쩌면 좋죠?"

"별수 있겠니? 해리슨 씨에게 가서 사정을 이야기하는 것 말고는 다른 방법이 없다. 만약 돈을 받지 않겠다고 하면 대신 우리 젖소를 내줘도 돼. 그 집 소 못지않게 좋으니까."

"하지만 아저씨에게는 통하지 않을 것 같아요. 불같이 화만 낼 게 뻔한걸요."

"아마 그럴 테지. 원체 화를 잘 내는 사람 같더구나. 그럼 내가 가서 얘기해주랴?"

앤이 펄쩍 뛰며 소리쳤다.

"아니에요. 괜찮아요. 전 그렇게 비겁하진 않아요. 제 잘못 때문에 아주머니가 곤욕을 치러서는 안 되죠. 제가 갈게요. 지금이 좋겠어요. 매도 먼저 맞는 게 낫다잖아요."

사정이 딱하게 된 앤은 20달러를 집어 들고 모자를 썼다. 집을 나서면서 열린 문으로 힐끗 들여다보았더니 식탁 위에 케이크가 놓여 있었다. 분홍색 설탕을 입히고 호두로 장식해서 무척 먹음직스러워 보였다. 에이번리의 젊은이들이 금요일 저녁 초록지붕집에 모여 개선협회를 조직하기로 했는데 그날 모임에서 먹으려고 앤이 아침에 구워놓은 것이었다. 하지만 화가 잔뜩 난 해리슨 씨와 이들은 비교 대상이 될 수조차 없었다. 앤은 이 케이크를 받으면 누구라도 마음을 누그러뜨릴 것이라고 생각했다. 평소 직접 요리를 해야 하는 남자라면 더욱 그럴 것이 뻔했다. 앤은 해리슨 씨에게 가져가는 화해의 선물이라 여기며 케이크를 상자에 담았다.

앤은 우울한 마음으로 오솔길 울타리를 넘고 들판을 가로질러 지름길로 걸어갔다. 꿈결 같은 8월의 저녁노을이 세상을 황금빛으로 물들이고 있었다.

"아저씨를 만났을 때 내가 한 마디라도 말을 꺼낼 수 있을까? 사형장으로 끌려가는 사람의 기분을 이제야 알 것 같아."

3장

해리슨 씨 집에서

울창한 가문비나무 숲을 등지고 서 있는 해리슨 씨 집은 처마가 낮고 하얗게 회칠한 구식 건물이었다.

해리슨 씨는 포도 덩굴 그늘이 드리워진 베란다에 앉아 셔츠 차림으로 파이프 담배를 피우고 있었다. 그는 오솔길을 따라 올라오는 사람이 누구인지를 알아보고는 벌떡 일어나더니 집으로 뛰어 들어가 문을 닫았다. 그는 단지 깜짝 놀라 당황했고, 전날 화를 낸 일이 무척 부끄러워서 그랬을 뿐이다. 하지만 이런 행동은 앤의 마음에 조금 남아 있던 용기마저 꺾어버렸다. 앤은 조마조마한 마음으로 문을 두드렸다.

'지금도 저렇게 화가 나 있는데, 내가 저지른 일을 들으면 얼마나 더 심하게 굴까?'

하지만 해리슨 씨는 멋쩍은 미소를 지으며 문을 열어주었다.

조금 긴장한 기색이기는 했지만 제법 부드럽고 친절한 모습으로 앤을 맞아준 것이다. 그는 파이프를 옆에 내려놓고 웃옷을 걸친 뒤 앤에게 의자에 앉으라고 정중히 권했다. 비록 의자에 먼지가 쌓여 있기는 했지만 앤은 충분히 만족스럽게 환영을 받은 셈이었다. 그런데 새장 틈으로 심술궂은 금빛 눈을 반짝이며 지켜보던 고자질쟁이 앵무새 진저가 모든 것을 망쳐버렸다.

"제기랄! 저 빨간 머리 애송이는 왜 온 거지?"

앤이 자리에 앉자마자 진저가 이렇게 외치자 해리슨 씨와 앤의 얼굴은 어느 쪽이 심한지 가늠할 수 없을 만큼 빨개졌다. 해리슨 씨가 진저를 노려보며 변명했다.

"저 앵무새는 신경 쓰지 마. 그러니까, 저 녀석은 늘 말도 안 되는 소리를 지껄이거든. 선원이었던 내 동생한테 받았지. 뱃사람들은 워낙 거친 말을 쓰는 데다, 앵무새는 흉내를 잘 내잖아."

"그런 것 같네요."

가엾게도 앤은 화를 낼 수 없었다. 이런 상황에서 해리슨 씨에게 뭐라고 대거리할 수 없는 것은 당연했다. 남의 젖소를 주인 모르게 팔아버렸다면 앵무새에게 무례한 말을 듣는 것쯤은 기꺼이 감수해야 한다. 물론 "빨간 머리 애송이"는 쉽게 참고 넘어갈 만한 말이 아니기는 했다.

앤은 마음을 굳게 다잡고 입을 열었다.

"아저씨에게 고백할 일이 있어요. 저, 사실은⋯ 젖소에 관한 이야기예요."

해리슨 씨가 불안해하며 소리쳤다.

"저런! 그 소가 내 귀리밭에 또 들어간 거야? 뭐, 그랬더라도

상관없어. 별일 아니니까. 어젠 내가 너무 성급하게 굴었지. 정말이야. 그러니까 신경 쓰지 않아도 돼."

앤이 한숨을 쉬었다.

"아, 그것뿐이면 얼마나 좋겠어요. 사실 그보다 열 배는 더 나쁜 일이에요. 뭐라고 말씀을 드려야 할지…."

"맙소사! 그럼 젖소가 내 밀밭에 들어간 거야?"

"아니, 아니요. 밀밭은 아니에요. 사실은…."

"그럼 양배추밭이구먼! 내가 품평회에 내놓으려고 키우는 양배추를 망쳐놓은 게 분명해. 그렇지?"

"양배추밭도 아니에요. 제가 다 말씀드릴게요. 그러려고 왔으니까요. 하지만 중간에 제 말을 끊진 말아주세요. 그러면 너무 불안하고 초조해지거든요. 일단 제 이야기를 끝까지 들어주셨으면 해요. 제 말이 끝나면 아저씨가 하실 말씀이 엄청 많을 게 분명하니까요."

하지만 마지막 문장은 차마 입 밖에 내지도 못했다.

"그럼 아무 말 않고 있으마."

해리슨 씨는 순순히 입을 다물었다. 그러나 진저가 두 사람의 약속은 아랑곳없이 중간중간 "빨간 머리 애송이"라고 내뱉는 바람에 앤은 무척 짜증이 났다.

"전 어제 젖소를 우리에 가둬놨어요. 그런데 오늘 아침 카모디에서 돌아오는 길에 젖소 한 마리가 아저씨네 귀리밭에 들어가 있는 걸 봤어요. 다이애나와 제가 그 소를 잡으려고 얼마나 애를 썼는지 모르실 거예요. 온몸이 흠뻑 젖고 녹초가 된 데다 화가 머리끝까지 났죠. 그때 시어러 아저씨가 와서 그 소를 사겠다고 했어요. 전 그 자리에서 20달러에 소를 팔아버렸죠. 제가 분명 잘못한 거예요. 마릴라 아주머니와 상의도 없이 무턱대고 일을 저질렀거든요. 전 생각 없이 일을 벌이는 나쁜 버릇이 있어요. 절 아는 사람들이라면 누구나 그렇다고 말할 거예요. 시어러 씨는 그 소를 오늘 오후 떠나는 기차에 실어 보내려고 곧장 데려갔어요."

진저가 다시 경멸하듯 주절거렸다.

"빨간 머리 애송이!"

그때 해리슨 씨가 일어나더니 앵무새가 아닌 다른 새라면 공포에 질릴 만큼 무서운 표정으로 새장을 들어 옆방에 갖다 놓고는 문을 닫았다. 진저는 명성에 걸맞게 비명을 지르고 욕을 퍼부으며 난리를 피웠지만, 홀로 남겨진 것을 깨닫자 시무룩하게 입을 다물었다.

해리슨 씨가 다시 자리에 앉으며 말했다.

"실례했구나. 내 동생이 저 새의 버릇을 잘못 들여놔서 그래. 아무튼 이야길 계속해봐라."

"전 집으로 돌아와 저녁을 먹은 다음 우유를 짜는 우리에 가봤어요. 그런데요, 아저씨."

앤은 몸을 내밀면서 어렸을 때 늘 하던 대로 두 손을 맞잡았다. 앤의 커다란 회색 눈이 해리슨 씨의 당황한 얼굴을 애원하듯 응시했다.

"제 소가 떡하니 우리에 있었어요. 그러니까 제가 판 건 아저씨의 소였던 거죠."

뜻밖의 결말에 어처구니없어진 해리슨 씨가 소리쳤다.

"세상에, 어떻게 그런 일이 다 있어!"

앤이 우울한 표정으로 말했다.

"아, 제가 저뿐만 아니라 다른 사람들을 곤경에 빠뜨리는 건 드문 일이 아니에요. 전 그런 사람으로 유명하거든요. 물론 제 나이면 그런 일은 하지 않을 만큼 자란 것 아니냐고 생각하실 거예요. 전 내년 3월에 열일곱 살이 되는데도 여전히 이 모양이 네요. 해리슨 아저씨, 제가 무슨 낯으로 용서를 구하겠어요? 아 저씨 소를 다시 찾아오기는 이미 그른 것 같지만, 그래도 소를 팔아서 번 돈을 가져오기는 했어요. 아저씨만 괜찮다면, 제 소 를 대신 가지셔도 돼요. 참 좋은 소거든요. 아무튼 이번 일을 어 떻게 사과드려야 할지 모르겠어요."

해리슨 씨가 태연하게 말했다.

"쯧쯧. 더는 말하지 않아도 돼. 별일 아니니까. 맞아, 대단한 일이 아니지. 사고는 언제든 생기기 마련이잖아. 나도 성급하 게 굴 때가 있어. 심하게 그럴 때도 있지. 하지만 난 생각하는 걸 여과 없이 말해버리니까 사람들은 그걸 보고 날 판단할 수밖에 없을 거야. 만약 그 소가 내 양배추밭에 들어갔다면 지금쯤 아 마…. 그래도 진짜 들어간 건 아니니까 괜찮아. 아무 문제도 없 는 거잖아. 그냥 그 집 소를 대신 받는 게 어떨까 싶은데. 어차피 너도 소를 치워버릴 생각이었던 것 같으니까."

"어머, 정말 고맙습니다. 아저씨가 화를 내지 않으셔서 참 기 뻐요. 제가 얼마나 걱정했다고요."

"여기 오는 게 죽도록 무서웠겠구먼. 내가 어제 그런 난리를 피워댔으니 그럴 만도 해. 하지만 날 너무 나쁘게 생각하진 말아줘. 나는 속에 있는 말을 다 내뱉어야 직성이 풀리는 늙은이거든. 단지 그것뿐이야. 사실이 그렇다면 꾸미지 않고 거침없이 말해버리지."

"린드 아주머니도 그러세요."

앤이 무심코 말하자 해리슨 씨는 짜증을 냈다.

"누구? 린드 부인? 내가 그런 수다쟁이 늙은이랑 닮았다는 말은 하지 마. 절대 아니니까. 그런데 저 상자엔 뭐가 들었지?"

"아, 이건 케이크예요. 아저씨에게 드리려고 가져왔어요. 케이크는 자주 못 드실 것 같았거든요."

앤은 장난기 어린 얼굴로 대답했다. 해리슨 씨가 예상 외로 온화하게 대하자 마음이 깃털처럼 가볍게 들떴던 것이다.

"맞아. 좀처럼 먹을 기회가 없지. 그리고 난 케이크를 무척 좋아해. 정말 고맙다고 해야겠구나. 참 먹음직스러워 보이네. 속까지 맛있었으면 좋겠군."

앤은 밝은 얼굴로 자신만만하게 말했다.

"맛있고말고요. 어렸을 때 맛없는 케이크를 만든 적이 있었어요. 그 일은 앨런 목사 사모님이 잘 아시죠. 하지만 이건 정말 괜찮은 케이크예요. 개선협회 모임에서 먹으려고 구웠거든요. 거기서 먹을 건 또 하나 만들 수 있어요."

"음, 그럼 나랑 케이크를 같이 들지 않겠나? 주전자에 물을 끓일 테니 여기서 차나 한잔하면 어때?"

"제가 차를 준비해도 될까요?"

앤의 미심쩍은 표정을 보고 해리슨 씨가 씩 웃었다.

"내 실력을 믿지 못하는 모양이군. 괜한 걱정이야. 이제껏 마셔본 어떤 차보다 맛있을걸. 그래도 이번엔 네가 해봐. 다행히 지난 일요일에 비가 와서 깨끗한 그릇이 잔뜩 있거든."

앤은 기분 좋게 일어나 차를 끓이러 갔다. 찻잎을 넣기 전에 주전자를 물로 여러 번 헹구고 난로도 깨끗이 닦았다. 그런 다음 찬장에서 접시를 꺼내고 식탁을 차렸다. 앤은 찬장의 상태를 보고 깜짝 놀랐지만 현명하게 아무 말도 하지 않았다. 해리슨 씨가 앤에게 빵과 버터, 복숭아통조림이 어디 있는지 알려주었다. 앤은 정원에서 꽃을 가져와 식탁을 장식했다. 식탁보의 얼룩 따위는 눈감아주기로 했다. 금세 다과상이 준비되자 앤은 해리슨 씨와 식탁에 마주 앉아 차를 마시면서 학교와 친구들 이야기부터 앞으로의 계획까지 스스럼없이 대화를 나누었다. 앤 스스로도 믿기 힘든 상황이었다.

해리슨 씨는 불쌍한 진저가 외로울 거라고 하면서 다시 데려왔다. 누구든, 무엇이든 용서할 수 있을 만큼 기분이 좋아진 앤은 진저에게 호두를 건네주었다. 하지만 진저는 마음이 몹시 상한 터라 친구가 되자는 앤의 호의를 단칼에 거부하고 횟대에 시무룩이 앉아 깃털을 세웠다. 그 모습이 마치 초록빛과 황금빛으로 된 공처럼 보였다.

"왜 저 앵무새를 진저라고 부르나요?"

어울리는 이름을 붙이길 좋아했던 앤은, 이처럼 깃털이 화려한 새의 이름으로는 진저*가 적합하지 않다고 생각했다.

"선원인 내 동생이 지은 이름인데, 아마 이 녀석의 성격과 관

•   여기서 진저(Ginger)는 '적갈색'이라는 뜻으로 쓰였다.

런이 있을 거야. 그래도 난 진저가 참 좋아. 얼마나 좋아하는지 알면 깜짝 놀랄걸? 물론 이 녀석에게도 단점이 있긴 하지. 진저 때문에 꽤나 난처한 일도 여러 번 겪었어. 진저가 욕하는 걸 싫어하는 사람들도 있었지. 하지만 그건 고칠 수 없어. 나도 노력해봤고. 다른 사람들도 시도해봤지만 헛수고더라고. 어떤 사람들은 앵무새에 대해 편견을 갖고 있더군. 바보 같은 생각이지. 안 그래? 난 앵무새가 좋아. 진저는 내게 좋은 친구야. 난 무슨 일이 있어도 이 녀석을 절대로 포기 못 해."

해리슨 씨는 마지막 문장에 특히 힘을 주어 말했다. 마치 진저를 버리도록 앤이 슬그머니 설득하고 있다고 의심하는 듯한 말투였다. 하지만 앤은 괴팍하고 성마르며 까다롭기까지 한 키 작은 이 남자에게 호감을 느끼던 참이었다. 차를 다 마시기도 전에 두 사람은 꽤 좋은 친구가 되었다. 해리슨 씨는 개선협회에 대한 이야기를 듣자 찬성한다는 뜻을 내비쳤다.

"거, 괜찮은 일이군. 계속 추진해봐. 이 마을엔 개선해야 할 게 많으니까. 그리고 사람들도 개선할 필요가 있어."

"어머, 그건 아니에요. 에이번리는 아름다운 곳이고 이곳 사람들도 아주 좋은 분들이라고 생각해요."

앤의 얼굴이 달아올랐다. 에이번리와 마을 사람들에게는 분명 개선해야 할 사소한 결점이 있었고, 이런 사실을 자기 자신에게나 아주 가까운 사람들에게는 인정할 수 있었다. 하지만 해리슨 씨처럼 다른 곳에서 온 사람들에게 그런 말을 듣는 것은 전혀 다른 문제였다.

해리슨 씨는 자신을 바라보는 성난 눈과 상기된 뺨을 의식하며 말했다.

"넌 성미가 급한 것 같군. 머리색과 비슷한 성격이야. 에이번리는 꽤 괜찮은 곳이 맞아. 그렇지 않다면 내가 왜 여기로 왔겠어. 하지만 이곳에도 조금은 결점이 있다는 걸 너도 인정하는 것 같은데?"

"결점이 있어서 제가 여길 더 좋아하는 거예요. 전 아무런 결점도 없는 마을이나 사람들을 좋아하지 않아요. 완벽한 사람은 재미가 별로 없을 것 같거든요. 밀턴 화이트 아주머니가 그러시는데, 완벽한 사람을 만나본 적은 없지만 그런 사람 이야기라면 충분히 들어봤대요. 남편의 전 부인이 그랬다는 거예요. 완벽한 부인과 살던 남자랑 결혼한 건 굉장히 괴로운 일이겠죠?"

앤의 말에는 이 지역에 대한 애정이 담겨 있었다. 하지만 해리슨 씨는 갑작스럽게 흥분하며 잘라 말했다.

"완벽한 여자와 결혼하는 게 더 괴로운 일일 거다."

차를 다 마시자 앤은 설거지를 하겠다고 나섰다. 몇 주일 동안 쓸 접시가 충분히 남아 있어서 아직은 괜찮다며 해리슨 씨가 만류했지만 소용없었다. 앤은 바닥까지 쓸고 싶은 마음이 굴뚝같았다. 하지만 빗자루가 보이지 않았고, 어쩌면 아예 없을 수도 있어서 물어보지 않았다.

앤이 돌아가려 하자 해리슨 씨가 속마음을 내비쳤다.

"가끔씩 와서 나랑 이야기를 나누지 않겠나? 집이 그렇게 먼 것도 아니고, 이웃끼리는 서로 가깝게 지내는 게 좋잖아. 난 네가 말한 개선협회라는 것에도 흥미가 있어. 내가 보기엔 재미있을 것 같아. 그런데 누굴 먼저 개선할 텐가?"

"우린 사람을 개선하려는 게 아니에요. 우리가 개선하려는 건 마을뿐이라고요."

앤은 짐짓 품위 있는 말투로 말했다. 해리슨 씨가 이 계획을 비웃는 것은 아닌지 의심스러웠기 때문이다.

해리슨 씨는 앤이 떠나는 모습을 창문으로 내다보았다. 앤은 나긋나긋하고 소녀다운 모습으로 저녁노을이 비치는 들판을 가로지르며 가볍고 경쾌하게 발걸음을 옮기고 있었다.

"난 무뚝뚝하고 혼자 있는 걸 좋아할뿐더러 까다롭기까지 한 늙은이야. 하지만 저 어린 아가씨와 있으니 왠지 젊어진 것 같아. 가끔씩은 이런 기분을 느껴도 좋을 것 같군."

해리슨 씨는 큰 소리로 혼잣말을 했다. 그러자 진저가 비웃듯 꺽꺽거렸다.

"빨간 머리 애송이!"

해리슨 씨는 앵무새를 향해 주먹을 휘둘렀다.

"이런 고약한 새 같으니라고. 동생이 널 데려왔을 때 네 녀석의 목을 비틀어버릴 걸 그랬어. 또다시 날 곤경에 빠뜨리면 가만두지 않을 테다!"

즐겁게 집으로 달려간 앤은 마릴라에게 자신의 모험담을 자세히 이야기해주었다. 마릴라는 앤이 너무 오랫동안 돌아오지 않아 걱정한 나머지 데려오려고 집을 나서던 참이었다.

앤은 행복한 얼굴로 이야기를 끝맺었다.

"세상은 참 멋져요. 그렇죠, 마릴라 아주머니? 전에 린드 아주머니가 세상엔 골치 아픈 일이 많다고 불평하셨잖아요. 뭔가 즐거운 일을 기대할 때마다 크건 작건 실망할 일이 반드시 있다고 하면서요. 아마 그 말이 맞을 거예요. 하지만 좋은 면도 있어요. 좋지 않은 일도 꼭 우리가 예상한 대로 일어나는 건 아니니까요. 생각보다 훨씬 좋게 풀리는 경우도 있어요. 오늘 저녁 해리슨 아저씨네 집에 갈 때는 지독스레 불쾌한 경험을 할 거로 예상했어요. 그런데 아저씨는 무척 친절했고 전 정말 즐거운 시간을 보냈죠. 서로 많이 양보한다면 우린 둘도 없는 친구가 될 것 같아요. 모든 일이 술술 잘 풀렸으니까요. 아무튼 전 앞으로 누구네 것인지 확인하기 전에는 절대로 소를 팔지 않을 거예요. 그리고 앵무새는 절대 좋아할 수 없어요!"

4장

서로 다른 의견

어느 날 해 질 무렵, 제인 앤드루스, 길버트 블라이드, 앤 셜리
는 숲길과 큰길이 만나는 '자작나무 길'의 울타리에 모여 있었
다. 가문비나무 가지가 부드럽게 흔들리며 그늘을 만들어주었
다. 앤은 집에 놀러온 제인을 바래다주다가 울타리 근처에서 길
버트를 만났다. 세 사람은 운명의 날이 될 내일에 관해 이야기
꽃을 피웠다. 9월 1일, 즉 개학이 눈앞에 닥친 것이다. 제인은 뉴
브리지로, 길버트는 화이트샌즈로 갈 예정이었다.

앤이 한숨을 쉬었다.

"그래도 너희 둘은 나보단 나을 거야. 너희는 처음 만나는 아
이들을 가르치잖아. 난 학교에 같이 다닌 아이들 앞에 서야 한
다고! 학생들이 처음 보는 선생님의 말은 잘 듣지만 내 말은 우
습게 여길까 봐 걱정된다면서, 처음부터 엄하게 대하라고 린드

아주머니가 말씀하셨어. 하지만 난 선생님이 꼭 엄해야 하는 건 아니라고 생각해. 아, 정말 어깨가 무겁다!"

"괜찮아. 우린 잘할 거야. 일단 학생들을 잘 다루는 게 중요해. 그렇게 하려면 선생님이 좀 엄해야겠지? 난 말을 잘 안 듣는 아이에게는 벌을 줄 거야."

제인이 태연하게 말했다. 제인은 아이들에게 좋은 영향을 주려고 고민하는 교사가 아니었다. 일한 만큼 월급을 받고, 이사회와 잘 지내고, 장학사가 선정하는 우수 교사 명단에 이름을 올리는 데만 관심이 있을 뿐 더는 바라는 것이 없었다.

"어떻게 벌을 줄 건데?"

"물론 회초리로 때려야지."

"어머, 제인. 진짜로 그러진 않을 거지? 그러면 안 돼!"

앤이 놀라 소리쳤지만 제인은 딱 잘라 말했다.

"필요하다면 매를 드는 수밖에. 난 그럴 수 있어."

앤도 단호하게 대꾸했다.

"난 아이들을 절대 때리지 않을 거야. 말도 안 돼. 스테이시 선생님은 한 번도 매를 들지 않으셨지만 다들 잘 따랐잖아. 그런데 필립스 선생님은 늘 회초리를 휘둘렀는데도 아이들이 좀처럼 말을 듣지 않았어. 회초리가 꼭 필요하다면 차라리 난 가르치는 일을 그만둘 거야. 아이들을 다루는 더 좋은 방법이 분명 있겠지. 난 아이들이 날 사랑하게 만들려고 노력할 거야. 그러면 자진해서 내 말에 따를 거라고 봐."

제인이 현실적인 질문을 던졌다.

"뜻대로 안 되면 어쩔 건데?"

"어쨌든 회초리는 들지 않을 거야. 그건 아무런 도움도 되지 않을 게 분명하니까. 아무리 말을 듣지 않는다고 해도 아이들을 때리지는 마, 제인. 제발 부탁이야."

제인은 길버트를 바라보았다.

"넌 어떻게 생각하니? 매가 필요한 아이들도 있지 않을까?"

앤은 얼굴까지 붉히면서 소리쳤다.

"어떤 경우든 매를 드는 건 잔인하고 야만적인 일이잖아."

자기의 솔직한 생각과 앤의 이상에 가까이 다가가고 싶은 소망 사이에서 갈등하던 길버트가 천천히 말을 꺼냈다.

"둘 다 일리 있는 말이야. 나도 아이들을 때리는 건 영 내키지 않아. 앤의 말처럼 더 좋은 방법이 있을 거야. 체벌은 최후의 수단이어야 하겠지. 하지만 제인의 말에도 수긍이 가. 다른 방법으로는 말을 듣지 않는 아이도 있을 것 같아. 그러니까 그런 아이는 매를 들어야 나아지겠지. 아무튼 체벌은 마지막에 쓰는 방법이라는 게 내 방침이야."

길버트는 양쪽 모두의 편을 들어주려고 했지만, 이런 경우가 대부분 그렇듯이 어느 쪽도 만족시키지 못했다. 제인은 고개를 빳빳이 들었다.

"난 학생들이 말을 안 들으면 때릴 거야. 잘못을 깨닫게 하는 가장 빠르고 손쉬운 방법이니까."

앤은 실망한 듯 길버트를 바라보며 거듭 강조했다.

"난 절대로 아이들을 때리지 않을 거야. 옳은 일도 아니고 꼭 필요한 것도 아니야."

제인이 앤에게 물었다.

"만약 네가 어떤 남학생에게 무언가를 시켰는데 뒤에서 말대꾸하면 어떻게 할 거야?"

"수업을 마친 다음 따로 불러서 친절하고 단호하게 이야기해 줘야지. 찾으려고만 하면 누구에게든 좋은 점이 있어. 그걸 찾아서 키워주는 게 교사의 의무라고 퀸스에서 배웠잖아. 매를 들면 아이의 장점을 찾을 수 있다고 생각하니? 아이들에게 올바른 영향을 끼치는 건 글이나 셈을 가르치는 것보다 훨씬 중요하다고 레니 교수님도 말씀하셨어."

"하지만 장학사가 살펴보는 건 글과 셈이라는 걸 생각해야지. 학생들의 성적이 기준에 못 미치면 널 좋은 교사라고 평가해주진 않을 거야."

"우수 교사 명단에 이름을 올리는 것보단 학생들에게 진심으로 사랑받으면서 몇 년이 지나서도 정말 큰 도움을 준 스승으로 기억되는 게 더 좋아."

앤이 작심한 듯 잘라 말하자 길버트가 물었다.

"그러면 넌 아이들이 잘못을 해도 벌주지 않을 거야?"

"음, 아니. 내키지 않더라도 그래야 할 경우가 생기겠지. 하지만 쉬는 시간에 교실에서 나가지 못하게 하거나 복도에 세워놓을 수도 있고, 글을 쓰게 하는 방법도 있어."

"여학생에게 남학생 옆에 앉는 벌을 주진 않겠지?"

제인의 장난스러운 말에 길버트와 앤은 서로 얼굴을 바라보며 멋쩍게 웃었다. 예전에 앤은 길버트 옆에 앉는 벌을 받는 바람에 슬프고 쓰라린 경험을 한 적이 있었다.

헤어질 때 제인은 철학자처럼 말했다.

"뭐, 무엇이 가장 좋은 방법인지는 시간이 알려주겠지."

앤은 자작나무 길을 따라 초록지붕집으로 돌아갔다. 드리워진 그늘 아래로 나뭇잎이 바스락거렸고 고사리 향기가 코끝에 감돌았다. '제비꽃 골짜기'를 거쳐 '버들 연못'에 이르자 전나무 숲 아래에서 빛과 어둠이 입을 맞추고 있었다. 앤은 오래전 다이애나와 함께 '연인의 오솔길'이라고 이름 붙인 길을 따라 내려갔다. 숲과 들판의 고요함, 별이 빛나는 여름의 황혼을 즐기며 천천히 걷는 동안 내일부터 하게 될 새로운 일을 진지한 마음으로 생각했다. 앤이 초록지붕집 마당에 도착했을 때 열린 부엌 창문 틈으로 린드 부인의 크고 단호한 목소리가 흘러나왔다. 앤은 얼굴을 찌푸리며 생각했다.

'린드 아주머니가 내일 일에 대해 충고라도 해주려고 오셨나보네. 하지만 난 집에 들어가지 않을 거야. 아주머니의 충고는 꼭 후춧가루 같거든. 조금만 넣으면 훌륭할 텐데, 아주머니는 너무 많이 뿌려서 맵기만 해. 해리슨 아저씨에게나 가서 이야기를 나누다가 와야겠다.'

지난번 젖소 사건 이후로 앤은 종종 저녁 때 해리슨 씨 집을 찾아갔다. 비록 해리슨 씨가 스스로 자랑스러워하는 솔직함 때문에 여러 번 불편해지기는 했지만, 둘은 곧 좋은 친구가 되었다. 진저는 여전히 앤을 의심의 눈초리로 바라보면서 앤이 찾아올 때마다 빨간 머리 애송이라고 비아냥거렸다. 해리슨 씨는 진저의 습관을 고치기 위해 앤이 오는 것을 볼 때마다 벌떡 일어나서 호들갑을 떨며 "와, 저기 예쁘고 귀여운 아가씨가 또 왔네" 같은 칭찬을 해댔지만 전혀 소용이 없었다. 오히려 진저는 그런

속셈을 꿰뚫어 보면서 비웃는 듯했다. 하지만 앤은 자신이 없는 곳에서 해리슨 씨가 얼마나 자기를 칭찬했는지 모르고 있었다. 앤 앞에서는 결코 내색하지 않았기 때문이다.

"음, 내일 쓸 회초리를 구하려고 숲에 다녀오는 길이냐?"

베란다 계단을 올라오는 앤에게 해리슨 씨가 한 인사는 고작 이런 말이었다. 그러자 앤이 발끈했다. 앤은 무슨 일이든 너무 심각하게 받아들였기 때문에 놀려 먹기 딱 좋은 상대였다.

"그게 무슨 말씀이세요? 전 절대로 학교에서 회초리 같은 건 쓰지 않을 거예요. 물론 지휘봉은 있어야겠지만 뭘 가리킬 때만 쓸 거라고요."

"그럼 대신 가죽끈을 쓸 생각인가? 뭐, 잘은 모르겠지만 그것도 좋겠네. 맞을 때야 회초리가 더 아프겠지만 가죽끈은 흔적이 더 오래 남겠지. 암, 그렇고말고."

"그런 건 절대로 쓰지 않는다니까요! 학생들에게 매를 들진 않을 거라고요."

해리슨 씨는 정말로 깜짝 놀라 외쳤다.

"맙소사! 그럼 아이들을 어떻게 다룰 생각이야?"

"사랑으로 대해야죠."

"말도 안 돼. 사랑만으로는 통하지 않을걸? '매를 아끼면 아이를 망친다'라는 속담도 있잖아. 내가 학교에 다닐 때는 선생님이 하루도 빼놓지 않고 날 때렸어. 심지어 내가 말썽을 부리지 않았는데도, 그럴 생각을 하지 않았냐면서 매를 들었지."

"아저씨가 어릴 때랑 지금은 교수법이 달라졌어요."

"하지만 사람의 본성은 바뀌지 않아. 내 말 명심해. 회초리를 준비하지 않으면 절대로 어린 녀석들을 다룰 수 없을 거야. 네가 말하는 방법으로는 택도 없어."

"글쎄요. 우선은 제 방식대로 해볼게요."

앤이 말했다. 앤은 의지가 무척 강했고 자신의 생각을 좀처럼 굽히지 않는 편이었다.

"고집이 보통 아니군."

앤의 성격을 이렇게 정의한 그는 계속 말을 이어나갔다.

"글쎄 뭐, 어떻게 되나 두고 보지. 한번 화가 나면 그 훌륭한 이상은 까맣게 잊고 아이들을 마구잡이로 때릴걸? 머리색이 너 같은 사람들은 화를 정말 잘 내거든. 어쨌든 넌 누굴 가르치기에 너무 어려. 아직 애티도 벗지 못했잖아."

그날 밤 앤은 조금 비관적인 마음으로 잠자리에 들었다. 제대로 잠을 이루지 못한 탓에 다음 날 아침 핼쑥하고 딱해 보이는 얼굴로 식탁에 나타났다. 깜짝 놀란 마릴라는 뜨거운 물에 생강차를 타서 주었다. 앤은 생강차에 어떤 효능이 있는지 몰랐지만 조금씩 억지로 마셨다. 아마 이것이 인생의 경험을 전해주는 마법의 음료였다면 1리터라도 망설임 없이 들이켰을 것이다.

"마릴라 아주머니. 저 실패하면 어떡하죠?"

"하루아침에 완전히 실패할 수는 없다. 아직 갈 길이 멀잖니. 앤, 네 문제는 아이들에게 이것저것 다 가르쳐서 나쁜 점을 단번에 싹 고쳐줄 수 있다고 기대한다는 거야. 그러다 안 되면 넌 실패했다고 생각하겠지."

5장

어엿한 교사

그날 아침, 자작나무 길을 가로질러 학교에 가면서 앤은 난생처음으로 주위의 아름다움을 보지 못하고 아무런 소리도 듣지 못했다. 교실에 들어서자 학생들 모두 숨죽이고 얌전하게 앉아 있었다. 전임 교사가 그렇게 하도록 아이들에게 당부해두었던 것이다. "아침 햇살에 빛나는 얼굴들"*과 호기심으로 반짝이는 눈망울들이 가지런히 줄을 맞추고 앤을 맞이했다. 앤은 모자를 걸어놓고 교탁에 서면서 자기가 겁먹은 바보처럼 보이지 않기를, 얼마나 떨고 있는지 학생들이 알아차리지 못하기를 바랐다.

앤은 학생들에게 할 인사말을 쓰느라고 전날 거의 자정까지 잠을 이루지 못했다. 몇 차례나 공들여 고쳐 쓴 다음 토씨 하나

---

* 윌리엄 셰익스피어(1564-1616)의 희곡 〈좋으실 대로〉에 나온 표현

까지 완벽하게 외웠다. 이 훌륭한 인사말에는 서로 돕고 열심히 지식을 키워나가자는 등 멋진 생각이 담겨 있었다. 유일한 문제는 아이들 앞에 선 지금 인사말이 한 마디도 생각나지 않는다는 사실이었다.

그렇게 10여 초가 흘렀다. 앤에게는 1년처럼 긴 시간이었다. 앤은 마침내 기어드는 목소리로 말했다.

"모두 성경책을 꺼내세요."

달가닥 책상 뚜껑을 여는 소리, 책장이 바스락거리는 소리를 틈타 앤은 숨도 제대로 쉬지 못한 채 의자에 주저앉았다. 아이들이 성경 구절을 읽는 동안 겨우 정신을 추스른 앤은 '어른의 나라'로 향하는 어린 순례자들의 행렬을 훑어보았다.

물론 낯익은 얼굴이 많았다. 앤의 동급생들은 작년에 졸업했지만, 입학생과 이사 온 10명을 제외하면 대부분 앤과 학교를 같이 다닌 학생들이었다. 앤은 이미 가능성을 잘 알고 있는 학생들보다 새 얼굴들에게 내심 더 많은 관심을 가졌다. 솔직히 그들도 기존 재학생들처럼 평범한 아이들일 수 있겠지만, 한편으로는 새로 만난 학생 중에 천재 한 명 정도는 있을지도 모르는 일이기 때문이다. 그런 생각을 하니 가슴이 뛰었다.

구석 자리에 혼자 앉은 아이는 앤서니 파이였다. 까맣고 작은 얼굴에 무뚝뚝한 표정의 앤서니는 적의를 담은 새까만 눈으로 앤을 빤히 쳐다보았다. 앤은 이 아이에게 호감을 얻어서 파이네 집안사람들을 당혹스럽게 만들겠다고 마음먹었다.

다른 편 구석에는 낯선 남자아이가 아티 슬론과 함께 앉아 있었다. 들창코에 주근깨투성이인 데다 커다란 담청색 눈동자 주변에 흰 속눈썹이 나 있는 이 아이는 아마도 도널 씨의 아들일 것이다. 그리고 어딘지 모르게 닮은 것으로 보아 여동생인 듯한 아이가 복도 건너편에 메리 벨과 함께 앉아 있었다. 앤은 어머니가 도대체 어떤 사람이기에 여자아이를 이런 차림으로 학교에 보냈는지 궁금해졌다. 면 레이스 장식이 덕지덕지 붙어 있는 빛바랜 분홍색 실크 드레스를 입고, 실크 스타킹과 더러운 흰 실내화를 신고 있었던 것이다. 심하게 곱슬거리는 연갈색 머리를 부자연스럽게 말아 올렸고 거기에 머리보다 크면서 화려하기까지 한 분홍색 리본을 달았다. 그러나 아이의 표정을 보면 본인은 자신의 차림새에 만족하는 것 같았다.

가늘고 비단결 같은 황갈색 머리를 어깨에 굽이치듯 부드럽게 늘어뜨린 창백한 아이가 눈에 들어왔다. 앤은 애네타 벨이 분명하다고 생각했다. 전에는 뉴브리지 학군에 살았지만 북쪽으로 불과 50여 미터 떨어진 곳에 이사 가면서 에이번리 학교로 오게 된 것이다. 한 의자에 나란히 앉아 있는 창백한 낯빛의 여학생 세 명은 코튼 집안 아이들이 틀림없었다. 기다란 갈색 곱슬머리에 담갈색 눈동자를 가진 아름다운 꼬마가 성경책 너머로 잭 길리스에게 눈웃음을 짓고 있었는데, 그 아이는 의심의 여지없이 프릴리 로저슨이었다. 아버지가 얼마 전에 재혼하면서 그래프턴의 할머니 집에 살던 프릴리를 데려온 것이다. 뒷자리의 볼품없고 키만 큰 여자아이는 손발을 한시도 가만두지 않았다. 앤은 이 아이가 에이번리의 고모네 집에서 살게 된 바버라 쇼라는 사실을 나중에야 알았다. 또한 바버라가 자기 발이나 남의 발에 걸려서 넘어지지 않고 통로를 지나간다면 에이번리 학생들이 이를 기념하며 학교 현관 벽에 기록할 만큼 흔치 않은 일이라는 사실도 알게 되었다.

하지만 맨 앞 책상에 앉은 아이와 눈이 마주쳤을 때, 앤은 자기가 찾던 천재를 발견한 것이 아닌가 싶어서 가슴이 두근거렸다. 폴 어빙이 분명했다. 린드 부인은 그가 에이번리의 아이들과는 다를 것으로 예견했는데, 그 말을 인정하지 않을 수 없었다. 거기에 더해 앤은 폴이 세상 어떤 아이와도 다르다는 사실을 깨달았다. 앤을 뚫어지게 바라보는 짙푸른 눈동자 속에는 어딘가 모르게 앤과 닮은 영혼이 엿보였다.

폴은 올해 열 살이지만 앤의 눈에는 여덟 살 정도로 보였다. 작은 얼굴은 보기 드물게 아름다웠고, 지극히 섬세하면서도 세련된 모습이었다. 그 얼굴을 밤색 곱슬머리가 후광처럼 감쌌다. 입은 무척 컸지만 보기 싫게 튀어나오지는 않았고 도리어 유쾌해 보였다. 부드럽게 다문 진홍색 입술은 양쪽 끝 보조개 바로 옆까지 아름다운 곡선을 그렸다. 표정은 침착하고 진지하면서 생각에 잠긴 듯했다. 마치 몸보다 정신이 먼저 나이가 든 것 같았다. 하지만 앤이 부드럽게 웃음을 지어 보이자 폴은 곧바로 그런 표정을 지우고 미소로 답했다. 갑자기 어떤 등불이 내면의 불꽃을 깨워 머리부터 발끝까지 밝히는 것처럼 존재 전체를 빛내주는 미소였다. 무엇보다 이 미소는 의식적인 노력이나 뚜렷한 동기에서 생겨난 것이 아니라, 흔치 않고 아름다우면서도 부드러운 성격이 내면에 자리 잡고 있다가 자연스럽게 드러난 것이었다. 앤과 폴은 미소를 주고받으면서 한 마디도 나누기 전에 벌써 각별한 친구가 되었다.

하루가 꿈결처럼 지나갔다. 나중에 앤이 그날 일을 정확히 기억하지 못할 정도였다. 자기가 아니라 다른 사람이 가르치는 것만 같았다. 앤은 기계적으로 학생들에게 책을 읽히고, 셈을 가르치며, 글을 베껴 쓰게 했다. 수업 태도는 꽤 좋은 편이어서 앤이 주의를 준 아이는 두 명밖에 없었다. 한 명은 몰리 앤드루스였는데, 길들인 귀뚜라미 한 쌍을 통로에서 뛰게 하다가 앤에게 들켰다. 앤은 몰리를 교단에 한 시간 동안 세워두고 귀뚜라미를 압수했다. 몰리는 벌을 선 것보다 귀뚜라미를 빼앗긴 것을 더 안타까워했다. 앤은 귀뚜라미를 상자에 넣어두었다가 집에 갈때 제비꽃 골짜기에 놓아주었다. 하지만 몰리는 앤이 귀뚜라미를 자기 집에 가져가서 기른다고 믿었다.

벌을 받은 다른 학생은 앤서니 파이였다. 병에 남아 있던 석판 지우는 물을 오렐리아 클레이의 목덜미에 부었기 때문이다. 앤은 쉬는 시간에 앤서니를 교실에 남겨두고 신사라면 숙녀의 목덜미에 물을 붓는 짓은 절대 해서는 안 된다고 타이르면서 신사가 어떻게 행동해야 하는지 가르쳐주었다. 앤은 자기가 가르치는 남학생들이 모두 신사였으면 좋겠다고 말했다. 하지만 앤의 짧고 친절한 가르침도 앤서니에게 아무런 감동을 주지 못했다. 앤서니는 평소처럼 부루퉁한 얼굴로 잠자코 앤의 말을 듣더니 조롱하듯 휘파람을 불며 나가버렸다. 앤은 한숨을 쉬면서 로마가 하루아침에 이루어진 것이 아니듯 파이가 자신을 좋아하게 만드는 일도 그럴 것이라고 생각하며 스스로를 다독였다. 사실 파이네 집안사람들에게 사랑받는다는 것이 그럴 만한 가치가 있는지는 의심스러웠다. 하지만 앤은 앤서니의 부루퉁한 얼굴 뒤에는 겉모습과 다르게 착한 심성이 있을지도 모른다고 생각하며, 아이가 더 나은 모습을 보여주길 기대했다.

수업이 끝나고 아이들이 교실을 나서자 앤은 기진맥진해져서 의자에 몸을 던졌다. 머리는 깨질 것 같았고 비참한 마음이 들어 자신감이 바닥나버렸다. 사실 끔찍한 일이 벌어진 것도 아니었으니 낙담한 만한 이유는 없었다. 하지만 앤은 녹초가 되었고 앞으로 가르치는 일 따위는 절대로 좋아할 수 없을 것 같은 기분이 들었다. 좋아하지도 않는 일을 매일같이 해야 한다면 얼마나 끔찍할까? 그것도 무려 40년 동안이나! 앤은 그 자리에서 곧바로 울어버릴까, 아니면 기다렸다가 자신의 하얀 방에서 마음 놓고 울까 망설였다. 그런데 앤이 마음을 정하기도 전에 문 쪽에서 또각거리는 구두 소리와 실크 옷자락이 사락사락 끌리는 소리가 들려왔다. 잠시 후 한 부인이 들어와 앤 앞에 섰다. 앤은 부인의 옷차림을 보면서 얼마 전 샬럿타운의 가게에서 요란하게 차려입은 여자를 봤다는 해리슨 씨의 말을 떠올렸다.

"그 여자는 유행에 민감한 멋쟁이와 흉측한 마녀가 정면으로 충돌한 것처럼 보였지."

낯선 부인은 연푸른색 여름 실크 드레스를 화려하게 차려입고 있었다. 손댈 수 있는 곳이라면 죄다 부풀리고 장식을 달고 주름을 잡아놓은 것 같았다. 머리에는 커다랗고 하얀 시폰 모자를 썼고, 모자에 장식으로 달린 타조 깃털 세 개는 길다 못해 끈처럼 보일 지경이었다. 커다란 검은 점이 박힌 분홍색 시폰 베일은 모자 가장자리부터 어깨까지 주름 장식처럼 축 늘어져 깃발처럼 나부꼈다. 가녀린 여성의 몸이 과연 무게를 견딜 수 있을까 싶을 만큼 보석을 치렁치렁 단 채 향수 냄새까지 짙게 풍기고 있었다.

부인이 무언가 선언하듯 말했다.

"전 도널 부인입니다. H. B. 도널이죠, 오늘 클래리스 앨마이러가 식사 시간에 한 이야기 때문에 선생님을 만나러 왔어요. 그 이야기를 듣고 전 너무너무 화가 났거든요."

"아, 그러세요? 죄송합니다."

당황한 앤이 더듬거렸다. 그러면서 도널네 아이들과 관련해서 오늘 무슨 일이 있었는지 떠올려보려고 애썼지만 짚이는 바가 전혀 없었다.

"선생님이 우리 아이들을 부를 때 '도'를 강하게 발음했다면서요? 그게 아니에요. '널'에 강세를 붙여야 한다고요. 셜리 선생님, 앞으로 유의해주세요."

앤은 터져 나오려는 웃음을 가까스로 삼키며 말했다.

"그렇게 할게요. 이름을 잘못 쓰면 얼마나 불쾌한지 저도 겪어봐서 알고 있어요. 하물며 잘못 발음하면 훨씬 그렇겠죠."

"물론 그래요. 그리고 이것도 클래리스 앨마이러한테 들은 이야긴데, 선생님이 제 아들을 제이콥이라고 불렀다면서요?"

"아드님이 제게 자기 이름은 제이콥이라고 했습니다만."

앤이 설명하자 도널 부인은 이처럼 타락한 세상에서 아이들에게 무엇을 바라겠냐는 투로 말했다.

"그랬을 거예요. 그 아인 교양이 없어 탈이죠. 셜리 선생님, 원래 전 아들에게 세인트클레어라는 이름을 붙여주고 싶었어요. 정말 귀족적인 이름이니까요. 안 그런가요? 그런데 애 아빠가 자기 삼촌의 이름을 따서 제이콥이라고 부르겠다며 고집을 부리지 뭐예요. 제이콥 삼촌은 부유한 독신 노인이었기에 제가 양보했죠. 그런데 그 후 어떻게 됐는지 아세요? 아무 죄도 없는 우리 애가 다섯 살이 되었을 때, 제이콥 삼촌이 덜컥 결혼을 해버렸고 지금은 아들을 셋이나 두고 있어요. 이런 배은망덕한 일을 들어본 적이 있나요? 게다가 뻔뻔하게도 우리에게 청첩장을 보냈더라고요. 청첩장이 집에 도착했을 때 전 이렇게 말했어요. '퍽이나 고맙네요. 앞으로 제이콥이란 이름은 입에 담지 않을 거예요.' 그날부터 전 아들을 세인트클레어라고 불렀어요. 제가 그렇게 정했으니 다른 사람들도 따라야 해요. 하지만 남편은 아직도 고집을 피워요. 아이도 그 천한 이름을 좋아하고요. 참 이해할 수 없는 일이죠. 아무튼 제 아이의 이름은 세인트클레어고 앞으로도 그럴 거예요. 잊으시면 안 됩니다, 셜리 선생님. 아시겠죠? 고마워요. 전 클래리스 앨마이러에게 선생님이 잘 몰라서 그런 거니까 정확하게 알려드리면 바로잡을 수 있다고 이야기했어요. 도널을 발음할 때는 뒤에 강세를 주어야 하고, 아이 이름은 세인트클레어예요. 제이콥이 절대로 아니에요. 이제 확실히 기억하시겠죠? 고맙습니다."

H. B. 도널 부인이 휙 몸을 돌려 밖으로 나간 뒤 앤은 문단속을 단단히 한 다음 집으로 걸음을 옮겼다. 앤은 언덕 밑 자작나무 길을 지나다가 폴 어빙을 보았다. 폴은 에이번리 아이들이 '쌀 백합'이라고 부르는 작고 아름다운 야생 난초 한 다발을 앤에게 건네며 수줍게 말했다.

"저, 선생님. 라이트 아저씨 밭에서 이걸 찾았어요. 선생님께

드리려고 다시 돌아온 거예요. 왠지 선생님은 이걸 좋아하실 듯해서요. 그러니까….″

아이는 크고 아름다운 눈으로 앤을 바라보았다.

″전 선생님이 좋아요.″

″어머, 정말 예쁘구나.″

앤은 향기로운 꽃다발을 받아 들었다. 폴이 한 말은 마법의 주문처럼 앤의 마음에서 좌절감과 피로를 말끔히 씻어주었고, 희망이 분수처럼 솟아오르게 만들었다. 앤이 가벼운 발걸음으로 자작나무 길을 걸어가는 동안 달콤한 난초 향기가 축복처럼 주위를 감쌌다.

″그래, 오늘 어땠니?″

마릴라는 무척이나 궁금한 얼굴이었다.

″한 달 뒤에 다시 물어봐주세요. 그때쯤이면 대답할 수 있을 테니까요. 지금은 뭐라고 말씀드리지 못하겠어요. 이제 겨우 첫날 수업이 끝난걸요. 누가 제 머릿속을 온통 휘저어 뒤죽박죽으로 만들어버린 것 같아요. 오늘 제대로 해냈다고 확신할 수 있는 단 하나는 클리피 라이트에게 A라는 글자를 가르친 것뿐이에요. 그 아인 지금까지도 모르고 있었거든요. 한 영혼을 셰익스피어나 『실낙원』*까지 가는 여정으로 이끌어 첫발을 내딛도록 해주었다면 정말 굉장한 일 아닐까요?″

이윽고 린드 부인이 앤을 한층 더 격려하는 소식을 가지고 찾아왔다. 사람 좋은 그녀는 자기 집 대문 앞에서 학생들을 불러

---

* 영국의 시인 존 밀턴(1608-1674)이 지은 대서사시

세운 뒤 새로 온 선생님이 마음에 들었는지 물어본 것이다.

"앤, 하나같이 네가 무척 좋다고 말했단다. 앤서니 파이만 빼고. 그 아인 '하나도 안 좋아요, 여자선생님은 다 별로예요'라고 말했어. 파이 집안 아이들은 널 싫어하니까 그런 거야. 하지만 신경 쓸 건 없다."

"전 신경 안 쓸 거예요. 머지않아 앤서니 파이도 절 좋아하게 만들 테니까요. 인내심을 갖고 친절하게 대하다 보면 틀림없이 그 아이도 절 좋아하게 될 거예요."

앤의 말을 듣고 린드 부인은 조심스레 이야기했다.

"글쎄, 파이 집안 아이에 대해선 뭐라 장담할 수 없지. 그 사람들은 항상 반대로 행동하잖니. 꿈이 반대로 나타나는 것과 마찬가지라니까. 그리고 도널이라고 하는 부인 말인데, 난 절대로 강세를 뒤에 넣어서 부르지 않을 거야. 지금껏 '도'를 강하게 발음해왔는데 무슨 소리야. 정말 정신 나간 여자군. 그 집에는 '퀴니'라고 하는 퍼그종 개가 한 마리 있거든. 그런데 식탁에서 가족들하고 같이 밥을 먹는다더구나. 심지어 개밥을 도자기 접시에 담아서 준다나? 나 같으면 천벌을 받을까 봐 무서워 그런 짓은 못 할 거야. 토머스는 도널 씨가 분별 있는 사람이라고 하지만, 신붓감을 고를 땐 정신이 나갔었나 봐. 그렇지?"

6장

각양각색의 사람들

9월 어느 날, 상쾌한 바람이 모래언덕을 넘어 프린스에드워드 섬 곳곳으로 불어왔다. 붉은 길은 들판과 숲을 지나고, 가문비나무가 울창하게 서 있는 구석을 휘감아 돌면서, 고사리가 솜털같이 빼곡하게 자라는 어린 단풍나무 숲으로 이어져 골짜기 아래로 내려간다. 움푹 꺼진 땅을 지나는 시냇물은 반짝거리며 숲을 빠져나왔다가 다시 돌아 들어갔다. 미역취와 연푸른색 과꽃이 줄지어 피어 있는 곳 사이로 햇빛이 비쳤다. 여름 언덕에 사는 조그만 귀뚜라미들이 떼 지어 즐겁게 노래하는 소리가 공중에 울려 퍼졌고, 피둥피둥 살이 오른 갈색 조랑말 한 마리가 그 길을 따라 느긋하게 걸어가고 있었다. 말이 끌고 가는 마차에는 소박하면서도 값을 따질 수 없는 젊음과 인생의 기쁨이 온몸에 넘치는 두 아가씨가 앉아 있었다.

"아, 다이애나. 오늘은 꼭 에덴동산의 하루 같아. 공기엔 마법이 녹아 있어. 추수 중인 저 골짜기는 잔처럼 생겼지? 속이 보랏빛으로 가득 찬 것 좀 봐. 시든 전나무의 향기도 맡아봐! 에벤라이트 아저씨가 울타리대로 쓸 나무를 베고 있는 저 양지바른 골짜기에서 풍겨나는 거야. '이런 날 사는 것은 더할 나위 없는 행복일지니, 시든 전나무 향기를 맡는 것이 바로 천국이라네.' 어때? 이 말의 3분의 2는 워즈워스*, 나머지는 앤 셜리의 작품이야. 물론 천국에는 시든 전나무가 없겠지? 하지만 숲을 거닐면서 시든 전나무 향기를 맡지 못한다면 천국도 완벽하다고 할 순 없을 거야. 어쩌면 시든 것이 없어도 향기는 맡을 수 있을지도 몰라. 그래, 그럴 거야. 저 달콤한 향기는 전나무의 영혼이 틀림없어. 물론 천국에는 영혼만 있을 테니까."

앤은 행복한 기분에 젖어 숨을 크게 내쉬었다. 하지만 다이애나는 현실적인 이야기를 했다.

"나무엔 영혼이 없어. 하지만 시든 전나무 냄새는 정말 향긋해. 난 쿠션을 만들어서 그 속을 전나무 잎으로 채울 거야. 앤, 너도 하나 만들지 그래."

"나도 그렇게 해야겠다. 낮잠 잘 때 베개로 써야지. 틀림없이 드라이어드 요정이나 숲의 요정이 된 꿈을 꿀 거야. 하지만 지금 이 순간은 내가 에이번리 학교의 앤 셜리 선생님이 되어 이렇게 화창하고 기분 좋은 날 마차에 올라 길을 가고 있는 것만

---

*   윌리엄 워즈워스(1770-1850)는 자연의 아름다움과 인간의 영적 교감을 노래한 영국 시인이다. 주요 저서로 『서정 가요집』과 『서곡』이 있다.

으로도 충분히 만족해."

그 말을 듣고 다이애나가 한숨을 쉬었다.

"멋진 날이긴 해. 하지만 우리가 지금부터 할 일은 별로 멋진 게 아니잖아. 앤, 도대체 왜 이 길을 맡겠다고 나선 거야? 에이번리에서 둘째가라면 서러울 정도로 괴팍한 사람들이 죄다 이 주변에 살고 있어. 우릴 동냥이나 얻으러 온 사람처럼 함부로 대할 거야. 여기가 가장 힘든 곳이라고."

"그래서 여기로 온 거야. 물론 우리가 부탁했으면 길버트와 프레드가 맡아줬겠지. 하지만 너도 알잖아. 난 에이번리 마을 개선협회에 책임감을 느끼고 있어. 처음 제안한 사람이 바로 나니까. 그래서 가장 귀찮은 일은 내가 해야겠다고 생각한 거야. 네게는 정말 미안해. 이야긴 내가 다 할테니까 우릴 박대하는 집에 들어갔을 때 넌 입을 다물고 있어도 돼. 내가 그런 건 잘한다고 린드 아주머니도 말씀하셨잖아. 린드 아주머니는 우리 사업에 찬성할지 말지 망설이고 계셔. 앨런 목사님 부부가 지지하는 걸 생각하면 이쪽으로 마음이 기울다가도 마을 개선협회라는 것이 미국에서 먼저 시작되었다는 사실 때문에 꺼림칙하신가 봐. 아직 두 마음 사이에서 갈팡질팡하시는 것 같아. 아마도 우리가 무언가 성공하는 걸 직접 보셔야 이 일을 인정해주실 거야. 프리실라는 다음번 개선협회 모임의 홍보문을 써 오겠다고 했어. 틀림없이 잘 쓸 거라고 봐. 고모가 훌륭한 작가이고 그건 집안 내력이니까. 샬럿 E. 모건 부인이 프리실라의 고모라는 사실을 알게 되었을 때 내 가슴이 얼마나 떨렸나 몰라. 내 친구가 『에지우드 시절』이랑 『장미 정원』을 쓴 작가의 조카라는 건 정말 멋진 일이잖아."

"모건 부인은 어디 살고 계셔?"

"토론토로 알고 있어. 프리실라가 그러는데 내년 여름 우리 섬에 오실 거래. 가능하면 우리가 만날 수 있도록 주선하겠다고 했어. 믿을 수 있겠니? 잠자리에서 상상하는 것만으로도 참 즐거운 일이야."

드디어 에이번리 마을 개선협회가 정식으로 설립되었다. 길버트 블라이드가 회장, 프레드 라이트가 부회장, 앤 셜리가 서기, 다이애나 배리가 회계를 맡았다. 이들은 스스로를 '개선회원'이라고 부르며, 격주로 회원들의 집에서 모임을 갖기로 했다. 벌써 가을이었기 때문에 올해는 많은 일을 벌이기 어려웠다. 그래서 이듬해 여름에 할 일을 계획하고 여러 가지 아이디어를 모아 의논했으며, 보고서를 쓰고 참고할 만한 글도 읽었다. 무엇보다 앤의 말처럼 대중의 인식을 바꿔나가려고 노력했다.

물론 반대하는 사람들도 있었다. 누군가는 대놓고 조롱하기도 했는데, 반대보다는 조롱이 개선회원들의 마음에 훨씬 큰 상처를 주었다. 엘리샤 라이트는 '연애 클럽'이라는 이름이 모임에 더 어울린다고 했다. 하이럼 슬론 부인은 개선회원들이 길가를 뒤엎어 제라늄을 심겠다고 했다는 거짓 소문을 퍼뜨렸다. 레비 볼터 씨는 개선회원들이 마을의 모든 집을 헐고 협회에서 정한 대로 다시 짓도록 강요할 것이라는 말을 하고 다녔다. 제임스 스펜서 씨는 개선회원들이 교회 언덕을 파헤쳐주면 고마울 것이라는 말을 전해왔다. 에벤 라이트 씨는 조사이아 슬론 할아버지가 수염을 깎도록 개선회원들이 설득해주었으면 좋겠다고 앤에게 말했다. 로런스 벨 씨는 개선회원들이 원한다면 헛간을 흰색으로 칠하겠지만 외양간 창문에 레이스 커튼을 달지는 않겠다고 잘라 말했다. 메이저 스펜서 씨는 카모디의 치즈 공장에서 우유를 배달하는 클리프턴 슬론에게 내년 여름부터는 마을 주민 모두가 자기 우유 통에 페인트칠을 하고 수놓은 보자기로 덮어야 한다는 말이 사실이냐고 물었다.

여러 가지 풍문에 시달렸지만 그럼에도 개선협회는 이번 가을에 할 수 있는 사업부터 추진하겠다는 열의를 보였다. 어쩌면 근거 없는 소문 때문에 타고난 오기가 발동해서 의지를 더 불태웠을지도 모른다. 배리 씨네 집에서 가진 두 번째 모임에서 올리버 슬론은 마을회관의 지붕을 고치고 페인트칠을 하기 위해 기부금을 모으자고 제안했다. 재청은 줄리아 벨이 했는데, 그러면서도 그녀는 자기가 숙녀답지 못한 행동을 한 것은 아닌지 불안해했다. 길버트가 이 제안을 표결에 부쳤고, 만장일치로 가결되었으며 앤이 그 내용을 진지하게 기록했다. 다음 안건은 위원회를 구성하는 일이었다. 거티 파이는 줄리아 벨이 시선을 한몸에 받지 못하도록 용감하게 손을 들어서 제인 앤드루스를 위원회 의장으로 추천했다. 이 안건도 재청을 받은 뒤 표결에서 통과되었다. 제인은 추천에 대한 답례 격으로 거티를 위원에 임명했고, 길버트, 앤, 다이애나, 프레드 라이트도 같은 임무를 맡았다. 위원회는 따로 모여 각자 분담할 구역을 나누었다. 앤과 다이애나는 뉴브리지 길을, 길버트와 프레드는 화이트샌즈 길을 그리고 제인과 거티는 카모디 길을 맡았다.

길버트는 앤과 함께 유령의 숲을 지나면서 설명했다.

"그렇게 한 이유가 있어. 파이네 집안은 모두 이 길을 따라 살고 있는데, 친척이 부탁하지 않으면 한 푼도 내지 않을 거야."

그다음 토요일에 앤과 다이애나는 기부금을 모으러 나섰다. 우선 큰길 끝까지 마차를 타고 간 뒤 집으로 돌아오면서 한 집씩 들러 기부를 요청하기로 했다. 처음으로 들른 곳은 '앤드루스 자매'의 집이었다.

"캐서린 아주머니 혼자 계시면 조금이나마 기부해주실 거야. 하지만 엘리자 아주머니까지 계시면 어림도 없을걸."

안타깝게도 다이애나가 말한 두 번째 상황에 맞닥뜨렸다. 엘리자는 집에 있었고, 심지어 평소보다 굳은 얼굴이었다. 엘리자로 말할 것 같으면, 인생을 눈물의 골짜기라 여기며 소리 내어 웃기는커녕 미소조차도 신경의 낭비라고 비난하는 듯한 인상을 주는 사람이었다. 앤드루스 자매는 오십이 넘도록 독신으로 지내왔으며, 인생의 순례를 마치는 날까지 그럴 것 같아 보였다. 캐서린은 결혼에 대한 희망을 완전히 버린 게 아니라는 소문이 있었지만, 엘리자는 타고난 비관주의자라서 희망 따위는 가져본 적도 없었다. 두 사람이 사는 아담한 갈색 집은 마크 앤드루스의 너도밤나무 숲 구석의 양지바른 곳에 있었다. 엘리자는 여름이면 끔찍하게 덥다는 불평을 달고 살았지만, 캐서린은 늘 겨울에 아늑해서 좋다고 말하곤 했다.

앤과 다이애나가 찾아갔을 때 엘리자는 조각보를 바느질하고 있었다. 꼭 필요해서가 아니라 대수롭지 않아 보이는 레이스를 뜨고 있는 캐서린과 경쟁하기 위해서였다. 두 사람이 찾아온 용건을 설명하자 엘리자는 눈살을 찌푸렸고 캐서린은 미소를 지었다. 캐서린은 엘리자와 눈이 마주칠 때마다 움찔하면서 미소를 거두었다가도 금세 밝은 표정으로 돌아왔다.

"그렇게 낭비할 돈이 있다면, 돈에 불을 붙이고 타는 모습을 바라보며 즐길지언정, 마을회관엔 한 푼도 기부하지 않을 거야. 주민에게 유용한 시설도 아니고, 기껏해야 집에서 잠이나 자야 할 시간에 젊은이들이 모여 떠들어대는 곳일 뿐이니까."

엘리자가 마땅찮은 얼굴로 말하자 캐서린이 항변했다.

"어머, 엘리자 언니. 젊은 사람들에게는 뭔가 재미있는 일이 있어야 해."

"꼭 그래야 하는 건 아니야. 우리가 젊었을 때는 회관 같은 델 돌아다니지 않았잖아. 세상은 매일같이 나빠지고 있다니까."

하지만 캐서린은 물러서지 않았다.

"난 점점 나아지고 있다고 생각해."

"그건 네 생각이지! 네가 무슨 생각을 하는지는 중요하지 않아. 그런다고 사실이 달라지는 건 아니니까."

엘리자의 목소리에는 경멸이 담겨 있었다.

"하지만 난 언제나 밝은 면을 보고 싶어, 엘리자 언니."

"밝은 면 따위는 없다고."

그때 앤이 끼어들면서 소리쳤다. 자신의 신념과 다른 말을 가만히 듣고 있기만 할 수는 없었다.

"아니에요. 밝은 면은 존재해요. 밝은 면이 얼마나 많은데요. 세상은 참 아름다운 곳이에요."

엘리자는 언짢아하며 쏘아붙였다.

"너도 내 나이가 되면 그런 고상한 말은 입에도 못 담을걸?

개선이니 뭐니 하겠답시고 흥분해서 돌아다닐 일도 없을 거야. 그런데 다이애나, 어머니는 좀 어떠시냐? 요즘 쇠약해지신 것 같더라. 몹시 힘들어 보이셨어. 아, 그리고 앤. 마릴라의 눈이 완전히 멀기까지 얼마나 걸린다고 하디?"

"앞으로 계속 조심하면 눈이 더 나빠지지는 않을 것 같다고 의사 선생님이 말씀하셨어요."

앤이 더듬거리며 말하자 엘리자는 고개를 절레절레 저었다.

"의사들은 원래 환자나 가족들이 듣기 좋으라고 그렇게 말하지. 내가 마릴라라면 그런 말을 듣고 희망을 갖진 않을 거다. 최악의 경우를 대비하는 게 상책이니까."

앤은 거의 애원하는 말투가 되었다.

"하지만 최선의 경우를 바라는 게 낫지 않을까요? 어느 쪽이나 가능성은 있으니까요."

엘리자가 냉정하게 되받아쳤다.

"내 경험에 따르면 그런 일은 없었어. 난 쉰일곱 해나 살았지만 너흰 아직 열여섯이잖니. 이제 가려고? 뭐, 너희들이 새로 만든다는 협회가 에이번리를 내리막길로 떨어지지 않게 막을 수 있다면 좋겠지만, 사실 별 기대는 안 된다."

앤과 다이애나는 집 밖으로 나오게 되어 고마울 지경이었다. 이윽고 두 사람은 살진 말이 달릴 수 있는 가장 빠른 속도로 마차를 몰았다. 너도밤나무 숲 아래 모퉁이를 돌고 있을 때 뚱뚱한 사람 하나가 앤드루스 씨네 목장을 향해 급히 달려오면서 손을 세차게 흔드는 모습이 보였다. 캐서린 앤드루스였다. 그녀는 말도 제대로 하지 못할 만큼 가쁜 숨을 몰아쉬면서 25센트짜리

동전 두 개를 앤의 손에 쥐여주었다.

"마을회관에 페인트칠을 할 때 보태라고 주는 기부금이야. 나야 1달러를 주고 싶지만 이것 이상으로 여윳돈을 쓰면 엘리자 언니가 눈치챌 게 뻔해. 난 너희 모임에 관심이 많고 너희가 좋은 일을 많이 하리라 믿어. 난 낙천주의자거든. 엘리자 언니와 같이 살려면 그렇게 될 수밖에 없지. 언니가 알아차리기 전에 빨리 돌아가야 해. 내가 닭에게 모이를 주러 나갔다고 알고 있거든. 기부금 모으는 일이 잘됐으면 좋겠다. 엘리자 언니가 한 말 때문에 낙심하지는 마. 세상은 좋아지고 있어. 그건 틀림없는 사실이야."

다음 방문지는 대니얼 블레어 씨의 집이었다. 바큇자국이 깊이 파인 길을 덜컹거리며 가고 있을 때 다이애나가 말했다.

"여기는 아주머니가 집에 있느냐 없느냐에 달렸어. 아주머니가 있으면 한 푼도 받지 못할 거야. 블레어 아저씨는 부인이 허락하지 않으면 머리도 깎지 못한다고들 하잖아. 아주머니는 좋게 말하면 깐깐한 분이야. 너그럽게 구는 것보다 공정이 먼저라고 말씀하시지. 하지만 린드 아주머니가 그러는데 블레어 아주머니는 너무 공정을 따져서 지금껏 너그럽게 군 적이 없었대."

그날 밤 앤은 블레어 씨 집에서 있었던 일을 마릴라에게 이야기해주었다.

"우린 말을 매어놓고 부엌문을 두드렸어요. 아무도 나오지 않았지만 문은 열려 있었고 식료품 저장실에서 무섭게 떠드는 소리가 들렸죠. 무슨 말인지 알아들을 수는 없었지만 다이애나는 목소리로 볼 때 욕을 하는 것이 틀림없다고 했어요. 블레어 아저씨가 그랬다고는 믿기 어려웠어요. 언제나 조용하고 차분한 분이니까요. 하지만 화가 난 건 분명했어요. 홍당무처럼 새빨개진 얼굴로 땀을 뻘뻘 흘리면서 문 앞에 나왔거든요. 아저씨는 부인의 커다란 체크무늬 앞치마를 입고 있었어요. 우리를 보곤 이렇게 말씀하셨죠. '이걸 당최 벗어버릴 수가 있어야지. 끈이 너무 꽉 묶여서 풀 수가 없어. 그러니 이런 차림을 용서해주게나, 아가씨들.' 우린 괜찮다고 말씀드리고 집으로 들어가 앉았어요. 블레어 씨도 앉으셨죠. 앞치마를 뒤로 돌려서 말아 올린 채로 말이에요. 하지만 아저씨가 부끄러운 얼굴로 안절부절못하셔서 저희도 난처했어요. 다이애나가 불편한 시간에 찾아온 것 같아 죄송하다고 말했더니 애써 미소를 지으며 '별말씀을'이라고 답했죠. 아주머니도 아시다시피 그분은 예의가 바르잖아요. 아저씨는 계속 말을 이어갔어요. '조금 바빴을 뿐이야. 케이크를 구우려고 준비하던 참이었거든. 몬트리올에 사는 처제가 오늘 밤에 온다는 전보를 받고 마누라가 역으로 마중을 나갔는데, 나더러 차와 함께 먹을 케이크를 구워놓으라고 했지. 조리법도 적어놓고 어떻게 굽는지도 말해줬는데, 그중의 절반을 벌써 잊어버린 거야. 여기 보면 '향은 입맛대로'라고 적혀 있잖아. 그건 무슨 뜻이지? 어떻게 하라는 거야? 내 입맛이 다른 사람들하고 영 딴판이면 어떡하지? 작은 레이어케이크에는 바닐라 한 숟가락이면 충분할까?' 이렇게 말하는 아저씨가 더 안쓰러워졌어요. 제대로 대접받지 못하는 것 같았거든요. 말로만 들었던 공처가를 제 눈으로 직접 본 거죠. 오죽하면 '블레어 아저씨, 마을회관 수리를 위해 기부금을 내주시면 제가 케이크를 반죽해드릴게요'라는 말이 입가에 맴돌았겠어요. 하지만 곤경에 처한 사람과 거래를 하는 건 이웃 사이에서 지켜야 할 도리가 아니라는 생각이 들었죠. 그래서 아무런 조건 없이 케이크 반죽을 해드리겠다고 했어요. 아저씨는 제 말에 뛸 듯이 기뻐했죠. 아저씨는 결혼 전에 자기가 먹을 빵을 구워본 적은 있지만 케이크는 능력 밖이라 만들어본 적이 없었대요. 그래도 부인에게 실망을 주긴 싫었던 거죠. 아저씬 저한테 다른 앞치마를 갖다주셨어요. 다이애나가 달걀을 풀고 제가 케이크 반죽을 하는 동안 아저씨는 이리저리 뛰어다니면서 재료를 찾아 가져오셨어요. 앞치마가 등 뒤에서 나풀거리는 것도 모른 채로요. 다이애나는 그걸 보고 웃겨서 죽을 뻔했대요. 케이크 굽는 건 아저씨도 할 수 있다고 그랬어요. 굽는 건 익숙하다면서요. 아저씨는 우리에게 기부자 명단을 보여달라고 하시더니 4달러를 주셨어요. 우린 보상을 받은 셈이죠. 하지만 아저씨가 기부를 전혀 하지 않았다고 해도 전 우리가 진정한 기독교인답게 행동했다고 믿어요."

다음 방문지는 시어도어 화이트 씨네 집이었다. 앤과 다이애나는 그 집에 한 번도 가본 적이 없었고, 손님 대접에 서투르다는 부인과 겨우 안면만 있는 정도였다. 두 사람이 뒤쪽으로 갈까 현관으로 갈까 작은 목소리로 의논하고 있을 때 화이트 부인이 신문지를 한가득 들고 현관에 나타났다. 부인은 현관 바닥과 계단에 신문지를 한 장씩 조심스럽게 깔면서 어리둥절하게 서 있는 두 사람 앞으로 다가와서는 걱정스럽게 말했다.

"미안하지만 거기 풀에 신발을 잘 닦고서 여기 신문지 위로 걸어오겠니? 지금 막 청소를 마쳤는데 흙이 또 묻는 건 싫어서 그래. 어제 비가 와서 길이 온통 질퍽거리거든."

신문지 위를 걸어가면서 앤이 작은 소리로 주의를 주었다.

"절대 웃지 마. 그리고 아주머니가 무슨 말을 해도 절대 날 쳐다보면 안 돼. 너랑 눈이 마주쳤는데 내가 아무렇지도 않은 얼굴을 하고 있을 순 없잖아."

신문지는 복도를 지나 티끌 하나 없이 잘 정돈된 응접실까지 이어졌다. 앤과 다이애나는 입구에서 가장 가까운 의자에 얌전하게 앉아 자기들이 찾아온 용건을 설명했다. 화이트 부인은 두 번 정도 말을 끊었을 뿐 공손하게 이야기를 들어주었다. 한 번은 겁 없이 날아든 파리를 쫓아내기 위해, 또 한 번은 앤의 드레스에 붙어 있다가 카펫에 떨어진 작은 풀잎을 줍기 위해서였다. 순간 앤은 마치 죄를 지은 것처럼 민망해졌다. 그래도 화이트 부인은 그 자리에서 2달러를 기부했다.

"우리가 다시 찾아오지 못하게 하려는 거야."

집을 나오면서 다이애나가 말했다. 화이트 부인은 두 사람이 매어놓은 말을 채 풀기도 전에 신문지를 주워 모았고, 마차가 뜰을 빠져나갈 무렵에는 빗자루로 현관을 열심히 쓸었다.

"화이트 아주머니는 세상에서 가장 깔끔한 사람이라고 들었는데, 그 말이 사실이었어."

그 집에서 완전히 벗어나자마자 다이애나는 참았던 웃음을 터뜨리며 말했다. 앤도 진지하게 맞장구쳤다.

"저 집에 아이가 없어서 다행이야. 저런 집에서 사는 아이는 얼마나 힘들까?"

스펜서 씨네 집에서는 이저벨라 스펜서 부인이 에이번리 사람 모두를 싸잡아 험담했기 때문에 두 사람은 몹시 우울해졌다. 토머스 볼터 씨는 20년 전 마을회관을 지을 때 자신의 의견이 무시당했다는 이유를 들며 기부하지 않겠다고 했다. 나이에 비해 정정하다고 소문난 에스터 벨 부인은 30분 동안이나 쑤시고 아픈 곳을 자세히 늘어놓은 뒤 내년에는 자기가 이곳이 아니라 무덤에 있을 것 같으니 지금 기부금을 주어야겠다며 서글픈 얼굴로 50센트를 내놓았다.

두 사람이 가장 푸대접을 받은 곳은 사이먼 플레처 씨네 집이었다. 마당으로 마차를 몰고 들어가자 현관 창문에서 두 얼굴이 나타나 밖을 유심히 내다보았다. 하지만 문을 두드린 뒤 끈기 있게 기다려봤지만 아무도 문밖으로 나오지 않았다. 두 사람은 약이 몹시 오르고 화가 난 채로 그곳을 떠났다. 앤마저도 힘이 빠진다고 인정할 정도였다. 하지만 그 뒤로는 상황이 바뀌었다. 다음 순서로 찾아간 슬론 집안의 친척들이 딱 한 집만 빼고 대부분 후하게 기부해주었던 것이다.

마지막 방문지는 연못의 다리께 있는 로버트 딕슨 씨네 집이었다. 두 사람은 그곳에서 차를 대접받았다. 집과 가까운 곳이라 굳이 차까지 마실 필요는 없었지만, 호의를 거절했다가는 몹시 예민하다고 알려진 딕슨 부인의 기분을 상하게 할 위험이 있었기 때문이다.

두 사람이 아직 그 집에 있을 때 제임스 화이트의 부인이 찾아왔다.

"지금 로렌조네 다녀오는 길이야. 그는 지금 에이번리에서 가장 기분 좋은 사람일 거야. 왜 그런지 아니? 그 집에서 아들이 태어났거든. 딸만 일곱을 낳은 뒤에 사내아이를 보았으니 정말 대단한 사건이지? 아무렴."

앤은 귀를 쫑긋 세우고 듣더니 마차를 타고 그 집을 떠나면서 다이애나에게 말했다.

"지금 로렌조 화이트 아저씨네 집으로 가자."

"그 집은 화이트샌즈 큰길가에 있잖아. 여기서 꽤 멀어. 그리고 거긴 길버트하고 프레드가 찾아갈 거야."

다이애나가 난처한 표정을 지었지만 앤은 단호했다.

"걔네들은 다음 주 토요일에나 거기 들를 텐데, 그러면 너무 늦어. 그때쯤이면 즐거운 기분도 가라앉을 테니까. 로렌조 화이트 아저씨는 지독하게 인색한 사람이지만 지금이라면 뭐든지 기부할 거야. 이런 절호의 기회를 놓쳐서는 안 돼."

결과는 앤이 예상한 대로였다. 화이트 씨는 마당에서 두 사람을 맞이할 때 부활절에 뜬 태양처럼 환하게 웃었다. 또한 앤의 말을 듣고 기꺼이 기부했다.

"좋아, 가장 많이 기부한 사람보다 1달러 더 내도록 하지."

"그러면 5달러네요. 블레어 아저씨가 4달러를 내셨으니까요."

앤은 조금 걱정스러웠지만 그는 눈도 깜빡이지 않았다.

"5달러라. 지금 여기서 돈을 내지. 이제 나랑 집에 같이 들어갔으면 좋겠는데. 보여주고 싶은 게 있거든. 아직 본 사람은 거의 없어. 들어가서 소감을 말해주겠니?"

흥분한 화이트 씨를 따라 집 안으로 들어가면서 다이애나가 속삭였다.

"걱정이네. 아기가 예쁘지 않으면 뭐라고 해야 하지?"

앤은 무척 태연했다.

"괜찮아. 틀림없이 칭찬해줄 만한 부분이 있을 거야. 아기들은 다 그렇거든."

우려와는 달리 아기는 참 예뻤다. 작고 통통한 아기를 보며 진심으로 감탄하는 두 사람의 모습에 화이트 씨는 5달러를 낸 보람이 있다고 생각했다. 하지만 로렌조 화이트가 기부를 한 것은 이번이 처음이자 마지막이었다.

저녁이 되자 앤은 몹시 피곤했지만 마을을 위하는 마음으로 한 번 더 기운을 냈다. 앤이 들판을 가로질러 해리슨 씨 집에 도착했을 때 그는 여느 때처럼 베란다에서 파이프 담배를 피우고 있었다. 진저도 곁에 있었다. 엄밀히 말해 해리슨 씨의 집은 카모디 길에 속했지만, 그 지역을 맡은 제인과 거티는 그에 대한 이상한 소문만을 들었을 뿐 만나본 적은 없었기에 안절부절못하며 앤에게 대신 가달라고 부탁한 것이었다.

해리슨 씨는 한 푼도 기부하지 않겠다고 딱 잘라 말했다. 앤이 아무리 사정해도 소용없었다.

"저는 아저씨가 우리 협회 일에 찬성하시는 줄 알았어요."

"맞아. 그랬지. 하지만 지갑을 열 정도로 찬성한 건 아니야."

앤은 잠자리에 들 때 거울에 비친 자신을 보며 중얼거렸다.

"오늘 같은 일을 몇 번 더 겪는다면 나도 엘리자 앤드루스 아주머니처럼 비관주의자가 되고 말 거야."

7장

—

의무

10월의 어느 따뜻한 저녁, 앤은 의자에 등을 기대고 앉아 한숨을 내쉬었다. 책상은 교과서와 과제물로 덮여 있었지만, 앤 앞에 놓인 종이 뭉치에는 공부나 학교 업무와 상관없는 내용이 빽빽하게 적혀 있었다.

"앤, 무슨 일이야?"

집에 찾아온 길버트가 물었다. 부엌 뒷문 쪽에 도착했을 때 앤의 한숨 소리를 들었던 것이다. 앤은 얼굴을 붉히며 자기가 쓰던 글을 아이들이 낸 작문 밑에 숨겼다.

"별거 아냐. 해밀턴 교수님이 조언한 대로 내 생각 몇 가지를 써보려고 했는데 영 마음에 안 드네. 흰 종이에 검은 잉크로 써 놓기만 하니까 지루하고 형편없어 보여. 공상은 그림자 같아. 다루기 힘들고 제멋대로 춤을 추면서 다니니까 어디 가둬놓을 수 없잖아. 하지만 계속 쓰다 보면 언젠간 비결을 알게 될지도 몰라. 그런데 너도 알다시피 난 남는 시간이 별로 없거든. 아이들 숙제와 작문을 봐주고 나면 내 글을 쓸 기분이 나지 않아."

길버트가 돌계단에 앉으면서 말했다.

"넌 학교에서 아주 훌륭하게 해내고 있잖아. 아이들 모두 널 좋아하고 있어."

"아니, 전부는 아니야. 앤서니 파이는 날 싫어하고 앞으로도 그럴 게 뻔해. 더 나쁜 건 그 아이가 날 존중하지도 않는다는 거야. 맞아, 걘 그냥 날 경멸할 뿐이지. 너니까 말하는 건데, 그래서 비참한 기분이 들기도 해. 앤서니가 아주 나쁜 아이는 아니야. 그저 장난이 좀 심할 뿐이지. 더 심한 애들도 있는걸 뭐. 앤서니가 내 말을 듣지 않는 경우는 거의 없어. 하지만 뭐라고 따질 가치도 없다는 것처럼 무시하는 태도로 그냥 참아주듯 내 말을 따를 뿐이야. 그건 다른 아이들에게 나쁜 영향을 줘. 난 그 아이의 마음을 얻으려고 온갖 방법을 써봤지만, 절대로 그럴 수 없을 것 같아서 걱정이야. 앤서니는 파이 집안사람치고는 꽤 귀여운 꼬마니까, 걔가 내 마음을 받아주기만 한다면 나도 그 아일 좋아할 수 있을 텐데."

"걔가 집에서 들은 이야기 때문에 그럴지도 몰라."

"꼭 그런 건 아니야. 앤서니는 독립적인 아이라서 무슨 일이건 스스로 결정해. 전에는 계속 남자 선생님에게 배워서 그런지 젊은 여자 선생님은 별로라고 했대. 뭐, 인내하면서 친절하게 대하면 변할 수도 있겠지만 그건 두고 봐야겠지. 난 시련을 극복하는 걸 좋아하고, 가르치는 일도 정말 재미있으니까. 폴 어빙은 다른 아이들을 만나면서 아쉬웠던 부분을 모두 채워주고 있어. 그 아인 정말 귀여워. 게다가 천재거든. 언젠가는 세상이 그 아이의 이름을 듣게 될 거야."

앤의 목소리는 확신에 차 있었다.

"나도 가르치는 게 좋아. 무엇보다 좋은 공부가 되더라. 앤, 난 몇 년 동안 학교에 다니면서 배운 것보다 화이트샌즈에서 아이들을 가르친 몇 주 동안 배운 게 더 많아. 우린 모두 꽤 잘하고 있는 것 같아. 뉴브리지 사람들도 제인을 좋아한다고 들었거든. 화이트샌즈 사람들도 보잘것없는 내게 그럭저럭 만족한 눈치야. 물론 앤드루 스펜서 아저씨는 빼고. 어젯밤에 집으로 돌아오다가 피터 블루잇 아주머니를 만났는데, 스펜서 아저씨가 내 교육법에 동의하지 않는다고 말해주더라. 그걸 내게 알려주는 것이 자기의 의무라고 생각한대."

앤이 과거를 떠올리며 말했다.

"너 혹시 그거 알고 있니? 사람들이 어떤 걸 말해주는 게 자기의 의무라면서 이야기를 꺼낼 때는 기분이 상할 걸 각오하고 들어야 해. 왜 사람들은 기분 좋은 이야기를 들으면 당사자에게 말해주는 게 의무라고는 생각하지 않는 걸까? 어제도 도널 부인이 학교에 찾아왔어. 내가 아이들에게 동화책 읽어주는 걸 앤드루스 부인이 못마땅해하고 로저슨 씨는 프릴리의 수학 실력이 좀처럼 늘지 않아 불만이라면서, 이런 사실을 알려주는 게 자기 의무라고 생각했다는 거야. 프릴리는 석판 너머로 남자아이들을 쳐다보는 시간만 줄여도 성적이 부쩍 오를 거야. 아직 현장을 잡진 못했지만, 잭 길리스가 프릴리의 계산 문제를 대신

풀어주는 게 분명해."

"도널 부인의 장래가 촉망되는 아드님을 고상한 이름으로 부르는 건 성공했어?"

앤은 웃음을 지었다.

"응. 그런데 무척 힘들었어. 처음 내가 '세인트클레어'라고 불렀을 땐 들은 척도 하지 않더라. 두세 번 부르니까 다른 애들이 쿡쿡 찔렀고, 그제야 그 아이가 화난 얼굴로 날 쳐다보는 거야. 내가 존이나 찰리라고 한 줄 알았지 자기 이름을 부른 줄은 몰랐다는 표정이었어. 난 어느 날 수업을 마친 뒤 아이를 따로 불러서, 네 어머니가 세인트클레어라는 이름으로 불러달라고 부탁했기 때문에 난 그 말에 따를 수밖에 없다고 친절하게 말해줬어. 내 말이 끝날 때쯤 아이도 알아들었어. 이해력이 뛰어난 아이니까. 하지만 나 말고 다른 아이들이 자기를 그렇게 부르면 두들겨 패주겠다는 거야. 물론 난 그런 거친 말을 쓰면 안 된다고 타일렀지. 그때부터 난 걔를 세인트클레어라고 부르고 다른 아이들은 제이크*라고 부르는 것으로 마무리했어. 그 아인 목수가 되고 싶어 하는데, 도널 부인은 내게 아들이 대학교수가 될 수 있도록 도와달라고 하더라."

'대학'이라는 말이 나오자 길버트의 머릿속에는 새로운 화제가 떠올랐다. 두 사람은 잠시 동안 자기의 꿈과 계획에 관해 진지하고 열정적인 자세로 희망을 가득 품고 이야기를 나누었다. 여느 젊은이들처럼 두 사람도 놀라운 가능성으로 가득한 미래,

---

• 제이콥(Jacob)의 별칭

아직 걸어보지 못한 그 길에 대해 이야기하는 것을 좋아했다.

길버트는 의사가 되려고 마음먹은 참이었다.

"의사는 멋진 직업이야. 누군가 '인간은 투쟁하는 동물'이라고 정의했는데, 그 말처럼 사람은 일평생 무언가와 싸워야 하잖아. 난 질병과 고통, 무지와 싸우고 싶어. 이 세 가지는 서로 연결되어 있거든. 진정성을 가지고 세상의 진실한 과업에 참여해서 내게 주어진 몫을 다하고 싶어. 세상이 시작된 이래로 훌륭한 사람들이 쌓아올린 지식의 총합에 조금이라도 보탬이 되고 싶은 마음이야. 과거에 살았던 사람들이 나를 위해 이처럼 많은 일을 해주었으니, 나도 이후에 살아갈 사람들을 위해 무언가를 하고 싶어. 그것이 인류에 대한 의무를 완수하는 유일한 방법이라고 생각해."

길버트의 열정적인 말을 듣고 앤은 꿈꾸는 듯 말했다.

"사람들이 지식을 쌓도록 도와주는 건 정말 고귀한 목적이야. 하지만 난 그것보다는 그들의 삶에 아름다움을 더해주고 싶어. 나 때문에 사람들이 더 즐거워졌으면 좋겠어. 내가 태어나지 않았다면 세상에 존재하지 않았을 즐겁고 행복한 시간을 사람들에게 선물하고 싶어."

"내 생각에 넌 그 꿈을 날마다 이루며 사는 것 같아."

길버트가 감탄했다. 사실 그의 말이 옳았다. 앤은 태어날 때부터 빛을 머금은 존재였다. 햇빛처럼 찬란하게 빛나는 말과 미소를 가득 품고 살아왔기에, 그런 인생의 주인인 앤은 적어도 현재의 삶을 희망적이고 사랑스럽게 바라볼 수 있었고 좋은 결과를 거두리라고 기대할 수 있었다.

이윽고 길버트가 아쉬워하며 일어섰다.

"음, 나는 맥퍼슨네에 가야 해. 무디 스퍼전이 일요일엔 집에 있으려고 퀸스에서 돌아왔는데, 보이드 교수님이 내게 빌려주시는 책을 가져왔거든."

"나도 마릴라 아주머니 대신 저녁을 차려놔야 해. 아주머니는 키스 부인을 만나러 가셨는데 곧 돌아오실 거야."

마릴라가 돌아왔을 때 앤은 저녁 준비를 다 마친 상태였다. 장작불이 경쾌한 소리를 내면서 타올랐고 식탁에는 하얗게 서리가 내린 고사리와 루비처럼 붉은 단풍잎을 꽂은 꽃병이 놓여 있었다. 햄과 토스트가 풍기는 맛있는 냄새도 집 안에 가득했다. 하지만 마릴라는 깊은 한숨을 쉬면서 의자에 털썩 앉았다. 앤이 걱정스레 물었다.

"눈이 아프세요? 두통 때문에 힘드신가요?"

"아니, 피곤해서 그렇단다. 걱정거리도 있고. 메리와 아이들 때문이야. 메리의 병세가 더 나빠졌거든. 살날이 얼마 남지 않은 것 같다. 쌍둥이도 앞으로 어떻게 될지 모르겠어."

"아이들 외삼촌한테는 연락이 없었고요?"

"아, 메리가 편지를 한 통 받았어. 그 사람은 벌목장에서 일하고 있대. '거기 박혀 있다'라고 하던데 무슨 뜻인지 모르겠구나. 어쨌든 봄이 될 때까진 아이들을 맡을 수 없다고 했어. 그때쯤 결혼해서 가정을 이루면 아이들을 데려갈 수 있을 거래. 그러니 겨울엔 아이들을 이웃에게 맡겨놓으라고 했다더구나. 하지만 메리는 누구에게도 그런 부탁을 할 수 없대. 이스트그래프턴 사람들과 살갑게 지내지 않았거든. 아무튼 정리하자면, 메리는 내가 그 아이들을 맡아주길 바라는 게 분명해. 그렇게 말한 건 아니지만 그래 보여."

"어머! 아주머니, 물론 그렇게 하실 거죠? 그렇죠?"

앤은 흥분해서 두 손을 맞잡았다.

"아직 마음먹은 건 아니다. 난 너처럼 덮어놓고 일을 벌이진 않아. 팔촌 사이면 나랑 그렇게 각별한 관계도 아니고, 무엇보다 여섯 살배기 아이를 둘이나 맡는 건 보통 일이 아니거든. 게다가 쌍둥이잖니."

마릴라의 말투는 시큰둥했다. 쌍둥이를 키우는 일은 아이 한 명일 때보다 두 배는 힘들 거로 생각했기 때문이다.

"쌍둥이를 키우면 참 재미있어요. 한 쌍만 키운다면 말이죠. 물론 두 쌍이나 세 쌍이라면 이야기가 다르겠지만요. 그리고 제가 학교에 가서 집에 없을 때도 아주머니가 적적하지 않을 테니 아주 좋을 것 같아요."

"별로 재미있을 것 같진 않은데? 오히려 귀찮은 걱정거리나 더 생기겠지. 그 아이들이 네가 이 집에 왔을 때 정도의 나이라면 걱정할 일이 별로 없을 거야. 도라는 별문제가 없어. 착하고 얌전해 보이니까. 하지만 데이비는 장난꾸러기야."

아이들을 좋아하는 앤은 키스 부인의 쌍둥이를 맡아 기르고 싶은 마음이 간절해졌다. 앤의 머릿속에는 아무도 돌봐주지 않던 어린 시절의 기억이 생생하게 남아 있었다. 그래서 앤은 마릴라의 유일한 약점, 즉 의무라고 생각하는 일에 무섭게 헌신한다는 것을 이용해서 마릴라를 설득하기 시작했다.

"데이비가 장난꾸러기라면 더더욱 좋은 교육을 받아야 하는 것 아닐까요? 우리가 그 아이를 데려오지 않으면 누가 맡게 될지, 그 아이가 어떤 환경에 처할지 알 수 없어요. 키스 부인의 이웃인 스프럿 씨가 아이들을 맡는다고 생각해보세요. 린드 아주머니는 헨리 스프럿 씨만큼 불경스러운 사람은 세상에 없다면서, 그 집 아이들이 하는 말은 한 마디도 믿을 수 없다고 했어요. 쌍둥이가 그런 걸 배우면 큰일이잖아요. 위긴스 씨 집은 또 어떻고요. 린드 아주머니가 그러시는데, 위긴스 씨는 팔 수 있는 건 죄다 팔아치우고 아이들에게 탈지유만 먹인데요. 아무리 먼 친척이라 해도 아이들이 굶주리는 걸 보면서 마음이 편할 순 없잖아요. 제 생각에는, 그 아이들을 맡는 게 우리 의무예요."

마릴라는 마지못해 동의했다.

"그런 것 같구나. 아이들을 맡겠다고 메리에게 말해야겠다. 앤, 그렇게 기쁜 얼굴을 할 필요는 없다. 네가 할 일이 많아질 뿐이니까. 난 눈 때문에 바느질을 한 땀도 할 수 없으니 아이들 옷을 짓고 깁는 일은 순전히 네 몫이다. 그런데 넌 예전부터 바느질을 싫어했잖니?"

"싫어하긴 하죠. 하지만 아주머니가 아이들을 데려오는 걸 의무라고 생각하신다면 저도 바느질을 의무라고 생각할게요. 누군가를 위해 싫은 일을 해야 할 때도 있잖아요. 뭐, 어느 정도까지는 그래야 할 것 같아요."

8장

마릴라, 쌍둥이를 입양하다

레이철 린드 부인은 부엌 창가에 앉아 조각보를 잇고 있었다. 그녀가 '고아 여자아이'라고 불렀던 앤을 매슈 커스버트가 마차에 태우고 왔던 몇 년 전 어느 저녁에도 부인은 지금처럼 앉아 있었다. 하지만 그때는 봄이었고, 지금은 가을도 다 지나 숲속 나무들은 가지만 앙상하고 들판은 풀이 시들어 온통 갈색이었다. 석양이 세상을 보랏빛과 황금빛으로 물들이며 에이번리 서쪽의 어두운 숲 뒤로 저물어가던 그때, 순한 갈색 조랑말이 끄는 마차가 언덕을 내려오고 있었다. 린드 부인은 마차를 뚫어지게 바라보면서 부엌의 긴 의자에 누워 있던 남편에게 말했다.

"마릴라가 장례식에 갔다가 돌아오나 보네요."

토머스 린드는 요즘 드러눕는 일이 잦았다. 하지만 집 밖의 일이라면 빠삭한 린드 부인도 아직 남편에게 일어난 변화를 눈치채지는 못했다.

"마릴라가 쌍둥이도 데리고 와요. 아이고, 데이비가 조랑말 꼬리를 잡으려고 흙받기 쪽으로 몸을 기울이는 걸 마릴라가 잡아당기고 있어요. 도라는 자리에 얌전히 앉아 있네요. 저 아인 언제 봐도 방금 풀을 먹여 다림질한 것 같아요. 마릴라는 이번 겨울에 무척 바쁘겠어요. 딱하게 됐죠. 그래도 이런 상황에서는 아이들을 데려올 수밖에 없었을 거예요. 앤도 도울 거고요. 앤은 이 일 때문에 좋아서 죽을 지경인가 봐요. 아이들을 다루는 솜씨도 보통이 아니고요. 아, 그러고 보니 매슈가 앤을 집으로 데려온 게 어제 일 같네요. 마릴라가 아이를 키운다고 했을 때 모두 웃었잖아요. 그런데 이젠 쌍둥이를 맡게 되다니, 죽기 전까지는 무슨 일이 벌어질지 모르는 법이라니까요."

살진 조랑말은 '린드 부인네 골짜기' 다리를 건너 초록지붕집 오솔길을 터벅터벅 지나갔다. 마릴라의 얼굴은 굳어 있었다. 이스트그래프턴에서 16킬로미터 거리를 오는 동안 데이비 키스가 지치지도 않고 줄곧 꼼지락댔기 때문이다. 그런 아이를 가만히 앉아 있게 만드는 것은 마릴라의 능력을 벗어나는 일이었다. 마릴라는 오는 내내 데이비가 마차에서 떨어져 목이 부러지지는 않을까, 흙받기를 넘어가 말발굽에 밟히지는 않을까 노심초사했다. 견디다 못한 마릴라는 집에 도착하면 회초리로 때리겠다며 위협하기까지 했다. 그러자 데이비는 마릴라가 말고삐를 잡고 있는 것에도 아랑곳없이 무릎에 기어 올라가더니, 통통한 팔을 마릴라의 목에 두르고 아기 곰처럼 꼭 끌어안았다.

"아줌마, 진짜로 그러진 않을 거죠? 아줌마는 조그만 남자애가 얌전히 있지 않는다고 해서 때릴 사람 같진 않아요. 아줌마도 나만 했을 땐 가만히 있는 게 힘들었을 텐데요."

데이비는 이렇게 말하면서 마릴라의 주름진 뺨에다 쪽 소리가 나게 입맞춤을 했다.

"아니다. 난 누가 가만히 있으라고 하면 말을 잘 들었어."

마릴라는 엄하게 대하겠다고 마음먹었지만, 데이비의 갑작스러운 애정 표현에 마음이 누그러졌다. 데이비는 마릴라를 한 번더 껴안은 다음 자리로 꾸물거리며 돌아가면서 말했다.

"음, 그건 아줌마가 여자애라서 그랬을 거예요. 아줌마도 여자애였다고 생각하니까 정말 웃겨요. 도라는 가만히 앉아 있을 수 있어요. 하지만 그러면 재미가 없잖아요. 여자애는 참 재미없게 지낸다니까요. 야, 도라. 내가 신나게 해줄게."

'신나게 해주는' 방법이란 도라의 곱슬머리를 손가락으로 움켜쥐고 힘껏 잡아당기는 것이었다. 도라가 비명을 지르면서 울자 마릴라는 어쩔 줄 몰라 하며 데이비를 나무랐다.

"가엾은 어머니가 오늘 무덤에 묻히셨는데, 넌 어쩜 그렇게 못된 장난을 칠 수 있니?"

데이비는 비밀을 털어놓듯 속삭였다.

"하지만 엄마는 죽는 걸 좋아했어요. 난 알아요. 엄마가 그렇게 말했으니까요. 엄마는 아픈 게 너무너무 싫었던 거예요. 엄마가 죽기 전날 밤에 우린 오랫동안 이야기를 했어요. 엄마는 아줌마가 저랑 도라를 이번 겨울에 맡아주실 거니까 착하게 굴라고 말했어요. 그래서 전 착하게 굴 거예요. 그런데 얌전히 앉아 있어야만 착한 건가요? 뛰어다니면서 착해질 순 없나요? 또 엄마는 도라한테 항상 친절하게 대하고 언제나 도라 편을 들라고 했어요. 꼭 그렇게 할 거예요."

"머리카락을 잡아당기는 게 친절하게 대하는 거니?"

데이비가 주먹을 꼭 쥐고 얼굴을 찌푸리며 말했다.

"다른 사람이 도라 머리를 잡아당기면 가만두지 않을 거예요. 어디 해보라죠. 난 도라를 아프게 하진 않았어요. 도라는 여자애라서 우는 것뿐이에요. 전 남자애라 다행이에요. 그런데 쌍둥이라는 건 별로 안 좋아요. 지미 스프럿은 여동생이 말대꾸를 할 때 '내 나이가 더 많으니까 당연히 내가 더 잘 알아'라고만 대답하면서 동생을 꼼짝 못 하게 해요. 하지만 전 도라한테 그렇게 말할 수 없어요. 도라는 자꾸 제가 틀렸다고 해요. 음, 잠깐만 제가 말을 몰게 해주세요. 전 남자니까요."

마릴라는 마차가 마당에 들어선 뒤에야 안심할 수 있었다. 가을 밤바람에 시든 잎이 춤을 추고 있었다. 마중 나와 있던 앤은 쌍둥이를 한 명씩 안고 마차에서 내려주었다. 도라는 앤이 입을 맞출 때 얌전히 있었지만, 데이비는 앤을 꼭 끌어안으면서 "난 데이비 키스야"라고 기운차게 말했다.

저녁 식탁에서도 도라는 어린 숙녀처럼 행동했지만 데이비의 식사 예절은 예상을 뛰어넘을 만큼 형편없었다. 마릴라가 나무라자 데이비가 볼멘소리를 했다.

"너무 배가 고파서 예절을 지킬 수 없어요. 도라는 내 절반도 배고프지 않을 거예요. 여기 오는 길 내내 내가 계속 움직인 걸 생각해보세요. 케이크가 굉장히 맛있어요. 건포도도 잔뜩 들어 있네요. 케이크를 먹어본 지 정말 오래됐어요. 엄마가 너무 아파서 케이크를 만들어주지 못했고, 스프럿 아줌마는 우리한테 빵을 구워주는 것만으로도 벅차다고 했거든요. 그리고 위긴스 아줌마는 케이크에 건포도 같은 건 넣지 않아요. 정말 너무했죠! 한 조각 더 먹어도 돼요?"

마릴라가 안 된다고 말하려 했지만 앤의 동작이 더 빨랐다. 앤은 한 조각을 큼지막하게 잘라 데이비에게 주면서 "감사합니다"라고 말해야 한다는 사실을 상기시켰다. 데이비는 앤을 보고 씩 웃으면서 크게 덥석 한입 베어 물더니 한 조각을 다 먹고 난 뒤에 말했다.

"한 조각 더 주면 고맙다고 할 수 있는데."

"안 돼. 넌 벌써 많이 먹었다."

앤이 익히 알고 있는 말투였다. 마릴라가 이렇게 말하면 정말 마지막이라는 것을 데이비는 아직 몰랐다.

데이비는 앤에게 눈을 찡긋하더니 식탁 위로 몸을 내밀고 도라가 얌전하게 한 입 먹고 나서 손에 쥐고 있던 케이크 조각을 낚아챘다. 그런 다음 최대한 크게 벌린 입속으로 모조리 쑤셔 넣었다. 도라의 입술이 파르르 떨렸고 마릴라는 깜짝 놀라 말을 잇지 못했다. 앤은 곧바로 '학교 선생님'답게 소리쳤다.

"데이비, 신사는 그런 짓 하지 않는 거야."

데이비는 케이크를 삼키고 나서 입을 열었다.

"그건 나도 알아. 하지만 난 신사가 아닌걸."

충격을 받은 앤이 말했다.

"그럼 신사가 되고 싶지 않니?"

"되고는 싶지. 하지만 신사는 어른들이나 할 수 있는 거잖아."

앤은 지금이 좋은 씨앗을 뿌릴 기회라고 생각했다.

"너도 신사가 될 수 있어. 신사는 어릴 때부터 되기 시작하는 거야. 신사는 숙녀의 물건을 빼앗지 않아. 고맙다는 인사를 잊어버리거나 다른 사람의 머리카락을 잡아당기지도 않지."

"신사는 별로 재미없는 거구나. 난 그냥 다 자라서 신사가 될 때까지 기다릴 거야."

마릴라는 체념한 듯 다시 케이크 한 조각을 잘라서 도라에게 주었다. 지금은 데이비를 상대할 기분이 아니었다. 장례식도 있었고 마차를 오래 몰고 온 참이라 몹시 피곤했기 때문이다. 그녀는 엘리자 앤드루스 못지않게 앞날을 비관하고 있었다.

쌍둥이는 피부가 하얗고 금발이라는 점만 빼면 별로 닮지 않았다. 도라는 윤기 있고 단정한 곱슬머리였으며, 데이비는 짧은 곱슬머리가 둥근 머리를 덮고 있었다. 도라의 연갈색 눈은 차분하고 부드러웠지만 데이비의 눈은 요정처럼 장난기가 넘쳤고 쉴 새 없이 움직여댔다. 도라의 코는 반듯했고 데이비는 들창코였다. 도라는 '점잔 빼는*' 입매였지만 데이비는 항상 웃음을 띠고 있었다. 게다가 데이비는 한쪽 뺨에만 보조개가 있다 보니, 웃을 때면 한쪽으로 일그러진 표정이 귀엽고 익살맞아 보였다. 이렇듯 데이비의 작은 얼굴에는 쾌활함과 장난기가 가득했다.

"이제 그만 애들을 재우는 게 좋겠다. 도라는 나랑 같이 자면 되고, 넌 데이비를 서쪽 다락방으로 데려가거라. 데이비, 혼자

---

* 　원문은 prunes and prisms로 영국의 소설가 찰스 디킨스(1812-1870)가 『리틀 도릿』에서 등장인물을 묘사할 때 쓴 표현이다.

자도 무섭지 않겠지?"

한시라도 빨리 아이들에게서 벗어나고 싶었던 마릴라가 말했다. 그러자 데이비가 태평스럽게 대답했다.

"당연하죠. 하지만 벌써 자고 싶진 않아요."

"안 된다. 지금 자야 해."

녹초가 된 마릴라가 짧게 말했다. 그녀의 말투에는 데이비조차 따를 수밖에 없는 힘이 있었다. 데이비는 앤을 따라 순순히 2층으로 올라가면서 비밀을 털어놓듯 말했다.

"내가 어른이 되면 제일 먼저 해보고 싶은 게 있어. 밤을 꼴딱 새우는 거야. 그게 어떤 기분인지 궁금하거든."

마릴라는 그 후 몇 년이 지난 뒤에도 쌍둥이가 초록지붕집에 왔던 첫 일주일을 떠올릴 때마다 몸서리를 쳤다. 그때가 뒤이은 몇 주보다 힘들었던 것은 아니지만, 처음이라면 그렇게 느낄 만했다. 데이비는 장난을 치거나 장난칠 궁리를 하면서 깨어 있는 시간 대부분을 보냈다. 첫 번째 주목할 만한 사건은 아이들이 이곳에 온 지 이틀째 되던 일요일 아침에 일어났다. 화창하고 따뜻한 날씨는 마치 9월처럼 포근했다. 교회에 가기 전에 마릴라가 도라의 치다꺼리를 하는 동안 앤은 데이비의 옷을 갈아입혔다. 데이비는 세수를 하지 않겠다며 떼를 썼다.

"마릴라 아줌마가 어제 씻겨줬잖아. 위긴스 아줌마도 장례식 날에 딱딱한 비누로 날 박박 문질러댔어. 그 정도면 일주일은 씻지 않아도 돼. 너무 깨끗한 건 싫어. 난 더러운 게 훨씬 편하단 말이야."

"폴 어빙은 날마다 스스로 세수를 하던데."

앤이 꾀를 내어 말했다. 데이비는 초록지붕집의 가족이 된 지 48시간도 지나지 않았지만, 벌써 앤의 '숭배자'가 되었다. 그리고 도착한 다음 날 앤이 폴 어빙을 크게 칭찬하자 그에게 적의를 품었다. 그래서 폴 어빙이 날마다 세수를 한다고 말하는 것만으로 문제가 해결되었다. 설령 그러다 죽는 한이 있더라도 데이비는 세수했을 것이다. 같은 이유로 데이비는 몸단장과 관련된 모든 지시를 순순히 따랐다. 외출 준비를 마쳤을 때 데이비는 참 잘생긴 아이가 되어 있었다. 앤은 커스버트 집안 자리에 그를 앉히면서 어머니가 된 것 같은 자부심을 느꼈다.

처음에는 데이비도 꽤 점잖게 행동했다. 근처에 앉은 남자아이들을 슬금슬금 쳐다보면서 누가 폴 어빙인지 찾아내는 일에만 정신이 팔려 있었기 때문이다. 찬송가 두 곡을 부르고 성경 구절을 낭독할 때까지는 아무 일도 없었다. 하지만 앨런 목사가 기도할 때 사건이 일어나고야 말았다.

데이비 앞에는 로레타 화이트가 목 주위에 레이스 장식이 느슨하게 달린 옷을 입고 앉아 있었다. 로레타는 살이 통통하게 오른 여덟 살짜리 여자아이였다. 태어난 지 6개월이 되었을 때 어머니의 품에 안겨 처음 교회에 온 날 이후로 몸가짐이 늘 나무랄 데 없이 반듯했다.

로레타가 머리를 약간 숙이자 두 가닥으로 길게 땋아 늘어뜨린 금발 사이로 하얀 목덜미가 드러났다. 그때 데이비가 한 손을 주머니에 찔러 넣더니 꿈틀거리는 무언가를 꺼냈다. 털이 숭숭 난 송충이였다. 이상한 낌새를 눈치챈 마릴라가 데이비를 붙잡았지만 이미 늦었다. 데이비가 로레타의 옷 속으로 송충이를 집어넣고야 말았다.

갑자기 찢어질 듯한 비명이 터졌다. 앨런 목사는 깜짝 놀라 기도를 멈추고 눈을 떴다. 신도들도 고개를 들었다. 로레타 화이트가 옷 뒤쪽을 움켜쥐고 자리에서 일어나서는 춤을 추듯 펄쩍펄쩍 뛰고 있었다.

"꺅! 엄마, 이거 떼줘. 빨리 떼달란 말이야! 저 못된 애가 내 목에 이상한 걸 넣었어. 으악! 엄마, 밑으로 내려갔단 말야!"

화이트 부인은 잔뜩 굳은 얼굴로 일어나서 몸부림치는 로레타를 데리고 나갔다. 비명이 멀어지자 앨런 목사는 다시 예배를 진행했다. 하지만 분위기는 이미 엉망이 되었다. 마릴라는 난생처음으로 성경 구절이 귀에 들어오지 않았고, 앤은 창피해서 벌게진 얼굴로 앉아 있었다.

집으로 돌아오자 마릴라는 데이비를 종일 방에 가둔 다음 밥도 차려주지 않았다. 하지만 빵과 우유로 허기를 달래는 것은 허락했다. 앤은 요깃거리를 가져다주면서 슬픈 얼굴로 데이비 옆에 앉았다. 뉘우치는 기색도 없이 음식을 먹던 데이비는 슬픔에 잠긴 앤의 눈이 마음에 걸렸는지 이렇게 물었다.

"있잖아. 폴 어빙이라면 교회에서 여자애 목에 송충이를 넣지는 않았겠지?"

"물론이지."

앤의 슬픈 표정을 보고 데이비는 고개를 끄덕였다.

"뭐, 그럼 내가 조금은 잘못한 거네. 하지만 그건 정말 큰 벌레였어. 교회에 가자마자 계단에서 주웠는데, 그런 걸 써먹지 못하면 아깝단 말야. 아, 누나. 그 여자애가 소리 지르는 거 재밌

지 않았어?"

화요일 오후, 초록지붕집에서 교회 봉사회 모임이 있었다. 앤은 마릴라를 도와주려고 학교에서 집으로 서둘러 돌아왔다. 도라는 말끔히 풀을 먹인 하얀 드레스를 입고 검은 띠를 맨 단정한 모습으로 봉사회 사람들과 함께 응접실에 앉아 있었다. 늘 조용히 있다가 누가 말을 걸면 얌전하게 대답하는 모습이 모든 면에서 모범적인 아이다웠다. 하지만 데이비는 헛간 앞마당에서 즐거운 표정으로 흙장난을 하고 있었다. 옷과 몸에 흙이 묻어 지저분해졌지만 아랑곳하지 않았다.

마릴라가 진저리를 쳤다.

"내가 저렇게 놀아도 된다고 했다. 그러면 더 심한 장난은 치지 않을 것 같았거든. 그저 꼬질꼬질해질 뿐이겠지. 우리 먼저 식사하고 데이비는 나중에 부르자. 도라는 괜찮지만 데이비를 봉사회 사람들과 같이 식탁에 앉힐 자신은 없구나."

앤이 봉사회 사람들을 부르러 응접실에 갔는데 도라가 보이지 않았다. 데이비가 현관으로 와서 도라를 데리고 나갔다고 재스퍼 벨 부인이 말해주었다. 앤은 부엌에서 마릴라와 잠시 의논한 끝에 두 아이 모두 나중에 밥을 먹이기로 했다.

식사가 반쯤 끝났을 무렵, 한 아이가 흐트러진 매무새로 나타났다. 마릴라와 앤은 당황한 얼굴로 쳐다보았다. 봉사회 사람들도 깜짝 놀라서 눈이 휘둥그레졌다. 저 아이가 정말 도라란 말인가? 하지만 마릴라가 새로 깔아놓은 물방울무늬 양탄자 위에 머리와 드레스가 흠뻑 젖은 채로 서서 물을 뚝뚝 떨어뜨리며 울고 있는 아이는 도라가 분명했다.

"도라, 무슨 일이야?"

앤은 이렇게 소리치면서 죄인이라도 된 것 같은 심정으로 재스퍼 벨 부인을 힐끗 쳐다보았다. 부인의 가족은 평소 사고 같은 건 절대 치지 않는 사람들로 유명했기 때문이다.

도라가 서럽게 흐느꼈다.

"데이비가 나더러 돼지우리 울타리를 걸어보라고 했어. 싫다고 했더니 겁쟁이라고 놀리잖아. 그래서 울타리를 걷다가 떨어졌고, 돼지들이 내 위로 막 뛰어다니는 바람에 옷이 더러워진 거야. 데이비는 자기가 씻겨준다면서 나더러 펌프 밑에 서 있으라고 했어. 내가 그 말대로 하니까 데이비가 물을 마구 끼얹었어. 그런데 드레스는 하나도 안 깨끗해졌고, 예쁜 허리띠랑 신발도 엉망이 됐어."

남은 시간 동안 앤이 혼자서 손님 접대를 했고 마릴라는 2층으로 올라가 도라의 옷을 전에 입던 것으로 갈아입혔다. 데이비는 붙잡혀서 밥도 못 먹은 채로 방에 갇혔다. 해가 질 무렵 앤은 데이비의 방으로 가서 진지하게 타일렀다. 항상 좋은 결과를 낳지는 못하더라도 앤은 이런 교육법의 효과를 신뢰하고 있었다. 앤은 데이비에게 네 행동 때문에 가슴이 아프다고 말해주었다. 데이비도 순순히 인정했다.

"지금은 좀 미안해. 하지만 난 뭘 하고 있을 땐 미안하다는 생각이 안 드는 게 문제야. 무슨 일을 저지르고 나서야 그런 마음이 들거든. 도라는 옷이 더러워지는 게 싫다면서 나랑 흙장난을 같이 하지 않았어. 그래서 너무너무 화가 난 거야. 폴 어빙이라면 떨어질 줄 알면서도 여동생한테 돼지우리 울타리를 걸어보라고 하진 않겠지?"

"당연하지. 그런 일은 꿈도 꾸지 않을 거야. 폴은 완벽한 꼬마 신사니까."

데이비는 눈을 꼭 감고 찡그리면서 잠시 고민하는 듯했다. 그러고는 앤의 무릎으로 기어올라 두 손으로 목을 끌어안으면서 벌게진 작은 얼굴을 앤의 어깨에 파묻었다.

"앤 누나, 날 조금은 좋아하지? 폴처럼 착한 아이가 아니더라도 날 미워하진 않을 거지?"

"물론 널 좋아하지. 하지만 네가 못된 장난을 치지만 않으면 지금보다 더 좋아하게 될 것 같아."

앤은 진심이었다. 이유는 정확히 알 수 없지만 데이비는 좋아할 수밖에 없는 아이였다. 그러자 데이비가 속삭였다.

"사실 내가 오늘 또 무슨 일을 저질렀어. 지금은 미안하다는 생각이 들지만, 말하려니까 무서워. 너무 야단치진 말아줘. 그리고 마릴라 아줌마한테도 이르지 마."

"글쎄다. 그래도 아주머니께는 말해드려야겠지. 무슨 짓을 했는지는 모르겠지만, 네가 다신 안 그러겠다고 약속하면 나도 말하지 않겠다고 약속할게."

"응, 다신 안 그럴게. 어쨌든 올해는 이보다 더 대단한 건 찾을 수도 없을 거야. 지하실 계단에서 잡았거든."

"데이비, 너 무슨 짓을 한 거야?"

"마릴라 아줌마 침대에 두꺼비를 넣었어. 누나가 가서 두꺼비를 치워도 되지만, 그냥 둬도 재미있을 것 같지 않아?"

"야, 데이비 키스!"

앤은 매달려 있는 데이비를 뿌리치고 벌떡 일어나 복도를 가로질러 마릴라의 방으로 달려갔다. 침대는 조금 흐트러져 있었다. 앤이 초조한 마음으로 담요를 홱 젖히자 정말 두꺼비가 있었다. 두꺼비는 베개 밑에 떡하니 앉아 앤을 보며 눈을 껌뻑거리기까지 했다.

"으, 징그러워! 이걸 어떻게 치워버리지?"

앤은 몸서리를 치며 전전긍긍하다가 순간 난로의 부삽을 떠올렸다. 앤은 마릴라가 부엌에서 바쁘게 일하는 틈을 타 살금살금 내려가 부삽을 가지고 왔다. 하지만 두꺼비를 아래층으로 옮길 때도 애를 먹었다. 두꺼비는 세 번이나 삽에서 뛰어내렸고, 한 번은 복도에서 놓쳐버렸던 것이다. 앤은 두꺼비를 간신히 붙잡아 벚나무 과수원에 놓아준 뒤에야 숨을 돌렸다.

"만약 마릴라 아주머니가 아셨다면 평생 마음놓고 침대에 눕지 못하셨겠지? 꼬마 죄인이 늦지 않게 잘못을 뉘우쳐서 참 다행이야. 어머, 다이애나가 창문으로 신호를 보내고 있네. 정말 반갑다. 기분 전환이 필요한 참이었거든. 하루가 멀다 하고 학교에서는 앤서니 파이가, 집에서는 데이비 키스가 속을 뒤집어 놓으니 도무지 견딜 수 있어야지."

9장

페인트 색깔이 불러온 재앙

"레이철 린드라는 성가신 할멈이 오늘 또 왔어. 교회에 깔 카펫을 사야 하니 돈을 기부해달라고 귀찮게 구는 거야. 그런 여잔 딱 질색이야. 설교에, 성경 구절에, 이런저런 예까지 들어가면서 벽돌 집어던지듯 말을 퍼부어댄다니까."

해리슨 씨가 화를 내며 말했다. 앤은 베란다 끝에 걸터앉아 서쪽에서 불어오는 부드러운 바람을 즐기고 있었다. 잿빛으로 저물어가는 11월의 황혼 녘에 이제 막 쟁기질한 밭을 가로질러 정원 아래에 늘어선 빽빽한 전나무들 사이로 바람이 불어오면서 색다르고 고아한 선율을 노래했다. 잠시 후 앤은 감상에 젖은 얼굴을 해리슨 씨 쪽으로 돌렸다.

"아저씨랑 린드 아주머니가 서로를 이해하지 못한다는 게 문제예요. 사람들은 항상 그런 이유로 틀어지죠. 저도 처음엔 린드 아주머니를 싫어했지만, 아주머니가 어떤 분인지 이해하고 나서는 곧바로 좋아졌어요."

"처음엔 안 그랬다가 나중에 좋아지는 사람도 있겠지. 하지만 나는 계속 먹다 보면 좋아하게 될 거라는 말을 듣고 바나나를 억지로 입에 욱여넣는 일 따윈 하지 않아. 나더러 이해하라고 해서 하는 말인데, 난 그 여자가 오지랖이 넓다는 걸 알고 있어. 본인한테도 그렇게 말해줬지."

해리슨 씨가 투덜거리자 앤이 나무라듯 말했다.

"어머, 아주머니가 무척 속상하셨겠어요. 어떻게 그런 말을 하실 수 있어요? 저도 오래전에 린드 아주머니한테 끔찍한 말을 한 적이 있어요. 하지만 그땐 제가 정말 화가 나서 그랬던 거죠. 일부러 그런 말을 하진 않아요."

"사실을 말한 것뿐이야. 난 누구한테나 사실 그대로 이야기해야 한다고 생각하니까."

"하지만 아저씨가 사실 전부를 말씀하신 건 아니잖아요. 사실 중에서 마음에 들지 않는 것만 콕 집어 쏟아내셨죠. 예를 들어, 제 머리카락이 빨갛다는 이야긴 열 번도 넘게 하셨지만 제 코가 예쁘다는 말은 한 번도 하지 않으셨어요."

해리슨 씨가 껄껄 웃었다.

"그거야, 말해주지 않아도 알 테니까."

"전 제가 빨간 머리라는 것도 알고 있어요. 아, 물론 전보다 훨씬 짙어지긴 했지만, 아무튼 알고 있으니까 그 사실도 제겐 말할 필요가 없잖아요."

"알았다고. 네가 그렇게 불편하다면 다시는 그런 말을 하지 않도록 조심할게. 앤, 나를 좀 너그럽게 봐주려무나. 솔직하게 말하는 게 버릇이니 지나치게 신경 쓸 필요 없어."

"하지만 사람들은 신경을 쓸 수밖에 없는걸요. 그게 아저씨 버릇이라고 해서 문제가 사라지는 건 아니에요. 누군가 핀이나 바늘로 남을 찌르고 다니면서 '미안하지만 신경 쓰지 마세요. 그건 제 버릇이니까'라고 말한다면, 그를 정신 나간 사람이라고 생각하지 않을까요? 린드 아주머니가 참견하길 좋아한다는 건 사실이에요. 하지만 아저씨는 린드 아주머니가 친절한 분이고 언제나 가난한 사람들을 도와준다는 걸 본인에게 말해준 적이 있나요? 티머시 코튼 아저씨가 아주머니네 농장에서 버터 한 덩어리를 훔쳤는데, 아내에게는 린드 아주머니한테 사왔다고 거짓말한 적이 있어요. 그때 린드 아주머니는 한 마디도 하지 않고 넘어가셨어요. 아저씨는 그 일도 아주머니한테 말해주지 않았잖아요? 코튼 아주머니가 나중에 린드 아주머니를 만났을 때 버터에서 순무 맛이 난다고 불평했지만, 아주머니는 맛이 그렇게 변했는지는 몰랐다며 미안하다는 말만 했어요."

해리슨 씨는 마지못해 인정했다.

"그 여자한테도 좋은 점이 있긴 하지. 사람이란 다 그런 법이니까. 내게도 좋은 점은 있어. 아마 넌 생각해본 적도 없겠지만. 어쨌든 난 교회의 카펫을 사는 덴 한 푼도 내놓지 않을 거다. 이곳 사람들은 끊임없이 돈을 뜯어내려고만 해. 적어도 내겐 그렇게 보인다니까. 그런데 마을회관에 페인트칠을 한다는 계획은 어떻게 돼가고 있니?"

"순조롭게 진행되고 있어요. 지난 금요일 밤에 에이번리 지역

개선협회 모임을 가졌는데, 회관에 페인트칠을 하고 지붕도 고
치려고 모금한 돈이 꽤 되더라고요. 마을 어른 대부분이 넉넉하
게 기부해주셨거든요."

앤은 상냥한 성격이었지만 필요한 상황에서는 '대부분'이라
는 단어를 강조하면서 말에 가시를 심어둘 줄도 알았다.

"무슨 색으로 칠할 건가?"

"아주 예쁜 초록색으로 결정했어요. 지붕은 물론 집은 빨간색
이에요. 오늘 로저 파이 아저씨가 시내에서 페인트를 가져온다
고 했어요."

"누가 그 일을 맡았지?"

"카모디에 사는 조슈아 파이 아저씨요. 조슈아 아저씨는 지붕
수리도 거의 끝냈어요. 우린 그 아저씨와 계약할 수밖에 없었어
요. 파이네 집안사람들은 그분에게 맡기지 않으면 돈을 내지 않
겠다고 했거든요. 네 집이 다 그렇게 말하니까 어쩔 수 없잖아
요. 12달러나 기부하겠다고 했는데, 포기하기엔 액수가 너무 크
니까요. 물론 몇 명은 파이네 집안에 휘둘려서는 안 된다고 생
각했어요. 그들은 모든 걸 좌지우지하려 든다고 린드 아주머니
가 그러셨거든요."

"중요한 건 조슈아라는 사람이 일을 잘하느냐는 거지. 일만
잘한다면 성이 파이든 푸딩이든 무슨 상관이겠니?."

"평판은 아주 좋아요. 성격이 별나다는 소문도 있지만요. 말
을 거의 하지 않는대요."

해리슨 씨가 살짝 비꼬듯 말했다.

"여기 사람들이 볼 땐 정말 특이한 작자겠구먼. 나도 에이번

리에 오기 전에는 말수가 적었지. 하지만 여기선 나를 지키기 위해 말을 많이 하기 시작한 거야. 그러지 않았으면 린드 부인이 날 벙어리라고 하면서 수화를 가르쳐줄 기부금을 걷으러 다녔을지도 몰라. 앤, 벌써 집에 가니?"

"네, 가야 해요. 오늘 저녁에 도라의 옷을 바느질해야 하거든요. 어쩌면 데이비가 저 없는 동안 새로운 장난을 쳐서 마릴라 아주머니를 애먹이고 있을지도 몰라요. 오늘 아침에 데이비가 처음 한 말은 '앤 누나, 어둠은 어디로 가는 거야?'였어요. 전 지구 반대편으로 가는 거라고 말해줬죠. 그런데 아침을 먹은 뒤 데이비는 내 말이 틀렸다면서 어둠은 우물 속으로 들어간다는 거예요. 데이비가 어둠을 잡겠다며 우물에 매달려 손을 뻗고 있는 걸 마릴라 아주머니가 오늘 네 번이나 붙잡으셨대요."

"그 녀석은 장난꾸러기야. 어제 여기 와서는 내가 헛간에 가 있는 동안 진저의 꼬리에서 깃털을 여섯 개나 뽑아버렸어. 진저는 가엾게도 그때부터 풀이 죽어 있지. 그 아이들 때문에 너도 골치깨나 아프겠구나."

"가치 있는 걸 얻으려면 약간의 고생쯤은 감수해야죠."

앤은 속으로 데이비가 이다음에 무슨 장난을 치더라도 용서해줘야겠다고 마음먹었다. 자기 대신 진저에게 복수를 해주었기 때문이다.

그날 밤 로저 파이 씨가 마을회관을 칠할 페인트를 사 왔고, 다음 날부터 무뚝뚝하고 과묵한 조슈아 파이 씨가 작업을 시작했다. 그가 일하는 동안에는 아무도 참견하지 않았다. 마을회관은 '아랫길'이라고 부르는 곳에 있었다. 늦가을이면 이 길은 항상 질척거리고 물이 고여 있다 보니 사람들은 카모디에 갈 때 더 먼 '윗길'로 돌아가곤 했다. 또한 이 건물은 전나무 숲에 둘러싸여 있어서 가까이 가지 않으면 보이지도 않았다. 덕분에 사교성이 떨어지는 조슈아 파이 씨는 누구의 방해도 받지 않고 홀가분한 마음으로 작업을 해나갔다.

금요일 오후 조슈아 파이 씨는 일을 마치고 카모디의 집으로 돌아갔다. 그가 떠나자마자 레이철 린드 부인이 마차를 몰고 왔다. 새로이 단장한 마을회관의 모습이 궁금해서 용감하게 아랫길의 진창을 헤치며 달려온 것이다.

가문비나무 모퉁이를 돌자 마을회관이 눈에 들어왔다. 순간 린드 부인은 크게 당혹한 나머지 고삐를 내려놓고 두 손을 쳐들며 외쳤다.

"하느님 맙소사!"

부인은 자신의 눈을 믿지 못하겠다는 듯이 마을회관을 뚫어지게 바라보았다. 그러고는 거의 미친 사람처럼 웃었다.

"뭔가 착오가 있었던 거야. 틀림없어. 파이네 사람들이 일을 엉망으로 해놓을 줄 내 알았다니까."

린드 부인은 집으로 돌아가는 길에 사람들을 만날 때마다 마차를 멈추고 마을회관 이야기를 했다. 그 소식은 들불처럼 퍼져나갔다. 집에서 교과서를 자세히 살펴보던 길버트 블라이드는 아버지 밑에서 일하는 아이로부터 해 질 녘에 이야기를 전해듣고는 초록지붕집으로 숨 가쁘게 달려왔다. 오는 길에 프레드 라이트도 합류했다. 이들이 도착했을 때 다이애나 배리, 제인 앤드루스, 앤 셜리는 초록지붕집 뒷마당의 잎이 다 떨어진 커다란 버드나무 밑에서 넋이 나간 모습으로 서 있었다. 길버트가 크게 소리쳤다.

"앤, 사실이 아니지?"

"사실이야. 린드 아주머니가 카모디에 다녀오다 여기 들러서 말씀해주셨어. 아, 정말 끔찍한 일이야! 뭔가를 개선하려고 노력했지만 전부 물거품이 되어버렸어."

앤의 얼굴은 꼭 비극의 여신처럼 보였다.

"뭐가 끔찍하다는 거야?"

올리버 슬론이 물었다. 그는 마릴라의 부탁을 받아 시내에서 종이 상자를 사 가지고 오던 참이었다. 제인이 분통을 터뜨리며 말했다.

"아직 못 들었어? 조슈아 파이 아저씨가 마을회관을 초록색이 아니라 파란색으로 칠해버렸어. 그것도 마차나 손수레에 칠하는, 짙고 요란한 파란색으로! 린드 아주머니가 그러시는데, 세상에서 가장 흉측한 건물 색깔인 데다가 지붕이 빨간색이니까 더 못 봐주겠대. 지금껏 그런 꼴은 보지 못했을뿐더러 상상조차 해본 적이 없다는 거야. 그 말을 듣고 난 정신이 나가는 줄 알았어. 우리가 그토록 고생했던 결과가 고작 이거라니, 가슴이 찢어질 것 같아."

다이애나도 울먹거렸다.

"세상에 어쩜 이런 일이 일어날 수 있지?"

터무니없는 재난에 대한 비난은 결국 파이네 집안사람들에게로 향했다. 개선회원들은 모턴 해리스 가게의 페인트를 사용하기로 결정했는데, 상품의 색깔마다 번호가 매겨져 있었다. 구매자는 색상표를 보면서 색깔을 고른 뒤 그에 해당하는 번호로 주문하는 방식이었다. 원래 회원들이 고른 초록색은 147번이었다. 로저 파이 씨는 아들인 존 앤드루를 통해 자기가 시내로 가서 페인트를 사 오겠다고 회원들에게 전했다. 그래서 회원들은 147번 페인트를 구입해달라고 부탁했으며, 존 앤드루는 자기도 아버지에게 분명히 그렇게 전했다고 말했다. 하지만 로저 파이 씨가 사 온 것은 157번이었다. 그는 아들에게 틀림없이 157번이라고 들었다면서 끝끝내 결백을 주장했다. 이처럼 문제 해결의 실마리는 전혀 보이지 않았다.

그날 밤 모든 개선회원의 집에는 실의에 빠져 축 처진 기운이 맴돌았다. 초록지붕집의 우울한 공기는 데이비까지도 입을 다물게 만들 정도였다. 그 누구도 앤의 울음을 그치게 할 수 없을 것 같았다.

"마릴라 아주머니, 아무리 제가 열일곱 살이 다 되었다고 해도 울지 않을 수 없네요. 분해서 미칠 지경이에요. 마치 우리 협회의 종말을 알리는 소리 같아요. 이제 우리는 웃음거리가 되어 사람들의 기억에서 점점 잊히겠죠."

하지만 꿈이 현실과 다른 것처럼 인생은 종종 다른 방향으로 흘러가곤 한다. 에이번리 사람들은 개선협회를 비웃지 않았다. 도리어 크게 화를 냈다. 자기들이 기부한 돈으로 마을회관을 칠했는데 일이 이 지경에 이르렀기 때문이다. 사람들의 분노는 파이 집안으로 향했다. 로저 파이와 존 앤드루는 제대로 소통을 하지 못해 일을 망쳐놓았다는 비난을 들었다. 조슈아 파이도 페인트 통을 열고 색깔을 보았을 때 무언가 잘못되었다고 생각하지 못한 것을 보면 타고난 바보가 틀림없다고 핀잔을 들었다. 사람들의 따가운 시선을 받은 조슈아 파이 씨는 에이번리 사람들이 어떤 색깔을 좋아하는지는 자신이 알 바 아니며, 이 일은 자신의 의견과도 상관없지 않느냐고 반박했다. 또 자기는 단지 마을회관에 페인트칠을 하기 위해 고용되었을 뿐, 색깔에 대해서 이러쿵저러쿵하기로 한 것은 아니었다며, 그동안 일한 대가를 달라고 요구했다.

개선회원들은 치안 판사인 피터 슬론 씨와 의논한 끝에 쓰린 속을 부여잡고 조슈아 파이 씨에게 돈을 지불했다.

"자네들은 급료를 지불해야 해. 그게 맞아. 조슈아 파이에게 이 일의 책임을 물을 수는 없거든. 그는 색깔에 대해서는 전혀 들은 바가 없고, 그저 자기가 받은 페인트로 칠했을 뿐이라고 주장하고 있으니까. 어쨌든 그건 정말 수치스러운 일이야. 마을회관이 아주 흉측하게 변했잖아."

운이 없었던 개선회원들은 이 일로 에이번리 사람들에게 손가락질을 받을까 봐 염려했다. 하지만 도리어 동정하는 여론이 형성되면서 분위기가 호의적으로 돌아섰다. 사람들은 열정을 가지고 모인 젊은이들이 마을을 위해 애쓰다가 몹쓸 일을 당했을 뿐이라고 생각했다. 린드 부인은 개선회원들에게 하던 일을 계속하라고 말해주면서, 세상에는 포기하지 않고 일을 끝까지 잘해내는 사람이 있다는 걸 파이네 집안사람들에게 보여주라고 격려했다. 메이저 스펜서 씨는 농장 앞길에 늘어선 그루터기를 모두 뽑아버리고 자기 돈으로 잔디씨를 뿌릴 것이라는 말을 전해왔다. 하이럼 슬론 부인은 어느 날 뜬금없이 학교에 찾아와서 앤을 부르더니, 만약 개선협회가 봄에 교차로에다 제라늄 화단을 만들 생각이라면, 뭐든지 다 뜯어먹으려고 하는 자기 집 소는 안전한 곳에 가둬놓을 테니 걱정하지 않아도 된다고 말해주었다. 해리슨 씨조차도 혼자 있을 때는 껄껄 웃었지만, 앤 앞에서만큼은 몹시 안타까워하는 척하며 위로의 말을 건넸다.

"앤, 너무 신경 쓰지 마라. 페인트는 해가 갈수록 칙칙하게 색이 바래는 법인데, 저 파란색은 처음부터 보기 흉하니까 시간이 지나면 오히려 더 예뻐질 거야. 지붕에는 널도 덮었고 페인트칠도 잘됐잖아. 이제 사람들은 비가 새지 않는 회관에서 모일 수 있게 된 거라고. 어쨌든 너희가 이번에 꽤 많은 걸 해냈다."

"하지만 에이번리의 파란 마을회관은 두고두고 이웃 마을 사람들에게 놀림거리가 될 거예요."

앤이 씁쓸한 얼굴로 말했다. 결국 앤의 말대로 되었다.

10장

말썽거리를 찾아다니는 데이비

11월 어느 오후, 수업을 마친 앤은 자작나무 길을 지나 집으로 돌아오면서 인생은 참으로 멋지다는 걸 새삼 느꼈다. 그날은 참 좋은 하루였다. 앤의 작은 왕국에서 모든 일이 순조롭게 진행되었다. 세인트클레어 도널은 자기 이름 문제로 누구와도 싸우지 않았고, 이가 아파 얼굴이 퉁퉁 부은 프릴리 로저슨은 근처에 앉은 남자아이들에게 한 번도 눈웃음을 짓지 않았다. 바버라 쇼는 사고를 한 번밖에 안 쳤는데, 그마저도 바닥에 물을 엎지르는 정도였다. 그리고 앤서니 파이는 학교에 오지 않았다.

"올해 11월은 참 멋진 달이야! 원래는 별로 마음에 들지 않는 달이었지. 11월이 되면 한 해가 문득 자신이 늙었다는 것을 깨닫고는 울면서 조바심칠 것 같았거든. 올해는 우아하게 나이를 먹고 있어. 흰머리와 주름이 있어도 매력적일 수 있다는 걸 아는 고상한 노부인 같아. 요즘은 날도 아름답고 저녁놀도 아주 멋져. 지난 두 주는 정말 평화로운 시간이었지. 데이비까지도 꽤나 얌전하게 행동했으니까. 데이비는 점점 나아지고 있는 것 같아. 참 다행이지? 그나저나 오늘은 숲이 참 조용하네. 나무 꼭대기를 스치는 부드러운 바람 말고는 아무런 소리도 나지 않아! 마치 먼 바닷가의 파도 소리가 아스라하게 들려오는 것 같아. 숲이 얼마나 사랑스러운지 몰라. 아름다운 나무들아! 너희는 모두 사랑하는 내 친구들이야."

앤에게는 소리 내어 혼잣말을 하는 어릴 때의 버릇이 아직 남아 있었다. 걸음을 멈춘 앤은 어리고 가느다란 자작나무를 팔로 안으며 우윳빛 줄기에 입을 맞추었다. 때마침 오솔길을 돌아오던 다이애나가 앤을 보고 웃었다.

"앤 셜리, 넌 어른인 척만 하고 있는 거야. 혼자 있을 땐 영락없이 어린 여자아이라니까."

앤도 명랑하게 말했다.

"아이 때의 습관을 단번에 고칠 순 없잖아. 너도 알다시피 난 14년 동안 어린아이였고, 고작 3년 전부터 어른이 되기 시작했는걸. 난 숲에서는 언제나 어린아이로 남아 있을 것 같아. 학교에서 집으로 걸어가는 지금이 내가 꿈을 꿀 수 있는 거의 유일한 시간이야. 잠들기 전 30분 정도를 빼면 그렇다는 거야. 가르치고 공부하면서 마릴라 아주머니를 도와 쌍둥이를 돌보느라 눈코 뜰 새 없이 지내다 보면 도무지 상상할 틈이 나지 않는다니까. 내가 밤마다 동쪽 다락방 침대에 누워서 잠깐이지만 얼마나 멋진 모험을 하는지 넌 모를걸? 화려하고 멋지게 성공한 내

모습을 상상하곤 해. 위대한 프리마돈나나 적십자 간호사 또는 여왕 같은 사람이라고 상상하는 거야. 어젯밤에 난 여왕이었어. 여왕이라고 상상하는 건 정말 멋진 일이야. 불편한 일은 하나도 없이 그저 여왕이 누릴 수 있는 즐거움에 빠져 있다가 원할 때면 언제든지 그만둘 수 있잖아. 물론 실제로는 그럴 수 없겠지? 그리고 이 숲에서는 완전히 다른 걸 상상할 수 있어서 좋아. 오래된 소나무에 사는 드라이어드 요정이나 바스락거리는 낙엽 밑에 숨은 조그마한 갈색 숲의 요정이 되는 거지. 아까 내가 하얀 자작나무에 입 맞추는 걸 봤지? 그 나무는 내 여동생이야. 그건 나무고 난 여자라는 차이가 있지만, 크게 다르다고 볼 순 없지. 그런데 넌 어디 가니?"

"딕슨네 집에 가는 길이야. 앨버타가 새 드레스를 재단해야 하는데, 내가 도와주기로 약속했거든. 너도 저녁 때 올래? 다 끝나고 나랑 같이 돌아오면 되잖아."

"가능하면 그렇게 할게. 프레드 라이트가 시내에 가고 없으니 나라도 너랑 같이 가야지."

앤은 아무것도 모른다는 얼굴로 시치미를 떼며 말했다. 다이애나는 얼굴이 빨개지더니 고개를 떨군 채로 걸어갔다. 하지만 기분이 상한 얼굴은 아니었다.

앤은 저녁에 딕슨네로 갈 생각이었다. 하지만 그럴 수 없었다. 초록지붕집에 도착했을 때 머릿속의 모든 생각을 싹 지워버릴 만한 사건이 벌어져 있었기 때문이다. 앤은 마당에서 몹시 흥분한 마릴라와 마주쳤다.

"앤, 도라가 없어졌어!"

"도라가요? 없어졌다고요?"

앤은 데이비를 쳐다보았다. 데이비는 대문에 매달려 몸을 흔들면서 재미있다는 듯 눈을 반짝이고 있었다. 미심쩍은 낌새를 느낀 앤이 물었다.

"데이비, 너 도라가 어디 있는지 알아?"

데이비는 천연덕스럽게 대답했다.

"몰라. 밥을 먹은 뒤로는 못 봤어. 맹세할 수도 있다고."

마릴라가 자초지종을 이야기해주었다.

"나는 1시 이후에 쭉 집에 없었어. 토머스 린드가 갑자기 아프다면서 레이철이 당장 와달라고 했거든. 집을 나설 때 도라는 부엌에서 인형 놀이를 했고, 데이비는 헛간 뒤에서 흙장난을 하고 있었어. 30분 전에야 집으로 돌아왔는데 도라가 보이지 않는 거야. 데이비는 내가 나간 뒤로 도라를 못 봤다고 하고…."

"정말로 못 봤어."

데이비가 진지한 얼굴로 잘라 말했다.

"이 근처에 있을 거예요 혼자선 멀리 돌아다니지 않으니까요. 그 아이가 얼마나 겁이 많은지 아시잖아요. 아마 어느 방에선가 잠이 들었을 거예요."

앤의 말에 마릴라는 고개를 저었다.

"벌써 온 집을 이 잡듯이 찾아봤다. 집 밖의 다른 데 있을지는 모르겠구나."

이후 마릴라와 앤은 집 안, 마당, 헛간의 모든 구석구석을 샅샅이 뒤졌다. 앤은 도라를 부르며 과수원과 유령의 숲을 헤매고 다녔다. 마릴라는 촛불을 들고 지하실을 살펴봤다. 데이비는 번

갈아 두 사람을 따라다니며 도라가 있을 법한 곳을 생각나는 대로 알려주었다. 결국 이들은 마당에 다시 모였다.

"정말 이상한 일이로구나."

마릴라가 신음하자 앤도 풀이 죽어 말했다.

"도라는 어디 있는 거지?"

그때 데이비가 신이 나서 떠들었다.

"우물에 빠졌을지도 모르죠."

앤과 마릴라는 잔뜩 겁을 먹고 서로의 얼굴을 쳐다보았다. 도라를 찾는 내내 그런 생각을 하고는 있었지만 감히 입 밖에 내지는 못했던 것이다. 마릴라가 가까스로 입을 열었다.

"어쩌면… 어쩌면 그럴 수도 있겠구나."

앤은 정신이 아득하고 어지러워졌지만 곧장 우물가로 가서 안을 들여다보았다. 안쪽 선반에는 양동이가 놓여 있었고, 아래쪽 깊은 곳에는 잔잔한 물이 반짝거렸다. 커스버트네 우물은 에이번리에서 가장 깊었다. 만약 도라가…. 더는 이런 끔찍한 생각을 할 수 없었던 앤은 부들부들 떨면서 몸을 돌렸다. 마릴라가 초조한 듯 두 손을 꼭 잡으며 말했다.

"빨리 가서 해리슨 씨를 불러와라."

"해리슨 아저씨와 존 헨리는 지금 집에 없어요. 둘 다 시내에 갔거든요. 배리 아저씨를 모셔올게요."

잠시 후 배리 씨가 밧줄 한 묶음을 가지고 앤과 함께 왔다. 배리 씨가 끝에 갈고리 모양의 도구가 달린 밧줄로 우물을 훑는 동안 마릴라와 앤은 겁에 질려서 얼어붙은 채로 그 옆에 서 있었다. 하지만 데이비는 문에 걸터앉아 재미있는 구경이라도 났다는 듯 세 사람을 지켜보았다.

마침내 배리 씨는 안도의 한숨을 쉬며 고개를 저었다.

"저기 아래엔 없어요. 도라가 대체 어디 있는지 정말 모를 일이네요. 저기, 애야. 네 동생이 어디 있는지 정말 모르니?"

"모른다고 몇 번이나 말했잖아요. 수상한 사람이 납치해 갔을 수도 있죠."

데이비가 억울하다는 얼굴로 볼멘소리를 하자 두방망이질하던 가슴이 어느 정도 진정된 마릴라가 쏘아붙였다.

"데이비, 말도 안 되는 소리 하지 마라! 그리고 앤, 도라가 해리슨 씨 집에 가다가 길을 잃은 건 아닐까? 도라는 너랑 같이 거길 다녀온 뒤로 줄곧 앵무새 이야기를 했잖아."

"도라 혼자서는 그렇게 멀리 가지 못했을 텐데요. 일단 가서 찾아볼게요."

바로 그때 누군가 데이비의 얼굴을 보았다면 표정의 변화를 읽을 수 있었을 것이다. 데이비는 가만히 문에서 미끄러져 내려오더니 통통한 다리로 있는 힘껏 헛간을 향해 달려갔다.

앤은 별다른 기대 없이 들판을 가로질러 해리슨 씨네 집으로 갔다. 문은 굳게 잠겼고 창문에는 가림막이 내려져 있었으며 주변에는 아무런 인기척도 없었다. 앤은 베란다에 서서 도라를 큰소리로 불러보았다. 그러자 부엌 쪽에서 진저가 꽥꽥대며 욕설을 퍼붓는 소리가 들려왔다. 그때 앤은 요란한 소리에 섞인 울음소리를 들었다. 그 소리는 해리슨 씨가 연장을 두는 마당 한구석 작은 창고에서 가냘프게 들려왔다. 앤이 급히 달려가 문고리를 열자 얼굴이 온통 눈물로 얼룩진 작은 아이가 엎어놓은 못

상자 위에 덩그러니 앉아 있는 모습이 보였다.

"어머, 도라, 도라! 너 때문에 얼마나 놀랐는지 알아? 그런데 왜 여기 있는 거야?"

도라는 가만히 흐느꼈다.

"데이비랑 같이 진저를 보러 왔어. 하지만 볼 수 없었어. 데이비가 문을 걸어차니까 진저는 안에서 욕만 했어. 그런데 데이비가 날 여기로 데려오더니 밖으로 뛰어나가면서 문을 닫았어. 그래서 못 나간 거야. 난 무서워서 계속 울었어. 앤 언니, 나 지금 너무 춥고 배고파. 아무도 날 데리러 오지 않는 줄 알았어."

"데이비가?"

앤은 말을 잇지 못했다. 아이를 안고 집으로 돌아오는 내내 마음이 무거웠다. 도라가 무사해서 기뻤지만 데이비가 한 짓을 생각하니 기쁨은 온데간데없이 사라지고 마음이 아파왔다. 도라를 가둔 것까지는 장난으로 여기고 용서할 수 있었다. 하지만 데이비는 거짓말을, 그것도 아주 고약한 거짓말을 했다. 그처럼 못된 행동을 눈감아줄 수는 없었다. 앤은 실망이 큰 나머지 그 자리에 주저앉아 울고만 싶었다. 자기도 모르는 사이에 데이비를 깊이 사랑하게 된 앤은 아이가 고의로 거짓말했다는 걸 알아차리자 견딜 수 없을 만큼 커다란 상처를 입고 말았다.

마릴라는 앤의 말을 잠자코 들었다. 데이비에게 좋지 않은 전조였다. 배리 씨는 웃으며 데이비에게 당장 적당한 벌을 주라고 충고했다. 배리 씨가 집으로 돌아가자 앤은 벌벌 떨면서 흐느끼는 도라를 따뜻하게 달랜 뒤 저녁을 먹이고 침대에 눕혔다. 그런 다음 다시 부엌으로 갔는데 마침 그때 엄한 얼굴의 마릴라가 데이비를 데리고, 아니 끌고 들어왔다. 마구간의 컴컴한 구석에 숨어 있다가 들킨 데이비는 몸에 거미줄을 잔뜩 묻힌 채로 끌려 오지 않으려고 발버둥질을 쳤다.

마릴라는 데이비를 바닥 한가운데에 있는 매트 위에 밀쳐놓고 동쪽 창가로 가서 앉았다. 앤은 힘없이 서쪽 창가에 앉았다. 두 사람 사이에 죄인이 선 모양새였다. 데이비는 마릴라를 등지고 있었는데, 뒷모습이 얌전하면서도 겁에 질린 것처럼 보였다. 하지만 앤을 향한 표정은 달랐다. 조금 부끄러워하면서도 동지를 바라보는 것 같은 눈빛이었다. 마치 나쁜 짓을 한 것도 알고, 그에 따른 벌을 받을 것도 알지만, 나중에 앤과 함께 이 일을 웃어넘길 수 있다고 기대하는 듯했다.

그러나 앤의 회색 눈동자에서는 이에 화답하는 미소를 전혀 찾아볼 수 없었다. 단지 장난이었을 뿐이라면 미소를 띨 수도 있었겠지만, 앤의 눈에는 다른 무언가가 있었다. 불쾌한 뭔가를 바라보는 듯한 기색이었다.

"데이비, 왜 그런 짓을 한 거니?"

앤이 슬픈 표정으로 묻자 데이비는 순간 움찔했다.

"그냥 재미 삼아 그런 거야. 집이 너무 오랫동안 조용했잖아. 누나하고 아줌마를 깜짝 놀라게 해주면 재미있을 것 같았어. 실제로도 그랬고."

데이비는 무섭기도 했고 조금은 후회하는 마음도 있었지만 아까의 일을 생각하면서 씩 웃었다.

"하지만 넌 우리를 속였어, 데이비."

앤이 더욱 슬픈 표정을 짓자 데이비는 어리둥절해했다.

"그게 무슨 말인데? 내가 뻥을 쳤다는 뜻이야?"

"네가 거짓말을 했다는 거야."

데이비는 솔직하게 인정했다.

"물론 그랬지. 안 그랬으면 누나하고 아줌마가 놀라지 않았을 거잖아. 그래서 뻥을 칠 수밖에 없었어."

앤은 도라 때문에 두려움에 떨면서 정신없이 뛰어다녔던 터라 몹시 지쳐 있었다. 그런데 데이비의 반성 없는 태도가 감정의 둑마저 무너뜨렸다. 앤은 굵은 눈물방울을 흘리며 떨리는 목소리로 말했다.

"데이비, 어떻게 그럴 수가 있니? 그게 얼마나 나쁜 짓인지 모르겠어?"

데이비는 소스라치게 놀랐다. 앤 누나가 울고 있었다. 자신이 누나를 울린 것이다! 작고 따뜻한 가슴에 진심 어린 후회가 파도처럼 밀려왔다. 데이비는 앤에게 달려가 무릎 위에 몸을 던지고 앤의 목을 끌어안으며 울음을 터뜨렸다.

"뻥치는 게 나쁜 건지 몰랐어. 그게 나쁜 것인 줄 내가 어떻게 알겠어? 스프럿네 애들은 만날 그런 소리를 하고는 가슴에 십자가를 그으며 사실이라고 했어. 폴 어빙이라면 절대로 뻥을 치지 않겠지. 나도 폴처럼 착한 아이가 되려고 굉장히 노력했어. 하지만 이제 누나는 나를 사랑하지 않을 것 같아. 그런데 누나가 나한테 그게 나쁜 짓이라고 말해줄 수도 있었잖아. 울려서 정말 미안해, 누나. 다시는 뻥치지 않을게."

데이비는 앤의 어깨에 얼굴을 묻고 흐느꼈다. 데이비의 속사정을 알게 되자 앤은 기쁜 기색으로 데이비를 꼭 껴안았다. 아이의 더부룩한 곱슬머리 너머로 마릴라의 얼굴이 보였다.

"마릴라 아주머니, 데이비는 거짓말을 하는 게 잘못인지도 몰랐어요. 다시는 그러지 않겠다고 약속한다면, 이번엔 용서해줘야 할 것 같아요."

"절대 안 그럴 거야. 이제는 그게 얼마나 나쁜지 알았으니까. 내가 또 뻥을 치는 걸 보면 그때는 산 채로 껍질을 벗겨도 돼."

데이비는 엉엉 울면서 다짐했고, 자기 나름대로 적당한 벌을 고민해서 제시했다. 앤은 학교 선생님답게 타일렀다.

"데이비, '뻥'이라는 말을 하면 안 돼. '거짓말'이라고 해야지."

"왜? 뻥치는 거랑 거짓말하는 거랑 똑같은 말이잖아. 궁금해. 난 뻥친다는 말이 더 좋게 들리는걸."

데이비는 앤의 무릎에 편안하게 앉아 눈물로 얼룩진 얼굴을 들어 앤을 올려다보았다.

"뻥친다는 건 점잖은 말이 아니야. 더군다나 어린아이가 그런 말을 하는 건 정말 나빠."

데이비는 한숨을 쉬었다.

"아휴, 하면 안 되는 게 참 많네. 이렇게 많을 줄 몰랐어. 뻥, 아니 거짓말을 하는 게 나쁜 일이라니 아쉬운걸. 거짓말을 하면 얼마나 편한데. 그래도 나쁜 일이라니까 더는 거짓말하지 않을게. 그럼 이번에는 나한테 어떤 벌을 줄 거야? 응? 알려줘."

앤은 도움을 청하는 눈길로 마릴라를 쳐다보았다.

"나도 너무 엄하게 대하고 싶지는 않구나. 이제껏 거짓말은 나쁜 일이라고 데이비에게 가르쳐준 사람이 없었던 것 같고, 스프럿네 아이들도 별로 본받을 만한 친구는 아닌 듯싶다. 가엾은 메리는 너무 아파서 데이비를 제대로 교육하지 못했을 거야. 여섯 살 아이가 그런 걸 본능적으로 깨달을 수는 없지. 데이비가 무엇이 올바른 행동인지 하나도 모른다고 생각하고 가장 기초적인 것부터 알려줘야 할 것 같다. 하지만 도라를 가둔 것에 대한 벌은 받아야 해. 저녁을 굶고 자는 벌밖에 생각나지 않는데, 그건 이미 많이 써먹은 방법이야. 앤, 마땅한 벌이 없을까? 너라면 생각해낼 수도 있을 것 같구나. 네가 늘 말하는 상상력으로 뭐라도 떠올려봐라."

앤이 데이비를 부둥켜안으며 말했다.

"하지만 벌을 준다는 건 너무 끔찍한 일이에요. 전 즐거운 상상만 하고 싶거든요. 세상에는 불쾌한 일이 너무 많아서 그런 걸 굳이 상상할 필요는 없어요."

결국 데이비는 늘 하던 대로 이튿날 정오까지 방에서 나오지 못했다. 그사이 데이비도 무슨 생각을 한 것이 분명했다. 앤이 자기 방으로 올라갔을 때 데이비가 나지막하게 부르는 소리를 들었기 때문이다. 방에 들어가 보니 데이비는 무릎에 양쪽 팔꿈치를 대고 손으로 턱을 괸 자세로 침대에 앉아 있었다. 표정은 무척 진지했다.

"앤 누나. 누구든지 뻥을, 아니 거짓말을 하는 건 나쁜 거야? 궁금해."

"맞아. 정말 나쁜 일이야."

"어른이 그래도 나쁜 거야?"

"그럼, 물론이지."

데이비가 단호하게 말했다.

"그러면 마릴라 아줌마도 나쁜 사람이네. 거짓말을 했으니까. 그리고 아줌마가 나보다 더 나빠. 난 거짓말이 나쁜 건지 몰랐지만 아줌마는 알고 있었잖아."

앤은 순간 화가 치밀었다.

"데이비 키스, 마릴라 아주머니는 평생 단 한 번도 거짓말을 하신 적 없어."

"아냐. 거짓말했어. 지난 화요일에 나더러 매일 밤 기도를 하지 않으면 끔찍한 일이 일어날 거라고 했거든. 그래서 일주일 넘게 기도하지 않았어. 무슨 일이 일어나는지 보려고 했던 거야. 그런데 아무 일도 없었잖아."

데이비는 몹시 억울해했지만 앤은 웃음이 터져 나올 것 같아 미칠 지경이었다. 그래도 여기서 웃으면 끝장이라는 생각에 억지로 웃음을 삼키면서 마릴라의 명예를 회복하려고 애썼다.

"어머, 데이비. 바로 오늘 끔찍한 일이 일어났잖니."

데이비는 이해가 안 가는 눈치였다.

"저녁도 못 먹고 방에 갇힌 거 말이야? 그건 별로 끔찍한 일이 아니잖아. 물론 그게 좋다는 건 아니지만, 난 여기 온 뒤로 방에 갇힌 적이 많아서 이젠 익숙해졌는걸. 저녁을 못 먹는 것도 문제없어. 아침을 두 배로 먹으면 되니까."

앤은 침대 발판 쪽으로 몸을 숙이며 문제를 일으킨 장본인이 똑똑히 볼 수 있도록 집게손가락을 흔들었다.

"방에 갇힌 걸 얘기하는 게 아니야. 네가 거짓말을 한 걸 말하는 거야. 데이비, 어린아이가 거짓말을 하는 건 그 아이에게 일어날 수 있는 가장 나쁜 일이야. 세상에서 가장 끔찍한 일이지.

그러니까 마릴라 아주머니는 네게 진실을 말한 거야."

"하지만 난 아줌마가 일어난다고 했던 나쁜 일이 더 재미있을 것 같았어."

데이비의 말투는 여전히 심드렁했다.

"네 생각과 다르다고 마릴라 아주머니 탓을 하면 안 돼. 나쁜 일이 항상 재미있는 건 아니야. 오히려 형편없고 바보 같은 경우가 대부분이거든."

데이비가 자기 무릎을 끌어안으며 말했다.

"그래도 아줌마랑 누나가 우물을 들여다보는 게 얼마나 재미 있었는지 몰라."

앤은 아래층으로 내려갈 때까지는 표정을 풀지 않다가 거실에 도착하자마자 그대로 주저앉더니 옆구리가 아플 때까지 크게 웃어댔다.

"뭐가 그렇게 우스운지 말 좀 해봐라. 오늘은 웃을 일도 별로 없었잖니."

마릴라가 언짢아하자 앤이 장담했다.

"제 얘길 들으면 아주머니도 웃으실 거예요."

잠시 후 마릴라도 앤처럼 크게 웃었다. 앤을 맡게 된 뒤로 마릴라의 교육관이 얼마나 달라졌는지 보여주는 사례였다. 하지만 마릴라는 금세 한숨을 쉬었다.

"내가 괜한 말을 했구나. 어느 목사님이 어린아이한테 그렇게 말하는 걸 들은 적이 있어서 나도 따라 해봤거든. 네가 카모디에서 열린 발표회에 갔을 때 데이비를 재우면서 했던 말이야. 그날 난 데이비 때문에 몹시 화가 나 있었단다. 저 아이는 자기가 하느님에게 중요한 사람이 될 만큼 크기 전에는 기도를 해도 좋은 일이 일어나지 않을 것 같다고 하더구나. 앤, 난 저 아이를 어떻게 다뤄야 할지 모르겠다. 저렇게 감당이 안 되는 아이는 본 적이 없어. 두 손 들었다니까."

"그런 말씀 마세요, 아주머니. 제가 여기 처음 왔을 때 얼마나 말썽꾸러기였는지 생각해보세요."

"아이고, 넌 말썽꾸러기가 아니었어. 그런 축에도 못 들었지. 이제야 그걸 알겠구나. 말썽꾸러기가 어떤 건지 정확하게 알았으니까. 엉뚱한 짓을 자주 했지만 넌 늘 좋은 의도로 그랬어. 하지만 데이비는 못된 짓을 좋아해서 그러는 거잖니."

"어머, 아니에요. 전 데이비가 그렇게 못된 아이라고 생각하지 않아요. 그저 장난이 심할 뿐이죠. 그리고 여긴 데이비한테 정말 심심한 곳이잖아요. 같이 놀 만한 남자아이도 없고, 뭔가 열중하게 하는 일도 눈에 띄지 않아요. 도라는 너무 얌전하고 새침데기라서 남자아이의 놀이 상대로는 적당하지 않고요. 전 아이들을 학교에 보내는 게 낫다고 생각해요."

앤이 데이비를 감싸며 넌지시 자신의 생각을 이야기했지만 마릴라는 딱 잘라 거절했다.

"그럴 순 없다. 우리 아버지가 늘 말씀하셨지. 일곱 살이 될 때까지는 사방이 벽으로 막힌 곳에 아이들을 가둬놓으면 안 된다고 말이야. 앨런 목사님도 똑같은 말을 하셨어. 쌍둥이를 집에서 조금 가르치는 건 괜찮지만 일곱 살이 될 때까지는 학교에 보내지 않을 거다."

"그러면 집에서 데이비를 잘 가르쳐봐야겠네요. 결점투성이긴 하지만 퍽 귀여운 꼬마 녀석이니까요. 전 그 아이가 정말 사랑스러워요. 이런 말을 하기는 좀 그렇지만, 솔직히 전 도라보다 데이비가 좋아요. 도라가 그렇게 착한 아이인데도 그런 생각이 드니 참 이상하죠."

"솔직히 나도 그렇단다. 왜 그런지는 모르겠어. 물론 불공평한 일이긴 해. 도라는 말썽을 부리는 법이 없잖니. 세상에 도라보다 착한 아이는 없을 거다. 너무 얌전해서 집에 있는지도 모를 정도라니까."

"도라는 정말 착해요. 어떻게 하라고 가르쳐주지 않아도 바르게 행동할 거예요. 마치 엄마 배 속에서 교육을 다 받고 태어난 아이 같아요. 그래서인지 우리 도움이 별로 필요하지 않아 보이죠. 제 생각에는…."

앤은 정확히 핵심을 찌르는 말로 마무리했다.

"사람은 자기를 필요로 하는 사람을 가장 사랑하는 법이에요. 데이비에게는 우리가 절실하게 필요해요."

마릴라도 동의했다.

"맞다. 데이비에게는 분명 무언가가 필요하지. 아마 레이철 린드라면 따끔한 매가 필요하다고 말했을 거다."

11장

이상과 현실

앤은 퀸스 전문학교 시절의 친한 친구에게 편지를 썼다.

가르친다는 건 참 흥미로운 일이야. 제인은 가르치는 일이
단조롭다고 했지만 난 그렇게 생각하지 않아. 날마다 재미
있는 일이 벌어지고 아이들은 정말 우스운 이야기를 하거
든. 제인은 학생들이 익살맞게 굴 때마다 벌을 준대. 그래
서 가르치는 일이 지겹게 느껴지나 봐.

오늘 오후에는 저학년반의 지미 앤드루스가 '주근깨'라
는 단어를 쓰려다가 틀렸어. 한참 동안 낑낑대다가 고작 한
다는 말이 이거였어. "뭐, 잘 쓰지는 못해도 무슨 뜻인지는
알아요." 그래서 무슨 뜻이냐고 물었더니 이렇게 답하더
라. "세인트클레어 도널의 얼굴이에요."

세인트클레어의 얼굴에 주근깨가 많긴 해. 아이들에게는 놀리지 말라고 당부했어. 나도 어렸을 때 주근깨가 있었으니까 그게 어떤 기분인지 잘 알거든. 하지만 세인트클레어는 별로 신경 쓰는 것 같지 않았어. 하굣길에 그 아이가 지미를 때린 건 자기를 '세인트클레어'라고 불렀기 때문이야. 나도 쿵쾅거리는 소리를 들었지만 수업이 끝난 뒤였으니까 그냥 모른 척할 생각이야.

어제는 로리 라이트에게 덧셈을 가르쳐주고 있었어. 내가 물었지. "한 손에 사탕 세 개가 있고 다른 손에 두 개가 있으면 모두 몇 개일까?" 그랬더니 로리가 이렇게 대답하는 거야. "한입 가득 먹을 수 있을 만큼이오." 그리고 과학 수업 때 아이들에게 두꺼비를 죽이지 말아야 하는 이유를 물었더니 벤지 슬론이 심각한 얼굴로 말하더라. "내일 비가 오게 되니까요."

스텔라, 난 웃음을 참느라 힘들 지경이야. 집에 갈 때까지 우스운 일들을 죄다 마음속에 숨겨놔야 해. 마릴라 아주머니는 별다른 이유도 없이 동쪽 다락방에서 요란한 웃음소리가 들리면 걱정이 된다고 하셨어. 그래프턴에 어떤 미친 사람이 있었는데, 그런 식으로 증상이 시작되었다고 하시는 거야.

너 토머스 아 베켓이 '뱀'이 되었다는 이야기*를 들어봤

---

* 베켓(1118-1170)은 영국의 성직자로, 캔터베리 대주교가 된 뒤 왕과 대립하다가 암살되었다. saint(성인)와 snake(뱀)의 철자를 혼동해서 벌어진 일이다.

니? 로즈 벨이 한 말이야. 그 아이는 윌리엄 틴들이 신약성
경을 썼다고도 했어.* 클로드 화이트는 '빙하'가 창틀에 유
리를 끼우는 사람이라고 말하지 뭐야.**

아이들을 가르치면서 가장 어려운 점은 자기의 솔직한
생각을 말하게 하는 것 같아. 물론 가장 재미있는 일이기도
하지. 지난주 폭풍우가 치던 날, 점심시간에 아이들을 불러
모은 뒤 나를 친구라고 생각하면서 마음 편히 이야기해보
자고 했어. 먼저 자기가 가장 원하는 걸 말해보라고 했지.
어떤 대답은 지극히 평범했어. 인형, 조랑말, 스케이트 같
은 것들이었지. 물론 독창적인 대답도 있었어. 헤스터 볼터
는 교회 갈 때 입는 드레스 차림으로 날마다 거실에서 식사
하고 싶대. 한나 벨은 힘들게 노력하지 않아도 착해지고 싶
은가 봐. 마저리 화이트는 열 살밖에 안 됐는데 과부가 되
고 싶다는 거야. 왜냐고 물었더니 결혼을 하지 않으면 사람
들에게 노처녀라는 소리를 들을 테고, 결혼을 하면 남편이
시키는 일을 해야 하지만, 과부가 되면 이런 두 가지 위험
을 피할 수 있어서 그렇다고 진지하게 말하더라. 가장 걸작
이었던 건 샐리 벨의 소원이었어. 걔는 '허니문'을 갖고 싶
대. 그게 뭔지 아냐고 물어보니까 아주 특별하고 멋진 자전
거가 아니냐고 되묻는 거야. 몬트리올에 사는 사촌이 허니

* 영국의 종교개혁가 틴들(1494?-1536)이 성경을 영어로 번역했다는 말을 듣고
는 직접 썼다고 생각한 것이다.

** glacier(빙하)를 glass(유리)로 잘못 안 상태에서 끝에 접미사 -er이 붙으니 '유
리를 끼우는 사람'이라고 생각한 것이다.

문을 갔는데 거기서 항상 최신형 자전거를 타고 다녔기 때문에 그렇게 생각한 거였어!

어느 날에는 이제껏 했던 장난 중에서 가장 심한 걸 말해달라고 부탁했어. 비록 고학년 아이들의 입을 열게 하지는 못했지만 3학년 아이들은 아무런 거리낌 없이 이야기했지. 일라이자 벨은 이모의 털실 뭉치에 불을 붙였다고 했는데, 일부러 그랬는지 물어봤더니 꼭 그런 건 아니었대. 어떻게 타는지 보려고 끝에 살짝 불을 붙였는데 순식간에 전부 타버렸다는 거야. 에머슨 길리스는 헌금함에 넣을 10센트로 사탕을 샀고, 애네타 벨이 저지른 가장 큰 죄는 무덤에 난 블루베리를 따 먹은 것이었어. 윌리 화이트는 교회 갈 때 입는 바지 차림으로 양 우리 지붕에 올라가 여러 번 미끄럼을 탔다면서 뻔뻔하게도 이렇게 말하더구나. "하지만 전 여름내 기운 바지를 입고 주일학교를 다녀야 했으니까, 그 일에 대한 벌을 받은 거예요. 벌을 받으면 반성할 필요가 없잖아요."

아이들이 쓴 글을 네게 꼭 보여주고 싶어. 최근에 받은 글 몇 편을 여기 적어놓을게. 지난주에는 4학년 아이들에게 무슨 내용이든 좋으니 내게 편지를 써달라고 했어. 가봤던 곳이나 재미있었던 일이나 만난 사람 이야기를 적을 수도 있다고 예를 들어주었지. 편지지에 쓰고 봉투에 넣어 봉한 다음 주소를 적는 것까지 스스로 해야 한다고 말했어. 금요일 아침이 되자 내 책상에 편지가 수북이 쌓였지. 그날 밤 나는 가르치는 일이 고된 만큼 즐거움이 크다는 사실을 새삼 깨달았어. 아이들의 글을 읽으면 그동안의 고생을 보상받는 느낌이야. 다음은 네드 클레이가 쓴 편지인데, 주소와 철자와 문법을 안 고치고 그대로 옮긴 거야.

프린스에드워드섬 초록'집웅'집의 '셔얼리' 선생님께

새

　사랑하는 선생님, 저는 새에 대한 글을 쓰겠습니다. '새은' 아주 쓸모 있는 동물입니다. 우리 집 고양이는 새를 잡습니다. 고양이 이름은 윌리엄이지만 아빠는 톰이라고 부릅니다. 온몸에 '줄무니'가 있고 작년 겨울에는 한쪽 귀가 얼어서 '업서'졌습니다. 그것만 아니면 예쁜 고양이입니다. 우리 '삼춘'은 고양이를 갖게 되었습니다. 그 고양이는 어느 날 '삼춘' 집에 와서 안 나가려고 했습니다. '삼춘'은 이렇게 기억력이 나쁜 고양이를 처음 본다고 합니다. '삼춘'은 고양이가 흔들의자에서 자도 그냥 둡니다. 숙모는 '삼춘'이 자식보다 고양이를 더 좋아한다고 했습니다. 그건 나쁜 일입니다. 고양이에게 친절히 대하고 신선한 우유도 줘야 합니다. 그러나 자기 아이보다 고양이를 더 좋아하면 안 됩니다. 제 생각을 '던부' 적었습니다. 더 할 말이 없어서 이만 마치겠습니다.

에드워드 블레이크 클레이 올림

　세인트클레어의 편지는 늘 짧고 간결해. 쓸데없는 말은

하지 않거든. 나는 그 아이가 악의를 품고 이런 주제를 고른 뒤 추신까지 덧붙인 것은 아니라고 생각해. 그냥 눈치가 없거나 상상력이 부족해서 그랬을 거야.

셜리 선생님께

　선생님께서는 지금까지 제가 본 이상한 것을 써보라고 하셨습니다. 저는 에이번리 마을회관에 대해 쓰겠습니다. 마을회관에는 문이 두 개 있습니다. 안쪽에 하나, 바깥쪽에 하나입니다. 창문은 여섯 개고 굴뚝도 하나 있습니다. 사방에 벽이 있는 네모난 건물입니다. 벽에는 파란색 페인트가 칠해져 있습니다. 그 색깔 때문에 건물이 무척 이상하게 보입니다. 마을회관은 카모디로 가는 길 아래쪽에 지어져 있습니다. 에이번리에서 세 번째로 중요한 건물입니다. 다른 두 건물은 교회와 대장간입니다. 마을회관에서는 토론회와 강연회가 열립니다. 노래와 낭송을 하는 발표회도 종종 열립니다.

선생님의 제자,

제이콥 도널

추신. 마을회관은 굉장히 밝은 파란색입니다.

　애네타 벨의 편지는 꽤 길어서 놀랐어. 글짓기에 소질이 없는 아이라 보통은 세인트클레어처럼 짧게 쓰거든. 애네타는 얌전하고 모범적인 여자아이지만 독창성은 떨어지는 편이야. 이게 그 아이의 편지야.

가장 사랑하는 선생님께

제가 선생님을 얼마나 사랑하는지 알려드리려고 이 편지를 씁니다. 제 마음과 영혼을 다 바쳐, 제 전부를 다 바쳐 선생님을 사랑합니다. 선생님을 영원히 섬기고 싶습니다. 그것이야말로 저의 가장 고귀한 특권이라고 생각합니다. 그렇기 때문에 저는 학교에서 착한 아이가 되고 열심히 공부하려고 노력합니다.

선생님은 참 아름답습니다. 목소리는 음악 같고, 눈은 이슬이 맺힌 팬지꽃 같습니다. 선생님은 키가 크고 위엄 있는 여왕 같습니다. 선생님의 머리는 황금빛 물결 같습니다. 앤서니 페이는 빨갛다고 했지만, 그 아이 말에는 조금도 신경 쓰지 마세요.

선생님을 알게 된 지는 겨우 몇 달밖에 안 되었지만, 선생님을 모르고 지낸 세월이 있었다는 것은, 선생님이 제 인생으로 들어와 축복해주고 신성하게 만들어주시기 전의 세월이 있었다는 것은 상상할 수 없습니다. 저는 선생님을 만난 올해를 평생 가장 놀라운 해로 기억할 것입니다. 게다가 올해는 제가 뉴브리지에서 에이번리로 이사 온 해이기도 합니다. 선생님을 향한 제 사랑은 인생을 풍요롭게 만들었고, 수많은 불행과 죄악으로부터 저를 지켜주었습니다. 사랑하는 선생님, 이게 다 선생님 덕분입니다.

지난번 검은 드레스를 입고 머리에 꽃을 꽂은 모습이 얼마나 아름다웠는지 절대 잊을 수 없을 것입니다. 우리 두 사람이 나이가 들어 백발이 되었을 때도 선생님은 여전히 젊고 아름다워 보이실 겁니다. 사랑하는 선생님, 저는 아침에도, 낮에도 그리고 해 질 무렵에도 언제나 선생님을 생각합니다. 웃을 때도, 한숨을 쉴 때도, 저를 업신여길 때도 저는 선생님을 사랑합니다. 선생님이 화내는 모습을 본 적이 없지만, 앤서니 파이는 선생님이 늘 화난 얼굴이라고 말합니다. 하지만 이상한 일은 아닙니다. 앤서니한테는 화를 내는 게 당연하니까요. 그리고 저는 선생님이 어떤 옷을 입어도 사랑합니다. 새로운 옷을 입을 때마다 더욱 사랑스럽습니다.

사랑하는 선생님, 안녕히 주무세요. 해가 저물고 선생님의 눈동자만큼이나 밝고 아름다운 별이 반짝이고 있습니다. 선생님의 손과 얼굴에 입맞춤을 보냅니다. 하느님께서 선생님을 지켜봐주시고 모든 위험에서 보호해주시기를 바라면서 이만 마치겠습니다.

선생님을 너무나 사랑'받는' 제자,
애네타 벨 올림

이 비범한 편지를 읽고 적잖이 당황했어. 애네타가 썼다고는 믿을 수 없었거든. 차라리 그 아이가 하늘을 날 수 있다고 믿는 게 나을 정도잖아. 다음 날 학교에서 쉬는 시간에 애네타를 데리고 시냇가로 산책을 갔어. 그때 편지에 대해 사실대로 이야기해달라고 했지. 그러자 애네타가 울면서 털어놨어. 자긴 한 번도 편지를 써본 적이 없어서 무슨 내용을 어떻게 써야 하는지 몰랐다는 거야. 그런데 어머니 화장대 맨 위 서랍에 옛 연인에게 받은 연애편지 한 묶음이

있었대.

"아빠가 보낸 건 아니에요. 목사님이 되려고 공부하던 사람이라 그렇게 멋진 편지를 쓸 수 있었던 거예요. 그런데 엄마는 결국 그 남자와 결혼하지 않았어요. 그 사람이 하려는 일을 절반도 이해할 수 없었대요. 하지만 전 그 편지 내용이 근사해서 몇 군데 베꼈어요. '아가씨'라는 단어는 '선생님'으로 바꿨고, 제 생각도 추가했죠. 어떤 단어는 다른 것으로 바꿨고요. '심정'이라는 말은 '옷'이라고 적었어요. 그게 뭔지는 몰랐지만 왠지 입는 것 아닐까 싶었거든요. 저는 이 편지를 제가 쓰지 않았다는 걸 선생님이 눈치채지 못할 거라고 생각했어요. 어떻게 아신 거예요? 선생님은 정말 똑똑해요."

난 애네타에게 다른 사람이 쓴 편지를 베껴서 자기가 쓴 것처럼 꾸미는 짓은 아주 나쁜 행동이라고 타일렀지. 하지만 애네타는 들켰기 때문에 반성하는 것 같아서 걱정이야. 애네타가 울면서 이렇게 말했거든. "전 선생님을 사랑해요. 편지에 쓴 말은 전부 사실이에요. 원래 쓴 사람은 목사님이지만, 아무튼 저는 진심으로 선생님을 사랑해요." 이런 상황에서 누군들 쉽게 꾸짖을 수 있겠니?

다음은 바버라 쇼의 편지야. 원본의 잉크 자국은 베낄 수 없었어.

사랑하는 선생님께

선생님은 자기가 방문한 곳에 대해 써도 좋다고 하셨습니다. 저는 딱 한 번 다른 사람의 집에 가서 잔 적이 있습니다. 지난겨울에 메리 이모 집에 갔습니다. 메리 이모는 아주 특별한 여성이고 훌륭한 주부입니다. 그곳에 간 첫날 저녁 우리는 같이 식사했습니다. 저는 물병을 쓰러뜨려서 깨뜨리고 말았습니다. 메리 이모가 결혼한 뒤부터 계속 갖고 있던 물병이었습니다. 다 같이 식탁에서 일어섰을 때 제가 이모의 옷자락을 밟아서 치마 주름이 다 찢어졌습니다. 다음 날 아침 일어났을 때는 물 주전자를 세면대에 떨어뜨려서 둘 다 금이 가게 만들었고, 아침 식사 자리에서는 찻잔을 식탁보에 엎었습니다. 점심 식사 설거지를 하면서 메리 이모를 도와드릴 때는 도자기 접시를 떨어뜨려 산산조각을 냈습니다.

그날 저녁에는 계단에서 굴러 발목을 삐는 바람에 일주일 동안 침대에 누워 있어야 했습니다. 저는 이모가 조지프 이모부에게 "발목을 삐어서 차라리 다행이에요. 만약 안 다쳤으면 살림살이를 전부 망가뜨렸을 거라고요"라고 속닥거리는 소리를 들었습니다. 집에 갈 때쯤 발목이 나았습니다. 저는 다른 사람 집에 방문하는 것을 좋아하지 않습니다. 학교에 가는 것이 더 좋습니다. 특히 에이번리에 와서는 더더욱 그렇습니다.

선생님을 존경하는
바버라 쇼 올림

이번에는 윌리 화이트가 쓴 편지야.

존경하는 선생님께

저는 아주 용감한 고모 이야기를 하고 싶습니다. 고모는 온타리오에 살고 있는데, 어느 날 헛간으로 가다가 마당에서 개 한 마리를 보았습니다. 개가 여기 있으면 안 된다고 생각한 고모는 막대기로 개를 힘껏 때려서 헛간에 몰아넣고 가뒀습니다. 머지않아 어떤 사람이 서커스단에서 도망친 경기용 사자를(이건 무슨 뜻인지 모르겠어. 구경거리용 사자를 말하는 걸까?) 찾으러 왔습니다. 알고 보니 그 개는 사자였고, 용감한 고모는 막대기를 휘둘러서 사자를 헛간에 '모라넣은' 것입니다. 고모가 사자한테 '잡아머키지' 않았다는 게 참 신기합니다. 하지만 그건 고모가 아주 용감하기 때문입니다. 에머슨 길리스는 고모가 그 사자를 개라고 생각해서 그런 거니까 별로 용감한 행동은 아니라고 했습니다. 하지만 에머슨은 삼촌만 있고 용감한 고모가 없어서 질투한 게 뻔합니다.

가장 잘 쓴 편지는 마지막을 위해 아껴뒀어. 내가 폴을 천재라고 한다면 넌 웃을지도 몰라. 하지만 너도 이 편지를 읽는다면 폴이 보통 아이가 아님을 인정할 거야. 폴은 멀리 떨어진 해안가 근처에서 할머니와 같이 살아. 그래서 주위에 같이 놀 만한 친구가 없지. 상상 속의 친구 말고 진짜 사람 친구를 말하는 거야. 경영학 교수님이 우리에게 '특히 좋아하는' 학생을 만들면 안 된다고 말씀하신 것 기억하지? 그런데 나는 학생들 중에서 폴 어빙을 가장 사랑하지 않을 수 없어. 하지만 나쁠 건 없다고 생각해. 다들 폴을 좋아하니까. 린드 부인까지도 자기가 양키를 이토록 좋아하게 될지 상상이나 했겠냐고 하시더라. 다른 남학생들도 폴을 좋아해. 꿈이나 공상을 좋아하지만 나약하거나 여자 같은 구석은 없어. 아주 남자다운 데다가 어떤 놀이를 해도 지지 않아. 얼마 전에는 세인트클레어 도널과 싸웠어. 세인트클레어가 영국의 유니언잭이 미국의 성조기보다 낫다고 말했거든. 싸움은 무승부로 끝났고, 두 사람은 앞으로 상대방의 애국심을 존중하겠다고 약속했지. 세인트클레어가 그러는데, 때리는 힘은 자기가 셌지만 더 많이 때린 건 폴이래. 이게 바로 폴의 편지야.

사랑하는 선생님께

선생님은 자기가 만났던 재미있는 사람들에 대한 글을 써도 좋다고 하셨습니다. 제가 아는 가장 흥미로운 사람들은 '바위 사람들'입니다. 이 이야기는 할머니와 아버지 말고 누구에게도 해본 적이 없지만, 선생님은 이해하실 거라 믿고 그들의 이야기를 쓰도록 하겠습니다. 제 말을 이해하지 못하는 사람들이 참 많은데, 그들에게는 아무리 이야기해줘도 소용없습니다.

바위 사람들은 바닷가에서 살고 있습니다. 저는 겨울이 오기 전에는 거의 매일 저녁 이 사람들을 만나러 가곤 했습니다. 이제 봄이 올 때까지 그곳에 갈 수 없지만, 그들은 여전히 그곳에 있을 것입니다. 절대 변하지 않는 사람들이기 때문입니다. 그것이 바로 그들의 훌륭한 점이기도 합니다. 제가 처음 알게 된 바위 사람은 노라입니다. 그래서 제가 노라를 가장 좋아하는 것 같습니다. 앤드루스만에 살고 있는 노라는 눈동자와 머리카락이 모두 검정색입니다. 특히 인어와 물의 정령에 대해서라면 뭐든지 알고 있습니다. 선생님도 노라가 하는 이야기를 꼭 들었으면 좋겠습니다. 그리고 쌍둥이 뱃사람도 있습니다. 두 사람은 정해진 곳에서 사는 게 아니라 항해를 하며 떠돌아다닙니다. 하지만 저와 이야기를 나누려고 자주 해변으로 올라옵니다. 유쾌한 뱃사람인 이들은 세상 모든 것뿐만 아니라 세상 밖에 있는 것도 보았습니다.

한번은 쌍둥이 동생이 항해를 하다가 달 길로 곧장 가게 되었습니다. 선생님도 아시다시피 달 길은 보름달이 떠오를 때 물 위에 만들어진 흔적입니다. 쌍둥이 동생은 그 길을 따라 배를 몰아서 달에 도착했습니다. 달에는 작은 황금 문이 있었는데, 그는 그 문을 열고 지나갔습니다. 쌍둥이 동생은 달에서 멋진 모험을 했지만 그 이야기까지 쓰면 이 편지가 너무 길어질 것입니다.

이제 동굴에 사는 황금 아가씨 이야기를 하겠습니다. 어느 날 저는 해안에서 큰 동굴을 발견하고 안으로 얼마 동안 들어 갔다가 황금 아가씨를 만났습니다. 황금 머리카락이 발치까지 늘어졌고 드레스는 살아 있는 황금처럼 전체가 빛나고 반짝거렸습니다. 그녀는 황금 하프를 가지고 있어서 온종일 연주합니다. 선생님도 해변을 거닐면서 귀를 기울이면 언제든지 그 음악을 들을 수 있습니다. 하지만 사람들은 그 소리가 바위 사이에서 부는 바람이라고만 생각할 것입니다. 황금 아가씨에 대한 이야기는 노라에게 한 번도 하지 않았습니다. 노라의 기분이 상할까 봐 걱정되었기 때문입니다. 노라는 쌍둥이 뱃사람 이야기를 너무 오래 해도 기분이 상하곤 합니다.

저는 쌍둥이 뱃사람과 언제나 '줄무늬 바위'에서 만났습니다. 동생은 성격이 무척 좋지만 형은 가끔씩 아주 사나워 보입니다. 그리고 형은 믿을 수 없는 사람입니다. 마음만 먹으면 해적이 될 것 같습니다. 그에게는 의심스러운 구석이 많습니다. 언젠가 그가 욕을 했을 때, 저는 또 그럴 거라면 이제 저를 만나러 해변에 오지 말라고 말해주었습니다. 욕을 하는 사람과는 무슨 일이 있어도 가까이 지내지 않겠다고 할머니와 약속했기 때문입니다. 제 설명을 듣고 그는 아주 많이 놀랐습니다. 그리고 만약 제가 용서해준다면 저를 저녁놀이 있는 곳으로 데려다주겠다고 했습니다.

다음 날 저녁 제가 줄무늬 바위에 앉아 있을 때 쌍둥이 형이 중에서 마법의 배를 타고 바다를 건너왔고 저는 그 배에 탔습니다. 그 배는 홍합 껍데기 안쪽처럼 전부 진줏빛과 무지갯빛으로 빛났으며 돛은 달빛 같았습니다. 이렇게 우리는 저녁놀이 있는 곳으로 곧장 배를 타고 갔습니다. 생각해보세요, 선생님. 저는 저녁놀 속으로 들어간 것입니다. 어떤 곳이라고 생각하시나요? 저녁놀은 꽃이 만발한 나라입니다. 우리는 거대한 정원으로 배를 몰았고, 구름은 화단이었습니다. 우리는 모든 곳이 황금빛인 거대한 항구로 배를 몰고 갔습니다. 저는 배에서 내려 뭍으로 올라섰습니다. 장미꽃만큼 커다란 미나리아재비가 그곳을 뒤덮고 있었습니다. 그곳에 머물렀습니다. 거의 1년이나 지난 것 같았지만 쌍둥이 형은 몇 분밖에 안 됐다고 말해주었습니다. 아시다시피 저녁놀 나라에서는 시간이 여기보다 훨씬 느리게 흐르기 때문입니다.

선생님을 사랑하는 학생
폴 어빙 올림

추신. 물론 편지에 쓴 내용은 사실이 아니에요, 선생님.

12장

요나의 날[•]

일은 전날 밤부터 시작되었다. 이가 아파서 밤새도록 뒤척이며 뜬눈으로 새우다시피 했다. 잔뜩 흐리고 쌀쌀한 겨울 아침, 자리에서 일어난 앤은 기분이 축 처져 있었다. 인생이란 것이 따분하고 진부하며 덧없게만 느껴졌다.

천사 같은 기분과는 거리가 먼 상태로 앤은 학교에 갔다. 뺨이 부어오르고 얼굴은 아팠다. 하필이면 난롯불도 신통찮아서 교실은 썰렁하고 연기만 자옥했다. 아이들은 몸을 떨며 난롯가에 모여 있었다. 앤은 전에 없이 날카로운 목소리로 다들 자리

• 구약성경에 등장하는 선지자 요나는 하느님의 명령을 어겨서 곤경에 처했을
  뿐만 아니라 함께 배를 탄 사람들까지 위험에 빠뜨린다. 여기서 '요나의 날'은
  불행이 닥친 끔찍한 하루를 뜻한다.

에 앉으라고 했다. 앤서니 파이는 평소처럼 버릇없는 몸짓으로 으스대며 자리에 가더니 짝에게 무언가 속삭이다가 앤을 힐끗 쳐다보며 히죽거렸다.

이날 아침만큼 찍찍 그어대는 연필 소리가 많이 난 적도 없는 듯했다. 바버라 쇼는 계산 문제를 가지고 앤의 책상으로 오다가 석탄 통에 걸려 넘어졌다. 교실 구석구석에 석탄 덩어리가 나뒹굴었고 바버라가 들고 있던 석판은 산산조각이 났다. 석탄가루가 묻어 새까매진 얼굴로 일어난 바버라를 보면서 남자아이들은 배꼽을 잡고 웃어댔다.

앤은 2학년 읽기 수업을 듣는 아이들이 책 읽는 소리를 듣고 있다가 뒤를 돌아보았다.

"바버라, 어디 걸려 넘어지지 않고 움직일 자신이 없다면 자리에 가만히 있는 게 좋겠다. 네 나이가 몇인데 아직도 그렇게 덜렁대니? 부끄러운 줄 알아야지."

앤이 싸늘하게 말하자 가엾은 바버라는 비틀거리며 자리로 돌아갔다. 석탄가루와 눈물이 뒤섞여 기괴한 모습이었다. 동정심이 많고 다정한 선생님에게 이처럼 싸늘한 말을 듣자 바버라는 가슴이 찢어질 것 같았다. 앤도 양심의 가책을 느꼈지만 도리어 짜증만 더 났을 뿐이었다. 잠시 후 아이들이 훗날까지 그때의 읽기 수업과 곧바로 이어진 고통스러운 수학 시간을 잊지 못하게 만든 사건이 벌어졌다.

앤이 딱딱한 말투로 계산을 가르치고 있던 그때 세인트클레어 도널이 숨을 헐떡이며 교실에 들어왔다. 앤은 즉시 차가운 얼굴로 지적했다.

"세인트클레어, 30분 늦었다. 왜 지각한 거니?"

"죄송합니다, 선생님. 엄마가 푸딩 만드는 걸 도와드렸어요. 저녁 때 손님이 오신다는데 클래리스 앨마이러가 아팠거든요."

나무랄 데 없이 공손한 태도였지만 그 말을 들은 아이들은 큰 소리로 웃었다.

"자리에 앉아라. 늦은 벌로 교과서 84쪽에 있는 문제 여섯 개를 다 풀도록 해."

세인트클레어는 앤의 말투에 조금 놀랐지만 얌전히 자리로 가서 석판을 꺼냈다. 그러고는 통로 건너편에 앉은 조 슬론에게 작은 꾸러미를 슬쩍 건네주었다. 그 모습을 본 앤은 치명적인 결과를 가져온 결정을 섣불리 내려버렸다.

최근 하이럼 슬론 부인은 가계에 조금이라도 보태기 위해서 호두케이크를 만들어 팔기 시작했다. 이 케이크는 특히 어린 남자아이들에게 인기가 있어서 지난 몇 주 동안 앤은 그 문제로 적잖이 애를 먹고 있었다. 남자아이들은 등굣길에 용돈을 털어 케이크를 사 와서는 수업 시간에 몰래 먹거나 친구들에게 나누어 주었다. 앤은 아이들에게 한 번만 더 케이크를 가져오면 압수하겠다고 경고했다. 하지만 지금 세인트클레어 도널이 하이럼 할머니가 평소에 쓰는 파란색과 하얀색 줄무늬 포장지로 싼 무언가를 앤의 눈앞에서 태연하게 건네준 것이다.

"조, 그 꾸러미를 앞으로 가져와라."

앤이 가라앉은 목소리로 말했다. 조는 깜짝 놀라 당황한 채로 순순히 앤의 말을 따랐다. 통통한 개구쟁이인 조는 겁이 났을 때 얼굴이 빨개지면서 말을 더듬곤 했다. 가엾은 조의 표정에서 죄책감이 여실히 드러났다.

"그걸 불에 던져."

앤의 말에 조는 망연자실한 얼굴이 되었다.

"거, 거, 거기, 서, 서, 선생님."

"잔말 말고 내가 시키는 대로 해, 조."

"하, 하, 하지만 서, 서, 선생. 이, 이, 이건."

조가 숨을 몰아쉬면서 필사적으로 무슨 말을 하려고 했다.

"조, 선생님 말 들을 거야, 안 들을 거야?"

제아무리 조 슬론보다 대담하고 침착한 아이라도 앤의 목소리와 험악한 눈초리에 겁먹지 않을 수는 없었을 것이다. 앤은 이제껏 학생들이 보지 못했던 딴사람 같았다. 조는 괴로운 얼굴로 세인트클레어를 흘끗 바라본 뒤 난롯가로 가서 네모난 난로 뚜껑을 열었다. 그런 다음 벌떡 일어선 세인트클레어가 뭐라고 말하기도 전에 파란색과 하얀색 줄무늬 포장지로 싼 꾸러미를 집어넣고 재빨리 뒤로 물러섰다.

그 순간 모두가 공포에 휩싸였다. 지진이 일어났는지 화산이 폭발한 것인지 분간할 수 없을 만큼 엄청난 일이 벌어졌기 때문이다. 전혀 위험해 보이지 않던 그 꾸러미에는 앤이 성급하게 추측한 것과 달리 하이럼 슬론 부인의 호두케이크가 아닌 폭죽과 바람개비 불꽃이 들어 있었다. 세인트클레어 도널의 아버지가 워런 슬론 씨의 생일잔치 때 쓰려고 전날 시내에서 사 온 것이었다. 폭죽은 천둥 같은 소리를 내며 터졌고, 난로에서 튀어나온 바람개비 불꽃은 쉭쉭 탁탁 소리를 내며 미친 듯이 교실을 휘젓고 다녔다. 앤은 하얗게 질린 채로 의자에 주저앉았다. 여자아이들은 모두 비명을 지르며 책상 위로 올라갔다. 조 슬론은 소동의 한가운데 얼어붙은 듯 서 있었고, 세인트클레어는 웃음을 참지 못한 나머지 통로에서 몸을 앞뒤로 흔들어댔다. 프릴리 로저슨은 기절했고, 애네타 벨은 발작을 일으켰다.

마지막 바람개비 불꽃이 꺼질 때까지 실제로는 몇 분 정도가 흘렀을 뿐이지만 무척 긴 시간처럼 느껴졌다. 정신을 차린 앤은 모든 문을 활짝 열어젖혀서 교실에 가득한 연기와 화약 냄새를 내보냈다. 그러고는 축 늘어진 프릴리를 여자아이들과 함께 현관으로 옮겼다. 친구를 도와주고 싶은 마음이 간절했던 바버라 쇼는 누가 말릴 틈도 없이 양동이를 들고 가서 안에 들어 있던 반쯤 언 물을 프릴리의 얼굴에 들이부었다.

거의 한 시간이 지나서야 교실은 다시 진정되었다. 하지만 그렇게 느껴졌을 뿐이었다. 폭발 소동을 겪고 나서도 선생님의 기분이 나아지지 않았다는 것쯤은 아이들 모두 알고 있었다. 앤서니 파이 외에는 누구도 말 한 마디 속삭일 엄두조차 내지 못했다. 실수로 연필 소리를 내는 바람에 앤과 눈이 마주친 네드 클레이는 쥐구멍에라도 숨고 싶은 심정이었다. 지리 수업에서는 대륙 하나를 어지러울 정도로 빠르게 훑고 지나갔다. 문법 수업에서는 문장을 잘게 분해하고 낱낱이 분석하면서 학생들을 숨막히게 몰아댔다. '향기로운'이라는 단어의 철자를 틀린 쓴 체스터 슬론은 그날 당한 망신을 죽어서도 잊지 못할 것이라고 느낄 지경이었다.

앤은 자기가 지금 터무니없이 어리석게 굴고 있으며 이 일은 그날 저녁 여러 가정의 식탁에서 비웃음거리가 될 것이라는 사실을 알고 있었지만, 그럴수록 화가 치밀 뿐이었다. 차분할 때였다면 웃어넘길 수 있는 상황도 지금은 견디기 어려웠다. 그래서 앤은 짐짓 차갑게 거만을 떨며 더 모질게 굴었다.

점심 식사를 마치고 학교에 돌아와 보니 아이들은 여느 때처럼 자리에 앉아서 고개를 숙인 채로 열심히 공부하고 있었다. 앤서니 파이만 예외였다. 앤서니는 호기심과 조롱이 섞인 검은 눈동자를 반짝거리며 책 너머로 앤을 슬쩍슬쩍 엿보았다. 잠시 후 앤이 분필을 꺼내려고 책상 서랍을 열었을 때 또 하나의 사건이 벌어졌다. 서랍 속에서 쥐가 힘차게 튀어나와 책상 위로 올라가더니 바닥으로 뛰어 내려간 것이다.

앤이 뱀이라도 본 것처럼 비명을 지르며 화들짝 뒤로 물러서자 앤서니 파이는 큰 소리로 웃어댔다. 그러고 나서 한동안 침묵이 흘렀다. 소름이 끼치면서도 숨이 막힐 듯 답답한 분위기가 이어졌다. 애네타 벨은 쥐가 어디로 도망쳤는지 알 수 없어서 다시 한번 발작을 일으켜야 하나 망설였다. 하지만 곧 생각을 접었다. 얼굴이 하얗게 질린 채 눈에서 분노의 불꽃을 쏘아대는 선생님 앞에서 발작을 일으킨다 한들 아무런 소용이 없어 보였기 때문이다.

"누가 내 책상에 쥐를 넣었지?"

앤의 목소리는 나지막했지만 그 말을 들은 폴 어빙은 등골이 오싹해졌다. 조 슬론은 앤과 눈이 마주치자 무슨 말이라도 해야 할 것 같다는 부담감을 느꼈다.

"저, 저는 아, 아니에요, 선생님. 제, 제가 하지 아, 않았어요."

앤은 조에게 눈길도 주지 않고 앤서니 파이를 바라보았다. 앤서니는 부끄러운 기색도 없이 뻔뻔하게 앤을 마주보았다.

"앤서니, 너지?"

"네, 맞아요."

앤서니의 무례한 대답을 듣고 앤은 책상에서 지휘봉을 꺼냈다. 단단한 나무로 만든 지휘봉은 길고 묵직했다.

"앞으로 나와, 앤서니."

그날 앤서니 파이가 당한 체벌이라고 해봐야 이제껏 그가 받았던 가장 심한 벌 근처에도 가지 못할 수준이었다. 아무리 감정이 격앙되었다고 해도 앤은 학생을 가혹하게 체벌할 수 없었다. 그렇지만 지휘봉이 날카롭게 살을 파고들자 앤서니도 더는 허세를 부릴 수 없게 되었다. 앤서니는 눈물을 글썽거리며 몸을 뒤틀었다.

양심의 가책을 느낀 앤은 지휘봉을 내려놓으면서 앤서니를 자리로 돌려보냈다. 체벌을 마치고 책상에 앉자마자 밀려오는 수치심과 후회로 마음이 쓰라렸다. 순간적으로 들끓었던 분노가 가라앉고 나니 당장이라도 엉엉 울고 싶어졌다. 만약 눈물로 위안을 찾을 수만 있었다면 앤은 어떤 대가라도 감당했을 것이다. 그렇게 장담했지만, 결국 학생에게 매를 들고 말았다. 이 말을 듣고 제인은 얼마나 의기양양해할까! 해리슨 씨는 마음껏 웃어대겠지! 무엇보다 안타까운 것은 앤서니 파이에게 호감을 얻을 수 있는 마지막 기회를 잃어버렸다는 사실이었다. 앤서니는 영영 앤을 좋아하지 않을 것이다.

앤은 수업을 마칠 때까지 '헤라클레스적'이라는 수식어를 붙일 수 있을 만큼 각고의 노력으로 눈물을 참았다. 집에 돌아와서는 동쪽 다락방에 틀어박혀 베개에 얼굴을 파묻고 수치심과 후회와 실망의 눈물을 쏟아냈다. 앤이 너무 오랫동안 울자 깜짝 놀란 마릴라가 방으로 달려와서 무슨 일인지 물었다.

"오늘은 정말 끔찍한 날이었어요. 양심에 거슬리는 일을 저질러버렸거든요. 전 오늘 너무 화가 나서 앤서니 파이에게 매질을 하고 말았어요. 부끄러워 고개를 들지 못하겠어요."

"그래? 내 속이 다 시원하구나. 진즉 그렇게 했어야지."

마릴라가 주저 없이 말했다. 하지만 앤은 계속 흐느꼈다.

"아니에요, 마릴라 아주머니. 이젠 아이들 얼굴을 어떻게 봐요? 창피해서 못 견디겠어요. 제가 아이들에게 얼마나 심하게 화를 냈고 증오심에 사로잡혀서 지독하게 굴었는지 모르실 거예요. 폴 어빙의 눈빛을 잊을 수 없어요. 깜짝 놀라고 실망한 눈치였어요. 아, 마릴라 아주머니. 그동안 앤서니가 절 좋아하게 만든답시고 화가 나도 꾹꾹 인내하며 열심히 노력했는데, 이젠 모든 게 헛수고가 되어버렸어요."

앤의 윤기 나는 머리카락은 온통 헝클어져 있었다. 마릴라는 오랫동안 일해서 거칠어진 손으로 애정을 가득 담아 앤의 머리를 쓰다듬었다. 흐느낌이 어느 정도 가라앉자 마릴라는 부드러운 목소리로 앤을 달랬다.

"앤, 넌 마음속에 담아두는 게 너무 많아. 사람은 누구나 실수를 하는 법이다. 하지만 금세 잊어버리지. 누구에게나 끔찍한 날이 오기 마련이야. 그리고 앤서니 파이가 널 좋아하건 말건 그렇게 신경 쓸 필요가 있겠니? 학교에서 널 싫어하는 학생은 그 애 하나뿐이잖아."

"신경 쓰지 않을 순 없어요. 모두에게 사랑받고 싶거든요. 누가 절 사랑하지 않으면 마음이 아파요. 앤서니는 절대로 절 좋아하지 않을 거예요. 아, 오늘 전 정말 바보 같은 짓을 했어요. 자초지종을 전부 말씀드릴게요."

마릴라는 앤의 이야기를 가만히 들었다. 어떤 대목에서는 미소를 지었지만 앤은 눈치채지 못했다. 이야기가 끝나자 마릴라는 기운차게 말했다.

"앤, 너무 마음 쓰지 마라. 네가 늘 이야기했듯이, 오늘은 이미 끝났고 내일은 아직 아무런 실수도 하지 않은 새날이 될 테니까. 그러니 이제 그만 아래층으로 내려가서 저녁을 먹자꾸나. 맛있는 차를 마시고 오늘 내가 만든 건포도과자를 먹으면 기분이 한결 나아질 거야."

"건포도과자로 마음의 병을 치료할 순 없을 거예요."

앤이 울적한 얼굴로 말했다. 하지만 마릴라는 앤이 이런 말을 했다는 것 자체가 벌써 충분히 회복되었음을 보여주는 신호라고 생각했다.

저녁 식사 자리는 무척 즐거웠다. 쌍둥이들의 밝은 얼굴 그리고 데이비가 네 개나 먹을 만큼 입에서 살살 녹는 건포도과자 덕분에 앤은 마릴라가 장담한 대로 기운이 났다. 그날 밤 푹 자고 가뿐하게 일어나 아침을 맞이한 앤은 자신과 세상이 모두 달라져 있다는 사실을 발견했다. 어둠의 시간 속에서 부드럽고 수북하게 눈이 내렸고, 차가운 햇살에 반짝이는 아름다운 하얀색은 지난날의 모든 실수와 부끄러움을 덮어줄 자비로운 망토처럼 보였다. 앤은 옷을 입으며 노래를 불렀다.

매일 아침은 새로운 시작이요,
아침마다 세상은 새로워진다네.

눈이 쌓였기 때문에 앤은 평소와 다른 길로 학교에 갔다. 잠시 뒤 운명의 장난이라 여길 법한 일이 벌어졌다. 초록지붕집 오솔길을 막 벗어나자마자 눈길을 헤치며 걸어오던 앤서니 파이와 마주친 것이다. 두 사람의 입장이 바뀐 듯 앤은 죄책감이 들었다. 하지만 앤서니는 모자를 벗었을 뿐만 아니라 다정하게 말을 걸어왔다. 지금까지 한 번도 하지 않은 행동이었다.

"길이 나빠서 걷기 힘드시죠, 선생님? 책은 이리 주세요. 제가 학교까지 들어다 드릴게요."

깜짝 놀라 말문이 막힌 앤은 책을 건네주면서 고개를 갸우뚱했다. 혹시 꿈은 아닌지 어리둥절했다. 앤서니는 학교에 가는 내내 아무 말도 하지 않았지만, 앤은 학교에 도착해서 책을 건네받을 때 미소를 지었다. 그동안 앤서니 앞에서 지어왔던 판에 박힌 '친절한' 미소가 아니라, 친한 친구 앞에서 지을 수 있는 자연스러운 웃음이었다. 앤서니도 따라 웃었다. 아니, 사실대로 말하자면 히죽거렸다. 보통의 경우라면 그런 웃음은 예의에 어긋나는 것으로 여겨졌을 테지만 앤은 아직 앤서니의 호감을 얻지는 못했더라도, 어찌 되었건 아이에게 존경받고 있다는 사실을 불현듯 느꼈다.

다음 주 토요일에 레이철 린드 부인이 와서 이 사실을 확인시켜주었다.

"앤, 드디어 네가 앤서니 파이를 이긴 것 같구나. 네가 여자긴 하지만 이제는 그런대로 괜찮다고 그 아이가 말했거든. 네게 회초리를 맞았을 때는 꼭 남자 선생님에게 맞는 것처럼 아팠다는 말도 했어."

"하지만 전 그 아이에게 체벌을 해서 이길 생각은 아니었어요. 그건 옳은 일이 아니에요. 아이들에게 친절히 대해야 한다는 제 방침은 절대로 틀린 게 아닐 거예요."

앤은 자신의 이상이 어딘가 잘못된 쪽으로 나아간 것 같아 조금 씁쓸한 기분이었다. 하지만 린드 부인은 아랑곳하지 않고 확신에 찬 얼굴로 말했다.

"그렇긴 하지. 하지만 파이네 사람들은 세상 모든 규칙과 담을 쌓고 사는 사람들이잖아. 정말 그렇다니까."

해리슨 씨는 이 이야기를 듣고 "그럴 줄 알았지"라는 반응이었으며, 제인은 꽤나 인정사정없이 앤의 속을 긁어댔다.

13장

특별한 소풍

앤은 '비탈길 과수원집'으로 가다가 '유령의 숲'을 흐르는 시냇물 위에 놓인 낡고 이끼 낀 통나무 다리에서 다이애나를 만났다. 다이애나도 초록지붕집으로 오던 참이었다. 두 사람은 '드라이애드 거품'이라고 이름 붙인 샘가에 앉았다. 주변에는 마치 곱슬머리의 초록색 꼬마 요정들이 낮잠에서 깨어나듯 고사리들이 싹을 틔우고 있었다.

"다이애나, 토요일에 있을 내 생일잔치를 도와달라고 네게 부탁하러 가던 중이었어."

"생일이라고? 네 생일은 3월이잖아!"

앤이 활짝 웃었다.

"그건 내가 정한 생일이 아니야. 만약 부모님이 나랑 의논했더라면 난 추운 3월이 아니라 따뜻한 봄에 태어나겠다고 했을 거야. 산사나무꽃이랑 제비꽃과 같이 세상에 나온다는 건 분명 즐거운 일이겠지? 그 꽃들이 혈육은 아니지만 적어도 의자매만큼은 가깝게 느껴질 거야. 아무튼 원하는 계절에 태어나지 못했으니 봄에 생일잔치라도 하고 싶어. 프리실라는 토요일에 올 테고 제인도 집에 있겠지. 우리 넷이 숲에 가서 봄을 만끽하며 특별한 날을 보내자. 아직은 우리 중 봄과 진정으로 친해진 사람이 없잖아. 숲속이라면 다른 곳에선 절대로 만날 수 없는 봄을 경험할 수 있을 거야. 들판이든 한적한 곳이든 전부 돌아다니고 싶어. 사람들이 지나쳐가면서 얼핏 보기는 했겠지만 아직 진짜 모습을 보지 못한 아름다운 곳이 많겠지? 바람과 하늘과 태양과 친구가 되어 가슴에 봄을 채우고 돌아오는 거야."

"정말 근사한 말이긴 해. 그런데 아직은 땅이 질퍽거리는 곳도 있지 않을까?"

다이애나는 앤의 마법 같은 말을 미심쩍게 여기고 있었다. 앤은 현실적인 타협안을 내놓았다.

"장화를 신고 가면 되지. 그럼 토요일 아침 일찍 우리 집에 와서 도시락 준비하는 걸 도와줘. 맛이 좋은 건 물론이고 최대한 예쁘게 만들 거야. 조그만 젤리 타르트와 손가락 쿠키, 분홍색하고 노란색 당의를 입힌 과자랑 컵케이크처럼 봄에 걸맞은 것들을 준비하려고 해. 낭만과 거리가 있긴 하지만 샌드위치도 준비해야겠지."

토요일이 되자 소풍을 가기에 딱 좋은 날씨가 펼쳐졌다. 공기는 상쾌하고 하늘은 푸르렀으며 따스한 햇살이 환하게 비쳤다. 산들바람은 목장과 과수원을 가로지르며 불어왔다. 양지바른 언덕과 들판은 온통 푸른빛으로 물들었고, 이제 막 봉오리를 틔우는 꽃들이 별처럼 점점이 흩어져 있었다.

좀처럼 감동할 일이 없는 중년의 해리슨 씨도 봄의 마법을 느끼며 농장 뒤편에서 써레질을 하고 있었다. 자작나무와 전나무가 빽빽한 숲과 맞닿은 밭 어귀에서 네 아가씨가 바구니를 들고 사뿐사뿐 걸어가는 모습이 보였다. 명랑하게 웃고 떠드는 소리가 해리슨 씨의 귓가에까지 메아리쳤다.

앤이 자기에게 딱 어울리는 말을 했다.

"오늘 같은 날은 쉽게 행복해질 수 있을 거야. 얘들아, 우리 오늘을 두고두고 즐겁게 회상할 수 있는 황금빛 날로 만들어보자. 다른 건 쳐다보지도 말고 아름다운 것만 찾아다니는 거야. 물러가거라, 지겨운 것들아! 제인, 너 지금 어제 학교에서 있었던 안 좋은 일을 생각하는 것 아니야?"

"헉! 깜짝이야. 어떻게 알았어?"

"그야 네 얼굴을 보고 알았지. 나도 자주 그랬거든. 하지만 그런 건 잊어버려. 월요일까지 내버려둬도 없어지진 않을 거야. 아니, 없어진다면 더 좋은 일이지. 어머, 얘들아. 저길 좀 봐. 온통 제비꽃이야! 추억의 그림첩에 간직해야겠어. 내가 여든 살이 되어도 눈을 감으면 저 모습이 떠오르겠지? 물론 내가 그때까지 살아야 가능한 일이겠지만. 오늘 우리가 받은 첫 번째 멋진 선물은 바로 저 제비꽃이야."

"입맞춤이 눈에 보인다면, 제비꽃을 닮았을 거야."

프리실라의 말에 앤의 얼굴이 빛났다.

"어머, 프리실라. 그런 생각을 혼자 간직하지 않고 말해줘서

정말 기뻐. 사람들이 자기의 속마음을 털어놓는다면 세상은 훨씬 더 재미있어질 거야. 물론 지금도 아주 재미있긴 하지만."

제인이 세상 물정에 통달한 사람처럼 말했다.

"좀 너무하다 싶은 생각을 하는 사람들도 있어."

"물론 그렇지. 하지만 끔찍한 걸 생각하는 사람들이 잘못한 거야. 어쨌든 오늘 우리는 생각하는 걸 전부 말할 수 있겠지. 아름다운 생각만 할 거니까. 머릿속에 떠오르는 걸 그대로 말해도 괜찮아. 그게 진짜 대화거든. 어? 한 번도 못 봤던 오솔길이 있네! 우리 저기로 가보자."

길이 너무 구불구불하고 좁아서 네 친구는 한 줄로 걸었다. 그렇게 했어도 전나무 가지가 얼굴에 스쳤다. 전나무 아래에는 푹신한 벨벳 쿠션 같은 이끼가 깔려 있었다. 앞으로 더 나아가자 키 작은 나무들이 드문드문 서 있고 초록빛 식물들로 우거진 땅이 나왔다.

"코끼리귀*가 참 많이 피었어. 정말 예쁘네. 저걸로 큰 꽃다발을 만들어야겠다."

다이애나가 소리치자 프리실라가 고개를 갸우뚱했다.

"저렇게 깃털처럼 우아한 꽃에다가 누가 그렇게 끔찍한 이름을 붙인 걸까?"

"처음 저 꽃에 이름을 붙인 사람은 상상력이 전혀 없거나 아니면 지나치게 풍부했을 거야. 어머, 얘들아. 저것 좀 봐!"

---

* 베고니아를 가리키는 말로, 잎의 모양이 코끼리의 귀와 비슷하게 생겨서 그런 이름이 붙었다.

앤이 말한 '저것'은 얕은 연못으로, 오솔길이 끝나는 곳 작은 공터의 한가운데에 있었다. 머지않아 여름이 되면 물은 말라버리고 그 자리를 고사리들이 가득 채울 것이다. 하지만 지금은 접시처럼 둥근 연못에 담긴 수정처럼 맑은 물이 잔잔하게 빛나고 있었다. 가늘고 어린 자작나무가 주위를 빙 둘러서 있었고 작은 고사리들이 둘레를 장식했다.

"정말 예쁘다."

제인이 말했다.

"우리 숲의 요정처럼 연못 주위에서 춤을 추자."

앤도 바구니를 내려놓고 손을 뻗으면서 외쳤다. 하지만 땅이 진창이어서 마음먹은 대로 되지 않았다. 심지어 제인의 장화가 벗겨지기까지 했다.

"장화를 신어야 한다면 숲의 요정이 될 수 없어."

제인이 결론을 내리자 앤이 수긍하며 제안했다.

"그럼, 이곳을 떠나기 전에 이름을 지어주자. 각자 하나씩 말하고 제비뽑기로 정하는 거야. 다이애나, 네가 먼저 말해봐."

"자작나무 연못."

뒤이어 제인이 말했다.

"수정 호수."

다이애나와 제인 뒤에 서 있던 앤은 프리실라에게 눈빛으로 제발 그런 식의 이름을 말하지 말라고 사정했다. 프리실라는 재치 있게 '빛나는 유리'라는 이름을 제안했다. 이어서 앤이 생각한 이름은 '요정의 거울'이었다.

제인이 학교 선생님답게 주머니에서 연필을 꺼내더니 자작나무 껍질에 각각의 이름을 하나씩 적고 앤의 모자에 넣었다. 그런 다음 프리실라가 눈을 감고 하나를 뽑았다. 나무껍질을 건네받은 제인은 의기양양하게 결과를 발표했다. 그렇게 연못의 이름은 '수정 호수'로 정해졌다. 앤은 제비뽑기 결과가 연못에게는 가혹한 운명의 장난일 것이라고 생각했지만 굳이 그 말을 입에 담지는 않았다.

덤불을 헤치고 나아가니 초록 새싹이 돋아나고 있는 사일러스 슬론 씨네 뒤편 목장이 나왔다. 호젓한 느낌이 나는 그곳을 가로지르자 숲으로 통하는 오솔길이 시작되었다. 네 사람은 투표를 한 뒤 그 길을 따라 가보기로 했다. 그들의 결정에 보답이라도 하듯 놀랍도록 아름다운 경치가 이어졌다. 슬론 씨의 목장 주변을 살펴보다가 처음 만난 풍경은 활짝 핀 산벚나무들이 아치 모양을 이룬 길이었다. 다들 모자를 벗어 팔에 걸고 크림처럼 부드러우면서 솜털처럼 푹신푹신한 꽃으로 화환을 만들어 머리를 장식했다. 이윽고 오솔길은 직각으로 꺾여 가문비나무 숲으로 이어졌다. 울창한 나무들이 하늘을 가려 햇살이 비쳐 들지 못하자 주변은 마치 해 질 녘에 걷는 듯 컴컴해졌다.

앤이 목소리를 낮추며 말했다.

"여기는 나쁜 숲의 요정이 사는 곳이야. 요정들은 장난꾸러기인 데다 심술도 많지만 우리에게 해코지를 할 순 없어. 봄에는 나쁜 짓을 할 수가 없거든. 요정 하나가 저 오래되고 말라비틀어진 전나무 근처에서 우리를 훔쳐보고 있어. 우리가 막 지나온 커다란 얼룩무늬 독버섯 위에도 요정들 무리가 있었잖아? 착한 요정들은 햇빛이 비치는 곳에서 살아."

제인이 말했다.

"진짜로 요정이 있어서 세 가지 소원을 들어주면 좋겠다. 아니, 딱 하나라도 괜찮아. 얘들아, 만약 소원을 들어준다고 한다면 너희는 무엇을 빌고 싶니? 난 부자에다가 아름답고 똑똑한 사람이 되고 싶어."

"난 키가 커지고 날씬해지고 싶어."

다이애나가 얼른 대답하자 프리실라가 뒤를 이었다.

"난 유명해졌으면 좋겠어."

앤은 자신의 머리 색깔을 떠올렸지만 적절하지 않은 것 같아서 그 생각을 떨쳐버렸다.

"난 언제나 봄이었으면 좋겠어. 모두의 마음속에서 그리고 우리 모두의 삶에서."

프리실라가 고개를 갸웃했다.

"하지만 그건 이 세상이 천국 같기를 바라는 거잖아."

"봄이 천국의 전부는 아니야. 천국에는 여름과 가을도 있으니까. 아, 겨울도 조금은 있을 거야. 가끔은 천국에도 눈이 덮여 반짝이는 들판과 하얀 서리가 있었으면 좋겠어. 안 그래, 제인?"

"음, 난… 난 잘 모르겠어."

제인은 마음이 조금 불편한 기색이었다. 착한 숙녀요 독실한 신자인 제인은 신앙에 걸맞게 살아가고자 성실하게 노력했으며 교회의 모든 가르침을 믿었다. 그럼에도 어쩔 수 없는 경우 외에는 천국에 대해 생각하지 않았다.

"어느 날 미니 메이가 천국에서는 날마다 가장 좋은 옷을 입을 수 있냐고 물어보더라."

다이애나가 웃으며 말하자 앤이 물었다.

"그렇다고 대답해줬겠지?"

"어머, 아니야! 천국에 가면 옷 같은 건 생각하지도 않을 거라고 말해줬지."

앤이 진지한 얼굴로 말했다.

"조금은 그런 생각을 해도 되지 않을까? 영원히 산다면 시간이 아주 많을 테니까 더 중요한 일을 소홀히 하지 않아도 옷에 신경 쓸 시간쯤은 충분할 거야. 천국에서는 우리 모두 아름다운 옷을 입겠지? 아니, '의상'이라고 하는 게 맞을 것 같아. 난 처음 몇 세기 동안은 분홍색 옷을 입을 거야. 그 정도는 지나야 분홍색에 싫증이 날 것 같거든. 난 분홍색을 아주 좋아하는데 이 세상에서는 입을 수 없잖아."

오솔길은 가문비나무 숲을 지나 양지바른 빈터로 이어졌다. 개울 위에 가로놓인 통나무 다리를 지나자 햇빛이 찬란하게 비치는 너도밤나무 숲이 나왔다. 공기는 황금빛 포도주처럼 맑았고, 나뭇잎은 싱그러운 초록빛이었으며, 햇살은 일렁이면서 바닥에 모자이크를 만들었다. 더 나아가자 야생 벚나무가 보였고, 호리호리한 전나무가 늘어선 계곡이 나왔다. 그다음에 이어진 곳은 무척 가파른 언덕이어서 네 사람은 숨을 가쁘게 내쉬며 걸음을 옮겼다. 드디어 정상에 이르자 마치 이들을 기다리기라도 한 것처럼 아름다운 광경이 펼쳐졌다.

저 너머 카모디로 가는 길 위쪽까지 이어진 여러 농장의 뒷밭이 보였다. 그들 바로 앞에는 남쪽이 탁 트이고 다른 곳은 너도밤나무와 전나무로 둘러싸인 작은 공간이 있었으며, 그 안에는 정원이 있었다. 아니, 한때 정원이었다고 하는 게 더 나은 표현일 것이다. 정원 주위를 빙 두른 돌담은 이끼가 끼고 잡초가 무성해서 금세라도 허물어질 것 같았다. 동쪽으로는 정원에 심어놓은 벚나무가 수북이 쌓인 눈처럼 하얗게 줄지어 서 있었다. 그곳에는 아직 옛 오솔길의 자취가 남아 있었고 한가운데에서는 장미 덤불이 두 줄로 자라고 있었다. 하지만 나머지 공간에서는 노랗고 하얀 수선화가 푸른 풀밭 위로 고개를 내밀고 바람에 나붓거렸다.

"어머, 정말 예쁘다!"

세 아가씨가 소리쳤다. 앤은 말로 표현하기 어려운 감동을 느끼고 지긋이 바라보기만 했다.

"세상에! 어쩜 이런 구석진 곳에 정원이 있는 거지?"

프리실라가 놀란 얼굴로 감탄하자 다이애나가 말했다.

"헤스터 그레이의 정원이 틀림없어. 직접 본 적은 없지만 전에 엄마가 하신 말씀을 들었거든. 아직 이렇게 남아 있을 거라고는 생각도 못 했네. 앤, 너도 그 이야기 들은 적 있지?"

"아니, 그런데 이름은 귀에 익어."

"아, 묘지에서 봤을 거야. 헤스터는 포플러나무 아래 구석 자리에 묻혔거든. '22세의 헤스터 그레이를 기억하며'라는 문구가 새겨진 갈색 묘비 알지? 조던 그레이는 바로 그 옆에 묻혔지만 그 사람 묘비는 없어. 마릴라 아주머니가 네게 이야기해주지 않았다니, 참 이상하네. 하기야 30년 전에 일어난 일이니까 모두들 잊어버렸을 거야."

"그래? 그런 이야기라면 그냥 넘어갈 순 없지. 얘들아, 우리 여기 앉아서 다이애나 얘기를 듣자. 어머, 수선화가 사방에 피어 있잖아. 꼭 달빛과 햇빛을 함께 엮어서 짜놓은 카펫 같아. 여긴 정말 발견할 만한 가치가 있는 곳이야. 이 동네에서 6년이나 살면서도 가까운 곳에 이런 데가 있다는 걸 이제야 알았다니, 기가 막히네! 아무튼, 다이애나. 어서 이야기를 시작해봐."

"아주 오래전 일이야. 이 농장의 주인은 데이비드 그레이라는 할아버지였대. 그 사람은 여기가 아니라 지금 사일러스 슬론 아저씨가 사는 곳에 살았지. 그에게는 조던이라는 아들이 있었어. 어느 겨울 조던은 보스턴에 일하러 갔다가 헤스터 머리라는 아가씨와 사랑에 빠졌지. 당시 헤스터는 어느 가게에서 일하고 있었는데, 그 일을 몹시 싫어했대. 자기가 자랐던 시골로 돌아가고 싶어 했거든. 조던이 헤스터에게 청혼을 하자 헤스터는 자기를 들판과 나무가 보이는 고즈넉한 곳으로 데려가준다면 기꺼이 결혼하겠다고 말했어. 그래서 조던은 헤스터와 함께 에이번리로 온 거야. 린드 아주머니는 조던이 위험천만하게도 양키와 결혼했다며 모질게 말했는데, 확실히 헤스터는 몸이 약하고 집안일에도 서툴렀던 모양이야. 하지만 우리 엄마 말로는 무척 예쁘고 사랑스러운 아가씨였대. 조던은 헤스터가 걸었던 땅조차도 떠받들 정도였다지 아마. 어쨌든 그레이 씨가 조던에게 농장을 물려주자, 조던은 이곳 안쪽에 작은 집을 짓고 헤스터와 4년 동안 함께 살았어. 헤스터는 별로 나다니지 않았을뿐더러 우리 엄마랑 린드 아주머니를 빼면 찾아오는 사람도 거의 없었대. 이 정원은 조던이 만들어준 건데 헤스터의 마음에 쏙 들었나 봐. 헤스터는 늘 여기 나와 살다시피 했대. 헤스터는 집안일에 영

소질이 없었지만, 꽃을 가꾸는 재주는 뛰어났어. 그러다가 어느 날 병이 들었지. 엄마에게 들은 이야긴데, 헤스터가 여기 오기 전부터 폐결핵을 앓았나 봐. 비록 자리에 누울 정도는 아니었지만 나날이 병세가 악화되었어. 조던은 다른 사람에게 헤스터를 맡기지 않고. 직접 병 수발을 들었는데, 여자가 하듯 자상하고 정성스럽게 헤스터를 돌봤다고 그러더라. 조던은 매일 헤스터를 숄로 감싸서 정원에 데리고 나왔는데, 그때마다 헤스터는 무척 행복해하면서 벤치에 누워 있었대. 사람들 말로는 헤스터가 조던에게 자기와 함께 아침저녁으로 무릎을 꿇고 기도해달라고 부탁했대. 때가 왔을 때 정원에서 죽을 수 있도록 해달라고 말이야. 결국 헤스터의 기도는 이루어졌어. 어느 날 조던은 헤스터를 벤치에 눕힌 뒤 장미를 모두 꺾어서 헤스터 위에 덮어주었대. 헤스터는 조던을 올려다보며 미소를 지은 뒤 눈을 감았어. 그것이 헤스터의 마지막이었어."

다이애나가 부드러운 말투로 이야기를 마치자 앤이 눈물을 닦으며 한숨을 쉬었다.

"와, 정말 아름다운 이야기야."

프리실라가 물었다.

"조던은 어떻게 됐어?"

"헤스터가 죽은 뒤 농장을 팔고 보스턴으로 돌아갔지. 자베즈 슬론 아저씨가 그 농장을 산 다음 그 작은 집을 큰길 쪽으로 옮겼어. 10년 뒤에 조던도 죽었고, 그의 시신은 고향으로 돌아와 헤스터 옆에 묻힌 거야."

"왜 헤스터가 모든 걸 버리고 이런 촌구석에서 살고 싶어 했는지 이해할 수 없어."

제인이 의아해하자 앤은 곰곰이 생각하며 말했다.

"아, 그 이유는 쉽게 알 수 있을 것 같아. 나라면 단조로운 생활을 바라진 않을 거야. 들판이나 숲을 좋아하는 건 맞지만 그에 못지않게 사람들도 좋아하니까. 하지만 헤스터의 마음을 이해할 순 있어. 대도시의 소음도 피곤했고, 자신에게 아무런 관심도 없이 이리저리 오가는 사람들 때문에 죽을 만큼 힘들었던 거야. 그런 환경에서 벗어나 고요하고 푸르고 친근한 곳으로 가서 편하게 쉬고 싶었을 뿐이지. 헤스터는 자기가 바라던 것을 얻었어. 그렇게 소원을 이룬 사람은 보기 힘들 거야. 죽기 전 4년 동안 아름다운 시간을 보냈잖아. 완벽하게 행복한 4년이었겠지. 그러니까 난 헤스터가 불쌍하기보다는 부럽다는 마음이 들어. 더구나 장미꽃에 둘러싸여 세상에서 가장 사랑하는 사람의 미소를 보면서 잠들었잖아. 아, 정말 낭만적이야!"

다이애나가 말했다.

"저쪽 벚나무도 헤스터가 심은 거야. 헤스터가 우리 엄마한테 그랬대. 벚나무 열매를 먹을 때까지 살지는 못하겠지만, 자기가 심은 무언가가 앞으로도 계속 살아남아 세상을 아름답게 만드는 데 한몫할 거라고."

앤의 눈이 반짝거렸다.

"이 길로 와서 정말 기뻐. 오늘은 내 생일로 정한 날이잖아. 이 정원과 헤스터 이야기는 내가 받은 생일 선물이야. 다이애나, 헤스터 그레이가 어떻게 생겼는지 엄마가 말해준 적 있니?"

"아니. 그냥 예뻤다고만 했어."

"오히려 그 편이 더 나아. 실제 모습에 구애받지 않고 헤스터의 모습을 상상할 수 있으니까. 내 생각에 헤스터는 아주 가냘프고 작았을 거야. 짙은 색의 부드러운 곱슬머리와 크고 아름다우면서 내성적인 갈색 눈 그리고 무언가를 그리워하는 듯 창백한 표정이었겠지."

네 사람은 헤스터의 정원에 바구니를 내려놓고 남은 오후 시간을 보냈다. 주변 숲과 들판을 거니는 동안 예쁜 장소와 작은 길을 여럿 발견했다. 허기를 느꼈을 때 그중 가장 아름다운 곳에서 도시락을 먹었다. 물이 졸졸 흐르는 시냇가 가파른 제방 위였는데, 그곳에는 깃털같이 부드러운 긴 수풀 위로 길게 자란 하얀 자작나무가 서 있었다. 네 사람은 나무 밑에 앉아 앤이 준비한 음식을 배불리 먹었다. 신선한 공기를 마시며 돌아다니는 동안 시장기가 몰려온 탓에 낭만과는 거리가 먼 샌드위치까지도 맛있게 느껴졌다. 앤은 친구들에게 주려고 레모네이드와 컵을 준비했지만 정작 자신은 자작나무 껍질로 시원한 시냇물을 떠서 마셨다. 나무껍질 컵에서는 물이 샜고, 봄철의 시냇물이 흔히 그렇듯 물에서 흙 맛이 났다. 하지만 이런 때에는 시냇물이 레모네이드보다 훨씬 어울린다는 생각이 들었다.

"저것 좀 봐. 시(詩)가 보이네?"

"어디?"

앤이 갑자기 무언가를 가리키자 제인과 다이애나는 자작나무에 신비한 기호로 뭐라도 새겨진 것은 아닌지 유심히 살폈다.

"저기 시냇물 속에, 초록색 이끼가 낀 낡은 통나무를 봐. 그 위로 물이 흐르면서 빗질을 하는 것처럼 부드러운 물결이 일어나고, 햇살 한 줄기가 통나무를 가로질러 시냇물 깊은 곳까지 비치고 있어. 아, 이제껏 본 것 중에서 가장 아름다운 시야."

제인이 말했다.

"나 같으면 차라리 그림이라고 할 거야. 시는 행과 연으로 이루어진 거잖아."

"어머, 아니야. 행이나 연은 시의 겉치레일 뿐이야. 옷의 주름이나 장식이 입은 사람 그 자체가 아닌 것과 마찬가지라고. 진짜 시는 그 안에 있는 영혼이야. 저기 아름다운 부분은 아직 글로 쓰지 않은 시의 영혼이라고. 영혼은 쉽게 볼 수 없어. 시의 영혼도 마찬가지겠지."

앤은 고개를 저었다. 폭신해 보이는 벚꽃 화환이 함께 흔들렸다. 그때 생각에 잠겨 있던 프리실라가 말했다.

"사람의 영혼은 어떻게 생겼을까?"

앤은 자작나무 사이로 쏟아지는 눈부신 햇살을 가리켰다.

"아마 저렇게 생겼을 거야. 물론 모양과 형태만 그렇다는 거지. 난 영혼이 빛으로 이루어졌다고 상상하곤 했어. 온통 장밋빛 얼룩과 떨림이 새겨진 영혼도 있고, 바다 위에서 달빛처럼 부드럽게 빛나는 영혼도 있고, 새벽안개처럼 창백하고 투명한 영혼도 있을 거야."

프리실라가 말했다.

"영혼은 꽃과 같은 거래. 어느 책에선가 읽은 적이 있어."

"그럼 네 영혼은 황금빛 수선화야. 다이애나의 영혼은 붉디붉은 장미꽃이고 제인의 영혼은 사과꽃이겠지? 분홍색을 띤 착하고 사랑스러운 사과꽃 말이야."

앤의 말을 듣고 프리실라가 이렇게 마무리를 지었다.

"그럼 네 영혼은 심장에 보라색 줄무늬가 있는 하얀색 제비꽃이겠네?"

제인은 두 사람이 무슨 말을 하는 것인지 이해할 수 없다며 다이애나에게 속삭였다. 그것은 다이애나도 마찬가지였다.

네 사람은 황금빛 노을이 고요하게 하늘을 물들일 때 집으로 돌아갔다. 바구니는 헤스터의 정원에서 꺾은 수선화로 가득 차 있었다. 그중 몇 송이는 다음 날 앤이 마을의 묘지로 가져가서 헤스터의 무덤에 놓아두었다. 네 사람이 돌아오는 길에 음유시인 같은 울새가 전나무에 앉아 지저귀었고 개구리는 늪지에서 노래를 불렀다. 언덕 사이의 모든 골짜기는 황옥과 에메랄드처럼 빛나고 있었다.

다이애나가 소풍을 가기 전까지는 별로 기대하지 않았다는 듯 말했다.

"음, 지나고 나니 멋진 하루였던 것 같아."

프리실라가 말했다.

"정말 특별한 날이었지."

제인이 말했다.

"사실은 나도 숲을 굉장히 좋아해."

하지만 앤은 아무 말도 하지 않았다. 멀리 서쪽 하늘을 바라보며 젊은 나이에 세상을 떠난 헤스터 그레이를 생각하고 있었기 때문이다.

14장

위기를 모면하다

어느 금요일 저녁, 앤은 우체국에서 집으로 돌아오다가 린드 부인을 만났다. 부인은 여느 때처럼 교회와 국가의 온갖 걱정을 짊어지고 괴로워하던 중이었다.

"티머시 코튼네에 다녀오는 길이다. 앨리스 루이즈가 며칠만 날 도와줄 수 있는지 물어보려고 간 거야. 지난주에도 날 도우러 왔거든. 일손이 썩 믿음직스럽진 않지만 아무도 없는 것보다야 나을 테니까. 그런데 앨리스가 아파서 못 오겠다는구나. 티머시도 앉아서 기침을 해대며 불평만 늘어놓더라고. 티머시는 지난 10년간 죽겠다며 앓는 소리를 해왔는데, 아마 앞으로 10년은 더 그럴 거야. 그런 사람들은 여간해서는 죽지도 않고 무슨 일을 해내지도 못해. 일을 끝낼 때까지 못 버티는 거야. 심지어 아픈 것도 끝내질 못하잖아. 저렇듯 지독스레 의욕이 없는 집안도 보기 힘들걸? 암, 그렇고말고. 그 사람들이 앞으로 어떻게 될지 난 모르겠다. 하느님만 아시겠지.”

린드 부인은 신의 섭리가 과연 이런 일에도 미칠까 의심스럽다는 듯 한숨을 쉬더니 앤에게 물었다.

“마릴라는 화요일에 또 병원을 다녀왔다면서? 눈은 좀 어때? 의사가 뭐라고 하더냐?”

앤이 밝은 얼굴로 대답했다.

“의사 선생님은 많이 좋아졌다고 하셨어요. 시력을 잃을 고비는 넘긴 것 같아 다행이라는 말도 하셨죠. 하지만 책을 너무 많이 보거나 손으로 꼼꼼하게 무언가를 하면 절대 안 된대요. 그런데 바자회 준비는 어떻게 되고 있나요?”

여성 봉사회에서는 바자회와 식사를 준비할 계획이었고 린드 부인이 앞장서서 그 일을 책임지고 있었다.

“꽤 잘되고 있단다. 그러고 보니까 생각나는구나. 앨런 목사 사모님이 옛날 부엌처럼 매대를 꾸며 구운 콩, 도넛, 파이 같은 것들을 저녁으로 내면 좋을 것 같다고 했어. 그래서 우린 구식 물건들을 이것저것 모으고 있단다. 사이먼 플레처 부인은 어머니가 짠 깔개를 빌려줄 거고, 레비 볼터 부인은 옛날 의자를, 메리 쇼 아주머니는 유리문이 달린 찬장을 빌려주기로 했어. 마릴라에게는 놋쇠 촛대를 빌려가도 괜찮겠지? 그리고 옛날 접시도 있는 대로 가져다두고 싶은데, 가능하다면 진짜 파란 버드나무 무늬 접시를 갖춰놓고 싶다고 앨런 사모님이 그러시더구나. 그런데 그런 걸 갖고 있는 사람이 없나 봐. 혹시 어디서 구할 수 있는지 알고 있니?”

"아, 조지핀 배리 할머니가 가지고 계세요. 빌려주실 수 있는지 편지로 물어볼게요."

"그래, 그렇게 해주면 정말 고맙겠구나. 만찬회 식사는 두 주 뒤에 있을 예정이다. 에이브 앤드루스 아저씨가 그때쯤 폭풍우가 온다고 예측했으니까, 그날은 분명 화창할 거야."

마릴라가 언급한 '에이브 아저씨'는 "예언자는 고향에서 존경받지 못한다"*라는 격언에 어울리는 사람이었다. 사실 그는 마을의 웃음거리였다. 날씨를 예측하면 거의 빗나갔기 때문이다. 그 지역에서 가장 똑똑하다고 자부하던 엘리샤 라이트 씨는 에이번리 사람 누구도 일기예보를 확인하기 위해 샬럿타운 신문을 볼 필요가 없다고 말하곤 했다. 에이브 아저씨에게 내일 날씨를 물어본 뒤 반대로 믿으면 되기 때문이다. 하지만 에이브 아저씨는 조금도 굴하지 않고 일기예보를 계속했다.

린드 부인이 말을 이었다.

"선거가 끝나기 전에 바자회를 열 생각이야. 후보자들이 와서 돈을 많이 쓸 게 분명하거든. 보수당 사람들은 좌우를 가리지 않고 뇌물을 써댈 텐데, 한 번쯤은 정직하게 돈을 쓸 기회를 주는 것도 괜찮겠지."

앤은 매슈의 뜻에 따라 보수당을 열렬히 지지했지만 그 자리에서는 아무 말도 하지 않았다. 린드 부인 입에서 정치 이야기가 나오게 만들면 안 된다는 사실을 알고 있었기 때문이다.

앤은 마릴라에게 온 편지를 손에 들고 있었다. 편지에는 브리

---

*   신약성경 마가복음 6장 4절에 나온 예수의 말에서 비롯된 표현이다.

티시컬럼비아 어느 마을의 소인이 찍혀 있었다. 집에 도착한 앤이 흥분해서 말했다.

"아마 쌍둥이 외삼촌이 보낸 편지일 거예요. 그분이 아이들에 대해 뭐라고 말했는지 정말 궁금해요."

"그럼 편지를 읽어보면 될 텐데."

마릴라가 퉁명스럽게 말했다. 누군가 이 둘을 가까이에서 보았다면 마릴라도 흥분한 상태라고 생각했겠지만, 마릴라는 남에게 그런 모습을 보여주느니 차라리 죽음을 택할 사람이었다.

앤은 봉투를 뜯고 편지지를 꺼낸 뒤 조금 어수선하고 서툰 글씨로 쓰인 내용을 훑어보았다.

"이번 봄에도 아이들을 맡을 수 없대요. 겨우내 아팠고 결혼도 미뤄졌다네요. 가을까지 우리가 쌍둥이를 돌봐줄 수 있는지 알고 싶다는데요. 그때가 되면 자기가 데려갈 수도 있을 거라고 해요. 물론 그렇게 해야겠죠, 아주머니?"

"우리 입장에서는 그럴 수밖에 없겠지. 어쨌든 그 아이들이 예전처럼 말썽을 많이 부리는 건 아니니까. 어쩌면 우리가 익숙해졌을 수도 있고. 아, 데이비는 정말 많이 좋아졌더구나."

마릴라는 우울한 듯 말했지만 내심 안도하는 기색이었다.

"데이비의 행동거지가 훨씬 의젓해진 것은 분명해요."

앤은 데이비의 생각까지 의젓해졌다고 말하기에는 아직 이르다고 여기는 듯했다.

전날 저녁 앤이 학교에서 집으로 돌아오자 마릴라는 봉사회 모임에 가서 없었고 도라는 부엌 소파에 누워 자고 있었다. 데이비는 거실 찬장 안에 들어가 앉아 명성이 자자한 마릴라의 노란색 자두잼을 행복한 얼굴로 단지째 퍼먹고 있었다. 데이비가 '손님용 잼'이라고 부르던 것인데, 데이비는 잼에 손대지 말라는 주의를 이미 여러 차례 들었다. 앤이 달려들어 찬장에서 끌어내자 데이비는 죄짓다 들킨 사람처럼 멋쩍어했다.

"데이비 키스, 이 잼을 먹으면 안 된다는 걸 몰랐니? 찬장에 있는 건 뭐든 건드리지 말라고 그랬잖아."

"잘못했다는 건 알아. 하지만 앤 누나, 자두잼은 진짜 맛있어. 단지 속을 슬쩍 들여다봤는데 너무 맛있어 보이길래 아주 조금만 손가락으로 찍어서 맛보려고 한 거야. 그리고 깨끗이 핥아먹었지. 그랬더니 생각했던 것보다 훨씬 맛있더라. 그래서 숟가락을 가져와 마구 떠먹기 시작한 거라고."

앤은 끙 하고 신음 소리를 냈다. 자두잼을 훔쳐 먹은 게 얼마나 큰 잘못인지 앤이 진지하게 설명해주자 데이비도 다시는 그러지 않겠다고 약속하면서 참회의 입맞춤을 몇 번이나 했다.

"어쨌든 천국에는 잼이 잔뜩 있을 테니까 괜찮아."

데이비는 이렇게 스스로를 위로했다. 앤은 터져 나오려는 웃음을 꾹 참았다.

"아마 우리가 먹고 싶어 한다면 천국에도 잼은 있겠지. 그런데 왜 그렇게 생각한 거니?"

"그야 교리문답에 나오잖아."

"아니야, 데이비. 거기에 그런 내용은 없어."

데이비는 고집을 꺾지 않았다.

"아니, 분명히 있어. 지난 일요일에 마릴라 아줌마가 가르쳐준 문답에 있었어. '왜 하느님을 사랑해야 하는가?'라는 질문에 대한 답이 '하느님은 설탕절임을 만들어서 우리를 구원해주시기 때문입니다'였단 말이야. 설탕절임은 잼을 경건하게 말한 거잖아. 내 말이 맞지?"

"잠깐! 나 물 좀 마시고 올게."

앤은 서둘러 말하고 잠시 자리를 비웠다. 다시 돌아온 앤은 올바른 의미를 설명해주느라 진땀깨나 쏟아야 했다. 마침내 '진리를 깨달은' 데이비가 실망 섞인 한숨을 쉬면서 말했다.

"어쩐지 너무 좋다 싶었어. 게다가 찬송가 가사처럼 안식일이 끝없이 계속되면 하느님도 잼을 만들 시간이 없을 것 같았거든. 난 이제 천국에 가기 싫어졌어. 천국엔 토요일도 없잖아. 그렇지, 앤 누나?"

"아니, 토요일도 있고 멋진 날도 많아. 천국에서 지내는 모든 날은 여기보다 훨씬 아름다울 거야."

앤은 이렇게 장담하면서도 마릴라가 옆에 없어서 다행이라고 생각했다. 데이비의 말을 들었다면 충격을 받아 머리를 감싸쥘 게 뻔하기 때문이다. 당연한 이야기지만 마릴라는 자기가 생각할 때 안전하다고 믿는 옛 방식으로 쌍둥이에게 종교교육을 시켰으며 마음대로 상상하는 것을 금했다. 데이비와 도라는 매주 일요일마다 찬송가 한 곡, 교리문답 하나, 성경 두 구절을 배웠다. 도라는 흥미도 없었고 잘 이해되지도 않았지만 얌전히 배우

---

*   원문은 Because He makes preserves, and redeems us로 "하느님은 우리를 지키시고 구원해주시기 때문입니다"라는 뜻이다. preserve에는 '지키다, 보호하다, 보존하다' 외에도 '설탕절임'이나 '잼'이라는 뜻이 있어서 데이비가 착각한 것이다.

고 기계처럼 암송했다. 반면에 데이비는 왕성한 호기심으로 이런저런 질문을 끊임없이 해댔다. 마릴라가 데이비의 장래를 걱정하며 몸서리를 칠 정도였다.

"체스터 슬론이 그러는데 천국에서는 아무것도 하지 않고, 그저 흰 드레스를 입고 돌아다니면서 하프만 연주하면 된대. 그래서 할아버지가 되기 전에는 천국에 가고 싶지 않다고 했어. 그때쯤이면 지금보다는 천국을 더 좋아하게 될지도 모르니까 말이야. 그리고 드레스를 입는 건 끔찍하게 싫다고도 했어. 나도 마찬가지야. 왜 남자 천사는 바지를 입을 수 없는 거야? 체스터 슬론은 그런 문제에 관심이 많아. 가족들이 자기를 목사로 만들고 싶어 하거든. 걔네 할머니가 대학에 가라고 돈을 남겨주셨는데, 목사가 되지 않으면 그 돈을 받을 수 없으니까 자기는 꼭 목사가 되어야 한대. 할머니는 집안에 목사가 있는 걸 자랑스럽게 생각하신대. 체스터도 자기는 솔직히 대장장이가 되고 싶지만, 목사도 싫진 않다고 했어. 그래서 목사가 되기 전에 재미있는 건 죄다 해볼 생각이래. 목사가 되면 재미있는 일이 별로 없을 테니까. 난 목사가 되지 않을 거야. 블레어 아저씨처럼 가게 주인이 돼서 사탕하고 바나나를 산더미처럼 쌓아둬야지. 하지만 하프를 연주하는 대신 하모니카를 불게 해준다면, 누나가 말하는 천국에도 가고 싶어. 그렇게 해줄까?"

앤이 자신 있게 할 수 있는 대답은 이것뿐이었다.

"그래, 네가 그러고 싶다면 허락해줄 거야."

그날 저녁 하먼 앤드루스 씨네 집에서 에이번리 지역 개선협회가 모였다. 중요한 안건을 다룰 예정이어서 전원 출석해야 했다. 그동안 개선협회는 활발하게 활동했고 여러 차례 놀라운 성과를 거두었다. 이른 봄에 메이저 스펜서 씨는 자기의 농장 앞길에서 그루터기를 뽑아버리고 비탈을 고른 뒤 그곳에 잔디씨를 뿌리겠다고 한 약속을 지켰다. 여남은 명의 남자들이 그의 뒤를 이었다. 어떤 이는 스펜서 씨에게 뒤지기 싫은 마음으로, 또 어떤 이는 가족의 성화를 견디지 못해서였다. 덕분에 한때 보기 흉한 덤불과 잡목이 무성했던 땅은 벨벳처럼 부드러운 잔디밭으로 바뀌었다. 앞길에 이런 작업을 하지 않은 농장은 상대적으로 무척 흉해 보였고, 농장주들은 속으로 부끄러워하면서 내년 봄이 되면 무엇이든 해야겠다고 마음먹었다. 교차로의 삼각형 땅도 말끔히 개간해서 잔디씨를 뿌렸고, 그 가운데에는 앤의 제라늄 화단이 자리 잡았다. 다행히도 굶주린 소에게 피해를 당하는 일은 없었다.

이처럼 일이 잘 돌아가는 것처럼 보여서 개선회원들은 그럭저럭 만족하고 있었다. 물론 레비 볼터 씨 같은 사례도 있었다. 개선협회에서 심사숙고하며 뽑은 회원들을 보내 위쪽 농장의 낡은 집 문제를 조심스럽게 언급했지만, 그는 자기 일에 참견하지 말라고 퉁명스럽게 대꾸했다.

앤드루스 씨네 응접실에서 열린 이날의 특별 모임에서는 학교 이사회에 제출할 청원서를 작성할 예정이었다. 학교 부지 둘레에 담을 세워달라고 정중하게 요청하는 내용이었다. 또한 교회에 관상용 나무 몇 그루를 심는 계획도 논의할 생각이었다. 앤의 말대로 마을회관이 파란색으로 남아 있는 동안에는 기부금 모금을 시작한다 해도 별다른 성과를 기대할 수 없었기 때문이다. 앞서 말한 나무의 가격을 알아보고 보고할 위원을 임명하기 위해 제인이 일어나려던 참이었다. 그때 거티 파이가 머리를 한껏 올리고 주름 장식이 잔뜩 달린 옷차림으로 요란하게 들어왔다. 거티는 언제나 모임에 늦었던 터라 어떤 회원들은 "관심을 끌기 위해 일부러 그러는 거야"라고 신랄하게 말하기도 했다. 그 점을 감안한다 해도 오늘의 출현은 확실히 인상적이었다. 거티는 극적인 몸짓으로 응접실 한가운데 멈춰 서더니 두 손을 쳐들고 좌우를 살피며 소리쳤다.

"조금 전에 아주 나쁜 소식을 들었어. 저드슨 파커 씨가 자기 농장 울타리 전부를 제약회사에 빌려줬는데, 제약회사는 그걸 광고판으로 쓸 거래. 다들 어떻게 생각하니?"

거티 파이는 난생처음으로 개선협회에 엄청난 파장을 불러일으켰다. 그간의 성과에 만족하면서 평온하게 앉아 있던 개선회원들에게 폭탄을 집어던졌다 해도 이보다 더한 충격을 주지는 못했을 것이다.

"그럴 리가 없어."

앤이 멍하니 중얼거렸다. 하지만 평소 이런 순간을 꿈꿔왔던 거티는 자신의 역할을 무척 즐거워하는 것 같았다.

"그 이야기를 처음 들었을 때 나도 너처럼 말했지. 그럴 리가 없다고, 저드슨 파커 씨가 그런 일을 저지를 만큼 배짱 두둑한 사람은 아니라고. 그런데 오늘 오후에 아버지가 파커 씨를 만나서 물어봤더니 사실이라고 했대. 한번 생각해봐! 그 사람 농장은 뉴브리지 길가에 접해 있는데 알약이나 고약 광고가 쭉 늘어서 있으면 얼마나 끔찍해 보일까? 안 그래?"

설명할 필요조차 없는 일이었다. 아무리 상상력이 없다 해도 수백 미터나 되는 울타리를 그런 광고로 장식했을 때 얼마나 해괴한 모습일지 그림처럼 생생하게 떠올릴 수 있었다. 교회나 학교 부지에 대한 안건은 급작스레 닥친 위기 앞에서 사라져버렸다. 다들 회의 규칙이나 규정마저도 까맣게 잊어버렸고 절망에 빠진 앤은 회의록을 적을 생각조차 하지 못했다. 저마다 떠들어대기 시작하면서 회의장은 한동안 소란스러웠다.

"자, 모두 진정하고 대책을 생각해보자."

앤이 이렇게 호소했지만 사실 그들 중 가장 흥분한 상태였다. 제인도 비통한 얼굴로 소리쳤다.

"어떻게 막아야 할지 모르겠어. 파커 씨가 어떤 사람인지 다들 알잖아. 돈이 된다면 뭐든지 한다고. 공동체 정신이라곤 눈곱만큼도 없고 미적감각도 엉망이야."

뾰족한 수가 없어 보였다. 에이번리에 사는 저드슨 파커 씨의 혈육은 그의 누나뿐이었기에 친척을 통해서 설득할 수도 없었다. 누나인 마사는 그 나이대 부인답게 젊은 사람들이 하는 일이라면 뭐든지 마음 내켜 하지 않았고 특히 개선회원들을 못마땅하게 여겼다. 저드슨은 쾌활한 성격에 말주변이 좋으며 누구에게나 친절하고 붙임성 있게 굴었다. 하지만 놀랍게도 친구는 거의 없었다. 어쩌면 그가 이런저런 장사로 돈을 많이 번 사람이라 그럴 수 있었다. 그런 사람은 대체로 인심을 얻지 못하기 때문이다. 그는 빈틈도 없고 줏대도 없이 이익만 쫓는 사람이라는 게 대체적인 의견이었다.

프레드 라이트가 단언했다.

"저드슨 파커 씨는 자기가 생각할 때 정당한 방법으로 돈을 벌 기회가 있다면 절대 놓치지 않을 거야."

"파커 씨의 마음을 바꿀 만한 사람이 있을까?"

앤이 자포자기한 심정으로 묻자 캐리 슬론이 말했다.

"파커 씨는 화이트샌즈에 사는 루이자 스펜서를 만나러 간다고 했어. 아마 루이자라면 그에게 울타리를 빌려주지 말라고 설득할 수 있을 거야."

길버트가 단호하게 반대 의견을 냈다.

"어림없어. 난 그 사람을 잘 알거든. 마을 개선협회 같은 건 전혀 신뢰하지 않아. 그저 돈만 믿을 뿐이지. 파커 씨를 말리기는커녕 오히려 부추길 거야."

"우리가 할 수 있는 일은 위원회를 꾸려서 그를 찾아가 항의하는 것뿐이야. 반드시 여자를 보내야 해. 남자가 가면 상대해 주지도 않을 게 뻔해. 하지만 난 가지 않을 거니까. 날 지명해도 소용없어."

줄리아 벨의 말을 듣고 올리버 슬론이 제안했다.

"앤 혼자서 가는 게 어떨까? 우리 중에서 그를 설득할 수 있는 사람은 앤뿐이잖아."

앤은 찾아가서 이야기해볼 수는 있지만 자신을 '정신적으로 거들어줄' 사람이 필요하다고 말했다. 그래서 다이애나와 제인이 앤을 돕기로 했다. 개선회원들은 벌집을 쑤신 듯 분노로 가득 차서 웅성거리다가 해산했다. 그날 밤 앤은 걱정 때문에 아침까지 잠을 이루지 못했다. 깜빡 잠이 들었을 때는 이사회가 학교 주위에 울타리를 쳐놓고 거기에 '보라색 알약을 써보세요'

라는 문구를 가득 써놓은 꿈까지 꿨다.

다음 날 오후에 위원회는 저드슨 파커 씨의 집을 방문했다. 앤은 열변을 토하면서 보기 흉한 광고판 계획을 거두어달라고 사정했다. 제인과 다이애나도 곁에서 힘을 다해 거들어주었다. 파커 씨는 부드럽고 정중한 태도로 상대방의 비위를 잘 맞추는 사람이었다. 해바라기처럼 섬세한 생각이라며 몇 마디 칭찬을 늘어놓더니, 이처럼 매력적인 젊은 아가씨들의 부탁을 거절하는 것은 참 괴로운 일이지만 사업은 사업이니까 요즘같이 어려운 시기에 감상적으로 일을 처리할 수는 없다고 했다.

"하지만 이것만은 약속하지. 빨간색이나 노란색처럼 보기 좋고 고상한 색깔만 사용하라고 회사에 전할게. 광고판에 파란색을 쓰면 절대 안 된다고 일러둘 테니 너무 걱정 말라고."

파커 씨가 큰 눈을 경박스럽게 빛내며 말했다. 위원회는 참담한 패배를 안고 물러나야 했다. 차마 입 밖으로는 낼 수 없는 말이 마음속에서 들끓었다. 제인이 자기도 모르게 린드 부인의 말투와 태도를 흉내 내면서 말했다.

"우리가 할 수 있는 건 다 했으니까 나머지는 하느님께 맡기는 수밖에."

다이애나가 곰곰이 생각하다가 입을 열었다.

"앨런 목사님이 뭐라도 해주실 순 없을까?"

앤이 고개를 저었다.

"아니, 목사님을 귀찮게 해도 소용없을 거야. 더군다나 지금은 그 집 아기가 몹시 아프잖아. 이런 일로 걱정을 끼쳐드릴 순 없지. 목사님이 나선다 해도 파커 씨는 우리에게 한 것처럼 교묘한 말재주로 빠져나갈 게 뻔해. 요즘은 그 사람도 교회에 매주 출석하고 있지만, 그건 루이자 스펜서의 아버지가 교회의 장로라서 교회 일이라면 무척 까다롭게 굴기 때문일 테지."

제인이 화를 냈다.

"자기 집 울타리를 빌려주다니! 에이번리에서 그런 생각을 할 사람은 저드슨 파커 씨밖에 없어. 돈에 환장한 레비 볼터 씨나 로렌조 화이트 씨도 그런 비열한 짓은 하지 못할걸? 최소한 남의 이목에는 신경을 쓰거든."

이 사건이 알려지자 저드슨 파커 씨에 대해 좋지 않은 여론이 일었지만 사태 해결에 별다른 영향은 주지 못했다. 저드슨은 낄낄거리며 여론을 무시했고, 개선회원들은 뉴브리지 길에서 가장 아름다운 곳이 도배된 광고로 볼썽사나워진다는 현실을 받아들이려고 애썼다. 그런데 다음 개선회 모임에서 놀라운 일이 일어났다. 회장이 위원회의 활동 결과를 보고해달라고 요청하자 앤이 조용히 일어나더니 저드슨 파커 씨가 자기 집 울타리를 제약회사에 빌려주지 않기로 했으며, 이 결정을 위원회에 알리도록 자기에게 부탁했다고 발표한 것이다.

제인과 다이애나는 순간 귀를 의심하며 앤을 빤히 쳐다보았다. 평소 개선협회의 회의에서 엄격하게 지켜온 의사진행 규칙에 따라 그 자리에서 호기심을 드러낼 수는 없었지만, 회의가 끝나자 다들 설명을 들으려고 앤을 에워쌌다. 앤에 따르면 어제 저녁 길을 가고 있을 때 저드슨 파커 씨가 따라와서는, 개선협회가 제약회사 광고에 유독 편견을 가진 것 같아서 그쪽의 요청을 받아들이기로 결정했다고 말했다는 것이다. 앤은 그게 전부라고 단언했고, 그 뒤로도 이 문제에 대해 더는 자세한 설명을 하지 않았다. 앤의 말은 사실이었다. 하지만 집으로 가는 길에 제인 앤드루스는 저드슨 파커 씨가 갑자기 마음을 바꾼 이유는 앤 셜리가 말한 것 이상의 복잡한 사정이 있기 때문이라고 올리버 슬론에게 이야기했다. 제인의 말도 사실이었다.

전날 저녁 앤은 해변 길에 있는 어빙 할머니의 집에 갔다가 지름길로 돌아오고 있었다. 앤은 해변 근처 낮은 들판을 지나 로버트 딕슨 씨네 집 아래쪽 너도밤나무 숲으로 이어진 작은 오솔길로 걸어갔다. 이 길은 상상력이 부족한 사람들이 배리 씨네 연못이라고 부르는 '반짝이는 호수' 바로 앞에서 큰길과 만났다.

오솔길로 접어드는 곳에서 두 남자가 길 한쪽에 각자의 마차를 세워놓고 앉아 있었다. 한 사람은 저드슨 파커 씨였고 다른 한 사람은 뉴브리지에 사는 제리 코코런 씨였다. 린드 부인이 열변을 토하며 강조한 것처럼 그는 지금껏 저질러온 수상쩍은 짓이 아직 드러나지 않은 사람일 뿐이었다. 그는 농기구 판매원이면서 정치계에서도 이름이 알려진 인물이었다. 정치적인 이권이 얽힌 일이라면 무엇이든 손을 댔다(손이 열 개라면 그 손을 모조리 갖다 댔을 것이라고 말하는 사람도 있었다). 캐나다 총선을 앞둔 때였기에 코코런 씨는 자기 정당 후보자에게 표를 몰아주고자 여러 지역에서 선거운동을 하며 몇 주 동안 바쁘게 지내고 있었다. 축 늘어진 너도밤나무 가지 아래를 앤이 막 지나고 있을 때 코코런 씨의 말소리가 들렸다.

"이보게, 파커. 자네가 지난봄에 구입한 써레 두 자루 값의 어음을 내가 가지고 있지 않은가. 에임즈버리에게 투표한다면, 그걸 자네에게 돌려주겠네. 자네도 싫진 않지?"

파커 씨는 점잔을 빼며 씩 웃었다.

"뭐, 자네가 그렇게 말한다면야, 그래도 괜찮을 것 같군. 이렇게 힘든 시기에는 이익이 될 만한 걸 찾아봐야지."

바로 그때 두 사람은 앤을 발견하고 재빨리 입을 닫았다. 앤은 싸늘하게 고개를 숙이고는 다시 걸었다. 평소보다는 턱을 조금 더 내민 모습이었다. 곧바로 저드슨 파커 씨가 앤을 쫓아와서 상냥하게 물었다.

"앤, 마차에 태워줄까?"

"아뇨, 괜찮아요."

앤은 정중하게 말했지만 목소리에는 가느다란 바늘 같은 경멸이 담겨 있었고, 이는 저드슨 파커 씨의 무딘 양심 속으로 파고들 만큼 날카로웠다. 그는 화가 난 듯 얼굴을 붉히며 고삐를 확 잡아당겼다. 하지만 다음 순간 신중하게 처신해야겠다고 판단했다. 그는 불안한 듯 앤을 바라보았다. 앤은 좌우로 눈을 돌리지도 않고 계속 걸어가고 있었다.

'설마 이 아가씨가 우리 이야기를 다 들은 건가? 코코런은 누가 들어도 불법인 제안을 했고 나는 그걸 노골적으로 승낙하지 않았던가. 망할 놈의 코코런 같으니라고! 말조심을 했어야지. 언젠간 호되게 경을 칠 날이 올 거야. 아니, 볼일도 없이 너도밤나무 숲에서 불쑥 튀어나온 저 빌어먹을 빨간 머리 여선생은 또 뭐야? 나에 대해서 여기저기 떠들고 다니면 어쩐담?'

정직하지 못한 사람들이 흔히 그렇듯, 파커 씨는 앤도 "자기 되로 남의 옥수수 양을 잰다"라는 속담처럼 행동할 것이라고 여졌다. 그는 이제껏 소문이나 여론에 별로 신경 쓰지 않고 살아왔다. 하지만 뇌물을 받았다는 사실이 알려지면 문제가 커질 것이다. 그 말이 아이작 스펜서의 귀에 들어가기라도 한다면, 부유한 농부의 상속녀로 안락한 미래가 보장된 루이자 스펜서와 결혼할 희망은 물거품이 되고 만다. 그는 지금도 스펜서 씨가 자신을 탐탁지 않게 바라본다는 사실을 알고 있었다. 더는 위험을 감수할 수 없었다.

"에헴, 앤. 지난번 우리가 이야기한 사소한 일과 관련해서 널 만나러 가던 중이었어. 생각해본 끝에 그 회사에게 내 울타리를 빌려주지 않기로 했다. 너희 같은 목적의 단체가 하는 일이라면 힘을 실어주는 게 마땅하겠지."

앤은 아주 조금 마음이 누그러졌다.

"고맙습니다."

"그리고 저기, 제리와 내가 했던 별것 아닌 이야기를 다른 사람에게 옮길 필요는 없을 것 같은데."

"어떤 경우에도 그걸 말할 생각은 없어요."

앤이 차갑게 말했다. 자기 표를 팔아먹는 사람과 비열하게 흥정을 하느니 에이번리의 모든 울타리에 광고가 그려진 모습을 보는 편이 낫다고 생각한 것이다.

"그래, 그래. 네가 그럴 거라고 생각하지는 않았어. 물론 난 제리를 속였을 뿐이야. 그 녀석은 자기가 굉장히 영리할 뿐만 아니라 똑똑하다고 생각하거든. 난 에임즈버리에게 투표할 생각이 없어. 늘 그랬던 대로 그랜트를 뽑을 거야. 선거가 끝나면 알겠지. 난 그저 제리의 속마음이 진짜 그런지 떠본 게 전부거든.

아무튼 울타리 건은 문제없을 거야. 내 말을 개선회원들에게 전해도 좋아."

앤은 그날 밤 거울에 비친 자신에게 말했다.

"세상 하나를 이루기 위해선 별의별 사람이 필요하다는 말을 자주 들어왔지만 꼭 필요하지 않은 사람도 있는 것 같아. 어쨌든 이처럼 영혼을 더럽히는 수치스러운 일에 대해서는 아무 말도 하지 않을 거야. 그래야 양심에 거리끼지 않을 테니까. 이 일은 무엇을 누구에게 고마워해야 할지 정말 모르겠어. 난 문제 해결에 아무런 도움이 되지 못했고, 하느님이 저드슨 파커나 제리 코코런 같은 정치꾼들을 수단으로 사용해 은혜를 베풀어주셨다고 믿기는 힘들잖아."

15장

방학이 시작되다

바람은 운동장 주위의 가문비나무 사이를 불면서 기분 좋은 소리를 냈고, 숲 가장자리에는 나무 그늘이 길고 한가롭게 드리워졌다. 앤은 문을 잠그고 만족한 듯 한숨을 내쉬며 열쇠를 주머니에 넣었다. 비록 하먼 앤드루스 씨는 앤이 회초리를 더 자주 들어야 한다고 말했지만, 앤은 1년 동안 교사로 일하면서 좋은 평가를 받았고 다음 학기에도 학생들을 가르치게 되었다. 그간의 노력에 대한 보상으로 주어진 두 달 동안의 즐거운 방학이 앤을 반기고 있었다. 앤은 세상이나 자신에 대해서 평온한 마음을 느끼며 손에 꽃바구니를 들고 언덕을 내려갔다. 산사나무꽃이 필 무렵부터 앤은 한 주도 거르지 않고 매슈의 무덤을 찾아갔다. 마릴라를 제외한 에이번리 사람들은 조용하고 수줍음이 많으면서도 평범했던 매슈 커스버트를 이미 잊어버렸다. 하지만 앤의 마음속에는 그에 대한 기억이 여전히 푸른빛으로 남아 있었고 앞으로도 그럴 것이다. 애정에 굶주렸던 어린 시절, 그토록 갈망했던 사랑과 연민을 처음으로 친절하게 베풀어준 이 노인을 앤은 절대 잊을 수 없었다.

언덕 기슭에 이르자 가문비나무 그늘 밑 울타리에 한 아이가 앉아 있었다. 꿈꾸는 듯 커다란 눈에 잘생긴 얼굴, 감수성이 풍부해 보이는 소년은 앤을 보자 울타리에서 뛰어내리더니 미소를 지으며 다가왔다. 하지만 뺨에는 눈물 자국이 남아 있었다.

아이는 자기 손을 앤의 손에 슬쩍 집어넣으며 말했다.

"선생님을 기다렸어요. 무덤에 가실 걸 알고 있었거든요. 저도 거기 갈 거예요. 할머니 심부름으로 할아버지 무덤에 제라늄 꽃 한 다발을 놓아두려고요. 그리고 이것도 보세요. 이 하얀 장미 다발은 가엾은 우리 엄마를 생각하면서 할아버지의 무덤 옆에 놓을 거예요. 엄마 무덤까지 갈 수는 없으니까요. 하지만 그게 엄마 무덤에 꽃을 놓아두는 것이나 다름없다는 걸 엄마도 아시겠죠?"

"그럼. 분명히 아실 거야, 폴."

"선생님, 오늘은 엄마가 돌아가신 지 꼭 3년째 되는 날이에요. 그렇게 오래되었지만 지금도 똑같이 슬퍼요. 똑같이 엄마가 보고 싶고요. 가끔씩은 참을 수 없을 만큼 마음이 아파요."

폴의 목소리는 흔들렸고 입술도 떨렸다. 아이는 흰 장미꽃을 내려다보면서 선생님이 자기 눈에 맺힌 눈물을 알아차리지 못했으면 좋겠다고 생각했다.

앤이 부드러운 목소리로 달랬다.

"하지만 정말로 마음이 아프지 않기를 바라는 건 아니지? 그럴 수 있다 해도 가엾은 어머니를 잊고 싶은 건 아니잖아."

"네, 맞아요. 잊고 싶지 않아요. 바로 그거예요. 제 맘을 정말 잘 아시네요, 선생님. 절 이해해주는 사람은 아무도 없어요. 할머니도 마찬가지고요. 제게 무척 잘해주시기는 하지만요. 아빠는 저를 잘 이해해주는 편이지만, 엄마 이야기를 많이 할 수는 없어요. 아빠가 많이 슬퍼하실 것 같거든요. 아빠가 손으로 얼굴을 가리면 이제 그만하라는 뜻이에요. 가엾은 아빠, 제가 곁에 없어서 참 외로울 거예요. 하지만 선생님도 아시다시피 이제 집에는 가정부밖에 없는데, 아빠는 가정부의 손에 아이를 맡기는 건 좋지 않다고 생각하세요. 일 때문에 집을 비워야 할 때는 더 그렇겠죠. 엄마 다음으로는 할머니가 낫잖아요. 제가 크면 아빠에게 돌아가서 다시는 떨어져 살지 않을 거예요."

폴에게 부모 이야기를 수없이 듣다 보니 앤은 그들과 전부터 아는 사이처럼 느껴졌다. 폴의 기질과 성격은 어머니를 꼭 닮은 게 분명했다. 폴의 아버지 스티븐 어빙은 깊고 부드러운 성품을 겉으로 드러내지 않는 신중한 남자로 보였다.

언젠가 폴이 이렇게 말했다.

"아빠와 친해지는 게 쉽지는 않아요. 가엾은 엄마가 돌아가시기 전에는 아빠랑 별로 친하게 지내지 않았거든요. 하지만 아빠 알고 보면 정말 멋진 분이세요. 전 세상에서 아빠를 가장 사랑해요. 그다음이 할머니 그리고 선생님이에요. 사실은 선생님이 아빠 다음이지만 할머니를 더 사랑하는 건 제 의무잖아요. 할머니가 저를 위해 엄청나게 많은 일을 해주시니까요. 무슨 뜻인지 선생님은 아실 거예요. 그래도 제가 잠이 들 때까지는 방에 등불을 놔두셨으면 좋겠어요. 할머니는 저를 겁쟁이로 키우고 싶지 않다면서 이불을 덮어주자마자 등불을 가지고 나가세요. 무서운 건 아니지만 불빛이 있었으면 좋겠어요. 엄마는 늘 제가 잠이 들 때까지 옆에 앉아서 손을 꼭 잡아주셨어요. 엄마가 제 버릇을 잘못 들였나 봐요. 선생님도 아시다시피 엄마들은 가끔 그러잖아요."

사실 앤은 잘 몰랐다. 그저 상상만 할 뿐이었다. 앤은 슬픈 마음으로 자신의 '어머니'를 생각했다. '완벽하게 아름답다'라고 생각했던 젊은 어머니, 오래전에 세상을 떠나 아무도 찾지 않는 무덤에 청년 같은 남편과 함께 묻힌 어머니를 떠올린 것이다. 앤은 어머니를 기억조차 할 수 없었기에 폴이 부럽기도 했다.

두 사람이 6월의 햇살을 받으며 불그스름하고 기다란 언덕길을 걸어 올라가고 있을 때 폴이 말했다.

"다음 주에 제 생일이 있어요. 아빠에게 편지를 받았는데, 제가 가장 좋아할 만한 걸 보내겠다고 하셨어요. 벌써 도착한 것 같아요. 할머니가 책장 서랍을 잠가놓으셨거든요. 그런 일은 처음이라 왜 잠갔냐고 여쭤봤더니, 할머니는 묘한 표정으로 어린애가 많은 걸 알려고 하면 안 된다고 말씀하셨어요. 생일을 맞이하는 건 정말 신나는 일이에요. 그렇죠? 이제 전 열한 살이 돼요. 선생님 눈에는 그렇게 보이지 않겠지만요. 할머니가 그러시는데 제가 또래에 비해 몸집이 작은 이유는 죽을 많이 먹지 않아서래요. 전 양껏 먹고 있는데 할머니는 너무 많이 담아주세요. 나쁜 마음으로 그러시는 건 절대 아니겠지만요. 전에 주일

학교에서 집으로 돌아올 때 선생님이 어려운 일이라면 뭐든지 기도해야 한다고 말씀하셨잖아요. 그 뒤로 저는 밤마다 아침에 죽을 남김없이 먹을 수 있는 은총을 베풀어달라고 기도했어요. 하지만 아직은 다 먹을 수 없어요. 하느님의 은총을 제가 너무 조금 받은 건지 아니면 죽이 너무 많은 건지 정말 모르겠어요. 할머니 말로는 아빠도 죽을 먹고 자라셨대요. 아빠한테는 확실히 효과가 있었던 것 같아요. 선생님도 아빠 어깨를 보셨어야 해요. 하지만 가끔은 죽 때문에 죽을 것 같아요."

폴은 한숨을 쉬며 생각에 잠겼다. 앤은 폴이 자기를 쳐다보지 않을 때 살짝 미소를 지었다. 에이번리 사람들은 어빙 할머니가 음식이나 품행 면에서 과거에 좋다고 여겼던 방식으로 손자를 키운다는 사실을 알고 있었다.

앤이 밝은 얼굴로 말했다.

"그런 일이 없었으면 좋겠구나. 참, 네 바위 사람들은 어떻게 지내고 있지? 쌍둥이 형은 널 예의 바르게 대하니?"

"그래야죠. 안 그러면 저와 친하게 지낼 수 없다는 걸 알거든요. 실제로는 정말 심술궂은 사람인 것 같지만요."

"노라는 아직도 황금 아가씨에 대해 모르고 있니?"

"네. 그런데 이상하다고 생각하는 것 같긴 해요. 지난번에 제가 동굴에 갔을 때 노라가 절 본 것 같아요. 하지만 상관없어요. 노라의 기분을 상하게 하지 않으려고 그러는 거니까요. 하지만 상처받을 걸 각오했다면, 저도 어쩔 수 없겠죠."

"밤에 너와 해변에 가면 나도 바위 사람들을 볼 수 있을까?"

폴은 진지한 얼굴로 고개를 저었다.

"아뇨, 선생님은 못 보실 거예요. 제 눈에만 보이거든요. 하지만 선생님의 바위 사람들은 보실 수 있을 거예요. 선생님은 그럴 수 있는 분이니까요. 아시다시피 우린 같은 능력을 가지고 있어요. 그들을 볼 수 있다는 건 정말 멋지죠?"

폴은 앤의 손을 다정하게 꼭 잡았다.

"그럼. 멋진 일이고말고."

앤은 반짝이는 회색 눈으로 파랗게 빛나는 폴의 눈을 바라보며 고개를 끄덕였다.

> 상상의 눈이 활짝 열린
> 그 왕국은 얼마나 아름다울까.

두 사람은 이 구절의 의미를 알고 있었다. 그리고 이 행복한 왕국으로 가는 길도 알고 있었다. 그곳에는 기쁨의 장미가 골짜기와 시냇가에 영원히 피어 있고, 햇살이 비쳐 화창한 하늘을 구름이 가리지도 않는다. 달콤한 종소리는 선율을 벗어나 요란한 소리를 내는 법이 없고, 주위에는 마음 맞는 사람들이 가득하다. 어느 동화의 제목처럼 '태양의 동쪽, 달의 서쪽'에 있다고 여겨지는 이 나라가 어디에 있는지 안다는 것은 어느 시장에서도 살 수 없을 만큼 귀중한 지식이다. 태어날 때 선량한 요정들이 준 선물이며 세월이 흐른다 해도 지워지거나 빼앗길 수 없는 것이다. 비록 다락방에서 산다 해도 이를 알고 있다면, 아무것도 모른 채로 궁전에서 사는 것보다 낫다.

에이번리의 묘지는 늘 그렇듯 풀이 무성하고 호젓했다. 물론 개선회원들은 묘지에도 눈을 돌렸고, 프리실라 그랜트가 지난 번 모임에서 묘지 정비 계획을 발표하기도 했다. 앞으로 개선회 원들은 이끼가 끼고 뒤틀린 낡은 판자 울타리를 깨끗한 철망 울 타리로 바꾸고, 벌초를 하고, 기울어진 비석들도 똑바로 세울 생각이었다.

앤은 가져온 꽃을 매슈의 무덤에 놓아둔 다음 헤스터 그레이 가 잠들어 있는 포플러나무의 작은 그늘 구석 자리로 발길을 옮 겼다. 봄철에 소풍을 갔던 날 이후로 앤은 매슈의 무덤을 찾을 때마다 헤스터의 무덤에도 꽃을 놓아두었다. 무덤을 찾기 전날 저녁, 앤은 버려진 숲속 작은 정원으로 가서 헤스터의 하얀 장 미 몇 송이를 꺾어 왔다.

"당신은 어떤 꽃보다 이걸 좋아하리라 생각했어요."

앤이 계속 그곳에 앉아 있을 때 풀밭 위로 누군가가 그림자를 드리웠다. 고개를 들어 보니 눈앞에 앨런 부인이 있었다. 두 사 람은 함께 집으로 걸어갔다.

이제 앨런 부인은 5년 전 목사인 남편과 함께 에이번리로 왔 을 때의 새색시가 아니었다. 건강한 혈색과 젊고 부드러운 인상 은 얼굴에서 사라졌고, 눈가와 입가에는 인내심이 서린 가느다 란 주름이 새겨져 있었다. 주름 몇 개는 이 묘지에 있는 작은 무 덤 때문이었고, 새로 생긴 주름 몇 개는 어린 아들이 최근에 병 을 앓다가 회복되는 모습을 지켜볼 때 생긴 것이다. 하지만 앨 런 부인이 문득 지어 보이는 보조개는 예전처럼 사랑스러웠고, 맑고 진실한 눈동자도 여전히 밝게 빛났다. 얼굴에서 처녀 적 싱그러움은 사라졌지만, 새로 더해진 다정함과 강인함이 사라진 아름다움을 보충하고도 남았다.

"앤, 방학이 되기를 기대하고 있었겠지?"

묘지를 나오면서 앨런 부인이 물었다. 앤은 고개를 끄덕였다.

"네. 저는 달콤한 걸 혀로 굴려먹듯이 방학이라는 말을 입에서 굴리고 있었어요. 이번 여름은 정말 멋질 것 같아요. 모건 부인이 7월에 이 섬을 방문하기로 하셨는데, 프리실라가 여기로 모시고 와준댔어요. 생각만 해도 어렸을 때처럼 가슴이 두근거리는 걸 느껴요."

"그래. 즐거운 시간을 보내길 바란다. 지난해는 아주 열심히 일했고 좋은 성과를 냈으니까."

"어머, 저는 잘 모르겠어요. 많은 면에서 턱없이 부족했죠. 지난가을 학교에서 가르치기 시작했을 때 마음먹은 일을 결국 제대로 해내지 못했어요. 제 이상에 따라 살지 못한 거예요."

앨런 부인이 한숨을 쉬었다.

"누구도 그렇게 살지는 못한단다. 하지만 앤, 시인 로웰이 한 말을 너도 알고 있잖니. '실패가 아니라 목표가 낮은 것이 잘못이다'라는 구절 말이야. 우리는 이상을 품고 그것에 따라 살고자 노력해야 해. 비록 단번에 성공하지는 못한다 해도 이상에 충실한 삶을 살아야겠지. 이상이 없는 인생은 유감스러운 과정일 뿐이거든. 이상이 있어야 장엄하고 위대한 인생을 살 수 있어. 네 이상을 굳게 지켜야 한다, 앤."

앤이 살짝 웃으며 말했다.

"노력해볼게요. 하지만 제 교육 이론은 거의 다 포기할 수밖에 없었어요. 교사 생활을 시작할 때만 해도 아름다운 이론을 한가득 품고 있었지만 막상 이런저런 문제가 생기니까 어떤 것도 소용이 없더라고요."

"체벌에 대한 이론도 그랬던 거니?"

앨런 부인이 놀리듯 말했다. 하지만 앤은 얼굴을 붉혔다.

"앤서니를 때린 저 자신을 절대 용서하지 못할 거예요."

"앤, 말도 안 되는 소리다. 앤서니는 맞을 만했어. 그 아이에게 합당한 벌이었지. 이후로 넌 앤서니와의 관계에서 아무런 문제도 없었고, 그 아이도 너처럼 훌륭한 선생님은 없다고 생각하게 되었잖아. 앤서니의 고집 센 마음에서 '여자는 좋지 않다'라는 생각을 뿌리째 뽑아버렸고 그 아이의 사랑까지 얻었으니 결국 네 친절함이 이긴 거야."

"앤서니가 맞을 짓을 했을 수도 있어요. 하지만 문제는 그게 아니에요. 정당한 벌이라고 생각해서 차분하고 신중하게 체벌을 결정했다면 지금처럼 괴로운 마음이 들지는 않았을 거예요. 하지만 전 그냥 화가 치밀어 올라 그 아이를 때린 거였어요. 적당한 벌인지 아닌지는 생각하지도 않았죠. 앤서니가 맞을 만한 일을 하지 않았더라도 저는 똑같이 행동했을 거예요. 저는 그 점이 정말 부끄러워요."

"글쎄다. 우린 모두 실수를 하지. 그러니 그냥 잊어버리렴. 실수를 뉘우치고 거기서 배워야겠지만, 그걸 계속 끌어안고서 미래로 나아가서는 안 돼. 저기 길버트 블라이드가 자전거를 타고 가는구나. 방학이 돼서 집으로 가는 모양이다. 너하고 길버트가 하는 공부는 어떻게 돼가고 있니?"

"제법 잘되고 있어요. 오늘 밤에 베르길리우스의 시 해석을

마칠 계획이에요. 겨우 20행 남았거든요. 그러고 나서 9월까지
는 잠시 쉬려고요."

"대학에는 갈 수 있을 것 같아?"

앤은 저 멀리 오팔처럼 붉은 남색으로 빛나는 지평선을 꿈꾸
듯 바라보았다.

"아, 잘 모르겠어요. 마릴라 아주머니의 눈이 지금보다 많이
나아지진 않을 것 같아요. 더 나빠지지만 않아도 무척 고마운
일이지만요. 또 쌍둥이도 있잖아요. 아무래도 아이들 외삼촌이
데려갈 것 같지 않아요. 대학이 저 길모퉁이만 돌면 나온다고
해도 전 아직 그 모퉁이까지 가지도 못했을뿐더러 괜히 실망만
커질 수 있으니까 그런 생각은 많이 하지 않으려고요."

"난 네가 대학에 가는 걸 보고 싶구나. 하지만 그럴 수 없다
해도 실망하진 마라. 우린 어디에 있든지 자기의 삶을 살아가는
거야. 대학은 그저 그 일을 더 쉽게 하도록 도와줄 뿐이지. 우리
가 무얼 얻어내느냐가 아니라 무얼 채워 넣느냐에 따라 인생길
이 넓어지기도 하고 좁아지기도 해. 인생은 이곳에서도, 그 어
디에서도 풍요롭고 충만한 거야. 난 네가 그 풍요로움과 충만함
을 향해 마음을 활짝 여는 법을 배웠으면 좋겠어."

"무슨 말씀이신지 알 것 같아요. 제게는 고맙게 여겨야 할 일
이 참 많아요. 제 직업, 폴 어빙, 사랑스러운 쌍둥이 그리고 친구
들 모두요. 있잖아요, 사모님. 저는 우정을 정말 고맙게 생각하
고 있어요. 인생을 참 아름답게 해주니까요."

"진정한 우정은 우리에게 큰 도움을 주지. 우리는 우정에 대
해 아주 높은 이상을 가져야 하고, 진심을 잃거나 성실하지 못

한 행동으로 이상을 훼손해서는 안 돼. 난 우정이라는 말이 종종 진정한 우정과 아무런 상관이 없는 친밀감 같은 것으로 전락하는 게 안타까워."

"맞아요. 거티 파이와 줄리아 벨이 말하는 우정처럼 말이죠. 두 사람은 무척 친해서 어디든 함께 다니지만 거티는 늘 뒤에서 줄리아를 헐뜯어요. 모두들 거티가 줄리아를 질투한다고 생각하죠. 누군가 줄리아를 나쁘게 말할 때마다 거티는 흐뭇해하니까요. 그런 걸 우정이라고 부른다면, 우정에 대한 모독일 거예요. 친구가 있다면 상대의 가장 좋은 점만 보고, 서로에게 가장 좋은 것을 줘야 해요. 사모님도 그렇게 생각하시죠? 그렇게만 한다면 우정은 세상에서 가장 아름다운 것이 될 거예요."

앨런 부인은 미소를 지었다.

"우정은 아주 아름다운 것이지. 하지만 언젠가는…."

앨런 부인은 갑자기 입을 다물었다. 앤의 섬세하고 하얀 얼굴에는 솔직한 눈빛과 풍부한 감정이 담겨 있었고, 이 모습은 여자라기보다 아이 쪽에 훨씬 가까웠다. 앤의 마음속은 우정과 포부에 대한 꿈으로 가득했다. 앨런 부인은 달콤한 공상에 젖어 있는 앤의 마음에서 청순한 꽃송이를 지워버리고 싶지 않았다. 그래서 나머지 말은 몇 년 뒤를 위해 간직했다.

16장

바라는 것들의 실상[•]

초록지붕집 부엌에서 앤이 편지를 읽고 있을 때 데이비가 반질반질한 가죽 소파에 기어오르며 애원했다.

"누나, 앤 누나. 나 지금 너무 배고파. 얼마나 배가 고픈지 누난 상상도 못 할 거야."

"잠깐만 기다려. 버터 바른 빵을 줄게."

앤이 건성으로 말했다. 편지에는 흥미진진한 소식이 담겨 있는 듯했다. 앤의 뺨은 바깥에 있는 큰 덤불 속 장미처럼 분홍빛이었고, 눈은 앤만이 보여줄 수 있는 별빛으로 가득했다.

"그런데 난 지금 버터 바른 빵이 고픈 게 아니라 자두케이크가 고픈 거야."

• 　신약성경 히브리서 11장 1절에 나온 표현

데이비가 뾰로통하게 말하자 앤은 웃으며 편지를 내려놓은 뒤 데이비를 꼭 껴안았다.

"그건 아주 쉽게 참을 수 있는 배고픔이야. 데이비, 마릴라 아주머니가 간식은 버터 바른 빵만 먹을 수 있다고 정해놓은 것 너도 알지?"

"음, 그럼 그거라도 줘. 아니, 주세요."

데이비는 이제야 존댓말로 부탁하는 법을 배웠지만 보통은 말을 다 하고 나서 덧붙이곤 했다. 앤이 두툼한 빵을 내오자 데이비는 만족스러운 표정을 지었다.

"누난 항상 빵에 버터를 듬뿍 발라줘서 좋아. 마릴라 아줌마는 얇게 바르거든. 버터를 많이 발라야 목구멍으로 넘기기가 훨씬 쉬울 텐데."

빵이 순식간에 사라진 것을 보면 제법 괜찮게 목구멍으로 넘긴 듯 보였다. 데이비는 소파에서 거꾸로 미끄러져 내려와 깔개 위에서 재주를 두 번 넘더니 단호하게 선언했다.

"앤 누나. 나 천국에 대해 어떻게 할 건지 결정했어. 난 거기 가고 싶지 않아."

앤이 진지한 얼굴로 물었다.

"왜 가고 싶지 않은 거야?"

"천국은 사이먼 플레처 아저씨네 다락방에 있으니까. 난 그 아저씨가 싫거든."

"천국이… 사이먼 플레처 아저씨네 다락방에 있다고? 데이비 키스, 그런 터무니없는 말은 누구에게 들은 거야?"

앤은 숨이 턱 막혔다. 어이가 없어서 웃음도 나오지 않았다.

"밀티 볼터가 그렇게 말했어. 지난 일요일 주일학교에서 예언자 엘리야하고 엘리사에 대해 배웠는데, 내가 일어나서 로저슨 선생님한테 천국이 어디 있느냐고 물어봤지. 그런데 로저슨 선생님은 굉장히 화가 난 얼굴이었어. 조금 전에 있었던 일로 기분이 나빴나 봐. 엘리야가 천국에 갈 때 엘리사에게 뭘 주고 갔는지 선생님이 우리한테 물어봤는데, 밀티 볼터가 '자기가 입던 헌 옷이요'라고 대답했거든. 그래서 우린 아무 생각 없이 웃었어. 아, 생각을 먼저 한 다음에 뭘 하면 좋았을 거야. 그러면 그렇게 웃지 않았을 거잖아. 하지만 밀티가 버릇없이 굴려고 그런 말을 했던 건 아니야. 그냥 그 물건의 이름이 기억나지 않던 거야. 로저슨 선생님은 하느님이 계신 곳이 천국이라고 하면서 나보고 그런 질문을 하면 안 된다고 하셨어. 밀티가 날 쿡쿡 찌르면서 작은 목소리로 말했어. '천국은 사이먼 아저씨네 다락방에 있어. 집에 갈 때 아리켜줄게.' 그리고 집에 오는 길에 밀티가 '아리켜줬어'. 밀티는 아리켜주는 걸 정말 잘해. 자기가 잘 모르는 것도 이것저것 꾸며대면서 말해주는데, 그래도 이해가 잘 돼. 밀티 엄마는 사이먼 아줌마 동생인데, 사촌인 제인 엘런이 죽었을 때 밀티가 엄마랑 장례식에 갔어. 목사님이 제인은 천국에 갔다고 하셨는데, 밀티 말로는 제인이 바로 앞에 있는 관에 누워 있었어. 나중에 사람들이 그 관을 다락방으로 가져다놓았나 봐. 장례식이 다 끝난 뒤 모자를 가지러 2층에 갔을 때, 밀티가 엄마한테 제인 엘런이 갔다는 천국이 어디 있는지 물어봤대. 그런데 엄마는 천장을 똑바로 가리키면서 '저 위에 있어'라고 말했다는 거야. 천장 위에는 다락방밖에 없잖아. 그래서 밀티가 천국이 있는 곳을 알아낸 거야. 그때부터 밀티는 사이먼 아저씨 집에 가는 게 아주 무섭다나 봐."

앤은 데이비를 무릎에 앉히고 이 신학적인 난제를 풀어서 설명하느라 진땀을 뺐다. 물론 이런 일은 마릴라보다 앤이 훨씬 잘할 수 있었다. 앤은 자기의 어린 시절을 기억하고 있었기에, 어른들에게는 아주 단순하고 간단한 문제도 일곱 살 아이들은 엉뚱하게 받아들일 수 있다는 것을 잘 이해했다. 데이비가 천국이 사이먼 플레처 씨네 다락방에 있는 것이 아니라는 사실을 겨우 납득했을 때 정원에서 도라와 함께 완두콩을 따고 있던 마릴라가 집 안으로 들어왔다. 어리지만 부지런한 도라는 오동통한 손으로 할 수 있는 소소한 일들을 하면서 어른들을 '도울' 때 무척 행복해했다. 닭에게 모이를 주고 불쏘시개를 주워 모았으며, 설거지뿐 아니라 자질구레한 심부름도 했다. 꼼꼼하고 성실한 데다 눈치도 빨라서 한 번만 가르쳐주면 다시 말할 필요가 없었고, 자기가 해야 할 일은 아무리 작은 것이라도 잊어버리는 법이 없었다. 반면에 데이비는 조심성이 없고 잊어버리기도 잘했다. 하지만 다른 사람에게 사랑받는 재주를 타고난지라 앤은 물론이고 마릴라까지 데이비를 더 좋아했다.

도라가 의기양양하게 완두콩 껍질을 까고 데이비는 콩깍지에 성냥개비와 종이로 돛대를 달아 배를 만드는 동안, 앤은 마릴라에게 편지 내용을 말해주었다.

"마릴라 아주머니, 정말 굉장한 소식이에요. 이 편지는 프리실라가 보낸 건데요, 모건 부인이 지금 이 섬에 와 계신대요. 목요일에 날씨가 좋으면 마차를 타고 에이번리로 오실 거래요. 정오쯤 도착할 예정이라네요. 오후는 우리와 지내고 저녁에는 화이트샌즈 호텔로 가신다고 했어요. 모건 부인의 미국인 친구들이 거기 묵고 있거든요. 아, 마릴라 아주머니. 정말 멋지죠? 꿈을 꾸는 것만 같아요."

"모건 부인이라고 여느 사람과 다를 게 있겠니?"

마릴라는 아무렇지도 않은 듯 말했지만 조금은 흥분한 기색이었다. 모건 부인처럼 유명 인사가 방문한다는 것은 보통 일이 아니었기 때문이다.

"그럼 여기서 점심을 드시겠구나?"

"그렇죠. 참, 마릴라 아주머니. 제가 점심 준비를 도맡아도 될까요? 『장미 정원』의 작가에게 제가 뭔가 해드렸다는 기분을 느끼고 싶거든요. 고작해야 점심 한 끼 대접하는 것뿐이지만요. 그래도 괜찮죠?"

"아이고, 난 7월에 뜨거운 불 앞에서 스튜를 만들고 싶진 않구나. 누구에게든 고역이겠지. 네가 해준다면 나야 좋지."

"와, 정말 고맙습니다. 당장 오늘 밤에 식단을 짜야겠어요."

앤은 마릴라가 엄청난 호의라도 베푼 듯 호들갑을 떨었다. '식단'이라는 거창한 말에 놀란 마릴라가 주의를 주었다.

"너무 요란하게 차리려고 하지는 마라. 과하게 욕심을 부렸다간 후회할 일이 생기게 마련이니까."

"걱정 마세요. 축제 때도 먹어보지 못할 음식으로 식탁을 채우려고 애쓰진 않을 거예요. 그건 겉치레일 뿐이잖아요. 제가 열일곱 살이나 먹은 학교 선생님답게 분별력 있고 꾸준하진 못해도 그 정도로 어리석진 않아요. 하지만 할 수 있는 만큼은 맛있고 보기 좋은 음식을 차리고 싶어요. 데이비 이 녀석, 콩깍지를 뒤쪽 계단에 버리면 안 돼. 누가 미끄러질 수도 있잖아. 일단 가벼운 수프로 시작할 거예요. 제가 양파 크림수프는 잘 만들잖아요. 그리고 오븐으로 닭을 구울까 해요. 하얀 수탉 두 마리를 잡아야겠죠. 아, 그 수탉들 정말 예뻐요. 회색 암탉이 저 녀석들을 부화시킨 뒤로 애완동물처럼 귀여워했거든요. 노란 솜뭉치 같았죠. 하지만 그 닭들도 언젠가는 잡아야 한다는 걸 알고 있어요. 이번보다 뜻깊은 기회는 없겠죠? 그래도 아, 마릴라 아주머니. 아무리 모건 부인을 대접하기 위해서라지만 전 그 닭들을 잡을 수 없어요. 존 헨리 카터한테 부탁해야겠네요."

그때 데이비가 나섰다.

"내가 할게. 마릴라 아줌마가 걔네 다리를 잡아주면 돼. 내가 도끼를 들려면 두 손을 다 써야 하니까. 머리가 잘린 뒤에도 깡충깡충 뛰는 건 끝내주게 재밌어."

앤은 아랑곳하지 않고 요리 이야기를 계속했다.

"그리고 완두콩, 강낭콩, 크림을 얹은 감자, 양상추 샐러드를 준비할 거예요. 후식으로는 휘핑크림을 얹은 레몬파이하고 커피, 치즈, 레이디핑거*가 좋겠어요. 내일은 파이하고 레이디핑거를 만들고 하얀 모슬린 드레스를 준비할 거예요. 다이애나한테도 말해야죠. 그래야 옷을 준비할 수 있을 테니까요. 모건 부인의 작품에 등장하는 여주인공들은 거의 언제나 하얀 모슬린 드레스를 입고 있어요. 그래서 다이애나와 전 언젠가 모건 부인을

* 손가락 모양의 부드러운 과자

만나게 되면 우리도 그 옷을 입자고 다짐했었죠. 정말 세심하게 경의를 표하는 것 같지 않나요? 데이비, 콩깍지를 마루 틈새에 끼우면 안 돼. 앨런 목사님 부부하고 스테이시 선생님도 식사 자리에 초대할 거예요. 그분들도 모건 부인을 무척 만나보고 싶어 했거든요. 마침 스테이시 선생님이 여기 계실 때 모건 부인이 오셔서 정말 다행이에요. 데이비, 콩깍지를 양동이 물에 띄우면 안 돼. 밖으로 가지고 가서 놀아. 목요일엔 날씨가 좋아야 할 텐데…. 아, 날씨는 화창할 거예요. 어젯밤에 에이브 아저씨가 해리슨 아저씨네 집에 들렀을 때, 이번 주 내내 비가 올 거라고 했거든요."

마릴라도 같은 생각이었다.

"그건 좋은 징조구나."

그날 저녁 앤은 비탈길 과수원집으로 달려가 다이애나에게 이 소식을 알려주었다. 다이애나도 무척 흥분했다. 두 사람은 배리 씨네 마당 큰 버드나무에 매달아놓은 해먹에 앉아 이 일을 의논했다.

"앤, 나도 식사 준비를 도와주면 안 될까? 내가 만든 양상추 샐러드가 얼마나 맛있는지 너도 알잖아."

물론 앤은 혼자만 돋보일 생각이 없었다.

"잘 알지. 우리 같이 준비하자. 집 안을 꾸미는 일도 도와줄 거지? 응접실을 꽃으로 가득 찬 정자처럼 만들 생각이야. 식탁은 들장미로 장식하려고 해. 아, 모든 일이 순조롭게 진행되면 참 좋겠다. 모건 부인의 여주인공들은 곤경에 빠지거나 불리한 입장에 처하는 일이 절대 없잖아. 항상 침착하고 집안일도 잘

해내지. 정말 타고난 살림꾼이야.『에지우드 시절』에 나오는 거 트루드는 겨우 여덟 살 때 아버지를 위해서 집안일을 한 것 기억나지? 내가 여덟 살 때 할 줄 아는 일이라곤 아기를 돌보는 게 전부였어. 모건 부인이 젊은 여자들 이야기를 많이 쓴 걸 보면 틀림없이 그 분야 전문가일 거야. 우릴 좋게 봐주셨으면 해. 난 여러 가지 상황을 상상해봤어. 그분이 뭘 좋아하실지, 뭐라고 말씀하실지, 내가 뭐라고 말할지 같은 것 말이야. 난 내 코가 너무 걱정돼. 보다시피 주근깨가 일곱 개나 있거든. 에이번리 지역 개선협회 소풍 때 생긴 거야. 모자도 안 쓰고 햇볕을 쬐면서 돌아다녔거든. 사실, 코에 난 주근깨 따위나 걱정하는 건 배은 망덕한 짓이야. 예전처럼 얼굴 전체에 주근깨가 퍼져 있지 않은 것만 해도 고마운 일이지. 그래도 주근깨는 없었으면 좋겠어. 모건 부인의 작품 속 여주인공들은 아주 완벽한 피부를 갖고 있거든. 그중에 주근깨가 난 사람은 없는 것 같아."

다이애나가 위로했다.

"네 얼굴에 난 건 눈에 잘 띄지도 않아. 오늘 밤에 레몬주스를 좀 발라봐."

다음 날 앤은 파이와 레이디핑거를 만들고 모슬린 드레스를 수선한 다음 집 구석구석을 쓸고 닦았다. 사실 꼭 그럴 필요는 없었다. 초록지붕집은 평소에도 마릴라가 만족할 정도로 깨끗하게 정돈했기 때문이다. 하지만 앤은 샬럿 E. 모건 부인이 방문하는 집에 티끌 하나라도 있으면 신성모독이나 마찬가지라고 생각했다. 앤은 심지어 모건 부인이 들여다볼 가능성이 거의 없는 계단 밑 잡동사니 장까지 깨끗이 치웠다.

앤이 마릴라에게 말했다.

"저는 모건 부인이 그곳까지 보지 않는다고 해도 집을 완벽하게 정돈하고 싶어요. 아주머니도 아시다시피 부인이 쓴 『황금열쇠』의 여주인공 앨리스와 루이저는 롱펠로*의 시를 좌우명으로 삼았죠.

아주 오래전 목수들은
매 순간, 눈에 보이지 않는 곳까지
온 정성을 다했다.
신들이 모든 곳을 보시기 때문이니.

그래서 두 사람은 항상 지하실 계단을 깨끗하게 닦았을 뿐만 아니라 침대 밑도 잊지 않고 청소했던 거예요. 모건 부인이 우리 집에 오셨을 때 계단 밑에 있는 장이 어수선하다면 죄책감이 들 게 뻔해요. 지난 4월에 『황금열쇠』를 읽은 뒤로 다이애나하고 저도 그 시를 좌우명으로 삼았거든요."

그날 밤 존 헨리 카터와 데이비는 하얀 수탉 두 마리의 사형을 집행했고 앤은 깃털을 뽑았다. 평소에는 정말 싫어했던 일이지만 포동포동한 닭들의 종착지를 생각하자 앤의 두 눈은 영광스럽게 빛났다.

"전 닭 털을 뽑는 게 싫지만 손이 하는 일에 마음까지 쏟지 않을 수 있다는 건 참 다행이에요. 손은 털을 뽑고 있어도 상상 속

•   미국의 시인 헨리 워즈워스 롱펠로(1807-1882)

에서는 은하수를 떠돌고 있으니까요."

앤의 말을 듣고 마릴라가 꼬집는 소리를 했다.

"그래서 평소보다 마루에 털을 더 많이 흘려놓았구나."

일을 마치자 앤은 데이비를 침대에 눕히면서 내일은 얌전하게 굴겠다는 약속을 받아냈다.

"종일 최대한 착하게 굴면 그다음 날은 내가 원하는 만큼 못되게 굴어도 괜찮은 거지?"

데이비가 묻자 앤이 신중하게 말했다.

"그럴 순 없어. 하지만 너랑 도라를 배에 태우고 연못 구석구석까지 구경시켜줄게. 그런 다음 모래언덕 기슭으로 소풍을 가는 거야."

"좋았어. 착하게 굴지 뭐. 믿어도 좋아. 해리슨 아저씨네 가서 새로 만든 장난감 총으로 진저한테 완두콩을 쏘려고 했는데, 그런 건 다른 날 해도 되겠지. 내일은 일요일처럼 재미없는 날이 되겠지만, 소풍을 간다고 생각하면 견딜 만할 거야."

17장

사고는 잇따라 일어나고

앤은 자다가 세 번이나 깼고, 그때마다 창가를 서성거리며 에이브 아저씨의 예보가 빗나간 것이 확실한지 살펴보았다. 마침내 진주처럼 아침의 여명이 밝아오더니 하늘이 은빛으로 빛나면서 멋진 하루가 찾아왔다.

　아침 식사가 끝나자마자 다이애나가 한 손에는 꽃바구니를, 다른 손에는 모슬린 드레스를 안고 나타났다. 식사 준비를 마치기 전까지는 그 옷을 입을 수 없었기 때문이다. 지금은 분홍색 무늬 옷을 입고 주름과 장식이 잔뜩 달린 앞치마를 두르고 있었다. 깔끔하고 귀여워서 마치 장미꽃 같았다.

　"어머, 너 정말 예쁘다."

　앤이 감탄했지만 다이애나는 한숨을 쉬었다.

　"하지만 옷을 전부 늘렸어. 7월보다 몸무게가 2킬로그램이나 늘었거든. 대체 얼마나 더 살이 찌려는 걸까? 모건 부인의 여주인공들은 모두 키가 크고 날씬한데 난 왜 이 모양이람?"

앤이 명랑하게 말했다.

"고민은 던져버리고 좋은 일만 생각하자. 시련이 닥쳐올 때마다 그걸 이겨낼 수 있는 좋은 일도 생각하라고 사모님이 말씀하셨거든. 조금 통통해졌다 해도 네게는 세상에서 가장 사랑스러운 보조개가 있잖아. 나도 비록 코에 주근깨가 있지만 생김새 자체는 꽤 괜찮은 축에 드니까. 어때? 레몬주스를 바른 게 효과가 있는 것 같니?"

다이애나가 꼼꼼하게 살펴보며 말했다.

"그러게. 많이 좋아졌어."

마냥 신이 난 앤은 황금빛 햇살이 어른거리고 시원한 그늘이 드리워진 마당으로 앞장섰다.

"먼저 응접실부터 꾸미자. 시간은 충분히 있어. 프리실라 말로는 12시나 늦어도 12시 30분까지는 오신다고 했으니까, 1시에 식사를 하면 돼."

이 순간만큼은 캐나다나 미국 어디에도 두 사람보다 행복하고 가슴 설레는 아가씨들은 없을 것이다. 장미꽃과 작약꽃과 초롱꽃을 딸 때마다 싹둑거리는 가위 소리는 "모건 부인께서 오늘 오신다"라고 짹짹거리는 새들의 노래 같았다. 해리슨 씨가 아무런 일도 일어나지 않을 것처럼 오솔길 건너편 밭에서 무심히 건초를 벨 수 있다는 게 의아할 정도였다.

초록지붕집의 응접실은 평소 조금 삭막하고 우울한 분위기였다. 말총으로 속을 채운 딱딱한 소파와 뻣뻣한 레이스 커튼이 있었고, 흰색 의자 덮개는 누군가의 단추에 걸렸을 때를 빼면 언제나 한 치의 흐트러짐도 없이 놓여 있었다. 마릴라가 조금의 변화도 용납하지 않았던 탓에 아무리 앤이라 해도 이곳을 우아하게 꾸밀 수 없었다. 하지만 꽃으로 장식했더니 놀랍게 바뀌었다. 앤과 다이애나가 장식을 끝냈을 때 누구도 원래 모습을 알아보기 힘들 정도였다.

반들반들하게 닦은 식탁 위로 파란 눈뭉치 같은 꽃들이 넘쳐흘렀다. 광택이 나는 검은 벽난로 선반에는 장미꽃과 고사리가 수북이 쌓였고, 칸마다 초롱꽃이 한 다발씩 놓였다. 벽난로의 양쪽 구석 어두운 곳은 진홍색 작약꽃이 가득 담긴 단지를 놓아 환하게 밝혔고, 벽난로 속의 철망도 노란 양귀비꽃으로 불타오르는 듯했다. 창가의 인동덩굴 사이로 쏟아져 들어온 햇살이 춤추듯 흔들리는 잎들의 그림자를 바닥에 만들어내면서 화려하고 다채로운 장식과 어우러졌다. 평소에는 쓸쓸한 느낌이었던 응접실은 앤이 상상했던 진짜 '정자'로 바뀌었다. 뭔가 트집을 잡으러 온 마릴라조차 아낌없는 찬사를 보낼 정도였다.

"자, 이제 식탁을 차려볼까? 들장미를 꽂은 커다란 꽃병을 가운데 두고 각자의 접시에는 장미 한 송이씩 놓는 거야. 모건 부인 자리에는 특별히 『장미 정원』을 암시하는 꽃다발을 놓아두어야겠어."

앤은 신을 숭배하기 위해서 신성한 의식을 거행하려는 여사제 같은 어조로 말했다. 식탁은 거실에 옮겨놓고 그 위에 마릴라가 가장 아끼는 린넨 식탁보를 깔았으며, 집에서 가장 좋은 접시와 잔, 은수저와 포크를 놓았다. 식탁 위에 놓인 모든 식기는 하나같이 반질반질하게 윤이 났다. 얼마나 정성스럽게 닦았는지 한눈에 알아볼 수 있을 정도였다.

그런 다음 앤과 다이애나는 부엌으로 갔다. 오븐 안에서 지글지글 소리를 내며 닭이 구워지고 있었다. 벌써부터 입맛을 돋우는 냄새가 솔솔 풍겨 나왔다. 앤은 감자를, 다이애나는 완두콩과 강낭콩을 손질했다. 다이애나가 양상추 샐러드를 준비하는 동안 불이 내뿜는 열기만큼이나 흥분해서 뺨이 진홍색으로 달아오른 앤은 닭 요리에 쓸 소스를 준비하고 수프에 넣을 양파를 다진 뒤 마지막으로 레몬파이에 얹을 휘핑크림을 만들었다.

그동안 데이비는 착하게 굴겠다는 약속을 잘 지키고 있었다. 부엌에 있겠다고 고집을 부리기는 했지만 그것은 순전히 호기심 때문이었다. 어떤 일이 벌어지는지 지켜보고 싶었던 것이다. 데이비는 부엌 한 구석에 조용히 앉아서 지난번 물가에 놀러갔을 때 주워 온 청어잡이 그물의 매듭을 푸는 데만 열중했다. 그래서 아무도 데이비를 밖으로 내보내지 않았다.

11시 30분이 되자 양상추 샐러드가 완성됐고 황금빛 둥근 파이 위에 휘핑크림이 올라갔으며, 모든 요리는 지글지글 구워지고 부글부글 끓어올랐다.

앤이 다이애나에게 말했다.

"우린 이제 옷을 갈아입는 게 좋겠어. 부인이 12시쯤 오실 수도 있으니까. 1시 정각에는 식사를 시작해야 해. 수프는 다 끓자마자 내가야 하거든."

동쪽 다락방에서 의식처럼 진지하게 몸단장이 시작되었다. 앤은 걱정스럽게 코를 살펴보고는, 레몬주스 덕분인지 아니면 평소와 달리 뺨이 붉어졌기 때문인지는 모르겠지만 아무튼 주근깨가 두드러져 보이지 않는다는 사실을 확인하고 무척 기뻐했다. 준비를 끝낸 두 사람의 아름답고 단정하며 소녀다운 모습은 모건 부인의 작품 속 여주인공들에 못지않았다.

"나도 가끔씩은 무슨 말이라도 했으면 좋겠어. 벙어리처럼 앉아 있고 싶진 않아. 모건 부인의 여주인공들은 우아하게 대화를 나누잖아. 그런데 난 바보처럼 혀가 꼬이지나 않을까 걱정이 돼. 게다가 난 '알겠어요'처럼 문법에 어긋난 말이나 할 게 뻔해. 스테이시 선생님이 여기 오신 뒤부터 난 그 말을 그렇게 자주 하지는 않지만, 흥분하면 나도 모르게 튀어나오거든. 앤, 만약 내가 모건 부인 앞에서 '알겠어요'라고 말한다면 창피해서 죽어버릴지도 몰라. 그건 아무 말도 안 하고 있는 것만큼이나 끔찍한 일일 거야."

다이애나가 걱정스러운 듯 말했다.

"나도 사실 불안한 것투성이야. 하지만 내가 말을 못 할 거라고 걱정할 일은 없을 것 같아."

어느 모로 보나 앤이 그럴 리는 없었다.

앤은 멋진 모슬린 드레스를 입고 커다란 앞치마를 두른 뒤 수프를 만들기 위해 부엌으로 내려갔다. 마릴라도 그 어느 때보다 흥분한 기색으로 옷을 차려입고 쌍둥이의 옷을 갈아입혔다. 12시 30분이 되자 앨런 목사 부부와 스테이시 선생님이 도착했다. 모든 일이 순조로웠지만 앤은 점점 초조해졌다. 도착할 시간이 이미 지났는데도 프리실라와 모건 부인은 깜깜무소식이었던 것이다. 앤은 문 앞까지 몇 번이고 왔다 갔다 하면서 동화

「푸른 수염」에 나오는 자신과 같은 이름의 여주인공이 탑의 창문으로 내려다보듯 걱정스럽게 오솔길을 내다보았다.

앤이 애처로운 얼굴로 말했다.

"아예 안 오시는 건 아닐까?"

"그런 생각 하지 마. 설마 그런 일이 있을라고."

말은 이렇게 했지만 다이애나도 같은 생각에 불안해지던 참이었다. 그때 마릴라가 응접실에서 나오며 말했다.

"앤, 스테이시 선생님이 배리 할머니의 버드나무 무늬 접시가 보고 싶으시대."

앤은 서둘러 거실 찬장으로 가서 접시를 가져왔다. 앤은 린드 부인에게 약속한 대로 샬럿타운에 사는 배리 할머니에게 편지를 써서 접시를 빌려달라고 부탁했었다. 앤의 오랜 친구였던 배리 할머니는 곧장 접시를 보내면서, 20달러나 주고 산 것이니 주의해서 다뤄달라고 당부하는 편지를 동봉했다. 그 접시는 봉사회가 주최한 바자회에서 임무를 다한 뒤 초록지붕집의 찬장으로 돌아왔다. 남에게 맡기지 않고 앤이 직접 시내로 가서 접시를 돌려줄 생각이었기 때문이다.

앤은 조심스럽게 접시를 들고 현관으로 갔다. 시냇가에서 불어오는 시원한 바람을 즐기던 손님들은 탄성을 지르며 감탄했다. 잠시 후 앤이 접시를 다시 집어든 순간 부엌에서 요란하게 부딪치고 깨지는 소리가 들렸다. 마릴라와 다이애나가 서둘러 달려갔다. 앤도 잠시 멈칫하면서 그 귀중한 접시를 계단 두 번째 단에 놓아두고 황급히 뒤따라갔다.

부엌에 가보니 끔찍한 광경이 눈에 들어왔다. 얼굴에 죄책감이 가득한 아이가 탁자에서 기어 내려오고 있었다. 아이가 입은 깨끗한 셔츠는 노란색 파이 재료로 뒤범벅이었고, 크림을 화려하게 얹은 레몬파이 두 개가 탁자 위에 산산이 부서져 있었다.

데이비는 청어 그물을 푼 뒤 공처럼 동그랗게 말아서 부엌의 탁자 위 선반에 올려두려고 한 것이다. 이미 비슷한 공이 여러 개 있었지만 딱히 쓸 데가 있었던 것은 아니고 그저 수집하는 데 만족했다. 데이비는 탁자에 올라가 위험한 자세로 선반에 손을 뻗었는데, 이는 전에 한 번 사고를 낼 뻔했던 탓에 마릴라가 금지했던 행동이었다. 결국 데이비는 미끄러져서 레몬파이 위로 떨어지고 말았다. 깨끗한 셔츠가 더러워진 것은 빨면 된다고 해도 망쳐버린 파이는 수습할 수 없었다. 하지만 아무리 나쁜 바람도 득을 보는 사람이 있다는 속담처럼, 데이비의 불운 덕분에 돼지는 먹을 것을 얻게 되었다.

"데이비 키스, 다시는 탁자에 올라가지 말라고 했잖아? 기억 안 나니?"

마릴라가 어깨를 잡고 흔들며 꾸짖자 데이비가 훌쩍거렸다.

"잊어버렸어요. 하지 말라는 게 셀 수 없이 많아서 다 기억할 수 없단 말이에요."

"그럼 당장 2층으로 올라가서 식사가 끝날 때까지 거기 있어라. 그때쯤이면 내가 하지 말라고 했던 것들이 머릿속에서 정리될 거야. 아니, 앤. 데이비 편을 들 생각은 하지 마. 파이를 망쳐서 이 아이를 벌주는 게 아니다. 그건 사고였으니까. 말을 듣지 않아서 벌을 주는 거야. 데이비, 올라가. 당장!"

"그럼 전 하나도 못 먹는 거예요?"

"다른 사람들의 식사가 끝나면 내려와서 먹도록 해."

데이비가 안심한 얼굴로 말했다.

"아, 그럼 괜찮아요. 앤 누나가 맛있는 걸 남겨놓겠죠. 그럴 거지? 누난 내가 일부러 파이 위에 넘어지지 않았다는 걸 알고 있잖아. 그런데 앤 누나, 파이는 못쓰게 됐으니까 내가 2층으로 좀 가져가도 될까?"

데이비를 복도로 내몰면서 마릴라가 말했다.

"아니, 네가 먹을 레몬파이는 없다, 데이비."

"후식으로 뭘 내야 하죠?"

앤이 완전히 망쳐버린 파이를 안타깝게 바라보며 묻자 마릴라가 위로했다.

"딸기절임 단지를 가져오렴, 딸기에 얹을 휘핑크림도 그릇에 아직 많이 남았단다."

잠시 후 1시가 되었다. 하지만 모건 부인도 프리실라도 오지 않았다. 앤은 안절부절못했다. 모든 음식이 정확한 시간에 맞춰 잘 조리된 상태였고 수프도 표본처럼 완벽하게 완성되었지만, 더 늦어지면 맛을 장담할 수 없었다.

"결국 못 오시는 것 같구나."

마릴라는 언짢은 기색이 역력했고, 앤과 다이애나는 서로의 눈을 쳐다보며 위로했다. 그렇게 30분이 더 흐르자 마릴라가 다시 응접실에서 나왔다.

"얘들아, 우리 식사를 해야겠다. 모두들 배가 고픈 데다 더 기다려봐야 소용이 없잖니. 프리실라와 모건 부인은 안 오는 게 분명해. 아무리 기다려도 달라지는 건 없을 거다."

앤과 다이애나는 맥이 탁 풀린 채로 음식을 나르기 시작했다. 요리를 할 때 가졌던 열의는 모두 사라져버렸다.

"난 한 입도 못 먹을 것 같아."

다이애나가 서글픈 표정을 짓자 앤도 힘없이 말했다.

"나도 그래. 하지만 스테이시 선생님과 앨런 목사님 부부를 봐서라도 음식이 맛있었으면 좋겠어."

그때 다이애나가 완두콩을 접시에 담으며 맛을 보더니 묘한 표정을 지었다. 앤은 사람들의 기대 때문에 억지로 의무를 다하는 사람처럼 감자를 으깨고 있었다.

"앤, 혹시 너 완두콩에 설탕 넣었니?"

"응. 한 숟가락 넣었지. 우리 집은 항상 그렇게 하거든. 왜, 뭔가 이상해?"

"이걸 어째! 불에 올려놓을 때 나도 한 숟가락 넣었거든."

앤은 하던 일을 멈추고 완두콩 맛을 보더니 곧바로 얼굴을 찌푸렸다.

"어우, 이게 뭐야! 난 네가 설탕을 넣었으리라고는 꿈에도 생각 못 했어. 너희 엄만 설탕을 안 넣으시잖아. 나도 다른 때 같으면 잊어버렸겠지만, 오늘따라 이상하게 설탕 생각이 난 거야. 그래서 한 숟가락 넣었지."

둘의 대화를 들은 마릴라가 겸연쩍은 얼굴로 말했다.

"요리사가 너무 많았던 게 문제다. 앤, 난 네가 설탕 넣는 걸 깜빡했다고 생각했어. 한 번도 제때 넣은 적이 없으니까 말이다. 그래서 나도 한 숟가락 넣었지."

응접실에 있던 손님들은 부엌에서 연달아 터져 나오는 웃음소리를 들었지만 무슨 일 때문인지는 전혀 짐작할 수 없었다. 결국 그날 식탁에 완두콩은 오르지 않았다.

웃음이 가라앉자 앤은 오늘 벌어진 소동을 하나하나 떠올리며 한숨을 쉬었다.

"뭐, 어쨌든 샐러드가 있잖아. 강낭콩 요리는 괜찮겠지. 이제 식탁으로 나르고 남은 일을 후딱 해치워버리자."

아무리 좋게 생각해도 그날의 식사를 성공적으로 마쳤다고 말할 수는 없었다. 앨런 부부와 스테이시 선생님은 분위기를 밝게 만들어보려고 안간힘을 썼으며 마릴라도 그럭저럭 평소의 침착함을 유지했다. 하지만 앤과 다이애나는 크게 실망했을 뿐만 아니라 오전 내내 들떴던 마음이 축 가라앉는 바람에 제대로 먹지도, 즐겁게 대화를 나누지도 못했다. 앤은 손님들을 위해서라도 자기가 맡은 역할을 다하려고 무진 애를 썼다. 그래도 평소의 활기찬 모습을 되찾을 수는 없었다. 앤은 앨런 목사 부부와 스테이시 선생님을 진정으로 사랑했지만, 지금은 모두 집에 돌려보내고 동쪽 다락방에 올라가 피로와 실망을 베개에 묻어버리고 싶은 마음만 간절했다.

"좋지 않은 일은 한꺼번에 닥치기 마련이다"라는 속담을 실감하게 되는 날이 있다. 이날이 바로 그랬다. 아직 시련이 끝나지 않았기 때문이다. 앨런 목사가 고맙다는 인사를 마쳤을 때 계단에서 이상하고 불길한 소리가 났다. 무언가 단단하고 무거운 것이 계단을 구르다가 바닥에 부딪쳐 깨지는 소리였다. 모두들 복도로 달려갔다. 앤은 크게 놀라 비명을 질렀다.

계단 밑에는 커다란 분홍색 소라 껍데기가 나뒹굴었고, 한때는 배리 할머니의 접시였던 파편들이 그 옆에 흩어져 있었다. 계단 꼭대기에는 겁에 질린 데이비가 무릎을 꿇고 눈을 크게 뜬 채 이 난장판을 내려다보고 있었다.

"데이비, 너 일부러 소라 껍데기를 던진 거냐?"

마릴라가 무서운 얼굴로 쏘아보자 데이비가 훌쩍거렸다.

"아니, 안 그랬어요. 그냥 여기 조용하게 무릎을 꿇고 앉아서 난간 사이로 사람들을 보고 있었어요. 그러다가 저 소라 껍데기가 발에 걸려서 저도 모르게 차버린 거예요. 저 너무 배고파요. 이렇게 2층에 갇혀서 재미있는 것도 못 볼 바에는 그냥 매를 맞고 끝냈으면 좋겠어요."

앤이 떨리는 손으로 사금파리를 주워 모으며 말했다.

"데이비를 야단치지 마세요. 제 잘못이니까요. 접시를 저기 놔두고 까맣게 잊어버렸거든요. 제가 부주의해서 벌을 받은 거죠. 하지만 배리 할머니가 뭐라고 하실까요?"

다이애나는 앤을 위로하려고 애썼다.

"괜찮아. 너도 알다시피 그건 구입한 물건이잖아. 그러니까 대대로 물려받은 가보처럼 중요한 건 아니야."

손님들은 자리를 피하는 것이 가장 현명한 처신이라고 느낀 듯 서둘러 돌아갔고 앤과 다이애나는 설거지를 했다. 두 사람이 함께 있으면서 이렇게 말수가 적었던 적은 이제껏 없었다. 다이애나는 두통이 나서 집으로 돌아갔고, 앤도 머리가 지끈거려서 동쪽 다락방으로 올라갔다. 앤이 해 질 녘까지 방에 머무는 동안 마릴라는 우체국에 갔다가 프리실라가 전날 보낸 편지를 가지고 돌아왔다. 편지에는 모건 부인이 다리를 심하게 삐어서 움직일 수조차 없는 상태라고 적혀 있었다.

그래서 말인데, 앤. 정말 미안하지만 이번에는 초록지붕집에 갈 수 없게 되었어. 발목이 나을 때쯤에는 고모가 토론토로 돌아가셔야 하거든. 정해진 날짜를 조금이라도 어기면 안 된다고 하셨어.

부엌 현관의 붉은색 돌계단 위에 앉아 있던 앤은 읽던 편지를 내려놓으며 한숨을 쉬었다. 구름이 군데군데 떠 있는 하늘에는 저녁노을이 붉게 물들고 있었다.

"맞아요. 모건 부인이 오신다는 건 정말 기쁜 일이라서 비현실적으로 느껴졌어요. 하지만 그렇게 말하면 엘리자 앤드루스 아주머니처럼 비관적인 사람으로 비칠까 봐 창피했어요. 물론 도저히 이루어질 수 없을 정도로 굉장한 일은 아니었죠. 제게는 늘 이만큼 좋은 일, 이보다 훨씬 좋은 일도 있었으니까요. 게다가 오늘 일어난 사건들에는 재미있는 면도 있어요. 아마 다이애나와 제가 나이 들어 머리가 희끗해지면 오늘 일어났던 일을 이야기하면서 웃을 수 있겠죠. 하지만 그 전에는 그렇게 하지 못할 것 같아요. 정말 쓰라린 좌절을 맛보았으니까요."

앤을 위로할 만한 말을 고심하던 마릴라가 입을 열었다.

"인생을 살아가다 보면 이보다 더 크게 실망하는 일을 많이 겪을 거다. 앤, 내가 보기에 넌 어떤 일에 지나치리만큼 마음을 쏟다가 그걸 이루지 못하면 절망에 빠지는 버릇이 있어."

앤도 구슬픈 얼굴로 고개를 끄덕였다.

"맞아요. 제가 그렇다는 걸 저도 알고 있어요. 멋진 일이 일어날 것 같으면 마음이 기대의 날개를 타고 날아올라요. 그러다가 어느 샌가 바닥에 쿵 하고 떨어져 있는 걸 깨닫죠. 하지만 마릴라 아주머니, 날아오를 때 느끼는 기분은 정말 환상적이에요. 꼭 저녁놀을 뚫고 솟아오르는 것 같아요. 나중에 쿵 하고 떨어져도 상관없을 정도예요."

"뭐, 그럴 수도 있겠구나. 나 같으면 날아올랐다가 떨어지는 일이 없도록 차분하게 땅을 걸어 다닐 거야. 하지만 저마다 살아가는 방법이 있겠지. 예전에 난 올바른 방법이 하나뿐이라고 생각했는데, 너랑 쌍둥이를 키우다 보니 꼭 그렇지만은 않더구나. 참, 배리 할머니 접시는 어떻게 할 생각이니?"

"할머니가 사신 가격 그대로 20달러를 드려야겠죠. 가보처럼 중요한 게 아니라서 다행이에요. 그랬다면 돈으로 물어드릴 수 없을 테니까요."

"비슷한 접시를 사서 드릴 수도 있지 않을까?"

"아마 어려울 거예요. 그렇게 오래된 접시는 쉽게 찾을 수 없거든요. 린드 아주머니도 바자회 때 쓸 만한 접시를 구해보려다가 끝내 포기하셨잖아요. 그래도 비슷한 걸 구했으면 좋겠어요. 그러면 배리 할머니는 원래 가지고 있었던 것처럼 고풍스러운 접시를 또 갖게 되실 테니까요. 마릴라 아주머니, 저기 해리슨 아저씨네 단풍나무 숲 위로 커다란 별이 떴어요. 은빛 하늘이 성스럽고 고요하게 그 주위를 감싸고 있잖아요. 마치 기도하는 것 같아요. 저런 별과 하늘을 볼 수만 있다면 사소한 실망이나 사고 따위는 별로 중요한 게 아니겠죠?"

"그런데 데이비는 어디 있니?"

마릴라는 별을 힐끗 보며 무심하게 말했다.

"잠들었어요. 내일 데이비와 도라를 데리고 연못에 간다고 약속했어요. 물론 데이비가 착하게 굴어야 그렇게 하겠다고 했죠. 데이비도 나름 착하게 행동하려고 노력했으니 그 아일 실망시킬 마음이 안 생기네요."

"아이고, 그런 배로 연못에서 놀면 너나 쌍둥이가 물에 빠질지도 몰라. 난 여기서 환갑이 되도록 살았는데 아직 연못엔 가본 적 없다."

마릴라가 마땅찮은 표정을 짓자 앤이 짓궂게 말했다.

"뭐, 늦더라도 바로잡는 게 낫다는 말도 있잖아요. 내일 아주머니도 같이 가시면 어때요? 내일은 초록지붕집 문을 닫아걸고 종일 물가에서 지내는 거예요. 세상일은 다 제쳐두자고요."

"됐다. 내가 연못에서 노를 젓는다고? 온 마을에 아주 좋은 구경거리가 되겠구나. 레이철이 여기저기서 떠들고 다니는 모습이 눈에 선해. 저기 봐라. 해리슨 씨가 마차를 몰고 어딘가로 가고 있어. 요즘 이저벨라 앤드루스와 만난다는 소문이 있던데, 그게 사실일까?"

"아뇨, 그럴 리 없죠. 아저씨가 어느 날 밤에 볼일이 있어서 하먼 앤드루스 아저씨네 집에 들렀는데, 그때 아저씨가 흰 셔츠를 차려입은 걸 린드 린드 아주머니가 보고는 청혼을 하러 갔다고 소문낸 거예요. 해리슨 아저씨는 절대로 결혼하지 않을 것 같아요. 결혼에 대해 편견이 심한 것 같거든요."

"글쎄, 나이 지긋한 독신자에 대해선 뭐라고 단정할 수 없는 거다. 흰 셔츠를 입었다면 레이철의 말대로 뭔가 있다고 생각할 수밖에 없구나. 이때껏 저 사람이 그런 차림으로 나타난 적은 없었으니까."

"제 생각에는 아저씨가 하면 앤드루스 아저씨와 일을 잘 마무리하기 위해서 그랬을 것 같아요. 남자는 그런 때만 외모에 특별히 신경을 쓴다고 아저씨가 말했거든요. 돈이 많아 보이면 상대편이 이쪽을 속이려고 할 확률도 줄어들기 때문이래요. 전 해리슨 아저씨가 정말 안쓰럽게 느껴져요. 자기 생활에 만족하지 못하는 것 같거든요. 곁에 앵무새 말고는 아무도 없으니 얼마나 외로울까요? 하지만 다른 사람에게 동정을 받는 건 싫은가 봐요. 하긴 누군들 그걸 좋아하겠어요."

마릴라가 화제를 돌렸다.

"저기 길버트가 오솔길로 오고 있구나. 길버트가 연못으로 배를 타러 가자고 하면 외투와 장화를 꼭 챙기렴. 오늘 밤엔 이슬이 많이 내릴 거야."

18장

토리 도로에서 겪은 모험

데이비가 침대에서 일어나 앉아 턱을 괴며 말했다.

"누나, 앤 누나. 잠은 어디 있는 거야? 사람들이 매일 밤 잠을 자잖아. 물론 꿈을 꿀 때 어딘가로 간다는 건 알아. 그런데 어디 있는 건지도, 뭔지도 모르면서 잠옷을 입고 어떻게 거기를 다녀 올 수 있는지 궁금해. 대체 거기가 어디야?"

앤은 서쪽 다락방 창가에서 무릎을 꿇고 앉아 저녁노을을 바라보고 있었다. 하늘은 마치 노랗게 타오르는 꽃술을 크로커스 꽃잎이 거대한 꽃송이처럼 에워싸고 있는 것 같았다. 앤은 데이비 쪽으로 고개를 돌리며 감상에 젖은 얼굴로 대답했다.

"저 달이 비치는 산을 너머 그림자 진 골짜기 아래."•

• 에드거 앨런 포(1809-1849)의 시 〈엘도라도〉에 나온 구절

폴 어빙이라면 이 말의 의미를 알았거나 혹은 스스로 무슨 뜻인지 생각해냈을 것이다. 하지만 앤이 자주 아쉬워하듯 상상력이라고는 조금도 없고 현실적이기만 한 데이비는 당황해서 짜증만 냈을 뿐이다.

"앤 누나, 그게 무슨 뚱딴지같은 소리야."

"물론 엉뚱한 말이긴 해. 하지만 농담도 못 하는 사람은 바보라는 걸 모르니?"

데이비는 기분이 상해 보였다.

"그래도 내가 열심히 물어보면 누나도 열심히 대답해줘야 할 거 아냐."

"아, 넌 너무 어려서 모를 거야."

이 말을 하고 나서 앤은 부끄러워졌다. 자기도 어렸을 때에 이와 비슷하게 무시당했던 아픈 기억이 있기 때문이다. 그래서 어떤 아이에게도 넌 어려서 모를 것이라는 말은 하지 않겠다고 엄숙히 맹세하지 않았던가? 그런데 지금 자신이 그렇게 하고 있다니, 이론과 현실의 간극을 좁히기란 쉽지 않은 법이다.

"나도 빨리 크고 싶어서 열심히 노력하고 있어. 하지만 서두른다고 되는 일도 아니잖아. 마릴라 아줌마가 잼을 쩨쩨하게 주지만 않았어도 난 더 빨리 클 수 있었을 거야."

앤이 굳은 얼굴로 주의를 주었다.

"마릴라 아주머니는 쩨쩨한 분이 아니야. 그렇게 말하면 넌 은혜를 모르는 사람이 되는 거야."

"쩨쩨하다랑 같은 뜻으로 더 좋게 들리는 말이 있었는데 뭔지 기억이 안 나. 요전번에 마릴라 아줌마가 자기더러 그렇게 말하는 걸 들었거든."

데이비는 골똘히 생각하느라 얼굴을 찌푸렸다.

"검소하다는 말을 하려는 것 같은데, 그건 쩨쩨한 거랑 아주 달라. 누군가에게 검소하다는 말을 듣는다면 그는 무척 훌륭한 사람이야. 마릴라 아주머니가 쩨쩨한 분이었다면 너희 엄마가 돌아가셨을 때 너와 도라를 데려오지 않으셨을 거야. 넌 위긴스 아주머니하고 살고 싶었니?"

데이비는 단호하게 고개를 저었다.

"절대 아니야! 그리고 리처드 외삼촌한테도 가고 싶지 않아. 난 여기서 사는 게 훨씬 좋아. 마릴라 아줌마가 거기, 그 뭐라는 말처럼 잼을 줘도 여기가 더 좋다고. 왜냐면 여긴 누나가 있으니까. 앤 누나, 내가 잠들 때까지 무슨 얘기 좀 해주면 안 될까? 동화 같은 건 질색이야. 그런 건 여자애들이나 좋아한다고. 난 신나는 이야기가 좋아. 사람을 해치우거나 총 쏘는 게 많이 나오고 집에 불도 나는 재밌는 얘기 말이야."

다행스럽게도 바로 그때 마릴라가 앤을 불렀다.

"앤, 다이애나가 신호를 보내고 있구나. 급한 일이라도 생긴 모양이야. 뭐라고 하는지 보는 게 좋겠다."

앤이 동쪽 다락방으로 달려가보니 땅거미 너머 다이애나의 방 창문에서 불빛이 다섯 번씩 깜빡이고 있었다. 이는 두 사람이 어릴 때 만든 암호로, "빨리 와, 중요한 이야기가 있으니까"라는 뜻이었다. 하얀 숄을 머리에 두르고 집에서 나온 앤은 유령의 숲을 잽싸게 지나 벨 씨네 목장 모퉁이를 가로질러 비탈길 과수원집으로 갔다.

"앤, 좋은 소식이 있어. 엄마랑 나랑 카모디에 갔다가 스펜서베일에서 온 메리 센트너를 블레어 아저씨 가게에서 만났어. 메리가 그러는데 토리 도로에 사는 콥 자매가 버드나무 무늬 접시를 갖고 있대. 바자회 때 쓰던 것과 똑같아 보인다는 거야. 어쩌면 그걸 팔지도 몰라대. 마사 콥 아주머니는 돈이 될 만한 거라면 죄다 팔아치우는 분이니까. 만약 팔지 않겠다면 다른 방법이 있어. 스펜서베일의 웨슬리 키슨 씨 집에도 그런 접시가 있대. 그 사람도 접시를 팔 것 같긴 하지만, 그게 조지핀 할머니의 접시와 같은 건지는 잘 모르겠다나 봐."

"내일 당장 스펜서베일에 가야겠어. 너도 같이 가자. 이제야 좀 마음이 놓이네. 내일모레 시내에 가야 하는데 접시도 없이 어떻게 할머니 얼굴을 뵐 수 있겠니? 손님방 침대로 뛰어오른 일을 사과하던 때보다 훨씬 괴로울 거야."

두 사람은 예전 기억을 떠올리며 웃었다. 무슨 일이 있었는지 궁금한 독자는 앤의 어린 시절 이야기*를 찾아보기 바란다.

다음 날 오후, 두 사람은 접시를 찾아 탐험에 나섰다. 스펜서베일은 16킬로미터나 떨어져 있었고 여행하기에 좋은 날씨도 아니었다. 바람 한 점 없이 무더운 데다 6주 동안이나 가물었던 탓에 길에서는 뽀얗게 흙먼지가 일었다. 앤은 한숨을 쉬었다.

"아, 얼른 비가 왔으면 좋겠어. 모든 게 바싹 말랐잖아. 쩍쩍 갈라진 밭이 애처롭게 보일 정도니, 원. 나무들은 꼭 비를 내려 달라고 애원하면서 팔을 뻗고 있는 것 같아. 정원에 나갈 때마

---

* 『초록지붕집의 앤』 19장을 보라.

다 가슴이 찢어지는 기분이야. 물론 농작물이 저렇게 피해를 보고 있는데 정원 때문에 불평해서는 안 되겠지? 해리슨 아저씨가 그러시는데 목장이 누렇게 타들어가서 불쌍한 소가 먹을 게 별로 없대. 소랑 눈이 마주칠 때마다 죄책감까지 느껴진다는 거야. 소들에게는 너무 가혹한 상황이니까."

두 사람은 지루한 길을 지나서 스펜서베일에 도착했고, 마침내 토리 도로로 들어섰다. 이곳은 외지고 풀이 무성한 길이었다. 바큇자국 사이로 돋아난 풀은 오가는 사람이 적다는 사실을 보여주었다. 길을 따라 어리고 잎이 무성한 가문비나무가 줄지어 있었고, 군데군데 나무들이 끊어진 곳에는 스펜서베일 농장의 뒤쪽 밭이 울타리까지 뻗어 있었으며, 잡초와 미역취 그리고 나무 그루터기가 넓게 흩어져 있었다.

"다이애나, 왜 여길 토리 도로라고 부르는 거야?"

"앨런 목사님 말씀으로는 나무가 없는데 숲이라고 부르는 것이나 마찬가지래. 이 길 주변에는 콥 자매와 마틴 보비어 할아버지만 살고 있잖아. 다들 자유당 지지자들이지. 보수당 정부가 집권했을 때 자기들이 무언가를 하고 있다는 걸 보여주려고 이 길을 만들었대."*

다이애나의 아버지는 자유당 지지자였다. 그래서 다이애나와 앤은 절대로 정치 이야기를 하지 않았다. 초록지붕집 사람들은 한결같이 보수당을 지지했기 때문이다.

두 사람은 마침내 콥 자매의 집에 도착했다. 외관은 초록지붕

---

* 토리(Tory)는 보수당의 이름이다.

집이 무색할 만큼 깔끔했다. 구식 구조인 데다 비탈진 곳에 자리를 잡았기 때문에 한쪽 면은 돌로 만든 지하실이 떠받치고 있었다. 본채와 주변 건물 모두 눈이 부실 만큼 하얗게 회칠이 되어 있었다. 마찬가지로 새하얗게 칠한 울타리에 둘러싸인 부엌 뒷마당은 깨끗하게 정돈되어 있을 뿐만 아니라 잡초 한 포기 보이지 않았다.

"블라인드가 전부 내려져 있네. 집에 아무도 없는 것 같아."

다이애나가 실망한 얼굴로 말했다. 당황한 두 사람은 서로를 마주보았다.

"다이애나, 나도 어떻게 해야 할지 모르겠어. 우리가 찾는 접시가 확실하다면 그분들이 오실 때까지 기다려도 괜찮아. 하지만 그게 아니라면 웨슬리 키슨 씨의 집에라도 가야 할 텐데, 그때는 너무 늦지 않을까?"

그때 다이애나가 지하실 위쪽에 나 있는 작고 네모진 창문을 가리켰다.

"저건 틀림없이 식료품 저장실 창문이야. 이 집은 뉴브리지에 있는 찰스 아저씨네 집과 구조가 같은데, 그 집도 저기에 식료품 저장실 창문이 있거든. 저긴 블라인드가 내려져 있지 않으니까 옆에 있는 헛간 지붕에 올라가서 들여다보면 접시가 있는지 확인할 수 있을 거야. 하지만 그래도 괜찮을까?"

앤은 고심 끝에 결단했다

"그래도 될 거야. 우린 쓸데없는 호기심을 채우려고 하는 게 아니잖아."

도덕적으로 중요한 문제가 해결되자 앤은 헛간 지붕에 올라

갈 준비를 했다. 헛간은 얇은 판자로 지었고 지붕이 뾰족했다. 전에는 오리 축사로 쓰던 곳이었다. 콥 자매가 "오리는 정말 지저분한 새"라고 넌더리를 내면서 사육을 그만둔 뒤부터 이곳은 암탉이 알을 품는 장소로만 쓰였다. 꼼꼼하게 회칠을 했지만 조금 흔들리는 편이라 앤은 상자 위에 놓인 작은 통을 발판 삼아 지붕에 올라가면서도 마음이 불안했다.

앤이 지붕 위를 조심스럽게 걸으며 말했다.

"내 몸무게를 버텨내지 못하면 어쩌지?"

"창턱에 기대봐."

앤은 다이애나의 충고를 따랐다. 그런 다음 창을 통해 안을 들여다보았는데, 그들이 찾던 것과 똑같은 접시가 유리창 앞쪽 선반 위에 있었다. 하지만 곧바로 대참사가 일어났다. 앤은 너무나 기쁜 나머지 발판이 불안정하다는 사실도 잊은 채 창턱에서 몸을 떼고 팔짝팔짝 뛰었다. 그리고 다음 순간 지붕이 우지끈 부서지면서 앤은 밑으로 떨어지다가 겨드랑이가 끼어서 꼼짝도 못 하게 되었다. 다이애나는 즉시 오리 축사 안으로 뛰어들어가 대롱대롱 매달린 친구의 허리를 붙잡고 아래로 끌어내리려 했다. 그러자 가엾은 앤이 비명을 질렀다.

"아야, 그러지 마. 부러진 조각 같은 게 날 찌른단 말야. 내 발 밑에 놓을 만한 게 없는지 찾아봐줘. 어쩌면 몸을 위로 빼낼 수 있을지도 몰라."

다이애나는 서둘러 앤이 밟고 올라갔던 통을 끌고 왔다. 다행히도 발을 딛고 안전하게 서 있을 만했다. 하지만 발판 삼아 지붕 위로 빠져나오기에는 통의 높이가 너무 낮았다.

"앤, 내가 올라가서 널 끌어내볼까?"

앤은 힘없이 고개를 저었다.

"아니야. 나뭇조각 때문에 너무 아파. 도끼라도 있으면 여길 부수고 날 꺼내줄 수 있을 텐데. 아, 아무래도 난 불운한 별자리를 타고났나 봐."

다이애나가 열심히 찾아봤지만 어디에도 도끼는 보이지 않았다. 결국 빈손으로 돌아온 다이애나는 옴짝달싹도 못 하는 앤에게 힘없이 말했다.

"아무래도 도와줄 사람을 불러와야겠어."

앤은 필사적으로 외쳤다.

"가지 마, 절대로 안 돼! 그러면 온 마을에 소문이 퍼져서 얼굴을 들고 다닐 수 없을 거야. 콥 아주머니들이 오실 때까지 기다려야 해. 만나면 비밀을 꼭 지켜달라고 부탁할 거야. 그분들은 도끼가 어디 있는지 알 테니까 날 꺼내줄 수 있겠지. 가만히 서 있으면 그렇게 힘들진 않아. 아, 몸은 그럭저럭 견딜 만하다는 뜻이야. 다만 아주머니들이 이 헛간을 소중하게 여겼을까 봐 걱정돼. 물론 내가 망가뜨린 건 배상해야겠지. 하지만 내가 왜 식료품 저장실 창문을 들여다봤는지 그분들이 이해해주시기만 한다면, 그쯤은 괜찮아. 그나마 그 접시가 우리가 찾던 것이라서 다행이야. 아주머니들이 그걸 판다고 한다면야 지금 내가 당한 일쯤은 감수할 수도 있고."

"콥 아주머니들이 밤에도, 내일도 돌아오지 않으면 어쩌지?"

다이애나가 반문하자 앤이 마지못해 대답했다.

"해가 질 때까지 안 오시면 네가 도움을 청하러 갈 수밖에 없겠지. 하지만 최악의 상황이 될 때까진 그러지 않는 게 좋겠어. 다이애나, 이건 정말 끔찍한 사고야. 내가 겪는 불행에서 낭만을 찾을 수 있다면 이렇게 신경이 쓰이진 않을 거야. 모건 부인의 작품 속 여주인공들이 겪는 불행은 언제나 낭만적이잖아. 하지만 내 불행은 늘 우스꽝스럽기만 해. 콥 아주머니들이 마차를 타고 마당으로 들어오다가 웬 젊은 여자의 몸이 헛간 지붕에 끼어 있는 걸 보면 뭐라고 생각하실지 상상해봐. 아, 잠깐! 저거 마차 소리 아니니? 아니, 천둥소리인가 봐."

의심의 여지없는 천둥소리였다. 서둘러 집 주위를 돌아보고 온 다이애나는 북서쪽에서 시커먼 구름이 빠른 속도로 몰려온다고 알렸다.

"엄청난 비바람이 몰아칠 것 같아. 앤, 이제 어떡하지?"

다이애나는 다급히 외쳤지만 앤은 침착해 보였다. 이제껏 당한 고난에 비하면 비바람은 사소한 일이라고 여기는 듯했다.

"대비하고 있어야겠지. 말과 마차를 저기 열려 있는 헛간에 넣는 게 낫겠다. 다행히 마차에 내 양산이 있어. 이 모자는 네가 좀 가지고 있어 줄래? 마릴라 아주머니가 제일 좋은 모자를 쓰고 토리 도로를 지나는 건 바보 같은 짓이라고 하셨는데, 늘 그랬듯이 아주머니 말씀이 옳았어."

다이애나가 조랑말의 고삐를 풀어 헛간에 몰아넣자마자 굵은 빗방울이 떨어지기 시작했다. 다이애나는 헛간에 앉아 쏟아지는 빗줄기를 바라보았다. 모자도 쓰지 않은 채 용감하게 양산을 들고 있는 앤의 모습이 거의 보이지 않을 정도로 빗발이 거셌다. 천둥은 심하게 내리치지 않았지만 비는 거의 한 시간 동

안 줄기차게 쏟아졌다. 가끔씩 앤은 양산을 뒤로 젖히고 친구에게 격려하듯 손을 흔들었다. 하지만 그 거리에서는 대화를 나누기가 어려웠다. 마침내 비가 그치고 해가 나자 다이애나는 마당에 물이 고여 있는 것도 아랑곳하지 않고 앤에게 달려왔다.

"많이 젖었니?"

다이애나가 걱정스럽게 묻자 앤이 밝은 얼굴로 대답했다.

"아, 아니야. 머리랑 어깨는 괜찮고 치마는 판자 사이로 빗물이 스며들어 조금 젖었을 뿐이야. 정말 아무렇지도 않으니까 너무 걱정하지 마. 사실 난 비가 오면 얼마나 좋을까 생각하고 있었어. 우리 집 정원도 정말 기뻐했을 거야. 빗방울이 떨어지기 시작할 때 꽃과 꽃봉오리가 무슨 생각을 할지도 상상해봤어. 과꽃하고 스위트피, 라일락 덤불 속 야생 카나리아와 정원을 지키는 요정이 나누는 멋진 대화도 떠올렸지. 집에 가서 적어놓을 생각이야. 지금 당장 쓸 수 있게 연필과 종이가 있으면 좋을 텐데. 아무래도 집에 도착할 때쯤이면 가장 재미있는 부분을 잊어버릴 것 같거든."

충실한 친구 다이애나는 마침 연필을 가지고 있었고 마차에 있던 상자에서 포장지 한 장도 찾아냈다. 앤은 물이 뚝뚝 떨어지는 양산을 접고 모자를 쓴 뒤 다이애나가 건네준 널빤지 위에 포장지를 펴놓고 정원의 목가*를 써 내려갔다. 비록 글을 쓰기에 좋은 상황은 아니었지만, 그럼에도 결과물은 참 아름다웠다.

---

* 목가(牧歌)는 전원시의 한 종류로, 전원에서 한가롭게 일하는 목자(牧者)나 농부의 생활을 서정적이고 소박하게 표현한 시가다.

앤이 시를 읽어주자 다이애나는 넋을 잃었다.

"와, 앤. 정말 아름답다. 감탄했어! 이건 『캐나다 여성 신문』에 꼭 보내야 해."

앤은 고개를 저었다.

"아니, 안 돼. 신문에 투고할 만한 글은 절대로 아니야. 너도 알다시피 줄거리가 없잖아. 상상한 걸 그냥 늘어놓았을 뿐이지. 난 이런 식으로 글을 쓰는 걸 좋아하지만 발표하기에 적합한 글은 아니야. 프리실라가 말한 것처럼 편집자들은 줄거리만 고집하거든. 어머, 저기 사라 콥 아주머니가 오신다. 다이애나, 제발 부탁이니 가서 어떻게 된 일인지 이야기 좀 해줘."

몸집이 작은 사라 콥 부인은 허름한 검은색 옷을 입고 있었다. 모자 역시 쓸데없는 장식이 달리지 않고 그저 오래 쓸 수 있다는 이유로 고른 것이었다. 부인은 자기 집 마당에서 벌어진 기묘한 광경을 보고 예상대로 크게 놀란 표정을 지었지만, 다이애나의 설명을 듣자 무척 안쓰러워했다. 그녀는 서둘러 뒷문을 열고 도끼를 가져온 뒤 능숙한 도끼질로 앤을 움직일 수 있게 해주었다. 몹시 지치고 몸이 뻣뻣해진 앤은 헛간 속으로 쑥 들어갔다가 자유의 몸이 되어 밖에 나왔다.

앤이 간곡히 말했다.

"아주머니, 저는 정말 이 집에 버드나무 무늬 접시가 있는지 알아보려고 식료품 저장실 창문을 들여다본 것뿐이에요. 다른 건 하나도 못 봤어요. 보려고 하지도 않았고요."

사라 콥 부인이 다정하게 말했다.

"괜찮다. 걱정할 필요 없어. 피해를 준 건 아니잖아. 우리는 식료품 저장실을 늘 깨끗하게 정돈해두니까 누가 보더라도 상관 없어. 그리고 저 낡은 오리 축사가 부서져서 참 다행이야. 이제 마사 언니도 저걸 허무는 데 동의할 수밖에 없겠지? 언니는 저 곳도 언젠가는 쓸 일이 있을 거라며 계속 내버려뒀거든. 그래서 봄이 올 때마다 내가 하얗게 칠을 해야 했단다. 마사 언니하고 말다툼을 하느니 저 기둥과 하는 게 나을 거야. 언니는 오늘 시 내에 갔어. 내가 역까지 마차로 바래다줬지. 그래, 내 접시를 사 러 왔다고? 음, 얼마를 줄 거니?"

"20달러면 어떨까요?"

앤이 말했다. 처음부터 콥 부인과 흥정할 생각은 없었다. 그 럴 작정이었다면 먼저 가격을 제안하지는 않았을 것이다.

부인이 신중하게 말했다.

"음, 그렇구나. 다행히 그 접시는 내 거야. 아니면 언니가 없 을 때 함부로 팔 순 없겠지. 언니가 난리를 쳤을 테니까. 이 집 에서는 마사 언니가 대장이야. 정말이란다. 그리고 난 다른 사 람에게 쥐여 사는 게 지긋지긋하던 참이야. 어쨌든 안으로 들어 오렴. 피곤하고 배고프겠구나. 차는 내가 정성껏 끓여 주겠지만 곁들일 만한 음식은 버터 바른 빵과 오이 몇 개뿐이니 큰 기대 는 하지 마라. 마사 언니가 나가기 전에 케이크와 치즈, 과일절 임을 꺼내지 못하도록 찬장을 잠가놨거든. 내가 손님 대접을 너 무 후하게 할까 봐 그런다지 뭐냐."

말은 그렇게 했지만 부인이 내온 음식은 꽤나 훌륭했다. 두 사람은 무엇이든 먹을 수 있을 정도로 배가 고팠던 터라 버터 바른 빵과 오이를 남김없이 먹었다. 음식이 바닥을 보이자 부인이 말했다.

"접시를 팔 생각은 있지만, 저건 25달러의 값어치는 된단다. 아주 오래된 접시거든."

다이애나는 식탁 밑으로 앤의 발을 슬쩍 찼다. '사겠다고 하지 마. 버티면 20달러에 팔 거야'라는 뜻이었다. 하지만 앤은 그 귀중한 접시를 놓고 모험할 생각이 없었다. 앤이 즉시 25달러를 내겠다고 하자 부인은 30달러라고 하지 않은 것을 아쉬워하는 얼굴이었다.

"그럼 접시를 가져가려무나. 난 지금 어떻게든 돈을 모아야 하거든. 사실은…."

사라 부인은 긴요한 이야기라도 하려는 듯 야윈 뺨을 붉히며 자랑스럽게 고개를 들어 올렸다.

"난 루서 윌리스 씨와 결혼할 거야. 그는 20년 전에 내게 청혼했고 나도 그를 정말 좋아했지. 하지만 그땐 가난하다는 이유로 아버지가 그를 쫓아냈어. 그렇게 순순히 보내는 게 아니었는데…. 난 겁이 많고 아버지도 무서워서 어쩔 수 없었단다. 게다가 결혼할 남자가 이렇게 없을지도 몰랐고."

집으로 돌아올 때는 다이애나가 마차를 몰았다. 앤은 그토록 찾아 헤매던 접시를 무릎에 조심스레 올려두었다. 비에 젖어 더욱 푸르고 상쾌해진 토리 도로는 두 소녀의 웃음소리가 번져나가면서 활기를 띠었다.

"내일 시내에 가면 오늘 오후에 있었던 파란만장한 사건들을 조지핀 할머니께 들려드려야겠어. 할머니가 얼마나 즐거워하실까? 조금 힘든 하루였지만 이제 다 끝났잖아. 접시도 구했고, 비가 와서 먼지도 깨끗하게 씻겼어. 이게 바로 '끝이 좋으면 다 좋다'*는 게 아니고 뭐겠니?"

아직 마음을 놓지 못한 다이애나가 말했다.

"우린 아직 집에 도착하지 못했어. 그 전에 무슨 일이 일어날지 아직은 모르잖아. 네겐 정말 별일이 다 생기는 것 같아."

앤이 차분하게 대답했다.

"어떤 사람들에겐 모험이 자연스럽게 따라오는 법이야. 그런 운명을 타고났거나 아니거나의 문제지."

•   셰익스피어가 쓴 희곡의 제목이기도 하다.

19장

———

행복한 하루

언젠가 앤은 마릴라에게 이런 말을 했다.

"가장 멋지고 즐거운 날이란 아주 인상적이거나 놀랍거나 신나는 일이 일어난 하루가 아닌 것 같아요. 오히려 진주를 한 알씩 실에 꿰듯 단순하고 평범하면서도 작은 기쁨이 하나씩 부드럽게 이어진 날이죠."

초록지붕집의 삶은 그런 날들로 가득했다. 앤이 겪는 사건이나 사고는 한꺼번에 일어나지 않고 일과 꿈, 웃음과 교훈으로 가득 찬 별 탈 없고 행복한 나날들이 길게 펼쳐져 있는 한 해 사이사이에 흩어져 있었다. 그런 행복한 날이 8월 끝 무렵에 찾아왔다. 앤과 다이애나는 오전에 쌍둥이를 데리고 연못에서 배를 탔다. 그들은 모래사장에 도착해서 감초를 따고 물놀이도 했다. 물 위에서 부는 바람은 하프 연주에 맞춰 태곳적에 배운 선율을

읊조리는 듯했다.

오후에 앤은 폴을 만나러 어빙 할머니네로 갔다. 집을 지키듯 북쪽에 빽빽이 서 있는 전나무 숲 옆의 풀밭 둑에 편하게 누워 동화책에 빠져 있는 폴의 모습이 눈에 들어왔다. 폴은 앤을 보자마자 환한 얼굴로 벌떡 일어났다.

"와, 선생님. 와주셔서 정말 기뻐요. 지금은 할머니도 안 계시거든요. 이따가 저랑 차를 드실 수 있죠? 선생님도 아시겠지만, 혼자 먹는 건 너무 쓸쓸해요. 집안일을 해주는 메리 조 누나한테 같이 차를 마시자고 부탁할까도 생각해봤지만, 할머니가 싫어하실 것 같아요. 프랑스 사람들은 자기 분수를 알아야 한다고 말씀하시거든요. 사실 메리 조 누나하고는 말이 안 통해요. 그저 웃기만 하면서 '니는 내가 본 애들 중에 젤루 낫다'라고 말할 뿐이죠. 전 그런 대화를 나누고 싶은 게 아니거든요."

"물론이지. 함께 차를 마시자꾸나. 네가 그렇게 말해주길 얼마나 기다렸는데. 지난번에 여기서 차를 마신 뒤로 너희 할머니가 만들어주신 쇼트브레드*가 자꾸 생각나서 군침만 삼키고 있었거든. 정말 맛있었어."

앤은 쾌활하게 말했지만 두 손을 주머니에 넣고 서 있던 폴의 작고 아름다운 얼굴에는 그 순간 그늘이 서렸다.

"제 맘대로 할 수 있다면 선생님께 기꺼이 쇼트브레드를 드릴 거예요. 하지만 그건 메리 조 누나에게 달렸어요. 할머니가 나가면서 누나한테 당부하셨거든요. 쇼트브레드는 기름기가 너무

• 밀가루에 버터, 설탕 등을 넣고 반죽해서 바삭하게 구운 영국식 과자

많아서 어린아이에게 해로우니 함부로 주지 말라고요. 그래도 저만 안 먹겠다고 약속하면 선생님께는 드릴지도 몰라요. 아마 잘될 거예요."

폴의 낙천적인 성향은 앤과 잘 맞았다.

"그래, 잘될 거야. 그리고 메리 조가 매정하게 쇼트브레드를 주지 않더라도 난 괜찮으니까 너무 걱정하진 마."

폴이 걱정스러운 얼굴로 물었다.

"못 드셔도 정말 괜찮으시겠어요?"

"그럼, 당연하지."

폴은 안도의 한숨을 길게 내쉬었다.

"그럼 저도 걱정하지 않을게요. 사실 많이 걱정한 건 아니에요. 메리 조 누난 그럴 만한 이유가 있으면 들어줄 거라고 생각했으니까요. 원래부터 꽉 막힌 사람은 아니거든요. 하지만 할머니 말씀을 어기면 안 된다는 걸 일하면서 깨달은 거죠. 할머니는 훌륭한 분이지만 누구든 자기가 시키는 대로만 해야 한다고 생각하세요. 오늘 아침엔 제가 마침내 죽 한 그릇을 다 먹어서 할머니를 기쁘게 해드렸어요. 몹시 힘들었지만 드디어 다 먹은 거예요. 할머니는 이제야 절 남자답게 키울 수 있을 것 같다고 하셨어요. 그런데 선생님, 정말 중요한 질문이 있는데요. 사실대로 말씀해주실 거죠?"

"약속할게. 이야기해보렴."

"제 머리가 좀 이상하다고 생각하세요?"

폴은 마치 자기의 존재 여부가 앤의 대답에 달려 있다는 듯한 얼굴이었다. 앤이 깜짝 놀라 소리를 질렀다.

"세상에나! 아니야, 폴. 절대로 그렇지 않아. 왜 그런 생각을 하게 됐니?"

"메리 조 누나가 하는 말을 들었어요. 누난 내가 듣고 있는지도 몰랐죠. 슬론 아주머니 집에서 일하는 베로니카 누나가 어젯밤에 메리 조 누나를 만나러 왔는데, 복도를 지나가다가 두 사람이 부엌에서 나누는 대화를 엿듣게 되었거든요. 메리 조 누나는 이렇게 말했어요. '저 폴이란 애 말이야. 아주 이상한 꼬마야. 늘 이상한 말만 하거든. 아무래도 머리에 문제가 좀 있는 것 같아.' 그 말이 사실인지 생각하느라 어젯밤엔 잠도 제대로 못 잤어요. 하지만 할머니께는 차마 말을 꺼낼 수 없어서 대신 선생님께 여쭤봐야겠다고 마음먹었죠. 제 머리에 아무런 문제가 없다고 하시니 정말 기뻐요."

"넌 지극히 정상이야. 메리 조는 어리석고 아무것도 모르는구나. 앞으로 메리가 무슨 말을 하더라도 걱정할 필요 없어."

앤이 성난 얼굴로 말했다. 그러면서 메리 조가 말을 가려서 할 수 있게 주의를 주라고 어빙 할머니에게 넌지시 부탁하기로 마음먹었다.

"아, 이제야 마음이 놓여요. 전 지금 정말 행복해요. 이게 다 선생님 덕분이에요. 머리가 이상하다는 건 결코 좋은 일이 아니거든요. 그렇죠? 메리 조 누나가 저를 그렇게 본 건 가끔씩 제 생각을 누나한테 말했기 때문일 거예요."

"그건 좀 위험한 일이지."

앤은 자기도 비슷한 경험을 했던 터라 폴의 이야기에 공감할 수 있었다.

"제가 메리 조 누나한테 이야기했던 생각을 선생님께도 들려드릴 테니까, 이상한 점이 있으면 말씀해주세요. 하지만 어두워지기까지 기다려야 할 것 같아요. 그때가 되면 사람들에게 이야기하고 싶어서 좀이 쑤시거든요. 곁에 아무도 없으니 어쩔 수 없이 메리 조 누나에게라도 말했었죠. 하지만 이제부턴 그러지 않으려고요. 또 그랬다가는 누나가 절 더 이상하다고 여길 게 뻔하니까요. 말을 못 해서 힘들더라도 그냥 견딜 거예요."

"정말 참을 수 없을 땐 초록지붕집에 와서 네가 무슨 생각을 했는지 내게 이야기해주렴."

앤이 진지한 얼굴로 말했다. 자기를 진심으로 대해주길 간절히 바라는 아이들이 앤을 따르는 이유는 앤의 이런 진지한 태도 때문이었다.

"네, 그럴게요. 하지만 제가 갔을 때 데이비는 그 자리에 없었으면 좋겠어요. 걔는 절 보면 인상을 쓰거든요. 크게 신경 쓰이진 않아요. 데이비는 아직 어리고 전 걔보다 꽤 큰 편이니까요. 그래도 그런 얼굴을 보는 게 기분 좋은 일은 아니잖아요. 게다가 데이비는 굉장히 심하게 얼굴을 찌푸려요. 저러다간 원래 얼굴로 돌아가지 못하는 게 아닐까 걱정될 정도라니까요. 경건한 생각을 해야 하는 교회에서도 마찬가지예요. 그래도 도라는 절 좋아해요. 저도 도라가 좋아요. 하지만 예전만큼은 아니에요. 도라는 커서 저와 결혼하겠다고 미니 메이 배리에게 말했거든요. 저도 크면 누군가와 결혼할 수 있겠지만, 그런 생각을 하기엔 아직 어리잖아요. 제 말이 맞죠, 선생님?"

"그래, 아직 이르긴 하지."

"결혼 이야기가 나왔으니 말인데요. 요즘 절 괴롭히는 문제가 또 있어요. 지난주에 린드 아주머니가 우리 집에 와서 할머니랑 차를 마셨는데, 할머니가 제게 엄마 사진을 보여드리라고 하셨어요. 아빠에게 생일 선물로 받은 사진 말이에요. 솔직히 전 그걸 린드 아주머니한테 보여드리고 싶진 않았어요. 친절하고 좋은 분이시지만 엄마 사진을 보여드리고 싶은 분은 아니니까요. 선생님은 이해하시죠? 하지만 할머니가 시키신 대로 했어요. 린드 아주머니는 우리 엄마가 아주 예쁘지만 어딘가 여배우 같아 보이고, 아빠보다 훨씬 젊은 게 분명하다고 하셨어요. 그러고 나서 이렇게 말씀하시는 거예요. '머지않아 너희 아빠도 재혼을 하실 거야. 우리 폴 도련님은 새엄마가 생기면 좋을 것 같니?' 아, 생각만 해도 숨이 턱 막힐 것만 같았어요. 하지만 린드 아주머니에게 그런 모습을 보일 수는 없었죠. 그래서 아주머니 얼굴을 똑바로 쳐다보며 이렇게 말했어요. '우리 아빠는 엄마와 결혼할 때도 선택을 아주 잘하셨으니까, 두 번째도 그러실 거예요.' 전 정말로 아빠를 믿어요. 하지만 아빠가 재혼하실 거라면, 너무 늦기 전에 제 의견도 물어봐주시면 좋겠어요. 아, 메리 조 누나가 차를 마시라고 하네요. 제가 가서 쇼트브레드를 줄 수 있는지 의논해볼게요."

'의논' 끝에 내린 결론에 따라 메리 조는 쇼트브레드에 과일 절임까지 더해서 식탁을 차려주었다. 앤이 차를 따랐고 두 사람은 어둑어둑한 낡은 거실에서 즐거운 시간을 가졌다. 열린 창문으로 바닷바람이 시원하게 불어왔다. 메리 조는 두 사람이 '말도 안 되는 이야기'를 잔뜩 늘어놓자 무척이나 어이없어했으며, 다음 날 저녁 자기를 찾아온 베로니카에게 '그 학교 선생님'도 폴처럼 이상하다고 말했다. 차를 마시고 난 뒤 폴은 앤을 2층의 자기 방으로 데려가서 침대 발치의 벽에 걸린 어머니 사진을 보여주었다. 이것이 바로 어빙 할머니가 책상 서랍에 숨겨놓았던 생일 선물이었다. 작고 천장이 낮은 폴의 방에는 바다를 향해 저무는 불그레한 석양과 네모나고 움푹 들어간 창문 가까이에서 자라는 전나무의 그림자가 어우러져 아른거리고 있었다. 이처럼 은은한 빛과 매혹적인 분위기 속에서 어머니답게 온화한 눈빛의 아름답고 소녀 같은 얼굴이 빛나고 있었다.

"이분이 제 엄마예요. 아침에 눈을 뜨자마자 볼 수 있도록 할머니가 저기에 걸어주셨어요. 이젠 잘 때 등불이 없어도 괜찮아요. 엄마가 바로 여기에 저랑 같이 있는 것 같으니까요. 아빠 제가 생일 선물로 뭘 갖고 싶은지 알고 계셨어요. 제게 물어보지도 않고 말이죠. 아빠가 되면 많은 걸 알 수 있나 봐요. 정말 신기하죠?"

폴의 목소리에는 애정과 자부심이 가득했다.

"폴, 네 어머니는 참 아름다운 분이구나. 너도 어머니를 닮긴 했는데, 눈동자와 머리카락의 색은 어머니가 더 짙은 것 같아."

폴은 널려 있는 쿠션을 창가에 쌓아올리느라 방 안 구석구석을 뛰어다니면서 말했다.

"제 눈은 아빠랑 같은 색이에요. 하지만 아빠의 머리카락은 회색이죠. 머리숱은 많은데 희끗희끗하게 세었거든요. 아빠는 이제 쉰 살이 다 되셨어요. 나이가 꽤 드셨죠? 하지만 겉으로 그렇게 보일 뿐 마음은 아직 젊으세요. 자, 선생님. 여기 앉으세요. 전 선생님 발치에 앉을게요. 혹시 선생님 무릎에 기대도 될까요? 우리 엄마하고 저는 그렇게 앉아 있곤 했거든요. 아, 정말 기분이 좋아요."

"이제 메리 조가 이상하다고 했던 네 생각을 듣고 싶구나."

앤이 자리에 앉아 폴의 곱슬곱슬한 머리를 쓰다듬으며 말했다. 폴은 마음이 통하는 사람에게 자신의 생각을 망설임 없이 털어놓는 아이였다.

"어느 날 밤, 전나무 숲에서 그걸 생각해냈어요. 물론 진짜로 믿은 게 아니라 생각만 한 거죠. 무슨 말인지 선생님은 아실 거예요. 누군가에게 그걸 이야기해주고 싶어졌는데 그때 메리 조 누나말고는 아무도 없었어요. 누나는 부엌에서 빵을 반죽하고 있었죠. 저는 부엌으로 가서 긴 의자에 앉아 말을 걸었어요. '누나, 내가 무슨 생각을 했는지 알아? 난 저 개밥바라기*가 요정나라의 등대인 것 같아.' 그랬더니 메리 조 누나가 '글쎄, 넌 정말 이상한 아이야. 요정 같은 건 없어'라고 하는 거예요. 전 화가 많이 났어요. 물론 저도 요정이 없다는 건 알아요. 하지만 요정이 있다는 생각을 못할 이유는 없잖아요. 그렇죠? 그래도 꾹 참고 다시 말했어요. '그러면 누나, 내가 또 무슨 생각을 했는지 알아? 해가 지면 키가 크고 몸집이 거대한 천사가 은빛 날개를 접고 내려와서 온 세상을 걸어 다니며 꽃들과 새들에게 자장가를 불러주는 거야. 그 노래를 듣는 법만 안다면 아이들도 들을 수 있어.' 그러자 누나는 밀가루가 잔뜩 묻은 두 손을 들면서 말했

***

* 저녁 무렵 서쪽 하늘에 보이는 '금성'을 이르는 말

어요. '아휴, 넌 정말 이상한 꼬마야. 너 때문에 무서워졌잖아.' 누나는 정말 겁에 질린 얼굴이었어요. 그래서 전 밖으로 나가 아직 못다 한 이야기를 정원에게 들려줬죠. 정원에 어린 자작나무가 있었는데, 그만 말라죽고 말았어요. 할머니는 바닷물의 소금기 때문에 죽었다고 하셨어요. 하지만 전 그 나무의 드라이어드 요정이 바보라서 세상을 구경하러 나갔다가 길을 잃어버렸다고 생각해요. 그 작은 나무는 너무 외로워서 마음이 아파 죽은 게 분명해요."

앤이 이어서 말했다.

"그 가엾고 어리석은 어린 요정이 세상에 싫증을 느껴서 나무로 돌아오면 마음이 찢어질 듯 아플 거야."

"맞아요. 하지만 드라이어드 요정도 바보짓을 하면 자기 행동에 책임을 져야 해요. 진짜 사람들처럼요. 제가 초승달에 대해 무슨 생각을 하는지 아세요, 선생님? 꿈을 가득 실은 조그마한 금빛 배라고 생각해요."

"그리고 초승달이 구름 위에서 기울어졌을 때 꿈이 조금 쏟아져 사람들의 잠 속에 떨어지는 거지."

"바로 그거예요! 와, 선생님도 잘 아시네요. 그리고 제비꽃은 천사들이 별빛을 비출 구멍을 하늘에 뚫었을 때 떨어진 조각이라고 생각해요. 미나리아재비는 오래된 햇빛으로 만들었고, 스위트피는 천국에 가서 나비가 되죠. 선생님, 이런 생각을 하는 제가 그렇게 많이 이상한가요?"

"전혀 그렇지 않아. 그건 어린아이답게 신기하고 아름다운 생각이야. 그래서 백 년이 걸려도 그런 것들을 하나도 생각할 수 없는 사람들이나 그걸 이상하다고 여기는 거란다. 앞으로도 그런 상상을 해보렴. 넌 언젠가 시인이 될 거야."

앤이 집으로 돌아오자 폴과는 전혀 다른 성향의 남자아이가 자기를 재워주길 기다리고 있었다. 부루퉁해 있던 데이비는 앤이 옷을 갈아입히자 침대로 뛰어들어 베개에 얼굴을 파묻었다.

"데이비, 너 기도하는 거 잊어버렸니?"

앤이 나무라자 데이비가 대들 듯이 말했다.

"잊어버리긴! 앞으론 기도 같은 건 안 할 거야. 착하게 구는 것도 그만둘래. 내가 아무리 착하게 굴어도 누난 폴 어빙을 더 좋아하잖아. 차라리 못되게 굴면 재밌기라도 하지…."

"폴 어빙을 더 좋아하는 게 아니야. 난 너도 똑같이 좋아해. 좋아하는 방법이 다를 뿐이지."

앤이 진지하게 말했지만 데이비는 입을 삐죽거렸다.

"그래도 누나가 날 같은 방법으로 좋아해줬으면 좋겠어."

"다른 사람을 똑같은 방법으로 좋아할 수는 없어. 너도 도라와 나를 똑같은 방법으로 좋아하진 않잖아. 그렇지?"

데이비는 일어나 앉아 곰곰이 생각하다가 결국 인정했다.

"음…. 어…. 그러니까 도라는 동생이라서 좋고, 누나는 앤 누나라서 좋아하는 거야."

"그러니까 나도 폴은 폴이라서 좋고, 데이비는 데이비라서 좋아하는 거야."

앤이 웃으며 말했다. 데이비도 앤의 말을 이해한 것 같았다.

"음, 그럼 기도를 해야겠다는 생각이 좀 드네. 하지만 침대에서 나와 기도드리긴 너무 귀찮아. 내일 아침에 기도를 두 번 할

게. 그래도 괜찮겠지?"

앤은 안 된다고 딱 잘라 말했다. 그러자 데이비는 침대에서 구르듯 내려와 앤의 무릎 앞에 꿇어앉았다. 잠시 후 기도를 마친 데이비는 작은 갈색 발꿈치를 들고 서서 앤을 올려다보며 자신만만하게 말했다.

"앤 누나. 난 전보다 착해졌어."

"그건 네 말이 맞아. 정말 착해졌지."

앤은 칭찬해줘야 할 때 망설이는 법이 없었다.

"난 내가 착해졌다는 걸 알아. 어떻게 아는지 말해줄게. 오늘 마릴라 아줌마가 나한테 잼 바른 빵을 두 개 줬어. 하나는 내 거고 하나는 도라 거였어. 그중에 하난 다른 것보다 훨씬 컸는데 마릴라 아줌마는 어느 게 내 거라고 말하지 않았거든. 그런데 난 큰 걸 도라한테 줬어. 그건 착한 일이야. 그렇지?"

"정말 착한 일을 했구나. 아주 남자다운 행동이야."

"물론이지. 그런데 도라는 배가 별로 안 고파서 반쪽만 먹고 남은 건 날 줬어. 빵을 줬을 때 도라가 내게 다시 줄 거라고는 생각도 못 했어. 그러니까 난 착하게 군 거야."

해 질 녘에 앤은 드라이어드 거품 근처를 산책하다가 길버트 블라이드가 어둑어둑한 유령의 숲을 지나서 걸어오는 모습을 보았다. 앤은 문득 길버트가 더 이상 학생이 아니라는 사실을 깨달았다. 키가 크고 진실해 보이는 얼굴, 맑고 정직한 눈, 넓은 어깨가 무척 남자다웠다. 앤은 길버트가 자신의 이상형과는 거리가 있지만 아주 잘생긴 청년이라는 생각이 들었다. 앤과 다이애나는 오래전에 자기들이 어떤 남자를 동경하는지 결론을 내린 적이 있었는데 둘의 취향은 정확히 같았다. 이들의 이상형은 수수께끼를 간직한 듯 우수 어린 눈동자와 부드럽고 다정한 목소리, 키가 크고 기품 있는 외모의 남자였다. 길버트의 얼굴에는 우수 어린 모습이나 수수께끼 같은 면이 전혀 없었다. 하지만 우정을 나누기에 이런 점은 전혀 문제가 되지 않았다.

길버트는 드라이어드 거품 옆에 있는 고사리 위로 몸을 뻗어 기대고 앤을 흡족한 듯 바라보았다. 만약 누군가 길버트에게 이상형을 말해달라고 요청한다면 그는 하나부터 열까지 앤의 모습 그대로를 묘사했을 것이다. 앤에게는 골칫덩이나 다름없는 작은 주근깨 일곱 개까지 포함할 게 뻔하다. 길버트는 이제 소년티를 벗어나고 있었지만 누구 못지않게 꿈을 품고 있었다. 길버트의 미래에는 크고 맑은 회색 눈동자와 꽃처럼 아름답고 섬세한 얼굴의 소녀가 있었다. 또한 그는 이 여인에게 걸맞은 미래를 가꿔나가겠노라 마음먹고 있었다. 조용한 에이번리라 하더라도 오며 가며 마주치는 유혹이 여럿 있었다. 화이트샌즈의 젊은이들은 다소 '방탕한' 편이었고 길버트는 가는 곳마다 인기를 끌었다. 하지만 그는 앤과 나누는 우정에 어울리게 그리고 언젠가 앤의 사랑을 받기에 부끄럽지 않도록 자신을 지키고자 애썼다. 마치 앤의 맑은 눈동자가 자신을 판단하기 위해 지켜보기라도 하는 듯 말과 생각과 행동을 조심했다. 이상이 높고 순수한 소녀라면 누구나 친구들에게 무의식적인 영향을 주듯이, 앤도 길버트에게 마찬가지 존재였다. 이러한 영향력은 그 소녀가 이상을 충실하게 따르는 동안만 지속되는 법이며, 만약 이를 벗어난다면 반드시 잃게 된다. 길버트가 보기에 앤의 가장 큰 매력은 에이번리의 많은 소녀들처럼 사소한 질투, 작은 거짓말과 힘겨루기, 뻔한 비위 맞추기 같은 속좁은 행동을 하지 않는다는 점이었다. 앤은 이 모든 것과 거리가 멀었다. 의식적으로 꾸미거나 미리 계획해서 그런 것은 아니었다. 단지 이런 것들이 앤의 투명하고 솔직한 본성과 전혀 어울리지 않았기 때문이다. 앤의 동기와 포부 역시 수정처럼 맑았다.

하지만 길버트는 자기의 속마음을 입 밖에 내지 않았다. 앤이 자기의 감상적인 시도를 무자비하고 차갑게, 봉오리부터 잘라버릴 게 뻔했기 때문이다. 혹은 눈앞에서 비웃을 수도 있었는데, 이는 열 배나 더 나쁜 일이 분명했다.

길버트가 놀리듯 말했다.

"넌 자작나무 밑에 있으면 진짜 드라이어드 요정처럼 보여."

"난 자작나무가 참 좋아."

앤은 이렇게 말하면서 새틴 천처럼 부드럽고 가느다란 우윳빛 나무줄기에 뺨을 가져다 댔다. 그녀답게 예쁘고 사랑스러우면서도 무척 자연스러운 행동이었다.

"그렇다면 네가 기뻐할 만한 소식을 말해줄게. 메이저 스펜서 아저씨가 에이번리 지역 개선협회를 격려하는 뜻으로 자기 농장 앞길을 따라 하얀 자작나무를 심기로 하셨어. 오늘 내가 직접 들은 내용이야. 그분은 에이번리에서 가장 진취적이고 공공심이 강한 사람 같아. 그리고 윌리엄 벨 아저씨도 집 앞길과 오솔길을 따라 가문비나무 울타리를 만들 거래. 앤, 우리 협회는 멋지게 잘해내고 있어. 이제 시험 단계를 거쳐 사람들에게 인정받는 중이야. 나이 든 분들도 관심을 갖기 시작했고, 화이트샌즈 사람들도 개선협회를 시작해볼까 의논하고 있대. 엘리샤 라이트 아저씨까지도 호텔에 머무는 미국 사람들이 바닷가로 소풍을 다녀간 다음에 생각을 바꿨어. 우리가 꾸민 도로변을 본 그들이 여기가 이 섬에서 가장 아름다운 곳이라고 칭찬했거든. 다른 농부들도 스펜서 아저씨의 영향을 받아 자기 집 앞에 나무를 심고 울타리를 세워서 보기 좋게 꾸민다면, 에이번리는 우리 주에서 가장 아름다운 마을이 될 거야."

"봉사회에서도 묘지 정비 이야기가 나왔어. 난 그분들이 그 일을 맡아줬으면 좋겠어. 묘지 정비를 하려면 기부금이 있어야 하는데, 마을회관 사건 이후로는 개선협회에서 기부금을 모으기가 어렵잖아. 하지만 개선협회가 그 문제를 넌지시 알려주지 않았다면 봉사회는 움직이지 않았을 거야. 우리가 교회 마당에 심은 나무들도 잘 자라는 중이고, 학교 이사회에서는 내년쯤 운동장에 울타리를 만들어주겠다고 내게 약속했어. 그렇게 되면 난 식목일을 정해서 전교생이 나무를 심게 할 거야. 도로 옆 모퉁이에는 화단을 만들어야겠다."

"지금까지 우리가 세운 계획은 거의 성공했어. 물론 레비 볼터 아저씨의 낡은 집을 허무는 일은 진전이 없지만, 그건 도저히 안 될 것 같아. 그분은 앞으로도 집을 허물지 않으면서 우릴 약 올릴 거야. 볼터 집안사람들은 뭐든지 반대하는 성격인데 그중에서도 레비 아저씨가 특히 심해."

"줄리아 벨은 레비 볼터 아저씨한테 다른 회원을 보내야 한다고 생각하더라. 하지만 난 아저씨를 그냥 내버려두는 것이 더 나을 것 같아."

앤의 현명한 판단에 길버트가 미소를 지었다.

"린드 아주머니 말처럼 하느님 뜻에 맡겨야지, 뭐. 아마 다른 회원을 보내도 소용없을 거야. 그래 봤자 아저씨를 자극할 뿐일 테니까. 줄리아 벨은 어떤 일을 할 회원만 임명하면 뭐든지 잘 될 거라고 생각하는 모양이야. 그리고 앤, 내년 봄엔 멋진 잔디밭과 운동장을 만들기 위해서 애써야 해. 올겨울에 일찌감치 좋은 씨를 뿌려두어야겠어. 잔디밭과 잔디 키우는 법에 대한 책이 있으니까 조만간 이 주제로 보고서를 쓸 생각이야. 음, 방학도 거의 끝난 것 같네. 월요일에 개학이야. 루비 길리스가 카모디 학교에 가게 됐다며?"

"응, 프리실라가 고향 학교에 가게 되었다고 편지를 써서 알려줬어. 그래서 카모디 이사회가 루비를 채용한 거야. 프리실라가 돌아오지 못하게 된 건 섭섭하지만 덕분에 루비가 학교에서 일하게 되어 참 기뻐. 루비는 토요일마다 집에 올 텐데, 그러면 옛날처럼 루비하고 제인하고 다이애나하고 나하고 다시 한자리에 모일 수 있겠지."

앤이 집으로 오자 마침 린드 부인의 집에서 막 돌아온 마릴라가 부엌문 계단에 앉아 있었다.

"난 내일 레이철하고 시내에 다녀오기로 했다. 린드 씨가 이번 주에는 몸이 좀 나아지셨다는구나. 그래서 레이철은 남편이 다시 아프기 전에 시내에 가보고 싶다는 거야."

"내일 아침엔 특별히 더 일찍 일어나려고 해요. 할 일이 꽤 많거든요. 우선 제 낡은 이불속을 새것으로 갈 생각이에요. 진즉 갈아야 했었는데 귀찮아서 미루기만 했죠. 하기 싫은 일을 미루는 건 나쁜 버릇이니까 다신 그러지 않을 생각이에요. 안 그러면 학생들에게 일을 미루지 말라고 마음 편히 가르칠 수 없잖아요. 그건 일관성 없는 태도니까요. 그러고 나서 해리슨 아저씨에게 케이크를 구워드리고, 에이번리 지역 개선협회에서 발표할 정원 보고서를 마무리하고, 스텔라에게 편지를 쓰고, 모슬린 드레스를 빨아서 풀을 먹이고, 도라에게 새 앞치마를 만들어줄 거예요."

마릴라가 고개를 저으며 말했다.

"넌 아마 반도 못 할 거야. 뭔가 잔뜩 해보겠다고 계획을 세우면 무엇이든 그걸 방해하는 일이 일어날 테니까."

20장

———

이런 날도 있는 법이다

다음 날 아침, 태양이 진줏빛 하늘을 깃발처럼 가로지르며 당당하게 떠올랐다. 앤은 침대에서 일어나 새로운 하루를 기분 좋게 맞이했다. 초록지붕집에는 햇살이 가득 쏟아졌고 포플러나무와 버드나무 그림자가 춤을 추듯 어른거렸다. 건너편 해리슨 씨의 밀밭에서는 연한 황금빛 밀알이 바람에 흔들리며 드넓게 펼쳐져 있었다. 앤은 정원 문에 편안히 기대어 서서 사랑스러운 풍광을 음미하며 더없이 행복한 10여 분을 보냈다.

아침 식사가 끝나고 마릴라는 외출 준비를 했다. 오래전에 약속한 대로 도라가 따라나섰다.

"자, 데이비. 착하게 굴고 앤 누나도 귀찮게 하지 말아야 한다. 얌전히 있으면 시내에서 줄무늬 막대사탕을 사다줄게."

마릴라가 엄한 얼굴로 데이비에게 주의를 주었다. 결국 고지식한 마릴라마저도 '뇌물'을 써서 착한 행동을 하게 만들려는 습관이 생겼다.

"일부러 못되게 굴지는 않을 거예요. 하지만 나도 모르게 못된 짓을 하면 어떻게 되는 거예요?"

데이비가 궁금해하자 마릴라가 타일렀다.

"그런 일이 일어나지 않도록 조심해야지. 앤, 오늘 시어러 씨가 오면 로스트비프와 스테이크에 쓸 고기를 좀 사둬라. 그 사람이 오지 않으면 내일 점심 식사 때는 닭을 잡아야 할 거야."

앤이 고개를 끄덕였다.

"오늘 점심은 데이비와 저만 있으니까 일부러 요리를 하진 않을 거예요. 햄으로 점심을 때우고 밤에 아주머니가 돌아오시면 스테이크를 구워드릴게요."

그때 데이비가 말했다.

"난 아침에 해리슨 아저씨가 바다에서 해초 따는 걸 도와주기로 했어. 아저씨가 나한테 같이 가자고 하셨거든. 아마 점심도 같이 먹자고 할 거야. 해리슨 아저씨는 굉장히 친절한 사람이야. 나랑 말도 아주 잘해서. 나도 크면 아저씨같이 되고 싶어. 아저씨처럼 생겼으면 좋겠다는 게 아니라 아저씨처럼 행동하고 싶다는 뜻이야. 하지만 그럴 걱정은 없는 것 같아. 린드 아주머니가 그러는데, 내가 무척 잘생겼대. 내가 어른이 돼도 계속 그럴까? 앤 누나, 궁금해."

"아마 그럴 거야. 넌 참 잘생겼어. 하지만 외모에 어울리게 행동해야 해. 잘생긴 것만큼 착하고 신사다워야 하는 거야."

앤이 데이비에게 잘생겼다고 칭찬하자 마릴라는 탐탁지 않은 표정을 지었다. 데이비도 불만스럽게 투덜댔다.

"요전에 미니 메이 배리가 못생겼다는 말을 듣고 운 적이 있었잖아, 그때 누나는 착하고 친절하고 상냥한 아이라면 사람들은 그 아이가 어떻게 생겼는지 신경 쓰지 않는다고 말해줬어. 그러니까 누나 말은 잘생겼건 못생겼건 착하게 굴어야 한다는 거잖아. 무조건 착해지라는 거네."

"넌 착한 아이가 되고 싶지 않니?"

마릴라가 데이비에게 물었다. 마릴라는 아이 키우는 일에 대해 많은 것을 알게 되었지만 이런 질문을 해봤자 소용없다는 사실은 아직 깨닫지 못했다. 데이비가 조심스럽게 대답했다.

"아뇨, 착해지고는 싶어요. 하지만 너무 착해지는 건 싫어요. 아주 착하지 않아도 주일학교 교장선생님은 될 수 있잖아요. 벨 선생님처럼 말이에요. 그분은 정말 나쁜 사람이에요."

"벨 선생님은 절대 그렇지 않아."

마릴라가 화를 냈지만 데이비는 물러서지 않았다.

"정말이에요. 선생님이 직접 말했는걸요. 지난 일요일에 주일학교에서 기도할 때 그랬어요. 자기는 벌레같이 나쁜 사람이고 불쌍한 죄인이고 아주 큰 죄를 저질렀다고요. 선생님이 뭘 그렇게 나쁜 짓을 한 거예요? 사람을 죽였어요? 아니면 헌금 상자를 훔쳤나요? 궁금해요."

때마침 린드 부인이 마차를 몰고 오솔길로 들어섰다. 덕분에 마릴라는 사냥꾼의 덫에서 빠져나온 새와 같은 기분으로 그 자리를 피할 수 있었다. 그리고 뭐든지 '궁금해하는' 어린아이들이 듣고 있을 때만큼은 벨 선생님이 대표 기도를 하면서 지나치게 비유적인 표현을 쓰지 않기를 간절히 바랐다.

천만다행으로 혼자 남게 된 앤은 열심히 집안일을 했다. 바닥을 쓸고 침대를 정리하고 닭에게 모이를 주고 모슬린 드레스를 빨아서 빨랫줄에 널었으며, 이불속을 갈 준비도 했다. 앤은 다락방에 올라가 처음 손에 잡힌 낡은 옷으로 갈아입었다. 열네 살 때 입었던 캐시미어 원피스였다. 그 옷은 앤이 초록지붕집에 처음 왔을 때 입었던 혼방 옷만큼이나 짤막하고 꽉 끼었다. 하지만 깃털 때문에 옷감이 상할 염려는 없었다. 앤은 매슈가 쓰던 빨갛고 흰 물방울무늬 손수건을 머리에 두르고 모든 준비를 마친 뒤 부엌방으로 갔다. 그곳에는 마릴라와 함께 옮겨두었던 깃털 이불이 있었다.

앤은 부엌방 창가에 걸린 금 간 거울을 우연히 보게 되었다. 코에 난 주근깨 일곱 개가 그 어느 때보다 뚜렷하게 보였다. 아무것도 가리지 않은 창문에서 들어오는 환한 빛 때문에 더 그랬는지도 모른다.

"아, 어젯밤에 로션 바르는 걸 깜박했네. 지금 식료품 저장실에 내려가서 발라야지."

그동안 앤은 주근깨를 없애려고 여러 방법을 시도했다. 어떤 때는 콧등의 피부가 홀랑 벗겨졌지만 주근깨는 그대로 남아 있었다. 며칠 전 앤은 잡지에서 주근깨 로션 만드는 법을 읽었는데, 마침 재료가 다 있어서 곧장 만들어보았다. 하느님이 코에 주근깨를 주셨다면 그대로 두는 것이 당연한 의무라고 생각했던 마릴라는 앤의 행동을 무척 못마땅하게 여겼다.

앤은 서둘러 식료품 저장실로 허둥지둥 내려갔다. 가뜩이나 창문 가까이에 커다란 버드나무가 자라고 있어 늘 어두웠는데, 그날은 파리가 들어오지 못하도록 블라인드까지 내려놓은 터라 앞이 거의 보이지 않을 지경이었다. 앤은 선반에서 로션이 담긴 병을 집어 들고는 작은 스펀지에 로션을 묻혀 코에 듬뿍 발랐다. 중요한 임무를 마친 앤은 다시 일을 하러 갔다. 이불 깃털을 갈아본 사람이라면 일을 마친 앤의 모습이 어떠했는지 굳이 들을 필요가 없을 것이다. 옷에는 털이 하얗게 묻었고 손수건 아래로 삐져나온 앞머리에도 깃털이 후광처럼 달려 있었다. 이 상서로운 순간에 부엌문을 두드리는 소리가 들렸다.

"분명히 시어러 아저씨일 거야. 꼴이 이렇지만 그냥 나가봐야겠다. 그분은 늘 바쁘다는 말을 입에 달고 사니까."

앤은 부엌문으로 달려갔다. 만약 초록지붕집의 현관 바닥에 자비로운 마음이라는 것이 있어서 깃털투성이의 비참한 여성을 집어삼킬 수 있다면, 바로 그 순간 앤을 꿀꺽 먹어버렸을 것이다. 문 앞에 서 있는 사람은 실크 드레스를 차려입은 금발의 프리실라 그랜트와 트위드 정장을 입은 땅딸막한 백발의 부인이었다. 그 옆에는 키가 크고 기품이 넘쳐 보이는 부인이 함께 있었다. 아름답고 고상한 얼굴에 속눈썹은 검은색이었고 커다란 눈동자는 보랏빛을 띠었으며 멋진 옷을 입고 있었다. 어린 시절에 쓰던 표현을 빌리자면 앤은 그녀가 샬럿 E. 모건 부인임을 '본능적으로' 느꼈다.

이 당황스러운 순간 뒤죽박죽인 머릿속에서 한 가지 묘안이 떠올랐고 앤은 물에 빠진 사람이 지푸라기라도 잡는 심정으로 이 생각을 꼭 붙잡았다. 모건 부인의 작품 속 여주인공들은 모

두 '위기를 잘 헤쳐 나가는' 것으로 유명했다. 이들은 어떤 어려움이나 불행을 맞닥뜨리더라도 굴하지 않고 자신의 진가를 발휘했다. 앤도 그들처럼 이 상황을 잘 극복해야겠다고 마음먹었으며 실제로 그렇게 했다. 앤의 대처가 얼마나 뛰어났던지 훗날 프리실라가 그때처럼 앤 셜리에게 감탄한 적은 없었다고 혀를 내두를 정도였다. 아무리 마음이 흔들렸어도 이를 겉으로 내비치지 않았던 것이다.

앤이 인사를 건네자 프리실라는 함께 온 사람들을 소개해주었다. 앤은 마치 보라색 고급 린넨 드레스를 갖춰 입은 듯 차분하고 침착한 태도로 손님들을 대했다. '본능적으로' 모건 부인이겠거니 짐작했던 사람은 그날 처음 만나는 펜덱스터 부인이었으며, 땅딸막한 백발 쪽이 모건 부인이었다는 사실을 알고 앤은 충격을 받았지만, 그 전에 워낙 깜짝 놀랐던 터라 금세 진정되었다. 앤은 찾아온 사람들을 손님방으로 들이고 응접실로 안내한 뒤, 서둘러 밖에 나가서 프리실라를 도와 마구를 벗겼다.

프리실라가 사과했다.

"이렇게 불쑥 찾아와서 정말 미안해. 하지만 나도 어젯밤이 되어서야 여기 온다는 사실을 알게 됐어. 샬럿 고모는 월요일에 떠날 예정이라 오늘은 시내에서 친구와 만나기로 약속했었대. 그런데 어젯밤에 그 친구가 성홍열 때문에 격리돼 있으니 오지 말라고 전화했다는 거야. 그래서 대신 여기에 오자고 말씀드렸지. 네가 우리 고모를 무척 보고 싶어 했잖아. 중간에 화이트샌즈 호텔에 들러서 고모의 친구인 펜덱스터 부인도 모시고 왔어. 그분은 뉴욕에 사시는데 남편이 백만장자래. 펜덱스터 부인은

5시까지 호텔로 돌아가야 하니까 여기 오래 머물 순 없어."

앤은 프리실라가 어쩔 줄 몰라 하며 자신을 슬쩍슬쩍 쳐다보는 것을 느끼고 조금 화가 나서 속으로 투덜댔다.

'그런 눈으로 날 쳐다보지 좀 마. 깃털 이불속을 가는 게 어떤 건지 잘 모르더라도 상상할 순 있잖아.'

프리실라가 응접실로 가고 앤이 난처한 상황에서 벗어나고자 2층으로 올라가던 참에 다이애나가 부엌으로 들어왔다. 앤은 깜짝 놀란 친구의 팔을 붙잡았다.

"다이애나 배리, 지금 응접실에 누가 있는지 아니? 샬럿 E. 모건 부인이야. 뉴욕 백만장자의 부인도 함께 계시고…. 그런데 내 꼴을 좀 봐. 게다가 식사로 낼 만한 거라곤 식은 햄뿐이라고. 난 어쩌면 좋니, 다이애나!"

그때 앤은 다이애나도 프리실라와 똑같이 어쩔 줄 몰라 하는 얼굴로 자기를 보고 있는 것을 알아차렸다. 정말 너무하다는 생각이 들었다.

"다이애나, 제발 날 그렇게 보지 말아줄래? 적어도 넌 알 거 아냐. 세상에서 가장 깔끔을 떠는 사람이라도 이불속을 갈면서 깃털을 하나도 안 묻힐 순 없다고."

다이애나가 머뭇거리며 간신히 입을 열었다.

"그, 그게, 깃털이 아니라…. 그러니까 네 코가 좀…."

"내 코? 아, 그럴 리가 없을 텐데!"

앤은 설거지대 위에 달린 작은 거울 앞으로 달려갔다. 가혹한 진실이 드러나기까지는 한 번 흘끗 보는 것만으로도 충분했다. 앤의 코가 선명한 진홍색이었던 것이다.

앤은 소파에 주저앉았다. 가까스로 다잡은 마음도 결국 무너져버리고 말았다.

"도대체 어떻게 된 거야?"

다이애나가 물었다. 앤을 배려해서 가만히 있기에는 호기심이 너무 컸다. 그러자 앤의 절망적인 대답이 돌아왔다.

"난 코에다 주근깨 로션을 발랐다고 생각했어. 그런데 사실은 그게 마릴라 아주머니가 깔개에 무늬 표시를 할 때 쓰는 빨간 염료였나 봐. 이제 어떡하지?"

다이애나가 언제나처럼 현실적으로 말했다.

"씻어야지 뭐."

"안 지워질지도 몰라. 전에는 머리카락을 염색하더니 이젠 코를 물들여버렸네. 머릴 염색했을 땐 마릴라 아주머니가 잘라주셨지만, 이번에는 그럴 수 없잖아. 그래, 이것도 허영심에 대한 벌이야. 난 벌을 받아 마땅해. 하지만 그렇게 생각해도 위로가 안 되네. 이런 일이 일어난 걸 보면 정말 불운이라는 게 있나 봐. 모든 건 하느님께서 미리 정해놓으셨기 때문에 불운 따위는 없다고 린드 아주머니가 말씀하셨지만."

다행히 염료는 쉽게 지워졌다. 다이애나는 집으로 달려갔고, 마음이 한결 놓인 앤은 동쪽 다락방으로 올라가 옷을 갈아입은 뒤 생각을 추스르며 아래층으로 내려왔다. 그렇게나 입고 싶어 했던 모슬린 드레스는 빨랫줄에서 힘차게 펄럭이고 있던 터라 앤은 검은 면포로 지은 옷에 만족해야 했다. 앤이 불을 피우고 차를 끓일 때 다이애나가 뚜껑 덮은 접시를 들고 돌아왔다. 다이애나는 모슬린 드레스를 차려입고 있었다.

"엄마가 이걸 주셨어."

다이애나가 뚜껑을 열며 말했다. 접시에는 예쁘게 저민 닭구이가 담겨 있었다. 앤의 눈이 감사한 마음으로 반짝거렸다.

닭 요리와 함께 갓 구운 빵, 맛있는 버터와 치즈, 마릴라가 만든 과일케이크, 여름 햇살처럼 황금빛이 나는 시럽에 띄운 자두 절임이 식탁에 차려졌다. 분홍색과 하얀색 과꽃을 풍성하게 꽂은 꽃병으로 식탁을 장식했지만, 지난번에 준비했던 화려한 꽃들에 비해서는 너무나 볼품없어 보였다.

하지만 시장했던 손님들은 더할 나위 없이 훌륭한 식탁에 앉기라도 한 듯 소박한 음식을 맛있게 먹었다. 처음에는 마음을 졸였던 앤도 시간이 지나면서 음식에 대해 더는 신경 쓰지 않게 되었다. 그녀의 열렬한 숭배자들조차 인정할 만큼 모건 부인의 외모는 다소 실망스러웠다. 하지만 모건 부인은 아주 유쾌하게 대화를 이끄는 사람이었으며, 각지를 두루 여행한 경험에 걸맞게 탁월한 이야기꾼이었다. 많은 사람을 만나며 쌓은 지식을 재치 있는 단문이나 경구로 압축해서 들려주었는데, 마치 탁월한 작품 속 등장인물이 말하는 것 같았다. 그러면서도 그녀의 번뜩이는 기지 속에는 진실하고 여성스러운 공감과 자상한 마음이 담겨 있었다. 부인은 탁월한 재능 못지않게 따뜻한 인간미로 많은 사랑을 받고 있었다. 또한 부인은 절대로 대화를 독점하지 않았다. 자신이 말을 잘하는 것만큼 능숙한 솜씨로 다른 사람들의 이야기를 이끌어낸 덕분에, 앤과 다이애나는 속마음을 거리낌 없이 털어놓을 수 있었다.

펜덱스터 부인은 거의 말을 하지 않고 눈과 입가에 미소를 머금은 채로 닭 요리와 과일케이크와 과일절임을 우아하게 먹었다. 그 모습만 보면 식탁에 차린 것이 마치 신의 음식과 꿀처럼 여겨질 정도였다. 앤이 나중에 다이애나에게 말했듯이, 펜덱스터 부인처럼 성스러운 아름다움을 지닌 사람은 말없이 앉아 있는 것만으로 충분히 자리를 빛낼 수 있었다.

식사를 마치자 모두 연인의 오솔길과 제비꽃 골짜기, 자작나무 길을 산책했다. 그런 다음 유령의 숲을 지나 드라이어드 거품으로 가서는 자리에 앉아 30분 동안 즐겁게 이야기를 나누었다. 모건 부인은 어떻게 '유령의 숲'이라는 이름이 붙었는지 궁금해했고, 앤이 이름에 얽힌 이야기를 해주면서 마녀가 돌아다니는 해 질 녘에 그곳을 지나갔던 일화도 손짓 발짓 섞어가며 들려주자 눈물이 날 때까지 웃었다.

손님들이 떠나고 다이애나만 남았을 때 앤이 말했다.

"이런 게 바로 지성의 향연이요 영혼의 교류라는 거겠지? 난 모건 부인의 말을 듣는 것과 펜덱스터 부인을 바라보는 것 중에서 뭐가 더 즐거웠는지 잘 모르겠어. 만약 그분들이 오시는 걸 미리 알고 있었다면 오늘보다 좋은 시간을 갖진 못했을 거야. 이것저것 내오느라고 정신이 없었을 테니까. 다이애나, 나랑 차 한잔하자. 그러면서 오늘 일을 전부 다 얘기해보는 거야."

"프리실라가 그러는데 펜덱스터 부인 남편의 여동생이 잉글랜드 백작하고 결혼했대. 그런데도 펜덱스터 부인은 자두절임을 두 접시나 먹었다니까."

다이애나는 두 가지 사실이 서로 어울리지 않는다고 생각한 듯했다. 그러자 앤이 의기양양하게 말했다.

"그 잉글랜드 백작이 이곳을 직접 방문한다고 해도 마릴라 아주머니의 자두절임 앞에서는 자기가 귀족이라면서 잘난 척하지 못할 거야."

그날 저녁 앤은 마릴라에게 낮의 일을 이야기해주면서도 코에 얽힌 불행한 사건은 슬쩍 빼놓았다. 그리고 남몰래 주근깨 로션을 창밖으로 쏟아버리면서 다짐했다.

"다시는 예뻐지는 약 같은 건 쓰지 않을 거야. 주의 깊고 신중한 사람들에게는 그런 약이 효과가 있을지도 모르지. 하지만 나처럼 대책 없이 실수만 저지르는 사람이 그런 유혹에 빠진다는 건 운명을 거스르는 짓이나 다름없어."

21장

상냥한 라벤더 아주머니

방학이 끝났고 앤은 다시 학교에 나가기 시작했다. 교사 초년생일 때보다 교육 이론을 내세우는 일은 줄었지만, 그사이 경험은 한층 풍부해져 있었다. 이번 학기부터 눈을 동그랗게 뜨고 신기한 세계로 뛰어든 예닐곱 살 신입생 몇 명을 가르치게 되었는데, 그중에는 데이비와 도라도 있었다. 데이비는 밀티 볼터 옆에 앉았다. 밀티는 이미 한 해 동안 학교를 다닌 터라 학교생활에 꽤 익숙한 편이었다. 도라는 지난 일요일 주일학교에서 릴리 슬론과 같이 앉기로 약속했지만, 릴리가 첫날 결석하는 바람에 일단 미러벨 코튼 곁에 앉았다. 열 살이나 위인 미러벨은 도라 눈에 '다 큰 아가씨'였다.

그날 밤 데이비가 집에 와서 마릴라에게 말했다.

"학교는 참 재미있어요. 하지만 아줌마 말대로 가만히 앉아 있기는 힘들었죠. 아줌마는 맞는 말만 하는 것 같아요. 그래도 책상 밑에서 다리를 꼼지락거리면 훨씬 나아요. 참, 같이 놀 남자애들이 많아서 굉장히 좋았어요. 밀티 볼터랑 앉았는데, 걘 좋은 아이예요. 키는 저보다 크지만 몸집은 제가 더 커요. 뒷자리에 앉으면 더 좋았을 텐데, 발이 바닥에 닿을 만큼 자라야 거기 앉을 수 있어요. 밀티가 자기 석판에 앤 누나를 그렸어요. 그런데 굉장히 못생기게 그린 거예요. 그래서 앤 누나를 그렇게 그리면 쉬는 시간에 때려주겠다고 했어요. 처음엔 저도 걔를 그리면서 뿔하고 꼬리를 달아놓을까 생각했는데 걔 기분이 상할까 봐 걱정됐어요. 다른 사람의 기분을 상하게 하면 안 된다고 앤 누나가 말해줬거든요. 누군가의 기분을 상하게 하는 건 아주 나쁜 일인 것 같아요. 기분을 상하게 하는 것보단 때려눕히는 게 나아요. 뭘 꼭 해야 한다면 말이죠. 밀티는 내가 무섭진 않지만 정 그렇다면 다른 사람 이름을 붙여놓겠다면서 앤 누나 이름을 지우더니 그 밑에 '바버라 쇼'라고 썼어요. 밀티는 바버라를 싫어해요. 바버라가 밀티더러 귀여운 꼬마라고 부를 뿐만 아니라 머리를 쓰다듬은 적도 있어서 그런 거래요."

도라는 학교가 마음에 든다고 새초롬하게 말한 것이 전부였다. 아무리 말수가 적은 아이라곤 하지만 그날은 너무 조용했다. 밤이 되어서 마릴라가 2층으로 올라가 자라고 이야기하자 도라는 머뭇거리다가 울기 시작했다.

"저, 저 무서워요. 어두울 때 혼자 2층에 올라가긴 싫어요."

마릴라가 물었다.

"뭐 때문에 그러는 거냐? 전에는 무서워한 적이 없었잖니. 여름내 혼자 자러 갔었잖아."

도라가 울음을 그치지 않자 앤이 도라를 다정하게 껴안으면서 속삭였다.

"착하지, 언니한테 전부 말해봐. 뭐가 무서운 거니?"

"저기, 미러벨 코튼네 삼촌 이야기야. 미러벨 코튼이 오늘 학교에서 자기 가족 이야기를 해줬어. 식구들이 거의 다 죽었대. 할아버지하고 할머니하고 삼촌, 고모도 그랬다는 거야. 미러벨이 그러는데 자기 집 사람들은 일찍 죽는 편이래. 미러벨은 죽은 친척들이 많다고 자랑했어. 그리고 왜 죽었는지, 죽을 때 뭐라고 말했는지 그리고 관 속에 누운 모습이 어떻게 보였는지도 얘기했어. 미러벨이 그러는데 삼촌 중 한 명은 무덤에 묻힌 뒤에도 집 안을 걸어 다닌대. 자기 엄마도 그 모습을 봤다는 거야. 다른 건 괜찮은데 그 삼촌 생각만 하면 정말 무서워."

앤은 도라를 데리고 2층으로 올라가 잠들 때까지 곁에 있었다. 다음 날 쉬는 시간에 앤은 미러벨 코튼을 교실에 남으라고 한 뒤, 삼촌이 무덤에 묻힌 뒤에도 집 안을 계속 걸어 다니는 것은 안타깝지만 아직 어린아이인 짝에게 그처럼 괴상한 이야기를 하는 건 별로 고상한 일이 아니라고 '부드러우면서도 단호하게' 타일렀다. 미러벨은 이야기도 꺼내지 못하게 하는 것은 너무 심하다고 생각했다. 코튼 집안은 자랑거리가 별로 없는데, 집 안을 떠도는 유령 이야기마저 하지 못한다면 친구들 앞에서 우쭐거릴 일이 없어지기 때문이다.

9월이 지나가고 황금빛과 진홍빛으로 우아하게 물든 10월이 다가왔다. 어느 금요일 저녁에 다이애나가 앤을 찾아왔다.

"앤, 오늘 엘라 킴벌에게 편지가 왔어. 시내에서 온 사촌 아이린 트렌트도 만날 겸 우리더러 내일 오후에 차를 마시러 왔으면 좋겠대. 그런데 마차를 끌어줄 말이 없어. 우리 집 말은 내일 전부 다른 일에 써야 하고, 내 조랑말도 다리를 절거든. 아무래도 우린 못 갈 것 같아."

"걸어가면 되잖아. 숲속으로 계속 가다 보면 웨스트그래프턴 도로가 나와. 거기서 엘라네 집은 별로 멀지 않아. 지난겨울에 그쪽으로 가봐서 알고 있어. 6킬로미터 정도만 가면 도착하고, 집으로 돌아올 땐 걷지 않아도 돼. 올리버 킴벌이 우릴 태워다 줄 거야. 올리버도 나갈 핑계가 생겨서 오히려 좋아할걸? 나온 김에 캐리 슬론을 볼 수 있으니까. 평소에는 걔네 아버지가 마차를 내주지 않는다고 하더라."

그래서 두 사람은 걸어가기로 마음먹고 다음 날 오후에 출발했다. 연인의 오솔길을 지나 커스버트네 농장 뒤편으로 가자 아련하게 보이는 울창한 너도밤나무와 단풍나무 숲의 중심부로 이어지는 길이 나왔다. 숲은 진홍빛과 황금빛으로 반짝거렸으며, 보랏빛 정적과 평화가 감돌고 있었다.

"이건 마치 규모가 엄청 크고 형형색색의 부드러운 불빛이 가득한 대성당 안에서 한 해 전체가 무릎 꿇고 기도하는 것 같아. 여길 서둘러 지나가는 건 옳지 못한 일이야. 교회에서 뛰어다니는 것처럼 불경스러운 기분이 들거든. 안 그러니?"

앤이 감상에 젖어 말했지만, 다이애나는 시계를 보며 발걸음을 재촉했다.

"그래도 서둘러야 해. 시간이 별로 없거든."

앤이 보조를 맞추면서 말했다.

"아, 그렇다면 빨리 걷지 뭐. 그런데 말은 걸지 말아줘. 난 이 순간의 아름다움을 만끽하고 싶어. 자연이 숲의 향기로 가득한 포도주 한 잔을 내 입가에 내미는 것 같아. 한 걸음에 한 모금씩 마실 거야."

이처럼 아름다움을 '만끽하는 일'에 열중한 탓인지 앤은 갈림길에서 실수를 하고 말았다. 오른쪽으로 가야 하는데 왼쪽 길로 들어선 것이다(훗날 앤은 이 일을 자신의 인생에서 가장 운이 좋았던 실수라고 여기게 되었다). 이윽고 두 사람은 쓸쓸하게 풀만 무성한 길에 다다랐다. 길을 따라 어린 가문비나무가 줄지어 있을 뿐 아무것도 눈에 들어오지 않았다.

"어머, 여긴 어디지? 웨스트그래프턴 도로가 아니잖아."

다이애나가 당황해서 소리쳤고, 앤은 멋쩍게 말했다.

"맞아, 여긴 미들그래프턴으로 가는 길이야. 아까 갈림길에서 길을 잘못 든 게 틀림없어. 여기가 어딘지 정확히는 모르겠지만, 엘라네 집까지 5킬로미터는 더 남았을 거야."

다이애나는 시계를 들여다보며 어쩔 줄 몰라 했다.

"그럼 5시까지 갈 수 없잖아. 지금 4시 30분인걸. 차를 다 마신 뒤에야 도착할 텐데, 그러면 우리 때문에 새로 다과를 준비하느라 번거로울 거야."

"그냥 집으로 돌아가는 게 나을 것 같아."

앤이 미안한 얼굴로 말했지만, 다이애나는 잠시 생각하더니 다른 의견을 냈다.

"아니, 이왕 이렇게 멀리까지 왔으니까 가서 저녁까지 있다오는 게 낫겠어."

그러나 얼마 가지도 않았는데 또다시 갈림길이 나왔다.

"어느 쪽으로 가야 하지?"

다이애나가 자신 없는 얼굴로 묻자 앤도 고개를 저었다.

"모르겠어. 실수를 더 하면 감당하기 힘들 텐데. 어머, 여기 문이 있고 숲으로 곧장 이어지는 오솔길도 있네. 저쪽에 집이 있는 게 틀림없어. 거기 가서 물어보자."

구불구불 돌아가는 길을 걸으면서 다이애나가 말했다.

"정말 낭만적이면서 고풍스러운 오솔길이야."

오래되고 커다란 전나무 아래로 뻗은 그 길은 얼기설기 얽힌 나뭇가지들 때문에 어두컴컴했으며 바닥에 이끼가 자라고 있었다. 양옆의 숲은 갈색 마루가 깔려 있는 듯했고, 군데군데 햇빛이 창으로 찌르는 것처럼 비쳐들었다. 세상의 잡다한 일이나 근심과는 동떨어진 듯 외지고 고요한 곳이었다.

앤이 가만히 속삭였다.

"마법에 걸린 숲을 걷는 기분이야. 우리가 다시 현실 세계로 돌아가는 길을 찾을 수 있을까? 이제 곧 마법에 걸린 공주가 사는 궁전에 도착할 것 같아."

다음 모퉁이를 돌자 궁전은 아니었지만, 같은 씨앗에서 자란 것처럼 고만고만한 이 지역의 목조 농가들 사이에서 유독 궁전처럼 돋보이는 작은 집이 눈에 들어왔다. 앤이 넋을 잃고 걸음을 멈추자 다이애나가 소리쳤다.

"아, 여기가 어딘지 알겠어. 저기 작은 돌집은 라벤더 루이스 아주머니의 집이야. 아주머니는 자기 집을 '메아리 오두막'이라고 부른대. 이야기는 자주 들었지만 한 번도 못 봤는데, 바로 저기였구나. 정말 낭만적인 곳이지?"

앤도 함박웃음을 지었다.

"저렇게 달콤하고 예쁜 곳은 처음 봐. 상상해본 적도 없어. 꼭 이야기책이나 꿈속에 나오는 풍경 같아."

그 집은 처마가 낮고 이 섬에서 나는 붉은 사암 벽돌로 지어져 있었다. 작고 경사진 지붕에는 창문이 두 개 있었고 그 위에 고풍스러운 나무 차양이 달려 있었으며, 커다란 굴뚝도 두 개나 있었다. 거친 돌로 지은 벽을 쉽게 타고 올라가 집 전체를 뒤덮은 담쟁이덩굴은 가을 서리를 맞아 아름다운 청동색과 포도주처럼 붉은색으로 물들어 있었다.

집 앞에는 직사각형 모양의 정원이 있었는데, 두 사람이 서 있는 오솔길 쪽으로 문이 나 있었다. 정원의 한쪽 면은 집의 경계를 이루었고 나머지 세 면은 낡은 돌담으로 둘러싸여 있었다. 돌담에는 이끼, 풀, 고사리가 무성하게 자라고 있어서 마치 높다란 초록색 둑처럼 보였다. 집 양쪽에는 커다랗고 거무스레한 가문비나무가 돌담 위로 손바닥 같은 가지를 뻗고 있었으며, 아래쪽으로 클로버가 자라나서 초록빛으로 물든 작은 목초지가 완만한 비탈을 이루며 굽이쳐 흐르는 그래프턴강까지 이어졌다. 주위에 다른 집이나 개간지는 보이지 않았고, 어린 전나무로 뒤덮인 언덕과 골짜기뿐이었다.

문을 열고 정원으로 들어서면서 다이애나가 말했다.

"루이스 아주머니는 어떤 분일까? 사람들 말로는 무척 독특하다던데."

"그렇다면 틀림없이 재미있는 분일 거야. 다른 면은 어떤지 모르겠지만, 독특한 사람들이 재미있다는 건 분명하거든. 마법에 걸린 궁전이 나올 거라고 내가 말했지? 요정들이 아무런 이유 없이 아까 그 오솔길에 마법을 걸었을 리는 없어."

"하지만 라벤더 루이스 아주머니는 마법에 걸린 공주와 거리가 멀어. 노처녀거든. 마흔다섯 살에 머리도 하얗게 세었다고 들었어."

다이애나가 웃음을 짓자 앤이 장담했다.

"아, 그것도 마법에 걸려서 그런 것뿐이야. 마음은 여전히 젊고 아름다울걸? 만약 우리가 마법을 풀 수만 있다면, 아주머니는 다시 눈부시게 아름다운 모습으로 변할 거야. 하지만 우린 그 방법을 모르잖아. 그걸 아는 사람은 왕자님뿐이니까. 라벤더 아주머니의 왕자님은 아직 오지 않았고. 어쩌면 왕자님에게 피할 수 없는 불행이 닥쳤을지도 몰라. 하지만 그렇게 되면 모든 동화에 적용되는 규칙과 맞지 않는 이야기가 되고 말지."

"안타깝게도 왕자님이 오래전에 왔다가 가버린 건 아닌가 싶어. 사람들이 그러는데 아주머니는 젊었을 때 스티븐 어빙 아저씨, 그러니까 폴 어빙의 아버지와 약혼했었대. 하지만 둘은 다투고 나서 헤어졌지."

갑자기 앤이 검지를 입에 가져다 댔다.

"쉿. 문이 열려 있어."

두 사람은 담쟁이덩굴이 드리워진 현관 앞에서 걸음을 멈추고 열린 문을 두드렸다. 안에서 쿵쿵 발소리가 나더니 남다른 외모의 누군가가 모습을 드러냈다. 열네 살쯤으로 보이는 소녀였다. 주근깨투성이에 들창코였으며 입은 '귀에서 귀까지' 이어진 것처럼 보일 만큼 컸고, 두 가닥으로 길게 땋은 금발 머리에 커다란 파란색 리본을 묶었다.

다이애나가 물었다.

"루이스 아주머니는 집에 계시나요?"

"네, 아가씨. 들어오세요, 아가씨. 라벤더 마님께 손님이 오셨다고 전해드릴게요, 아가씨. 마님은 2층에 계세요, 아가씨."

이 말을 남기고 어린 하녀가 눈앞에서 휙 사라지자 두 사람은 기대에 부푼 눈길로 주위를 둘러보았다. 이 작은 집의 내부도 외관만큼이나 흥미로웠다. 방은 천장이 낮았으며 네모나고 작은 격자창 두 개는 모슬린 장식 커튼이 드리워져 있었다. 구식 가구는 깔끔하게 관리해놓아서 상태가 아주 좋아 보였다. 하지만 가을 공기를 마시며 이제 막 6킬로미터를 걸어온 두 아가씨의 눈에 가장 매력적으로 보인 것은 옅은 푸른색 접시마다 맛있는 음식이 차려져 있는 식탁이었을 것이다. 여기에 더해 어린 황금색 고사리들로 식탁 여기저기를 장식하고 있어서 앤의 말처럼 '축제 분위기'를 자아내고 있었다.

앤이 목소리를 낮춰서 말했다.

"라벤더 아주머니는 차를 같이 마실 손님을 기다리고 계신가 봐. 여섯 명 자리가 차려져 있잖아. 그리고 참 재미있는 여자애를 집에 두셨네. 장난꾸러기 요정 나라에서 온 심부름꾼 같아. 아마 저 아이에게 길을 물어봐도 가르쳐줬을 거야. 하지만 난 라벤더 아주머니를 만나보고 싶었어. 어, 쉿! 지금 오고 계셔."

라벤더 루이스는 이미 문간에 서 있었다. 두 사람은 너무 놀라 예의를 차리는 것도 잊은 채 쳐다보기만 했다. 이들은 이제 껏 보아온 전형적인 독신 여성, 즉 깡마른 체구에 흰머리를 단정하게 빗어 올리고 안경을 쓴 모습을 떠올렸다. 하지만 라벤더는 상상했던 것과 전혀 달랐다.

라벤더는 키가 작았다. 숱이 많고 눈처럼 새하얀 머리를 곱게 부풀리고 말아 올려서 단정하게 정리했는데 그 모습이 무척 아름다웠다. 그 아래로 소녀 같은 분홍빛 뺨에 사랑스러운 입매, 크고 부드러운 갈색 눈이 보였다. 심지어 보조개도 있었다. 틀림없는 보조개였다. 그녀는 장미 무늬가 연하게 새겨진 귀여운 느낌의 크림색 모슬린 가운을 입고 있었다. 그 나이대 여성이 입기에는 터무니없이 유치해 보이는 옷이었지만, 라벤더에게는 완벽하게 어울려서 그런 생각이 전혀 들지 않았다.

"넷째 샬로타에게 들었어요. 날 만나러 오셨다고요?"

라벤더 루이스가 말했다. 외모와 어울리는 목소리였다. 곧바로 다이애나가 대답했다.

"웨스트그래프턴으로 가는 길을 여쭤보려고 했어요. 킴벌 씨네 집에 초대받아서 가는 중인데, 숲을 지나다가 길을 잘못 들어서는 바람에 엉뚱한 길로 와버렸거든요. 이 집 대문에서 오른쪽으로 가야 하나요, 아니면 왼쪽인가요?"

"왼쪽이에요."

라벤더가 망설이듯 식탁을 슬쩍 쳐다보면서 말했다. 그러더니 무언가 마음먹은 듯 불쑥 외쳤다.

"여기서 나와 차를 마시고 갈래요? 부디 그렇게 해주세요. 지금 출발한다고 해도 킴벌 씨네 가족은 이미 차를 다 마셨을 거예요. 아가씨들이 그렇게 해준다면 나와 넷째 샬로타가 무척 기쁠 것 같네요."

다이애나는 어떻게 해야 할지 모르겠다는 표정으로 앤을 바라보았다. 그러자 라벤더에 대해 좀 더 알고 싶어진 앤이 재빨리 대답했다.

"네, 폐가 되지 않는다면 잠시 머물다 갈게요. 그런데 다른 손님을 기다리고 계신 건 아니었나요?"

라벤더는 다시 식탁을 쳐다보면서 얼굴을 붉혔다.

"아마 날 무척 바보 같다고 생각할 거예요. 맞아요. 난 정말 바보랍니다. 이런 걸 들키면 부끄럽지만, 들키지만 않으면 괜찮겠죠. 누가 오기로 한 건 아니에요. 그냥 그런 척한 거죠. 알다시피 난 무척 외롭게 지내니까요. 난 손님이 오는 걸 무척 좋아해요. 그러니까 반가운 손님을 말하는 거예요. 그런데 여긴 너무 외진 곳이라 찾아오는 사람이 거의 없어요. 넷째 샬로타도 외로워하지요. 그래서 그냥 다과 모임을 하듯이 꾸며놓은 거였어요. 요리를 하고, 그에 맞게 식탁도 꾸미고, 어머니가 결혼식 때 쓰던 도자기를 꺼내놓고, 옷도 차려입었죠."

'마흔다섯 살이나 먹은 사람이 어린 여자아이처럼 소꿉장난을 하고 있다니!'

다이애나는 라벤더가 소문처럼 무척 독특한 사람이라고 생각했다. 하지만 앤은 눈을 반짝이며 기쁨에 찬 환호성을 질렀다.

"어머, 아주머니도 그런 상상을 하시네요?"

'아주머니도'라는 표현은 자기와 라벤더가 마음이 맞는 관계가 될 수 있다는 뜻이었다. 앤의 말을 듣고 라벤더가 솔직하게 고백했다.

"네, 그래요. 물론 나이 든 노처녀가 주책이라고 흉볼 수 있겠죠. 하지만 하고 싶은 일을 마음 내킬 때 하지 못한다면, 이 나이를 먹도록 혼자 사는 게 무슨 의미가 있겠어요? 다른 사람에게 폐를 끼치는 일도 아닌걸요. 사람에게는 보상이 필요한 법이랍니다. 가끔씩 이렇게 손님을 맞는 척이라도 해야 그나마 숨통이 트일 것 같아요. 내가 이러는 걸 아는 사람은 거의 없어요. 넷째 샬로타도 이 말 저 말 옮기는 아이가 아니고요. 하지만 오늘두 분에게 들키고 말았네요. 그래서 오히려 기뻐요. 진짜 손님이 찾아왔고 이렇게 차도 준비되어 있으니까요. 그럼 손님방에다 모자를 두고 올래요? 계단 꼭대기에 있는 하얀 문을 열고 들어가면 돼요. 난 얼른 부엌으로 가서 넷째 샬로타가 차를 너무오래 끓이지 않도록 살펴봐야겠어요. 참 좋은 아이지만 차를 지나치게 우려내곤 하거든요."

라벤더는 대접을 잘하고 싶은 마음에 들뜬 걸음으로 부엌에 갔고 두 사람은 손님방으로 올라갔다. 방 안은 문과 똑같이 하얗게 칠해져 있었고 담쟁이덩굴이 드리워진 지붕창으로 햇빛이 비쳤다. 앤의 말을 빌리자면 '행복한 꿈이 자라는 곳' 같았다.

다이애나가 말했다.

"이건 꽤 멋진 사건이야. 그렇지? 라벤더 아주머니는 조금 별나기는 해도 멋진 분 같아. 노처녀티가 전혀 안 나."

"보고만 있어도 음악이 들리는 기분이야."

두 사람이 내려가자 라벤더가 찻주전자를 들고 왔다. 넷째 샬로타도 신이 나서 어쩔 줄 모르는 얼굴로 갓 구운 비스킷 접시를 들고 따라왔다.

"자, 두 분 이름을 말해주셔야죠. 여러분이 찾아와서 참 기뻐요. 난 젊은 아가씨들이 좋거든요. 젊은이들과 같이 있으면 나도 다시 젊어지는 것 같아요. 난 정말⋯."

라벤더가 얼굴을 살짝 찡그렸다가 말을 이었다.

"내가 나이 먹었다고 생각하는 게 싫거든요. 자, 알고 있는 게 편할 것 같아서 그러는데, 두 분 이름이 뭐죠? 다이애나 배리 그리고 앤 셜리? 음, 백 년 전부터 알고 지낸 사이처럼 앤과 다이애나라고 부르고 이제부터 말을 편하게 해도 될까요?"

"네, 그러세요."

두 사람이 한목소리로 대답하자 라벤더는 만족스러운 표정을 지었다.

"그럼 편하게 앉아서 많이 들어. 샬로타, 너도 끝자리에 앉아 닭고기를 좀 먹으렴. 스펀지케이크와 도넛을 만들어놓아서 참 다행이야. 물론 가상의 손님을 위해 요리를 하는 건 바보 같은 짓이긴 하지. 넷째 샬로타도 그렇게 생각한다는 걸 알아. 그렇지, 샬로타? 하지만 결국 이처럼 요긴하게 쓰였잖니. 물론 손님이 오지 않는다고 해서 음식을 버리진 않아. 넷째 샬로타하고 내가 며칠 동안 먹으면 되거든. 그래도 스펀지케이크는 오래 둘수록 맛이 떨어지긴 해."

기억에 남을 만큼 즐거운 자리였다. 차와 다과를 즐기고 난 뒤 모두 저녁노을이 빛나는 정원으로 나갔다. 다이애나가 주위를 둘러보면서 감탄했다.

"정말 아름다운 곳에서 사시네요."

"왜 여기를 메아리 오두막이라고 부르는 거예요?"

앤이 묻자 라벤더가 샬로타를 불렀다.

"샬로타, 시계 선반에 둔 양철 뿔피리를 가져오렴."

넷째 샬로타는 서둘러 달려가 뿔피리를 가져왔다.

"샬로타, 한번 불어볼래?"

샬로타가 시키는 대로 했다. 뿔피리에서는 다소 요란하고 귀에 거슬리는 소리가 났다. 한순간 정적이 흐르다가 강 건너편 숲에서 아름답고 아련한 은빛 메아리가 이어졌다. 마치 '요정 나라의 뿔피리'*가 저녁노을을 향해 울려 퍼지는 것 같았다. 앤과 다이애나는 환호성을 질렀다.

"자, 웃어보렴, 샬로타. 크게 웃어봐."

라벤더의 말이라면 물구나무를 서라고 해도 기꺼이 따랐을 샬로타는 돌 벤치에 올라가서 큰 소리로 마음껏 웃었다. 보랏빛으로 물든 숲과 전나무로 둘러싸인 곳에서 수많은 꼬마 요정이 샬로타의 웃음소리를 흉내 내듯 메아리가 울려왔다.

"사람들은 우리 메아리를 들을 때마다 감탄한단다. 나도 메아리를 참 좋아해. 약간의 상상력만 있으면 메아리와 좋은 친구가 될 수 있지. 고요한 저녁 무렵이면 넷째 샬로타와 난 여기 나와 앉아서 메아리를 즐기곤 해. 샬로타, 이제 뿔피리를 제자리에 잘 걸어두렴."

라벤더는 메아리가 자기 것인 듯 자랑스러워했다.

"왜 저 아이를 넷째 샬로타라고 부르는 거예요?"

---

* 영국 시인 앨프리드 테니슨(1809-1892)의 작품에 나오는 표현이다.

궁금해서 견딜 수 없었던 다이애나가 물었다.

"내가 알고 있는 다른 샬로타와 혼동하지 않으려고 그러는 거야. 모두 비슷하게 생겨서 구별하기 힘들거든. 저 아이의 진짜 이름은 샬로타가 아니야. 그러니까, 어디 보자. 뭐였더라? 아마 레오노라 같은데…. 맞아, 레오노라야. 10년 전에 어머니가 돌아가신 뒤로 난 혼자 여기서 지내는 게 힘들어졌어. 그렇다고 성인 하녀를 고용할 만한 여유는 없었지. 그래서 난 샬로타 보먼이라는 아이를 데려와 잠자리와 옷을 마련해주면서 같이 지내기 시작했어. 그 아이의 이름이 샬로타니까 바로 첫째 샬로타인 셈이지. 그때가 열세 살이었는데, 첫째 샬로타는 열여섯 살이 될 때까지 나랑 같이 있다가 보스턴으로 가버렸어. 거기 더 좋은 자리가 있었거든. 그 뒤로 샬로타의 동생이 나랑 같이 살게 됐어. 새로 온 아이의 이름은 줄리에타였지. 보먼 부인은 멋진 이름을 좋아했나 봐. 하지만 줄리에타가 언니와 너무 닮아서 난 계속 그 아이를 샬로타라고 불렀어. 그 아이도 개의치 않았고. 그래서 난 그 아이의 진짜 이름을 굳이 기억하려고 애쓰지 않던 거야. 그 아이가 둘째 샬로타란다. 둘째 샬로타가 떠나고 에벌리나가 왔는데, 그 아이가 바로 셋째 샬로타였어. 그래서 지금 있는 아이는 넷째 샬로타가 된 거야. 저 아이는 올해 열네 살인데, 아마도 열여섯 살이 되면 보스턴에 가고 싶어 하겠지? 그러면 난 어떻게 해야 할지 모르겠어. 넷째 샬로타는 보면 자매 중에서 막내지만 가장 나은 아이야. 언니들은 이렇게 손님을 맞는 척할 때마다 나를 바보처럼 여긴다는 게 표정에서 드러났는데, 넷째 샬로타는 절대 그러지 않거든. 물론 속마음까지 그런지는 알 수 없겠지. 하지만 난 사람들이 내색만 하지 않는다면 날 어떻게 생각해도 상관없어."

다이애나가 저무는 해를 안타까운 눈길로 바라보며 말했다.

"저, 어두워지기 전까지 킴벌 씨네 도착하려면 지금 가야 할 것 같아요. 정말 즐거웠어요, 아주머니."

"날 보러 다시 와주겠니?"

키가 큰 앤이 자그마한 라벤더를 안아주며 약속했다.

"꼭 다시 올게요. 이제 아주머니를 알게 됐으니까 저희를 귀찮아하실 때까지 찾아올게요. 이제 정말 가야겠어요. '가슴이 찢어질 것 같지만요.' 폴 어빙은 초록지붕집에 왔다가 돌아갈 때마다 이렇게 말하곤 해요."

"폴 어빙이라고? 그게 누구니? 에이번리에 그런 이름을 가진 사람은 없었던 거 같은데."

라벤더의 목소리가 미묘하게 변했다. 그 순간 앤은 자기의 경솔함에 화가 났다. 라벤더의 옛사랑 이야기를 깜빡하고 폴의 이름을 입에 올린 것이다.

"폴은 제가 가르치는 학생이에요. 작년에 보스턴에서 왔고 할머니와 같이 살아요. 해변 길에 사시는 어빙 부인 말이에요."

라벤더는 자신과 이름이 같은 꽃이 심겨 있는 화단 가장자리에 몸을 숙이고 얼굴을 감춘 채로 물었다.

"그 아이가 스티븐 어빙의 아들이니?"

"네."

라벤더가 답을 듣지 못한 척하며 밝은 목소리로 말했다.

"너희에게 라벤더 한 다발씩 줄게. 향기가 참 좋지? 우리 어머닌 이 꽃을 참 좋아하셨어. 그래서 오래전에 화단 가장자리에다 심으셨단다. 아버지도 라벤더를 무척 좋아해서 내 이름을 이렇게 지어주셨지. 부모님은 이스트그래프턴에 있는 어머니 집에서 처음 만났어. 아버지는 어머니를 보고 첫눈에 반하셨대. 그날 손님방에서 주무시는데, 침대 시트에서 나는 라벤더 향기에 밤새도록 잠을 이루지 못하고 어머니를 생각하셨지. 아버지는 그 뒤로 라벤더 향기를 좋아하게 되었고, 그래서 내 이름이 라벤더가 된 거야. 아무튼 아가씨들, 잊지 말고 또 놀러오렴. 넷째 샬로타와 기다리고 있을게."

라벤더는 전나무 아래에 있는 대문을 열어주면서 두 사람을 배웅했다. 얼굴에서 환한 빛이 사라지자 그녀는 나이 들고 피곤해 보였다. 작별 인사를 할 때 라벤더는 과거의 젊음을 그대로 간직한 듯 아름다운 미소를 지었지만, 두 사람이 오솔길 첫 번째 모퉁이에서 돌아보니 정원 한가운데 있는 은빛 포플러나무 아래 돌 벤치에 앉아 한 손으로 힘없이 머리를 짚고 있었다.

다이애나가 조용히 말했다.

"외로워 보이네. 종종 놀러 와야 할 것 같아."

"아주머니의 부모님은 딸에게 딱 맞는 이름을 지어주셨어. 이보다 더 어울리는 이름은 없을 거야. 부모님이 아무 생각 없이 엘리자베스나 넬리나 뮤리얼 같은 이름을 지어주셨더라도 사람들은 아주머니를 지금처럼 라벤더라고 불렀을 것 같아. 라벤더는 아름다움과 고풍스런 우아함과 '실크 드레스'를 떠올리게 하잖아. 그런데 내 이름에서는 기껏해야 버터 바른 빵이나 조각보 아니면 허드렛일 냄새만 나."

"아니야. 난 그렇게 생각하지 않아. 앤이라는 이름은 위엄 있고 여왕 같은 느낌을 주거든. 하지만 난 네 이름이 케런해퍼치였어도 좋아했을 거야. 자기 이름을 멋지거나 추하게 만드는 건 오로지 그 사람에게 달렸다고 생각해. 지금 난 조시나 거티 같은 이름이 참을 수 없을 만큼 싫지만, 그들을 알기 전에는 그게 아주 예쁜 이름이라고 생각했거든."

앤은 감격에 겨워 어쩔 줄 몰라 하며 말했다.

"정말 멋진 생각이야. 그저 그런 이름이라도 어떻게 사느냐에 따라 아름답게 만들어갈 수 있겠지? 사람들의 생각 속에 사랑스럽고 즐거운 무언가를 남긴다면, 단지 이름만 떠올리지는 않게 될 거야. 고마워, 다이애나."

22장

―――

이런저런 일들

다음 날 아침 식탁에서 마릴라가 말했다.

"그 돌집에서 라벤더 루이스와 차를 마셨단 말이지? 그래 어떤 모습이든? 15년 전 어느 일요일에 그래프턴 교회에서 보고는 지금껏 한 번도 못 만났구나. 그 사람도 많이 달라졌을 거야. 데이비 키스, 손에 닿지 않는 걸 먹고 싶을 땐 건네달라고 부탁해야지 그렇게 식탁 위로 몸을 뻗으면 안 된다. 폴 어빙이 여기서 음식을 먹을 때 그런 짓을 하더냐?"

데이비가 투덜거렸다.

"하지만 폴 형은 나보다 팔이 길어요. 그 형 팔은 11년이나 자랐지만 제 건 7년밖에 안 자랐잖아요. 게다가 건네달라는 부탁도 했단 말이에요. 아줌마하고 앤 누나가 이야기에 빠져서 못 들은 거라고요. 그리고 폴 형은 여기서 차만 마셨지 밥을 먹은 적은 없어요. 아침을 먹을 때보다 차를 마실 때 얌전하게 구는 게 훨씬 쉬워요. 배가 절반도 안 고프니까요. 저녁을 먹고 나서부터 다음 날 아침까지는 굉장히 길잖아요. 앤 누나, 이 숟가락은 작년이랑 똑같지만 난 훨씬 커졌단 말이야."

앤은 데이비를 진정시키느라 메이플시럽을 두 숟가락 떠준 뒤 다시 말을 꺼냈다.

"물론 전 라벤더 아주머니가 예전에 어떻게 생겼는지는 모르지만, 왠지 많이 변했을 것 같진 않아요. 머리는 눈처럼 하얀데 얼굴은 생기가 넘쳐서 마치 소녀 같았어요. 사랑스러운 갈색 눈은 또 어떻고요. 나무 빛깔의 음영 속에는 반짝이는 황금빛도 섞여 있어서 정말 예뻤어요. 목소리는 새하얀 새틴 천이 스치는 소리와 물방울 소리, 요정의 종소리를 섞어놓은 것 같았어요."

"젊었을 땐 누구나 인정할 만큼 대단한 미인이었어. 라벤더를 잘 아는 건 아니지만, 내가 아는 한에서는 좋은 사람이라고 생각한다. 물론 그때도 어떤 사람들은 라벤더를 괴짜라고 했지. 데이비, 한 번만 더 그런 장난을 치면 다른 사람이 식사를 마칠 때까지 못 먹게 할 거다. 프랑스 사람들처럼 되고 싶니?"

앤과 마릴라가 쌍둥이 앞에서 대화할 때는 종종 데이비를 꾸짖는 일로 이야기가 끊기곤 했다. 접시에 남은 시럽을 숟가락으로 뜨기 어려워졌을 때, 데이비는 민망하게도 두 손으로 접시를 집어 들고 분홍색 작은 혀로 핥았다. 앤이 어이없어하며 데이비를 쳐다보자 어린 죄인은 부끄러워 벌게진 얼굴로 반항하듯 툴툴댔다.

"이렇게 먹으면 남기지 않아서 좋잖아."

앤이 다시 마릴라에게 말했다.

"남들과 다르면 괴짜라는 소릴 들어요. 라벤더 아주머니도 그런 면이 있죠. 확실히 평범하진 않아요. 하지만 콕 집어서 뭐가 다르다고 말하기는 힘들어요. 아마 나이를 먹지 않는 사람이라서 그런 것 같아요."

마릴라가 다소 거칠게 내뱉었다.

"사람은 또래와 같이 늙어가는 게 훨씬 낫다. 그러지 않으면 어디서도 어울릴 수 없는 법이야. 라벤더 루이스만 보더라도 세상에서 떨어져 나갔잖니. 모두가 자길 잊어버릴 때까지 그런 외딴 곳에서 살았어. 그 돌집은 이 섬에서 가장 오래된 집 중 하나야. 루이스의 할아버지가 잉글랜드에서 건너왔을 때 지었으니 80년은 족히 되었을걸? 데이비, 도라 팔꿈치 좀 그만 흔들지 못하겠니? 시치미 떼도 소용없다. 내가 똑똑히 봤으니까. 오늘 아침따라 도대체 왜 그러는 거니?"

데이비가 핑계를 댔다

"오늘 침대에서 나올 때 잘못된 방향으로 내려왔나 봐요. 밀티 볼터가 그러는데 아침에 그러면 그날은 되는 일이 없다고 걔네 할머니가 가르쳐주셨대요. 그런데 어느 쪽이 맞는 방향이에요? 그리고 침대가 벽에 붙어 있으면 어떻게 내려와야 해요? 궁금해요."

마릴라는 데이비의 말을 무시하고 이야기를 계속했다.

"난 스티븐 어빙과 라벤더 루이스의 사이가 왜 틀어졌는지 항상 궁금했다. 25년 전에 약혼한 건 확실하거든. 그러다 갑자기 파혼했지. 무슨 문제였는지는 모르겠지만 뭔가 심각한 일이 있었던 모양이야. 스티븐이 미국으로 가버리고 그 뒤로는 돌아오지 않았으니까."

"어쩌면 별로 대단한 일은 아니었을 수도 있어요. 인생에서는 종종 큰일보다 하찮은 일이 더 심각한 문제를 일으키니까요."

앤은 종종 경험으로는 쌓을 수 없는 통찰력을 보여주었다.

"그리고 린드 아주머니한테는 제가 그 집에 다녀온 이야기를 절대 하지 마세요. 린드 아주머닌 백 개도 넘는 질문을 해댈 게 뻔한데, 어쨌거나 전 그게 싫거든요. 라벤더 아주머니도 그걸 알면 별로 좋아하지 않으실 거예요."

"레이철은 분명 궁금해하겠지. 하지만 예전처럼 다른 사람 일에 참견할 시간은 없을 거야. 지금은 토머스 때문에 집에 묶여 있거든. 레이철은 무척 낙심해 있어. 남편이 나아질 거라는 희망을 접은 듯 보이더구나. 토머스한테 무슨 일이라도 생기면 레이철 혼자 외롭게 살아야 할 거야. 시내에 사는 엘리자를 빼면 자식들이 다 서부에 정착했으니까. 게다가 엘리자는 자기 남편을 별로 좋아하지 않아."

마릴라의 마지막 문장은 엘리자를 중상한 것이나 다름없었다. 그녀는 남편을 아주 많이 좋아했기 때문이다.

"레이철이 그러는데 토머스가 기운을 내고 나으려는 의지만 있다면 좋아질 거래. 하지만 해파리한테 똑바로 앉으라는 말을 해봤자 무슨 소용이 있겠니? 토머스 린드는 자신의 의지대로 무슨 일을 한 적이 없는 사람이야. 결혼하기 전까진 어머니가 하라는 대로만 했고 그 뒤로는 레이철에게 의존했으니까. 레이철 허락도 없이 병에 걸린 게 신기할 정도라니까. 아이고, 그런 식으로 말하면 안 되는데, 내가 무슨 소릴 하는 거니. 레이철은 좋은 아내야. 레이철이 없었으면 토머스는 아무것도 못 했을 게 뻔해. 태어났을 때부터 남의 말에 휘둘리면서 살았거든. 레이철 같이 똑똑하고 능력 있는 사람의 손에 맡겨진 건 정말 다행이야. 토머스는 레이철이 뭘 시켜도 아무런 불만이 없었어. 무슨 일이건 스스로 결정하는 수고를 던 거니까. 데이비, 뱀장어처럼 꼼지락대지 좀 마라."

데이비가 볼멘소리를 했다.

"할 일이 없단 말이에요. 배가 불러서 이젠 더 먹을 수도 없고, 아주머니하고 앤 누나가 먹는 걸 보는 일도 재미없어요."

마릴라가 말했다.

"그럼 도라를 데리고 밖에 나가서 암탉한테 모이를 주렴. 지난번처럼 흰 수탉의 꽁지깃을 뽑으려고 해선 안 돼."

"인디언 머리 장식을 만들려면 깃털이 있어야 해요. 밀티 볼터는 멋진 머리 장식을 갖고 있어요. 걔네 엄마가 털이 하얗고 늙은 칠면조를 잡을 때 준 깃털로 만든 거예요. 나도 몇 개만 뽑게 해주세요. 수탉의 몸엔 깃털이 아주 많잖아요. 아마 자기가 원하는 것보다 많을 거예요."

앤이 말했다.

"다락방에 있는 낡은 깃털 먼지떨이를 가져도 돼. 그걸 초록, 빨강, 노랑으로 물들여줄게."

"넌 저 아이를 너무 버릇없게 만드는 것 같구나."

데이비가 환한 얼굴로 새침한 도라의 뒤를 따라 나가자 마릴라가 말했다. 마릴라의 교육관은 지난 6년 동안 장족의 발전을 이루었지만, 아이가 원한다고 해서 뭐든 들어주는 것은 좋지 않다는 생각을 고수하고 있었다.

"데이비네 반 남자아이들은 모두 인디언 머리 장식을 갖고 있어요. 그래서 데이비도 갖고 싶어 하는 거예요. 전 그게 어떤 기분인지 알아요. 저도 다른 여자아이들처럼 퍼프소매 옷이 얼마나 입고 싶던지, 그때의 심정을 절대 잊지 못할 거예요. 그리고 데이비의 버릇이 나빠지고 있는 것도 아니에요. 도리어 하루하루 나아지는 중이죠. 1년 전 여기 왔을 때보다 얼마나 많이 달라졌는지 생각해보세요."

"확실히 학교에 다니기 시작한 뒤로는 장난을 덜 치는구나. 다른 아이들과 어울려서 노느라고 그런 것 같다. 그런데 리처드 키스한테는 소식이 없네. 참 이상하지. 지난 5월 이후론 편지 한 통도 없었어."

앤이 식탁을 치우기 시작하면서 한숨을 쉬었다.

"전 연락이 올까 봐 겁이 나요. 편지가 오면 봉투를 쉽사리 뜯을 수 없을 것 같아요. 혹시라도 쌍둥이를 보내달라고 적혀 있을까 싶어서요."

한 달 뒤에 편지가 도착했다. 하지만 리처드 키스가 아니라 그의 친구가 보낸 것이었다. 편지에는 리처드 키스가 2주 전에 폐병으로 사망했다는 내용이 담겨 있었다. 편지를 쓴 사람은 리처드 키스의 유언집행자이기도 했다. 유언장에는 데이비드 키스와 도라 키스가 성년이 되거나 결혼할 때까지 마릴라 커스버트에게 2천 달러를 맡길 것이며, 그동안의 이자는 아이들을 양육하는 데 써달라고 적혀 있었다.

"죽음과 관련된 일로 기뻐하는 건 도리에 어긋나지만, 우리가 쌍둥이를 키울 수 있게 되어 정말 기뻐요. 물론 키스 씨가 돌아가신 건 참 안됐어요."

앤이 차분하게 말하자 마릴라는 현실적인 면을 이야기했다.

"그 돈이 있어서 정말 다행이야. 나도 아이들을 키우고 싶었지만 자라면서 양육비가 점점 많이 들 텐데 어떻게 돈을 마련해야 할지 막막했거든. 농장을 빌려주고 받는 돈이라야 생활비로 쓰면 끝이고, 네가 버는 돈은 한 푼도 쌍둥이에게 쓰지 않으려고 마음먹었단다. 지금도 넌 아이들에게 지나치리만큼 잘해주고 있어. 도라에게 새 모자도 사줬잖니. 고양이한테 꼬리가 두 개씩 필요하지 않은 것처럼 도라도 마찬가지야. 하지만 이제 돈 문제가 해결되었으니 아이들을 걱정 없이 키울 수 있겠구나."

데이비와 도라는 초록지붕집에서 '영원히' 살게 되었다는 말을 듣고 무척 기뻐했다. 그에 비하면 한 번도 보지 못한 외삼촌의 죽음은 별로 중요한 문제가 아니었다. 하지만 도라는 한 가지 불안한 생각이 들었다.

도라가 작은 소리로 앤에게 물었다.

"리처드 외삼촌은 무덤에 묻혔지?"

"그럼, 도라. 물론이지."

도라는 여전히 불안해하며 소곤거렸다.

"저기, 앤 언니. 그분은 미러벨 코튼의 삼촌 같진 않겠지? 묻힌 뒤에도 집 안을 돌아다니진 않겠지? 그렇지?"

23장

라벤더의 로맨스

"오늘 저녁에 산책 삼아 메아리 오두막에 다녀오려고요."

12월의 어느 금요일 오후에 앤이 말했다. 마릴라가 걱정스러운 얼굴로 쳐다보았다.

"눈이 올 것 같은데, 괜찮을까?"

"눈이 내리기 전에 도착해서 하룻밤 자고 올 생각이에요. 다이애나는 집에 손님이 와서 같이 못 간대요. 라벤더 아주머니는 오늘 밤에 제가 오길 기다릴 거예요. 거기 다녀온 지도 벌써 두 주나 됐는걸요."

앤은 10월의 첫 방문 이후로 메아리 오두막에 자주 들렀다. 앤과 다이애나는 마차를 타고 길을 돌아서 가기도 했고 숲을 지나 걸어가기도 했다. 다이애나가 갈 수 없을 때에는 앤 혼자 갔다. 앤과 라벤더 사이에는 서로에게 힘이 되는 따뜻한 우정이

싹텄다. 여전히 젊은이처럼 풋풋한 마음과 영혼을 간직한 여인 그리고 경험의 부족을 상상력과 직관으로 메울 수 있는 처녀 사이에서만 피어날 수 있는 우정이었다. 마침내 앤은 진정으로 '마음이 맞는 사람'을 발견했으며, 세상과 동떨어진 채 외롭고 꿈속 같은 삶을 살던 자그마한 여인 라벤더는 앤과 다이애나가 가져온 바깥세상의 건강한 기쁨과 활기를 맛보게 되었다. 넷째 샬로타는 가장 밝은 미소로 두 사람을 맞이했다. 어찌나 활짝 웃던지 입이 찢어지지는 않을까 염려될 정도였다. 두 사람이 반갑기도 했지만, 그들의 방문이 사랑하는 여주인에게도 좋은 일이었기 때문이다. 아름다운 가을 날씨가 늦게까지 계속되는 동안 이 작은 돌집에서 전에 없이 '신나는 일'이 일어났다. 그해에는 11월인데도 10월이 다시 온 듯했으며, 12월이 되어도 마치 한여름처럼 햇살이 비치고 아지랑이가 피어오르는 것 같았다.

하지만 이날의 날씨는 12월이 겨울이라는 사실을 일깨워주는 듯했다. 하늘이 갑자기 흐리고 어둑어둑해지면서 곧 눈이 올 것처럼 바람 한 점 없이 고요하기만 했기 때문이다. 이런 날씨에도 앤은 거대한 회색빛 미로 같은 너도밤나무 숲을 즐겁게 걸어갔다. 혼자였지만 조금도 외롭지 않았다. 앤은 상상으로 길동무를 잔뜩 만들었고, 이들과 함께 길을 걸으며 즐거운 이야기를 나누었다. 이들과 주고받는 대화는 현실 세계에서 나누는 것보다 재치 있고 매력적이었다. 안타깝게도 현실 세계에서는 제대로 된 대화를 충분히 나누지 못하는 경우가 종종 있었다. 반면에 마음이 맞는 이들이 모인 '가상의 세계'에서는 듣고 싶은 이야기를 실컷 들을 수 있으며, 하고 싶은 이야기를 마음껏 할 수 있다. 앤은 눈에 보이지 않는 길동무들과 함께 숲을 가로질러 전나무 오솔길에 이르렀다. 바로 그 시간에 커다랗고 솜털 같은 눈송이들이 부드럽게 날리기 시작했다.

첫 번째 모퉁이를 돌았을 때 넓게 가지를 펼친 커다란 전나무 아래 있던 라벤더와 마주쳤다. 그녀는 따뜻하고 두툼한 빨간 가운을 입고, 머리와 어깨에 은회색 실크 숄을 둘렀다. 이 모습을 본 앤이 들뜬 목소리로 소리쳤다.

"아주머니는 전나무 숲의 요정 여왕 같아요."

라벤더도 앤을 반기며 뛰어왔다.

"앤, 오늘 밤엔 네가 올 것 같았단다. 오늘은 두 배로 기쁘구나. 넷째 샬로타가 집에 없거든. 그 아이는 어머니가 아파서 집에 갔단다. 하룻밤 자고 온다고 했어. 네가 오지 않았다면 난 정말 외로웠을 거야. 꿈이나 메아리도 친구가 되기엔 부족했겠지. 어머나, 앤. 너 진짜 예쁘구나. 정말 예쁘고 젊은 아가씨야! 열일곱 살은 참 멋진 때지. 네가 얼마나 부러운지 몰라."

라벤더는 걸어오느라고 두 뺨이 부드러운 장밋빛으로 물든 키 크고 날씬한 소녀를 올려다보았다. 앤도 미소를 지었다.

"하지만 아주머니도 마음은 아직 열일곱 살이잖아요."

라벤더가 한숨을 쉬었다.

"아니, 난 늙었어. 적어도 이젠 중년이지. 그게 더 나쁜 거지만…. 아닌 척하고 지내다가도 문득문득 깨달을 때가 있단다. 그리고 난 여느 여자들처럼 그 사실을 받아들일 수 없어. 처음 흰머리를 발견했을 때도 그랬는데, 지금도 저항하고 있는 거야. 자, 앤. 그렇게 이해하려고 애쓰는 얼굴은 하지 마라. 열일곱 살에게는 무리야. 하지만 지금은 나도 열일곱 살인 척할 생각이다. 네가 여기 있으니까 그렇게 할 수 있어. 언제나 넌 손에 선물을 들고 오듯 젊음을 가져다주거든. 오늘 저녁은 즐거운 시간을 보내자꾸나. 우선 차를 마실까? 무슨 차가 좋겠니? 네가 좋아하는 거라면 다 있어. 맛있고 소화 잘되는 음식도 생각해봐."

그날 밤 작은 돌집에서는 왁자지껄 떠드는 소리와 즐거운 웃음소리가 흘러나왔다. 요리를 해서 배불리 먹고 사탕도 만들며 '상상 놀이'를 했다. 라벤더와 앤은 45세의 독신 여성과 점잖은 학교 선생님에 걸맞지 않은 모습으로 그날을 마음껏 즐겼다. 그러다가 조금 피곤해지자 응접실 벽난로 앞 깔개에 앉았다. 부드러운 불빛이 주위를 밝혔고, 라벤더가 만들어 벽난로 위에 놓은 장미 꽃병에서는 달콤한 향기가 풍겨 나왔다. 점점 거세진 바람은 처마 주위에서 윙윙거리며 휘몰아쳤고, 눈송이가 무서운 기세로 창문에 부딪치는 모습은 수많은 눈보라 요정들이 집으로 들어오겠다며 문을 두드리는 것 같았다.

라벤더가 사탕을 깨물며 말했다.

"앤, 네가 와줘서 정말 기뻐. 네가 없었으면 난 무척 우울하게 있었을 거야. 죽을 만큼 우울했겠지. 해가 비치는 동안에는 꿈을 꾸거나 우울하지 않은 척할 수 있어. 하지만 어두워지고 폭풍우가 칠 때는 그런 것들로 만족할 수 없지. 그럴 땐 진짜 상대를 원하게 돼. 하지만 넌 잘 모를 거야. 열일곱 살은 절대로 알 수 없거든. 그때는 꿈만으로도 만족할 수가 있어. 꿈을 실현할 미래가 기다리고 있으니까. 나도 열일곱 살 때, 마흔다섯의 내가 변변한 것도 없이 꿈만 꾸면서 지내는 백발의 노처녀가 되어 있으리라고는 생각도 못 했단다."

앤이 우수에 젖은 라벤더의 갈색 눈동자를 향해 미소 지었다.

"하지만 아주머니는 노처녀가 아니에요. 노처녀는 타고나는 것이지 나중에 되는 게 아니거든요."

"누군가는 노처녀로 태어나고, 누군가는 노처녀를 성취하며, 또 누군가는 노처녀로 떠밀리기도 하지."•

라벤더의 절묘한 패러디에 앤은 웃음을 터뜨렸다.

"그럼 아주머니는 노처녀를 성취한 분이네요. 그 일을 너무나 아름답게 해내셨잖아요. 만약 노처녀들이 모두 아주머니 같다면, 노처녀 되는 게 유행할지도 모르겠어요."

라벤더가 생각에 잠긴 얼굴로 말했다.

"난 무엇이든 최선을 다하는 게 좋아. 그럴 수밖에 없다면 아주 멋진 노처녀가 되기로 마음먹었지. 사람들은 나를 괴짜라고 부르지만 그건 내가 전통을 따르지 않고 나만의 방식으로 노처녀 생활을 하기 때문이야. 앤, 혹시 스티븐 어빙하고 내 이야기를 알고 있니?"

"네. 두 분이 전에 약혼하셨다고 들었어요."

"그래, 우린 약혼했었지. 25년 전이니까, 아주 오래전 일이야. 우린 새해 봄에 결혼하기로 했었어. 난 웨딩드레스까지 만들었단다. 그 사실을 아는 사람은 어머니와 스티븐뿐이야. 우린 아

• 셰익스피어의 희곡 〈십이야〉에 나오는 대사 중 "누군가는 높은 신분으로 태어나고, 누군가는 높은 신분을 성취하며, 또 누군가는 높은 신분으로 떠밀리기도 하지"를 패러디한 것이다.

주 어렸을 때부터 약혼한 상태였다고 할 수 있어. 스티븐이 어린아이였을 때 어머니랑 같이 우리 집에 왔었지. 스티븐이 두 번째로 우리 집에 왔을 땐 그가 아홉 살이고 내가 여섯 살이었는데, 그는 정원에서 어른이 되면 나와 결혼하기로 굳게 결심했다고 말했어. 내가 '고마워'라고 대답했던 기억이 나. 그가 돌아간 뒤 난 어머니에게 이제 큰 걱정을 덜었다고 진지하게 이야기했지. 이제는 노처녀가 될까 봐 무서워하지 않아도 된다고. 가엾은 우리 어머니가 얼마나 웃으시던지!"

앤이 숨 돌릴 틈도 없이 물었다.

"그런데 무슨 일 때문에 사이가 어긋났던 거예요?"

"그저 바보 같고 어리석고 흔해 빠진 말다툼을 했어. 너무도 하찮은 일이라 넌 믿을 수 없을 거야. 어떻게 시작되었는지 이젠 기억도 안 나. 누가 더 잘못했는지도 모르겠고. 아마도 시작한 건 스티븐이었지만 내가 어리석은 짓을 해서 그를 자극했던 것 같아. 스티븐에게는 경쟁자가 한두 명 있었거든. 난 허영심이 많고 애교를 떠는 아가씨였던 터라 그를 애태우게 만들고 싶었어. 하지만 그는 감수성이 예민하고 상처를 잘 받는 사람이었지. 음, 우린 상대방에게 화를 내면서 헤어졌어. 하지만 난 모든 게 제자리로 돌아갈 거라 여겼단다. 스티븐이 그렇게 빨리 돌아오지만 않았어도 내 예상대로 됐을 거야. 앤, 이런 말을 하는 건 좀 그렇지만…"

라벤더는 자신이 살인을 좋아하는 사람이라고 고백이라도 하듯이 목소리를 낮췄다.

"나는 굉장히 잘 토라지는 성격이거든. 어머, 그렇게 웃지는

마. 그냥 그렇다는 거니까. 자꾸 그러면 나 토라질지도 몰라. 아무튼 스티븐은 내 마음이 풀리기도 전에 돌아왔어. 난 그의 말을 들으려 하지 않았고, 그를 용서하려 하지도 않았지. 그래서 결국 그는 영영 가버린 거야. 다시 돌아오기에는 자존심이 너무 강했거든. 그가 돌아오지 않아서 난 다시 토라져버렸어. 내가 먼저 편지를 쓸 수도 있었지만 그렇게까지 굽히고 싶지는 않더라. 나도 그 못지않게 자존심이 강했거든. 자존심이 강한 것과 잘 토라지는 건 아주 나쁜 조합이야. 그 뒤로 난 다른 사람을 절대 좋아할 수 없었고 그러고 싶지도 않았어. 스티븐 어빙이 아닌 다른 사람과 결혼할 바에는 천년 동안 노처녀로 지내는 편이 낫겠다고 생각했지. 물론 지금은 모든 게 꿈만 같아. 그렇게 딱하다는 얼굴은 하지 마, 앤. 넌 열일곱 살이니까 지금처럼 동정하는 표정을 지을 수 있겠지. 하지만 유난을 떨지 않아도 돼. 비록 실연을 당했어도 지금 난 아주 행복하고 만족스럽게 살고 있거든. 스티븐 어빙이 돌아오지 않을 거라는 사실을 깨달았을 땐 가슴이 찢어졌어. 가슴이 정말 찢어질 수 있는 것이라면 그렇게 됐을 거야. 하지만 앤, 현실에서 가슴이 찢어지는 아픔은 책에 묘사된 것처럼 그리 심하진 않아. 말하자면 이가 아픈 것하고 비슷해. 물론 넌 별로 낭만적인 비유가 아니라고 생각할 거야. 이따금 통증이 계속되어 잠을 이루지 못하겠지만 그 사이사이엔 아무 일도 없었던 것처럼 삶과 꿈과 메아리와 땅콩사탕을 즐길 수 있어. 좀 실망한 얼굴이구나. 5분 전만 해도 내가 늘 아픈 기억에 시달리지만 겉으로는 꿋꿋하게 미소를 짓는다고 믿었는데, 지금은 그 절반도 흥미롭지 않은 사람이라고 생각하는

것 같네. 그게 실제 삶의 가장 나쁜 점이기도 하고 가장 좋은 점이기도 하단다. 삶은 사람을 비참하게만 내버려두지는 않아. 편안하게 살아갈 힘을 주고 결국은 성공하게 만들지. 불행하고 낭만적으로 살겠다고 아무리 마음을 먹어도 마찬가지야. 그런데 이 사탕 정말 맛있지 않니? 이미 너무 많이 먹은 것 같지만, 몸에 나쁘건 말건 더 먹을 거야."

라벤더는 잠시 동안 침묵했다가 불쑥 입을 열었다.

"네가 여기 처음 온 날에 해준 스티븐의 아들 이야기를 듣고 많이 놀랐단다. 그 뒤로 네게 그 아이 이야기를 꺼낼 순 없었지만, 실은 무척 궁금해졌어. 대체 어떤 아이니?"

"제가 이제껏 만난 아이 중에서 가장 사랑스럽고 귀여워요. 그 아이도 상상을 즐겨 하죠. 아주머니랑 저처럼요."

라벤더가 마치 혼잣말을 하듯 속삭였다.

"만나보고 싶구나. 여기서 나랑 같이 살고 있는 꿈속의 아이와 닮았는지 궁금해."

"폴이 보고 싶으시다면 언제 한번 데려올게요."

"보고 싶어. 하지만 너무 빨리 데려오지는 마라. 마음의 준비를 해야 하거든. 그 아이가 스티븐을 많이 닮았다면 기쁨보다 고통이 클지도 몰라. 아니, 닮지 않았다고 해도 마찬가지일 거야. 그러니 한 달 정도 후에 데려와주렴."

그 말대로 한 달 뒤에 앤과 폴은 숲을 지나 돌집으로 향했고 오솔길에서 라벤더와 만났다. 두 사람이 올 줄 몰랐던 라벤더는 얼굴이 하얗게 질렸다.

"그래, 이 아이가 스티븐의 아들이구나. 이 아이는… 이 아이는 아빠를 쏙 빼닮았는걸."

라벤더는 멋진 털외투를 입고 모자를 쓴 아름다운 소년의 손을 꼭 잡았다.

폴이 스스럼없이 대답했다.

"다들 제가 아빠와 판박이라고 그래요."

이 모습을 지켜보던 앤은 안도의 한숨을 내쉬었다. 라벤더와 폴이 어떤 어색함이나 거리낌 없이 서로를 받아들였다는 사실을 확인했기 때문이다. 라벤더는 꿈과 낭만을 간직한 사람이었지만 동시에 분별 있는 어른이기도 했다. 그래서 처음에는 약간 동요했지만 곧바로 자신의 감정을 숨기고, 집에 놀러온 여느 아이에게 하듯 밝고 자연스럽게 폴을 대했다. 세 사람은 함께 즐거운 오후를 보냈고 저녁으로 기름진 음식까지 먹었다. 만약 어빙의 할머니가 봤다면 폴의 소화기관을 망가뜨릴 거라며 기겁을 하고 치워버렸음 직한 음식이었다.

"또 오렴, 얘야."

라벤더가 악수를 하면서 작별 인사를 건네자 폴이 진지하게 대답했다.

"아주머니만 좋다면 제게 입맞춤하셔도 돼요."

라벤더는 몸을 굽혀서 폴에게 입을 맞추며 속삭였다.

"내가 입맞춤하고 싶은 걸 어떻게 알았니?"

"우리 엄마가 제게 입맞춤하고 싶을 때 짓는 표정으로 아주머니가 절 바라보셨으니까요. 전 누가 제게 입을 맞추는 걸 별로 좋아하지 않아요. 남자아이들은 다 그렇잖아요. 하지만 아주머니라면 괜찮을 것 같았어요. 그리고 꼭 다시 올게요. 아주머니

와 특별한 친구가 되고 싶어요. 싫지 않으시다면요."

"내, 내가 싫어할 리는 없지 않겠니."

라벤더는 이렇게 말한 뒤 돌아서서 급히 집으로 들어갔다. 하지만 잠시 후 창가에 나타나 밝게 미소 지으며 손을 흔들었다.

두 사람이 너도밤나무 숲을 지나고 있을 때 폴이 말했다.

"전 라벤더 아주머니가 좋아요. 아주머니가 절 바라보는 느낌도 좋고 돌집도 좋아요. 넷째 샬로타 누나도 마음에 들어요. 할머니가 메리 조 누나 대신 샬로타 누나를 썼으면 좋겠어요. 저 누나라면 제 머리에 문제가 있다고 여기지 않을 거예요. 선생님, 우리 정말 맛있게 먹었죠? 할머니는 남자아이라면 뭘 먹을까 생각해서는 안 된다고 말씀하시지만, 정말 배가 고플 때는 생각할 수밖에 없어요. 선생님은 이해하실 거예요. 라벤더 아주머니는 아이가 싫다고 하는데도 억지로 아침에 죽을 먹이시진 않을 것 같아요. 좋아하는 걸 만들어주시겠죠. 물론 아이에게 별로 바람직한 일은 아니겠지만 가끔씩은 그렇게 해도 좋을 거예요. 제 말이 맞죠, 선생님?"

폴은 역시 마음가짐이 바른 아이였다.

24장

우리 마을 예언자

5월 어느 날 에이번리 사람들은 샬럿타운에서 발간되는 『데일리 엔터프라이즈』에서 '관찰자'라는 이름의 필자가 쓴 '에이번리 소식'을 보고 술렁거렸다. 그 기사를 쓴 사람이 찰리 슬론이라는 소문도 있었는데, 이는 찰리가 전에도 이런 글을 쓴 적이 있었고, 기사 중에는 길버트 블라이드를 비웃는 듯한 내용도 있었기 때문이다. 에이번리의 젊은이들은 길버트 블라이드와 찰리 슬론이 회색 눈을 가진 상상력이 풍부한 아가씨의 마음을 얻기 위해 경쟁한다고 여겼다.

떠도는 이야기가 대체로 그러하듯이 이번 소문도 사실이 아니었다. 그 기사를 쓴 사람은 길버트 블라이드였기 때문이다. 길버트는 앤의 부추김과 도움에 힘입어 글을 썼고, 자신을 맹목적인 인물로 묘사한 내용을 일부러 집어넣었다. 그중에 지금 할

이야기와 관련 있는 기사는 다음 두 가지다.

데이지꽃이 피기 전 우리 마을에서 결혼식이 열린다는 소
문이 있다. 새로 이사 온 무척 존경받는 시민이 이곳에서
가장 인기 있는 숙녀와 화촉을 밝힐 예정이다.

우리 마을의 저명한 일기예보관인 에이브 아저씨는 5월
23일 저녁에 천둥과 번개를 동반한 폭풍우가 거세게 몰아
칠 것이라고 단언했다. 폭풍우는 오후 7시 정각에 시작될
것이라고 한다. 이 지역 대부분이 폭풍우의 영향권에 들 것
으로 보인다. 그날 밤 외출하실 분들은 우산과 비옷을 챙기
는 것이 좋을 듯싶다.

"에이브 아저씨가 올봄에 폭풍우가 온다고 예보한 건 사실이
야. 그런데 해리슨 아저씨가 진짜로 이저벨라 앤드루스를 만나
러 간다고 생각하니?"

길버트가 묻자 앤이 웃으며 말했다.

"아니. 아저씨는 앤드루스 아저씨와 체스를 두러 갈 뿐이지.
그런데 린드 아주머니는 이저벨라 앤드루스가 올봄에 몹시 들
떠 있는 걸 보고는 결혼할 게 뻔하다고 말씀하시는 거야."

가엾은 에이브 아저씨는 이 기사를 보고 '관찰자'가 자신을 놀
리는 것 같아서 조금 화가 났다. 자신은 폭풍우를 예측하면서
날짜까지 못 박지는 않았다고 주장했지만, 아무도 그의 말을 믿
지 않았다.

여느 때처럼 잔잔하고 단조로운 생활이 계속되던 에이번리에서 어느 날 '나무 심기' 행사가 열렸다. 개선협회가 식목일을 기념해서 개최한 것이다. 회원들은 관상용 나무를 한 사람이 다섯 그루씩 직접 심거나 다른 사람에게 부탁했다. 개선협회의 회원 수가 40명이었기 때문에 전부 합해 200그루의 묘목을 심을 수 있었다. 불그스름했던 들판에는 귀리가 파릇파릇한 싹을 틔우고 있었다. 사과 과수원에는 꽃을 활짝 피운 나뭇가지가 농가를 향해 뻗어 있었고, '눈의 여왕'도 남편을 맞는 신부처럼 자신을 치장했다. 앤은 바람을 타고 얼굴에 맴도는 벚꽃 향기를 맡고 싶어서 밤새도록 창문을 열어두곤 했다. 앤은 이것을 매우 낭만적인 행동이라고 생각했지만, 마릴라는 목숨을 위협하는 짓이라고 여겼다.

어느 날 밤, 앤과 마릴라는 현관 앞 계단에 앉아 개구리들의 감미로운 은빛 합창에 귀를 기울이고 있었다. 앤이 마릴라에게 말했다.

"추수감사절은 봄에 지내야 해요. 모든 것이 죽거나 잠든 11월보다는 훨씬 나을 것 같아요. 11월에는 감사해야 한다는 사실을 떠올리려고 노력해야 하지만, 5월에는 저절로 감사하게 되죠. 모든 게 살아 있으니까요. 하와가 에덴동산에서 선악과를 먹기 전에 가졌을 법한 기분을 저도 똑같이 느끼고 있어요. 저기 골짜기에 있는 풀은 초록색일까요 아니면 황금색일까요? 꽃이 활짝 피고 바람도 너무나 들떠서 어디로 가야 할지 모르는 것 같아요. 참 아름답죠? 이렇게 진주처럼 빛나는 날은 천국에 못지않을 거예요."

마릴라는 아연실색하면서 쌍둥이가 앤의 말을 듣고 있는 것은 아닌지 확인이라도 하려는 듯 주위를 둘러보았다. 때마침 쌍둥이가 집 모퉁이를 돌아오고 있었다.

"아주 좋은 냄새가 나는 밤이야."

데이비는 기분 좋은 듯 코를 킁킁거리면서 더러운 손으로 괭이를 흔들었다. 데이비는 지금까지 자기 밭에서 일하고 있었다. 그해 봄 마릴라는 흙장난을 좋아하는 데이비의 관심을 쓸모 있는 방향으로 돌리기 위해서 쌍둥이에게 마당을 한 귀퉁이씩 떼어 주었다. 두 아이는 성격대로 정성스럽게 밭을 가꾸었다. 도라는 체계적으로 차분하게 씨를 뿌리고 잡초를 뽑고 물을 주었다. 그 결과 도라의 밭에는 벌써 푸른 싹이 돋아났으며 채소와 한해살이 꽃들이 깔끔하고 질서 정연하게 줄을 이루었다. 하지만 데이비는 의욕만 앞서서 대중없이 땅을 파헤치고 괭이질을 하고 갈퀴로 긁어내고 물을 주고 옮겨 심었다. 그래서 뿌린 씨가 자라날 틈이 없었다.

"데이비, 네 밭은 어떻게 돼가고 있니?"

앤의 질문에 데이비는 한숨을 쉬었다.

"너무 늦게 자라는 것 같아. 왜 그런지 모르겠어. 밀티 볼터는 내가 달빛이 없을 때 씨를 뿌렸기 때문이래. 그런 날에는 씨를 뿌리거나 돼지를 잡거나 머리카락을 자르는 것같이 중요한 일을 하면 안 된다고 그랬어. 앤 누나, 그게 정말이야? 궁금해."

"네가 하루걸러 한 번씩 작물을 뿌리째 뽑아서 다른 쪽 끝은 어떻게 됐는지 보지만 않았어도 훨씬 잘 자랐을 거다."

마릴라가 비꼬자 데이비가 발끈하며 진지하게 결론지었다.

"난 여섯 개밖에 안 뽑았어요. 뿌리에 벌레가 있는지 보려고 한 거예요. 밀티 볼터가 그러는데 잘 자라지 않는 게 달 때문이 아니라면 벌레 때문일 거랬어요. 근데 벌레는 한 마리밖에 없었어요. 정말 크고 진득진득하고 구불거리는 벌레였어요. 그 녀석을 돌 위에 놓고 다른 돌로 납작하게 눌러버렸죠. 아주 기분 좋게 으깨졌어요. 한 마리밖에 없어서 속상했고요. 도라도 나랑 같은 날에 씨를 뿌렸는데, 걔 거는 아주 잘 자라고 있어요. 그러니까 달 때문이 아니에요."

앤이 말했다.

"마릴라 아주머니, 저 사과나무 좀 봐요. 어쩜 저렇게 사람 같을까요? 긴 팔을 뻗어 분홍색 치맛자락을 우아하게 잡아 올리면서 우리가 찬사를 보내길 기다리고 있어요."

마릴라가 만족스러운 얼굴로 말했다.

"저 노란 사과나무에는 열매가 늘 많이 열렸지. 올해도 사과가 잔뜩 열릴 거야. 정말 고마운 일이다. 파이를 만들기에도 참 좋거든."

하지만 머지않아 일어난 사건 때문에 마릴라도 앤도 그리고 어느 누구도 그해에는 노란 사과로 파이를 만들 수 없었다.

5월 23일이 되었다. 때아니게 무더운 날이었다. 비좁은 에이번리 학교의 교실에서 문법이며 분수와 씨름하던 앤과 어린 학생들은 누구보다 심하게 더위를 느꼈다. 오전 내내 후덥지근한 바람이 불어오더니 오후가 되자 바람이 잠잠해지면서 무거운 고요함만 감돌았다. 3시 30분경에 앤은 아득하게 울리는 천둥소리를 들었다. 그래서 폭풍우가 몰아치기 전에 아이들이 귀가 할 수 있도록 즉시 수업을 끝냈다.

모두 운동장으로 나갔을 때 해는 여전히 밝게 비추고 있었지만 앤은 그림자와 어둠이 곧 세상을 뒤덮으려 한다는 사실을 알아차렸다. 애네타 벨이 불안한 듯 앤의 손을 잡았다.

"아, 선생님. 저 무서운 구름 좀 보세요!"

앤도 구름을 보고는 깜짝 놀라 소리를 질렀다. 북서쪽 하늘에서 이제껏 본 적 없었던 거대한 구름이 맹렬한 기세로 몰려오고 있었다. 시커먼 구름의 말려 올라간 가장자리는 섬뜩하리만큼 창백한 흰색이었다. 그런 구름이 맑고 푸른 하늘을 뒤덮고 있는 모습은 뭐라 말할 수 없을 정도로 무시무시했다. 이따금씩 한 줄기 번개가 쳤고, 사나운 천둥소리가 그 뒤를 따랐다. 구름이 너무 낮게 드리워져 있어서 숲이 우거진 언덕 꼭대기에 금세 닿을 것만 같았다.

하면 앤드루스 씨가 덜커덩거리는 짐마차를 타고 잿빛 말을 전속력으로 다그치면서 언덕을 올라왔다. 그는 학교 맞은편에서 고삐를 당겨 말을 세우더니 크게 소리쳤다.

"앤, 에이브 아저씨의 예언이 난생처음 들어맞을 것 같다. 그 사람이 말한 것보다 조금 이르지만, 어쨌든 그런 조짐이 보이는구나. 저런 구름을 본 적 있니? 자, 집이 나랑 같은 방향인 애들은 이 마차에 타라. 집이 먼 아이들은 얼른 우체국으로 가서 비가 그칠 때까지 기다리는 게 좋겠다."

앤은 데이비와 도라의 손을 잡고 날듯이 언덕을 내려왔다. 자작나무 길을 따라 제비꽃 골짜기와 버들 연못을 지나서 쌍둥이가 통통한 다리로 달릴 수 있는 가장 빠른 속도로 집에 갔다. 가까스로 늦지 않게 도착한 이들은 오리와 닭을 막 우리에 몰아 넣은 마릴라와 문 앞에서 만났다. 네 사람이 부엌으로 뛰어 들어가는 순간, 거대한 입김이 불어와 꺼뜨린 것처럼 주위의 빛이 사라져버렸다. 엄청난 구름이 몰려와 태양을 가리면서 늦은 황혼 무렵 같은 어둠이 온 세상을 뒤덮은 것이다. 동시에 요란한 천둥과 눈이 멀 정도의 번개가 치고 우박이 쏟아져 내리면서 바깥 풍경을 새하얗게 덮어버렸다.

폭풍우의 굉음과 함께 부러진 나뭇가지가 집을 때렸고 유리창이 깨지는 날카로운 소리도 들려왔다. 3분쯤 지나자 서쪽과 북쪽으로 난 유리창은 모두 깨지고 그 틈으로 우박이 쏟아져 들어와 바닥을 뒤덮었다. 가장 작은 것도 달걀만큼이나 컸다. 폭풍우는 45분 동안 기세가 조금도 수그러들지 않고 휘몰아쳤다. 이 상황을 겪은 사람은 평생 잊지 못할 만큼 아찔한 순간이었다. 마릴라는 난생처음 극심한 공포에 빠져서 평정심을 잃었다. 그녀답지 않게 덜덜 떨면서 부엌 구석의 흔들의자 옆에 꿇어앉아 귀청이 터질 듯한 천둥소리 사이사이로 숨을 몰아쉬면서 흐느꼈다. 앤도 백지장처럼 얼굴이 하얗게 질린 채 소파를 창가에서 먼 곳으로 끌고 와서 쌍둥이를 양쪽에 끼고 앉아 있었다. 데이비는 유리가 처음 깨지는 순간 크게 울부짖었다.

"앤 누나, 앤 누나. 오늘이 '심판의 날'이야? 누나, 앤 누나. 난 일부러 나쁜 짓을 한 건 아니었어."

그러고는 작은 몸을 부들부들 떨면서 앤의 무릎에 얼굴을 묻었다. 도라는 얼굴이 조금 창백해졌지만 침착한 태도로 앤의 손을 꼭 잡고 조용히 앉아 있었다. 설령 지진이 일어난다 해도 도라는 당황하지 않을 것 같았다.

폭풍우는 시작했을 때처럼 갑자기 그쳤다. 우박도 멎고 천둥도 점점 희미한 소리를 내며 동쪽으로 물러갔다. 태양은 다시 세상을 환하게 비추기 시작했다. 그 짧은 시간에 이처럼 달라질 수 있는지 의아할 만큼 세상은 터무니없이 변해 있었다.

무릎을 꿇고 있던 마릴라는 힘없이 몸을 떨며 일어나더니 안락의자에 쓰러지듯 주저앉았다. 초췌한 얼굴 때문에 10년은 더 늙어 보였다.

"모두 무사히 살아남은 거지?"

마릴라가 무거운 얼굴로 물었다. 평소의 모습을 거의 되찾은 데이비가 기운차게 소리를 질렀다.

"당연하죠. 난 하나도 무섭지 않았어요. 처음에만 그랬죠. 너무 갑작스러운 일이었으니까요. 원래 월요일날 테디 슬론과 싸우기로 했는데, 재빨리 마음을 고쳐먹었어요. 하지만 지금은 그냥 싸울 생각이에요. 야, 도라. 너 무서웠어?"

도라가 새침하게 말했다.

"응, 조금. 하지만 앤 언니 손을 꼭 잡고 계속 기도했어."

"뭐, 나도 생각이 났으면 기도했을 거야. 하지만…."

데이비는 의기양양하게 덧붙였다.

"보다시피 난 기도도 안 했는데 너처럼 멀쩡하잖아."

앤은 마릴라에게 과실주를 한 잔 가득 따라주었다. 앤은 이 술이 얼마나 독한지 어린 시절에 겪었던 소동을 통해 알고 있었다. 그러고 나서 모두 밖으로 나갔다. 그들의 눈앞에 낯선 풍경이 펼쳐졌다.

저 멀리까지 우박이 무릎 높이로 하얀 카펫처럼 덮였고, 처마 밑과 계단 위까지 우박 더미가 쌓여 있었다. 사나흘이 지나 우박이 녹은 뒤에야 얼마나 참담한 피해를 보았는지 알 수 있었다. 들판이건 밭이건 모든 식물이 바닥에 나뒹굴었고, 사과나무에서는 꽃이 모두 떨어졌을 뿐만 아니라 크고 작은 가지들도 꺾여 있었다. 개선회원들이 심은 묘목들도 대부분 부러지거나 처참하게 잘려 나갔다.

앤이 멍한 얼굴로 물었다.

"이게 한 시간 전과 같은 세상이라는 게 믿어지세요? 이렇게 황폐해지려면 그 정도 시간으론 부족했을 텐데요."

"이런 일은 한 번도 없었어. 프린스에드워드섬이 생긴 이래로 처음일 거야. 내가 어렸을 때 심한 폭풍우가 분 적이 있지만, 이번 일에 비하면 아무것도 아니었지. 머지않아 끔찍한 피해를 입었다는 소식이 들려올 게 분명해."

"아이들 모두 폭풍우를 잘 피했어야 할 텐데요."

앤이 걱정스러운 얼굴로 중얼거렸다. 나중에 밝혀진 바에 따르면 아이들은 모두 무사했다. 집이 먼 아이들은 앤드루스 씨의 탁월한 조언을 따라 우체국으로 몸을 피했기 때문이다.

마릴라가 말했다.

"저기 존 헨리 카터가 오는구나."

존 헨리는 쌓인 우박을 헤치며 다가왔다. 조금 겁에 질려 있으면서도 얼굴에는 미소를 띠고 있었다.

"아, 정말 끔찍했죠? 커스버트 아주머니, 이 집 식구들은 모두 괜찮나요? 해리슨 아저씨가 저더러 보고 오라고 했어요."

마릴라가 굳은 얼굴로 말했다.

"죽은 사람은 없다. 집이나 헛간도 무너지지 않았어. 그쪽도 우리처럼 무사했으면 좋겠는데."

"네, 아주머니. 뭐 그렇게 좋진 않아요. 벼락을 맞았거든요. 번개가 부엌 굴뚝으로 떨어져서 배관을 타고 내려와 진저의 새장을 때리고 바닥에 구멍을 낸 다음에 지하실까지 내려갔어요."

앤이 물었다.

"그럼 진저는? 설마 다친 거야?"

"네, 아가씨. 꽤 심하게 다쳐서 결국 죽어버렸어요."

나중에 앤은 해리슨 씨를 위로하러 갔다. 해리슨 씨는 식탁 옆에 앉아서 떨리는 손으로 진저의 알록달록한 몸뚱이를 쓰다듬고 있었다.

"앤, 가엾은 진저는 이제 너한테 욕도 못 하게 되었구나."

해리슨 씨의 목소리에는 슬픔이 가득했다. 자신이 진저 때문에 울 것이라고는 상상도 못 했지만 앤은 어느새 눈시울이 촉촉해지는 것을 느꼈다.

"이놈은 하나밖에 없는 내 동료였어. 그런데 이젠 죽었지. 그래, 그래. 이토록 마음이 아프다니 나도 늙은 바보인가 봐. 이제 슬퍼하는 모습은 보이지 않을 거야. 내가 입을 다물자마자 넌 위로하려고 애쓰겠지만, 그럴 필요 없다. 그렇게 하면 난 아기처럼 울어버릴 테니까. 정말 끔찍한 폭풍우였지? 사람들이 다시는 에이브 아저씨의 예보를 비웃지 못할 거다. 그가 평생 동안 예보했지만 오지 않았던 모든 폭풍우가 한꺼번에 몰려온 것 같구나. 그런데 정확한 날짜까지 맞춘 건 참 대단한 일이야, 안 그러니? 이 난장판을 좀 봐라. 빨리 가서 바닥의 구멍을 막을 널빤지나 몇 개 구해와야겠어."

에이번리 사람들은 다음 날 서로의 집에 가서 피해 정도를 가늠해보았다. 우박 때문에 마차로 길을 지날 수 없어서 걷거나 말을 타고 다녔다. 한참 뒤에야 우편물이 도착해서 그 지역 전체의 나쁜 소식이 알려졌다. 여러 집에 벼락이 떨어져 사망자와 부상자가 나왔다. 전화와 전신망은 죄다 망가졌고 들판에 나와 있던 어린 가축들 중 상당수가 폐사했다.

에이브 아저씨는 아침 일찍 우박을 헤치고 대장간에 가서 종일 있었다. 그는 마침내 찾아온 승리의 시간을 충분히 만끽했다. 폭풍우가 온 것을 기뻐했다고 말한다면 온당한 평가가 아니겠지만, 재해를 예보했고 날짜까지 정확하게 맞췄으니 우쭐거리는 건 당연했다. 에이브 아저씨는 자신이 날짜까지는 말하지 않았다고 부인했던 사실을 잊어버렸다. 시간이 조금 맞지 않은 것은 아무 일도 아니었다.

저녁 무렵 길버트가 초록지붕집을 찾아왔다. 마릴라와 앤은 깨진 창문에 기름천을 붙이고 못을 박느라 여념이 없었다.

마릴라가 말했다.

"언제 유리를 구할 수 있을지 모르겠다. 배리 씨가 오늘 오후 카모디에 갔었는데, 아무리 사정해도 유리 한 장 살 수 없었다는구나. 돈을 달라는 대로 주겠다고 해봤지만 소용없었대. 로슨 가게나 블레어 가게에서도 아침 10시에 카모디 사람들이 유리를 다 가져가버렸다더라. 길버트, 화이트샌즈에서도 폭풍우가 심했니?"

"물론 그랬죠. 저는 아이들과 학교에 갇혀 있었는데 그중 몇 명은 어찌나 겁에 질렸던지 정신을 잃기라도 하면 어쩌나 걱정했을 정도였어요. 세 아이가 기절했고 여자아이 두 명은 발작을 일으켰죠. 토미 블루잇은 폭풍우가 몰아치는 내내 목이 찢어지도록 비명만 질러댔고요."

"난 비명을 딱 한 번만 질렀어. 하지만 내 밭은 끝장났지."

데이비가 자랑스럽게 말하다가 곧 슬픈 표정을 지었다. 그러고는 길르앗에는 유향이* 아직 남아 있다는 투로 덧붙였다.

"그런데 도라의 밭도 마찬가지야."

그때 앤이 동쪽 다락방에서 뛰어 내려왔다.

"아, 길버트. 그 소식 들었어? 레비 볼터 아저씨네 낡은 집에 벼락이 떨어져서 완전히 타버렸대. 그 소식을 듣고 기쁜 마음이 들다니, 나도 참 못된 것 같아. 이렇게 큰 피해를 입은 상황에서 그러면 안 되잖아. 볼터 아저씨는 에이번리 마을 개선협회가 마법을 부려서 일부러 폭풍우를 일으킨 것 같다고 하시더라."

길버트가 웃으면서 말했다.

"뭐, 한 가지는 확실해. '관찰자' 덕분에 에이브 아저씨는 일기예보 전문가로 명성을 얻게 되었어. '에이브 아저씨의 폭풍우'는 이 지역의 역사에 길이 남겠지. 우리가 고른 그날에 폭풍우가 왔다는 건 다시없을 우연의 일치야. 정말 마법을 부려서 폭풍우를 일으키기라도 한 것 같아 약간은 죄책감이 들어. 그 낡은 집

---

* 구약성경 예레미야 8장 22절에 나오는 표현이다. 여기서는 '희망'이나 '위안'으로 이해할 수 있다.

이 없어진 건 기뻐해도 괜찮을 거야. 우리가 심은 묘목들로는 기뻐할 일이 별로 없으니까. 열 그루도 채 안 남았잖아."

앤이 철학자라도 된 듯 말했다.

"아, 뭐, 내년 봄에 다시 심으면 되지. 봄은 다시 찾아올 거잖아. 그게 바로 이 세상의 좋은 점 아니겠니?"

25장

———

에이번리 스캔들

'에이브 아저씨의 폭풍우'가 있은 지 2주일이 지난 어느 화창한 6월 아침, 앤은 하얀 수선화 두 송이를 들고 정원에서 마당으로 천천히 걸어왔다. 초록색 체크무늬 수건을 머리에 두른 마릴라는 털을 다 뽑은 닭을 들고 집으로 들어가는 길이었다. 앤이 무뚝뚝한 마릴라의 눈앞에 꽃을 내밀면서 구슬프게 말했다.

"마릴라 아주머니, 이것 좀 보세요. 폭풍우에서 남은 건 이 꽃봉오리뿐이에요. 이것마저 성한 데가 없네요. 정말 안타까워요. 매슈 아저씨 무덤에 꽃을 몇 송이 가져가고 싶었거든요. 아저씨는 6월 백합을 좋아했으니까요."

"나라고 속이 멀쩡하겠니. 하지만 안 좋은 일이 더 많은데 이런 일로 슬퍼하는 건 가당찮게 느껴지는구나. 과일이며 곡식이 모조리 못쓰게 되었으니까."

"하지만 너무 걱정 마세요. 사람들이 귀리씨를 다시 뿌리고 있어요. 해리슨 아저씨가 그러는데 좀 늦어지긴 하겠지만 여름에 날씨만 좋으면 잘 자랄 거래요. 제가 심은 한해살이 꽃들도 모두 싹이 났어요. 하지만 아, 6월 백합을 대신할 수 있는 건 없잖아요. 가엾은 헤스터 그레이에게 줄 것도 없어요. 어젯밤 헤스터의 정원을 전부 돌아다녀봤는데 하나도 남은 게 없었어요. 틀림없이 헤스터도 그 꽃을 그리워할 거예요."

마릴라가 정색하며 말했다.

"앤, 그런 말을 하는 건 옳지 않아. 정말이다. 헤스터 그레이가 죽은 지는 30년이나 지났고 영혼은 천국에 있잖니. 아마 내 말이 맞을 거다."

"네. 하지만 전 헤스터가 여전히 이곳에 남아 있는 자신의 정원을 사랑하고 그리워할 거라 믿어요. 저라면 아무리 천국에 오래 있어도 누군가 제 무덤에 꽃을 놓아두는 걸 내려다보고 싶을 거예요. 만약 제가 헤스터 그레이의 정원 같은 걸 가지고 있었다면, 천국에서 지낸다 해도 가끔씩 밀려오는 향수를 떨쳐버리는 데만 30년은 걸릴걸요?"

"아무튼 쌍둥이 앞에선 그런 말 하지 마라."

마릴라는 나직하게 충고하며 닭을 가지고 집으로 들어갔다.

앤은 토요일 아침 일을 시작하기 전에 수선화를 머리에 꽂고 오솔길로 이어지는 대문으로 가서 6월의 밝은 햇살을 받으며 한참 동안 서 있었다. 세상은 다시 아름다워졌다. 유구한 세월을 거친 대자연은 폭풍우의 흔적을 없애려고 최선을 다하는 중이었다. 제 모습을 완전히 되찾기까지는 시간이 많이 필요하겠지만, 이미 놀랍게 회복되고 있었다.

앤은 버드나무 가지에 앉아 노래하는 파랑새에게 말했다.

"오늘은 느긋하게 지냈으면 좋겠어. 하지만 난 학교 선생님이고 쌍둥이도 돌봐야 하는데 게으름을 피울 순 없지. 작은 새야, 네 노랫소리는 참 예쁘구나. 넌 느낌을 노래에 그대로 담아내고 있어. 나보다 훨씬 낫네. 어머, 누가 오고 있잖아?"

짐마차 한 대가 오솔길을 덜컹거리며 달려왔다. 앞자리에는 두 사람이 앉아 있었고 뒤에는 커다란 가방이 실려 있었다. 마차가 가까이 오자 앤은 마부가 브라이트리버 역장의 아들임을 알 수 있었다. 하지만 옆에 앉은 부인은 처음 보는 얼굴이었다. 그녀는 말이 채 멈추기도 전에 재빨리 대문 쪽으로 뛰어내렸다. 몸집이 자그마한 그 부인은 마흔 살보다는 쉰 살에 가까워 보였지만 장밋빛 뺨, 반짝이는 검은 눈이 아주 예뻤다. 윤기가 흐르는 검은 머리에는 꽃과 깃털로 장식한 멋진 모자까지 쓰고 있었다. 흙먼지가 이는 길을 10킬로미터가 넘게 달려왔으면서도 이제 막 그림 속에서 나온 것처럼 단정해 보였다.

부인이 또박또박 물었다.

"여기가 제임스 A. 해리슨 씨 댁인가요?"

앤이 깜짝 놀라 어리둥절한 표정으로 답했다.

"아니요. 해리슨 아저씨는 저쪽에 사시는데요."

"음, 어쩐지. 제임스가 사는 집이라고 하기엔 너무 깔끔하다고 생각했어요. 그 사람이 내가 알던 때랑 확 달라진 게 아니라면 말이죠. 그런데 제임스가 이 마을에 사는 여자와 결혼한다는 게 사실인가요?"

"아니, 아니에요."

앤이 죄지은 사람처럼 얼굴까지 붉히며 소리치자 낯선 부인은 앤을 의아하게 바라보았다. 마치 앤이 해리슨 씨의 결혼 상대가 아닐까 반쯤 의심하는 눈길이었다.

이름 모를 미모의 부인이 계속 물고 늘어졌다.

"하지만 전 이 섬 신문에서 그런 내용이 담긴 기사를 봤어요. 친구가 그 기사에 표시까지 해서 제게 보내준걸요. 친구들이란 언제나 그런 일을 해주는 법이니까요. 제임스의 이름은 '새로 이사 온 시민' 코너에 적혀 있었어요."

앤은 숨이 턱 막히는 것 같았다.

"아, 그 기사는 그냥 농담이었어요. 해리슨 아저씨는 누구와도 결혼할 생각이 없거든요. 제가 장담해요."

장밋빛 부인이 잰 몸짓으로 마차에 오르며 말했다.

"그 말을 들으니 참 다행이다 싶네요. 그는 이미 결혼했거든요. 제가 그 사람 아내예요. 어머, 놀라는 것도 무리는 아니죠. 그는 독신인 척하면서 여러 사람을 애태우게 만들었을 거예요. 그래, 제임스. 당신이 재미 보는 일도 이제 끝났어. 내가 왔으니까. 하긴 당신이 뭔가 나쁜 짓을 꾸미는 것 같지만 않았어도 굳이 여기까지 오진 않았겠지. 그건 그렇고."

그녀는 들판 너머의 기다란 하얀 집을 향해서 고개를 힘차게 끄덕거리다가 앤을 돌아보며 물었다.

"그 사람 앵무새는 여전히 욕을 해대나요?"

"아저씨 앵무새는… 죽은 것 같아요."

가엾은 앤은 숨을 크게 몰아쉬었다. 정신이 아득해서 자기 이름도 생각나지 않을 지경이었다. 하지만 그 말을 들은 장밋빛 부인은 기뻐하며 소리쳤다.

"죽었다고요! 그렇담 이제 모든 일이 술술 풀리겠네요. 그 새가 없으면 전 제임스와 잘 지낼 수 있으니까요."

부인은 수수께끼 같은 말을 남기고 의기양양하게 그 자리를 떠났다. 앤은 무슨 일이 있었는지 마릴라에게 이야기해주려고 부엌으로 달려갔다.

"앤, 저 여자는 누구니?"

"아주머니, 제가 정신이 나간 것처럼 보이나요?"

진지하게 말했지만 눈동자는 마구 흔들렸다.

"아니, 평소랑 다를 게 없는데."

마릴라는 빈정거리는 기색이 거의 없이 말했다.

"그럼, 제가 꿈을 꾸고 있는 건 아니죠?"

"무슨 말도 안 되는 소리냐? 저 여자가 누구냐고 물었잖니."

"마릴라 아주머니, 제가 정신이 나간 것도 아니고 꿈을 꾸고 있는 것도 아니라면 저 부인은 제가 상상으로 만들어낸 사람이 아니네요. 저런 모자까진 도저히 상상할 수 없으니까요. 저분이 그러는데, 자기가 해리슨 아저씨의 부인이래요."

이번에는 마릴라의 눈이 휘둥그레질 차례였다.

"세상에, 해리슨 씨 부인이라고! 앤 셜리, 그럼 그 사람은 어째서 여태껏 독신 행세를 하고 다닌 거냐?"

앤은 공정하게 생각해보려고 애쓰며 말했다.

"사실 그런 행세를 한 적은 없는 것 같아요. 결혼하지 않았다는 말은 없었잖아요. 사람들이 넘겨짚었을 뿐이죠. 아, 마릴라 아주머니. 린드 아주머니가 알면 뭐라고 하실까요?"

무슨 말을 할 것인지는 린드 부인이 그날 저녁에 찾아오면서 금세 밝혀졌다. 사실 린드 부인은 놀라지 않았다! 이런 일도 늘 예상하고 있었기 때문이다. 애당초 린드 부인은 해리슨 씨에게 뭔가 사연이 있을 것이라고 짐작했었다.

린드 부인이 화를 내며 말했다.

"그가 자기 아내를 버린 거였어! 미국 신문에나 나올 법한 이야기야. 그런데 이곳 에이번리에서 그런 일이 일어날지 누가 감히 상상이나 할 수 있었겠니?"

"하지만 아저씨가 정말 아내를 버렸는지는 알 수 없잖아요. 아직 우리는 전후사연을 하나도 모르고 있어요."

앤은 친구가 유죄로 밝혀질 때까지는 결백을 믿고 싶었다. 하지만 린드 부인은 달랐다. 사전에 등재된 '사려 깊다'라는 단어를 한 번도 듣지 못한 사람처럼 굴었다.

"글쎄, 곧 알게 되겠지. 내가 저 집에 가봐야겠다. 그 여자가 온 건 모른 척해야지. 때마침 오늘 해리슨 씨가 카모디에서 토머스의 약을 사다 주기로 했으니까 그거면 좋은 핑계가 될 거야. 자초지종을 알아내서 돌아오는 길에 이야기해줄게."

린드 부인은 앤이라면 무서워서 발도 들여놓지 못할 곳으로 쳐들어갔다. 앤은 무슨 이유가 있든 해리슨 씨의 집에 차마 갈 수 없었을 것이다. 하지만 앤도 여느 사람처럼 호기심이 있었기에 린드 부인이 수수께끼를 용감하게 밝히겠다고 나섰을 때 내심 반가웠다. 앤과 마릴라는 린드 부인이 돌아오기를 눈이 빠지게 기다렸지만, 그날 밤 그녀는 초록지붕집에 코빼기도 내밀지 않았다. 밤 9시에 데이비가 볼터 씨네 집에서 돌아와 그 이유를 설명해주었다.

"골짜기에서 린드 아줌마랑 처음 보는 이상한 아줌마를 만났어. 그런데 두 사람이 한꺼번에 말을 하는 거야! 린드 아줌마가 오늘 밤 여기 들리기엔 너무 늦었다면서 미안하다고 전해달래. 앤 누나, 나 무척 배고파. 밀티네 집에서 4시에 간식을 먹었는데 볼터 아줌마는 진짜 구두쇠인 것 같아. 과일절임이나 케이크도 없고, 빵은 눈곱만큼 줬다니까."

"데이비, 남의 집에서 대접받은 음식을 가지고 함부로 말하면 못써. 아주 예의 없는 짓이야."

앤이 엄하게 타일렀지만 데이비는 아랑곳하지 않았다.

"알았어. 그럼 말은 안 하고 생각만 할게. 그러니까 먹을 것 좀 줘, 앤 누나."

앤이 마릴라를 바라보자 마릴라도 앤을 따라 식료품 저장실로 가서는 조심스럽게 문을 닫았다.

"빵에다 잼을 좀 발라서 데이비에게 주렴. 레비 볼터네 집에서 내오는 간식이 어떤지는 나도 잘 알고 있다."

데이비는 잼을 바른 빵을 받아 들고는 한숨을 쉬었다.

"세상엔 뜻대로 안 되는 일이 참 많아. 밀티에게는 발작을 일으키는 고양이가 있어. 석 주 동안 매일 그랬는데, 그 모습이 정말 우습다는 거야. 그래서 오늘 보러 갔지. 그런데 늙은 고양이 녀석은 발작하기는커녕 아주 멀쩡한 거야. 밀티랑 나랑 오후 내내 옆에서 기다렸는데 아무 일도 없었어. 하지만 괜찮아. 언젠간 볼 수 있겠지. 만날 발작하는 고양이가 갑자기 나을 리는 없으니까. 그렇지? 근데 이 잼 정말 맛있다."

데이비에게 자두잼으로 치유되지 않는 슬픔이란 없었다.

일요일에는 비가 너무 많이 와서 별다른 동요가 없었지만 월요일이 되자 모두들 해리슨 씨에 대한 이런저런 이야기를 듣게 되었다. 학교도 이 문제로 온통 떠들썩했는지 데이비는 산더미 같은 정보를 안고 집으로 돌아왔다.

"마릴라 아줌마, 해리슨 아저씨에게 새 부인이 생겼대요. 뭐, 꼭 새 부인은 아니지만 두 사람은 오랫동안 결혼 생활을 그만두고 따로 살았대요. 밀티가 그랬어요. 난 한번 결혼하면 그걸로 끝인 줄 알았는데, 밀티는 그게 아니라고 했어요. 서로 싫어지면 그만둘 수 있고, 해리슨 아저씨가 그렇게 한 거래요. 해리슨 아저씨가 부인을 두고 집을 나와버린 건 부인이 아저씨한테 딱딱한 물건을 던졌기 때문이래요. 이것도 밀티가 해준 이야기예요. 그리고 아티 슬론은 부인이 아저씨한테 담배를 못 피우게 해서 둘이 헤어졌다고 말했어요. 네드 클레이는 부인이 만날 야단만 쳐서 그렇대요. 나 같으면 그런 걸로 부인을 두고 가진 않을 거예요. 떡 버티고 서서 이렇게 말하면 되잖아요. '당신은 그냥 내 마음에 들게 행동하면 되는 거야. 난 남자니까.' 그러면 부인도 얌전해지겠죠? 그런데 애네타 클레이는 부인이 아저씨를 떠난 거라고 그랬어요. 부인 탓이 아니라 아저씨가 현관에서 구두에 묻은 흙을 털지 않았기 때문이래요. 지금 당장 해리슨 아저씨네 가서 부인이 어떤 사람인지 보고 올게요."

데이비는 금세 돌아왔다. 조금 실망한 표정이었다.

"해리슨 아저씨 부인은 집에 없었어요. 응접실에 바를 벽지를 사러 레이철 린드 아줌마랑 카모디에 갔대요. 앤 누나, 아저씨가 할 얘기가 있으니 와달라고 했어. 아, 그런데요. 바닥이 깨끗하게 닦여 있었어요. 아저씨는 면도를 했고요. 어제는 교회 가는 날도 아닌데 왜 그랬을까요?"

앤이 가서 보니 해리슨 씨의 부엌은 몰라볼 정도로 달라져 있었다. 바닥은 먼지 하나 없이 깨끗했고 방 안의 모든 가구도 마찬가지였다. 심지어 난로는 광이 나서 얼굴이 비칠 정도였다. 벽은 하얗게 칠해져 있었고 유리창은 햇빛을 받아 반짝거렸다. 탁자 옆에는 해리슨 씨가 앉아 있었는데, 금요일까지만 해도 여기저기 해진 작업복을 입고 있었지만 지금 그 옷은 깔끔하게 덧대고 솔질까지 되어 있었다. 수염은 말끔하게 깎았고 얼마 남지 않은 머리카락도 단정하게 다듬은 모습이었다.

해리슨 씨는 에이번리 사람들이 장례식에서 대화하는 것보다 두 단계는 낮은 목소리로 말했다.

"앉아라, 앤. 어서 앉아. 에밀리는 레이철 린드와 카모디에 갔어. 둘은 벌써 죽고 못 사는 친구가 되었으니 참 알다가도 모를 일이다. 여자들은 정말 제멋대로인 것 같아. 음, 앤. 이제 좋은 시절이 다 지나가버렸다. 완전히 끝이야. 난 죽을 때까지 단정하고 깔끔하게 살아야 할 팔자란다."

해리슨 씨는 최대한 우울하게 말하려고 노력했지만 눈동자가 기쁨으로 반짝이는 것은 감추지 못했다. 앤이 해리슨 씨의 눈앞에서 손가락을 흔들어대며 소리쳤다.

"아저씨, 사모님이 돌아와서 기쁘시죠? 그렇지 않은 척해도 소용없어요. 얼굴에 그대로 나타나는걸요."

해리슨 씨는 겸연쩍은 듯 웃으며 편히 앉았다.

"뭐, 그러니까, 그냥 익숙해지는 중이야. 에밀리를 다시 만나서 유감이라고 할 순 없겠지. 남자가 이런 마을에서 살아가려면 보호막이 필요한 법이다. 이웃집에 체스를 두러 가도 그 집 여동생과 결혼하고 싶어 한다는 소문이나 나고, 심지어 그게 신문에도 실리잖아."

앤이 꼬집어 말했다.

"독신인 척만 하지 않았어도 이저벨라 앤드루스를 만나러 간다고 오해받진 않았을 거예요."

"난 그런 척한 적 없어. 누가 내게 결혼했냐고 물어봤다면, 난 그렇다고 말했을 거야. 사람들이 그냥 멋대로 곡해했을 뿐이지. 또 난 그 일을 굳이 이야기하고 싶진 않았어. 생각만 해도 너무 괴로웠거든. 아내가 날 버리고 간 걸 레이철 린드 부인이 알았다면 신이 나서 호들갑을 떨었을 거야. 그렇지 않겠어?"

"하지만 어떤 사람들은 아저씨가 아내를 버렸다고 하던데요."

"아내가 날 떠난 거야. 아내가 먼저 시작한 일이라고. 자초지종을 말해줄게. 네가 나나 에밀리를 실제보다 나쁘게 생각하는 건 싫으니까. 일단 베란다로 나가자. 여긴 모든 게 너무 끔찍하리만큼 깔끔해서 향수병이라도 걸릴 지경이야. 좀 있으면 익숙해지겠지만 지금은 마당을 보고 있는 게 편해. 에밀리도 정원까지 정리할 시간은 없었거든."

두 사람이 베란다에 편안하게 앉자마자 해리슨 씨는 넋두리를 늘어놓았다.

"난 여기 오기 전에 뉴브런즈윅의 스코츠퍼드에 살았어. 누나가 집안일을 해줬는데 누나 방식이 내게 딱 맞았지. 누난 적당히 깔끔한 편이었고 내 맘대로 하도록 내버려두었으니까. 에밀리 말로는 내 버릇을 잘못 들인 거야. 하지만 누나는 3년 전에 세상을 떠났어. 죽기 전에 앞으로 내가 어떻게 살지 걱정이라면서 끝끝내 결혼하겠다는 약속을 받아냈어. 그러면서 에밀리 스콧은 돈도 있고 타고난 살림꾼이니 그녀와 결혼하라고 조언했지. 난 이렇게 말했어. '에밀리 스콧은 날 쳐다보지도 않을 텐데.' 그러자 누나는 에밀리에게 가서 청혼하라고 하는 거야. 누나의 마음이라도 편하게 해줄 생각에, 난 그렇게 하겠다고 약속했지. 그리고 정말로 청혼을 했는데, 세상에! 에밀리가 나랑 결혼하겠다고 하는 거야. 에밀리처럼 똑똑하고 예쁜 여자가 나처럼 늙은 남자와 결혼하겠다니, 평생 그렇게 놀란 적은 없었을 거다. 솔직히 처음에는 내가 정말 운이 좋았다고 생각했어. 이후에 우린 결혼을 했고, 세인트존으로 두 주 동안 신혼여행을 갔다가 집으로 돌아왔지. 집에 도착한 시간은 밤 10시였어. 그런데 말이다, 앤. 딱 30분이 지나자마자 그 여자가 집 안을 청소하기 시작한 거야. 아, 우리 집은 청소가 필요하다고 생각하는 건 알아. 네 속마음은 인쇄한 것처럼 얼굴에 그대로 드러나니까. 하지만 우리 집이 그렇게 심했던 건 아니야. 내가 독신으로 살 땐 집 안이 뒤죽박죽이었고, 그건 나도 인정하는 사실이야. 하지만 결혼식을 올리기 전에 사람을 불러 청소도 시켰고, 꽤 많은 곳을 칠할 뿐만 아니라 수리도 해놨거든. 아마 새로 지은 하얀 대리석 궁전에 데려간다 해도 에밀리는 그 자리에서 헌옷으로 갈아입고 걸레질을 해댈 거야. 에밀리는 그날 밤 새벽 1시까지 청소하더니 새벽 4시에 일어나 다시 청소를 시작했어. 날마다 그런 식이었지. 내 기억에 에밀리는 하루도 거르는 법 없이 쓸고, 닦고, 먼지를 털었어. 그나마 일요일에는 쉬었는데, 그날도 청소를 다시 시작할 수 있는 월요일만 기다렸던 거야. 그런 게 에밀리의 낙이었으니까. 만약 나를 내버려뒀다면 그러려니 하면서 어떻게든 맞춰서 살아갈 수 있었겠지. 그런데 에밀리는 그러지 않았어. 계속 날 바꾸려 들면서도, 정작 내가 확 달라질 만큼 젊지 않다는 사실에는 조금도 개의치 않았거든. 문 앞에서 구두를 슬리퍼로 갈아 신지 않으면 집 안에 들이지도 않았어. 헛간에 가지 않으면 평생 담배도 못 피울 상황이었지. 문법에 딱 맞지 않으면 말도 못 하게 됐는데, 에밀리는 젊었을 때 학교 선생님이었기 때문에 그런 걸 그냥 넘어가지 못했던 거야. 내가 나이프로 음식을 찍어서 먹는 것도 보기 싫어했어. 글쎄, 이런 식으로 끊임없이 트집을 잡고 잔소리를 해대는 거야. 하지만 앤, 공정하게 말하자면 나도 고약하게 굴긴 했어. 고칠 수 있는 것도 고치려고 하지 않았으니까. 에밀리가 잘못을 지적할 때마다 난 짜증을 내고 땍땍거렸어. 하루는 에밀리에게 물었지. 청혼했을 때는 내 말버릇에 대해서 불평하지 않았는데 지금은 도대체 왜 그러는 거냐고. 사실 그런 말은 하지 말았어야 했어. 여자란 자길 때린 남자는 용서해도, 이럴 거면 왜 나랑 결혼했느냐는 말을 듣는 건 그냥 지나치지 못하는 법이니까.

우린 그렇게 티격태격하면서 지냈고, 별로 즐거운 일은 아니었지만 진저만 없었다면 그러다가 서로에게 익숙해졌을 거야. 우릴 헤어지게 만든 원흉이 바로 진저거든. 에밀리는 앵무새 같은 걸 싫어했고 진저의 불경스러운 말버릇도 견디지 못했어. 나는 선원인 동생 때문에 그 새를 좋아했어. 난 어렸을 때부터 동생을 귀여워했고 그 녀석은 세상을 떠나면서 진저를 나한테 보내줬거든. 난 그 새가 하는 욕 때문에 화를 내는 건 이해할 수 없어. 욕하는 건 나쁜 일이지만, 사람이 아니라 앵무새잖아. 들은 걸 이해하지 못하고 그저 따라 할 뿐이라고. 내가 중국어를 모르는 것처럼 말이야. 그렇게 생각하고 넘어가면 좋을 텐데 에밀리는 그러지 않았어. 여자들은 논리적이지 않으니까 그런 거겠지. 에밀리는 진저가 욕을 못 하게 하려고 애썼지만 별 소용이 없었어. 내가 '알겠어'처럼 문법이 안 맞는 말을 고치는 게 차라리 나을 정도였다니까. 에밀리가 애를 쓸수록 진저는 더 욕을 해댔어."

해리슨 씨는 잠시 숨을 돌린 후 이야기를 이어갔다.

"뭐, 이렇게 삐걱거리는 관계가 이어지다가 마지막 사건이 벌어졌어. 에밀리는 차를 대접하려고 우리 교구 목사님 부부를 초대했고, 마침 여길 방문한 다른 목사님 부부도 같이 오게 됐지. 난 진저를 손님들 눈에 띄지 않는 곳으로 옮겨놓겠다고 약속했어. 에밀리는 새장에 손끝도 대지 않았거든. 물론 나도 그렇게 할 생각이었어. 목사님들이 우리 집에 와서 불쾌한 소리를 듣는 건 나도 원하지 않았으니까. 그런데 에밀리가 내 셔츠는 깨끗한지 내가 하는 말이 문법에 어긋나는 건 아닌지 하도 걱정을 해대는 통에 그만 그 일을 깜빡한 거야. 차를 마시려고 앉았을 때만 해도 가엾은 앵무새를 까맣게 잊고 있었어. 결국 우리 교구 목사님이 감사기도를 드리는 바로 그 순간, 식당 창문 밖 베란다에 있던 진저가 큰 소리를 냈지. 마당에 칠면조가 들어왔는데, 진저는 칠면조만 보면 가만있지 못했거든. 평소보다 어찌나 심하게 욕을 퍼부어댔는지 몰라. 우습니? 그렇다면 웃어야지. 나도 그 일만 생각하면 가끔씩 낄낄거린단다. 하지만 그땐 나역시 에밀리만큼이나 부끄러웠어. 난 나가서 진저를 헛간으로 옮겨놨지. 그러고 식사를 하는데, 밥이 어디로 들어가는지도 모르겠더라. 에밀리의 얼굴을 보고는 진저와 내게 무슨 일이 생길 거라는 걸 눈치챘지. 손님들이 돌아가자 난 목초지로 갔고 거기 가는 길에 생각을 좀 해봤어. 에밀리한테 미안한 감정이 들었지. 내가 별로 마음을 써주지 못했다는 반성 같은 것도 있고, 진저가 나에게서 심한 욕을 배웠다고 목사님들이 생각할까 봐 걱정도 됐지. 결국 난 진저를 고통 없이 없애버리겠다고 결심한 뒤 에밀리한테 그렇게 말하려고 소를 몰고 집으로 돌아왔어. 그런데 에밀리는 없었고 식탁 위에 편지만 남아 있었어. 소설의 한 장면 같았지. 에밀리는 자기하고 앵무새 중에서 선택하라고 썼어. 자긴 예전 집으로 돌아가서 내가 앵무새를 없애버렸다는 말을 하러 올 때까진 거기서 지내겠다는 거야."

해리슨 씨의 얼굴에 분노의 빛이 서렸다.

"앤, 난 정말 화가 머리끝까지 났단다. 그런 날을 기다린다면 아마 최후의 심판 때까지 살아남아야 할 거라고 말하면서 에밀리의 짐을 보내버렸지. 그러자 주위에서 이러쿵저러쿵 말이 많았어. 스코츠퍼드는 에이번리만큼이나 온갖 소문이 떠도는 동네였거든. 모두들 에밀리가 딱하다고 했지. 난 더 화가 나고 심사가 뒤틀리는 바람에 거길 떠나지 않으면 마음 편하게 살지 못

하겠다고 결론을 내렸어. 그래서 이 섬에 오기로 결정한 거야. 어렸을 때 와본 적이 있어서 여길 좋아했거든. 그런데 에밀리는 어두울 때 나가지도 못하는 곳에선 살 수 없다고 항상 말했었어. 절벽에서 떨어질까 무서워서 그렇다나 봐. 그래서 일부러 여기에 온 거야. 앤, 내 이야기는 이게 전부란다. 그 뒤로는 에밀리에게서 소식이 없었고 그녀에 관한 이야기도 전혀 못 들었어. 그러다가 토요일에 뒷밭에서 집으로 돌아와 보니까 에밀리가 바닥을 닦고 있지 뭐냐. 게다가 에밀리가 떠난 뒤로는 한 번도 먹어보지 못한 진수성찬이 식탁에 차려져 있었어. 에밀리는 먼저 식사부터 하고 나서 이야기를 나누자고 했지. 그 말을 들으니까 에밀리도 남자랑 지내는 법에 대해 좀 배운 것 같다는 생각이 들었어. 그래서 에밀리가 여기 있게 된 거고, 앞으로도 그럴 거야. 진저는 죽었고 이 섬은 자기 생각보다 크다나 뭐라나. 아, 지금 린드 부인하고 에밀리가 오고 있군. 아니. 가지 마, 앤. 여기 남아서 에밀리하고 친해졌으면 좋겠어. 에밀리는 토요일에 널 보고 마음에 들어 했거든. 이웃에 사는 빨간 머리 예쁜 아가씨가 어떤 사람인지 알고 싶어해."

해리슨 부인은 환한 얼굴로 앤을 맞이하면서 차를 대접하겠다고 붙잡았다.

"제임스가 당신 이야기를 전부 해줬어요. 친절하게 케이크도 만들어주고, 이것저것 도와줬다면서요? 하루빨리 새로운 이웃들과 친해지고 싶네요. 린드 부인은 참 좋은 분이에요. 그렇지 않나요? 정말 친절하세요."

앤은 달콤한 6월의 어스름 속에서 집으로 돌아갔고, 해리슨 부인은 반딧불이가 별빛처럼 총총하게 등불을 밝힌 들판을 가로질러 앤을 바래다주었다.

해리슨 부인이 확신에 찬 얼굴로 말했다.

"제임스가 아가씨에게 우리 이야기를 다 했죠?"

"네."

"그럼 내가 또 이야기할 필요는 없겠네요. 제임스는 공정한 사람이니까 사실대로 이야기했을 거예요. 그 사람만 잘못한 게 아니라는 걸 지금은 나도 알고 있어요. 예전에 살던 집으로 돌아온 지 한 시간도 안 돼서 너무 성급하게 굴지 말았어야 했다고 후회했지만, 다시 돌아갈 순 없었죠. 지금 생각하니까 난 남자에게 너무 많은 걸 기대했던 거예요. 문법에 맞지 않는 단어를 쓰는 것에 그렇게까지 신경을 쓰다니, 내가 참 어리석었죠. 제대로 가족을 부양하는 사람이라면, 일주일에 설탕을 얼마나 썼는지 확인한답시고 식료품 저장실을 뒤져대는 사람만 아니라면 문법이 좀 틀려도 문제될 건 없잖아요. 이제는 제임스와 정말 행복하게 지낼 수 있을 것 같아요. 그 '관찰자'라는 분이 누군지 알고 싶네요. 그래야 감사하다는 말을 전할 수 있을 테니까요. 그분께 정말 많은 은혜를 입었어요."

앤이 잠자코 있었기에 해리슨 부인은 자신의 감사 인사가 바로 그 당사자에게 직접 전달되고 있다는 사실을 깨닫지 못했다. 그 장난 같은 기사가 어떤 결과를 가져왔는지 확인하자 앤은 어리둥절해졌다. 그 기사 덕분에 한 남자는 부인과 화해하게 되었고 한 예언자는 명성을 얻었다.

때마침 린드 부인은 초록지붕집 부엌에서 마릴라에게 이 사건의 전말을 속속들이 설명해주고 있었다. 앤이 들어오는 것을 보고 린드 부인이 물었다.

"음, 넌 해리슨 부인이 마음에 드니?"

"두말할 게 있나요. 참 좋은 분인 것 같아요."

린드 부인이 힘주어 말했다.

"그렇지? 참 좋은 사람이야. 마릴라한테도 말했듯이 내 생각엔 그 부인을 위해서라도 우리가 해리슨 씨의 괴팍한 행동을 너그럽게 봐줘야 할 것 같아. 부인이 여기서도 편안하게 지내도록 해줘야지. 암, 그렇고말고. 그럼 난 가봐야겠다. 내가 없으면 토머스가 힘들어할 테니까. 엘리자가 온 다음부터는 집을 잠시 비울 수 있게 됐고 토머스도 지난 며칠간 꽤 나아진 것 같지만, 그를 너무 오래 혼자 두고 싶진 않아. 참, 길버트 블라이드가 화이트샌즈 학교를 그만두었다더라. 가을에 여길 떠나 대학에 입학하려는 모양이다."

린드 부인은 앤을 유심히 쳐다보았지만, 때마침 앤이 소파에서 졸고 있는 데이비 쪽으로 몸을 굽히고 있던 터라 얼굴에서 아무것도 읽을 수 없었다. 앤은 데이비의 금발 곱슬머리를 자신의 소녀 같은 갸름한 뺨에 대면서 안아 올렸다. 두 사람이 계단을 올라가고 있을 때 데이비는 팔을 앤의 목에 둘러서 껴안더니 앤에게 입을 쪽 맞췄다.

"난 누나가 참 좋아. 오늘 밀티 볼터가 석판에다 이렇게 써서 제니 슬론한테 보여줬어. '장미는 빨갛고 제비꽃은 파랗지. 설탕은 달고 너도 그래.' 누나도 이거랑 똑같아."

26장

길모퉁이에서

토머스 린드가 세상을 떠났다. 살아 있을 때 늘 그랬듯이 조용
하고 조심스럽게 눈을 감았다. 린드 부인은 지친 기색도 없이
자상하고 참을성 있게 남편을 간병했다. 토머스가 건강할 때는
그의 느리고 답답한 모습이 마음에 들지 않아 조금 심하게 대하
기도 했지만, 병석에 눕고 나서는 더없이 부드러운 목소리와 능
숙한 손길로 불평 한 마디 없이 돌봐주었다.

어느 날 땅거미가 질 무렵, 토머스는 마지막 말을 남겼다. 린
드 부인은 남편 곁에 앉아 고된 수고가 쌓여 거칠어진 자신의
손으로 남편의 야위고 파리한 손을 꼭 잡았다.

"레이철, 당신은 좋은 아내였소. 내겐 과분한 사람이었지. 당
신을 좀 더 편안하게 해주지 못하고 떠나서 미안하오. 아이들이
당신을 돌봐줄 거요. 다들 엄마를 닮아서 똑똑하고 능력 있으니

까. 당신은 좋은 어머니… 좋은 아내였소….”

이윽고 토머스는 잠이 들었다. 다음 날 아침 골짜기의 뾰족한 전나무 위로 먼동이 희끄무레 밝아오기 시작할 때 마릴라는 살며시 동쪽 다락방에 들어가 앤을 깨웠다.

“앤, 토머스 린드 씨가 돌아가셨어. 그 집에서 일하는 아이가 와서 알려줬단다. 난 지금 레이철에게 가봐야겠구나.”

토머스 린드의 장례식 다음 날 마릴라는 마음이 진정되지 않는 듯 초록지붕집 여기저기를 서성거렸다. 이따금씩 앤을 쳐다보면서 무언가 말하려 하다가도 이내 고개를 저으며 입을 다물었다. 마릴라는 차를 마신 뒤 린드 부인을 만나러 갔고, 집에 돌아와서는 동쪽 다락방으로 올라갔다. 그때 앤은 학생들의 답안지를 채점하고 있었다.

“린드 아주머니는 좀 어떠세요?”

“어제보단 차분해지고 진정된 것 같더라. 그래도 무척 외로워 보였어. 엘리자는 오늘 자기 집으로 가야 한대. 아들이 아파서 더는 친정에 머물 수 없다더구나.”

마릴라는 이렇게 대답하면서 앤의 침대에 걸터앉았다. 이런 행동은 마릴라가 전에 없이 복잡한 심정이라는 사실을 보여주었다. 지금껏 마릴라가 지켜온 가정 규범으로 미루어 보면 정돈된 침대 위에 앉는 행동은 생각할 수조차 없었기 때문이다.

“답안지 채점을 마치면 린드 아주머니한테 가서 말벗이라도 해드려야겠어요. 오늘 밤엔 라틴어 작문을 공부할 생각이었는데, 그건 좀 미뤄도 되니까요.”

“올가을에 길버트 블라이드는 대학에 간다더구나. 앤, 너도 가고 싶지 않니?"

마릴라의 갑작스러운 말에 앤은 깜짝 놀라 고개를 들었다.

"물론 가고 싶죠. 하지만 그럴 수 없잖아요."

"어떻게든 할 수 있을 것 같다. 난 줄곧 네가 대학에서 공부하기를 바라왔단다. 나 때문에 네가 모든 걸 포기한다고 생각하니, 마음이 편치 않았거든."

"하지만 마릴라 아주머니, 전 집에 남은 걸 한순간도 후회한적 없었어요. 전 정말 행복하게 지내고 있어요. 지난 2년 동안얼마나 즐거웠다고요."

"그래. 나도 네가 충분히 만족하고 지냈다는 건 알고 있어. 하지만 넌 공부를 계속해야 해. 너도 레드먼드에서 1년 정도 지낼만큼은 저축을 해놨고, 가축을 판 돈이면 그다음 해에도 학교에다닐 수 있을 거야. 장학금 같은 것도 받을 수 있을 테지."

"그건 그렇지만, 전 갈 수 없어요. 아주머니의 눈이 많이 좋아졌다고 해도 혼자서 쌍둥이를 돌보도록 내버려두고 떠날 순 없어요. 아직 손이 많이 가는 아이들이잖아요."

"나 혼자 아이들을 치다꺼리하진 않을 거다. 그래서 너랑 의논하려는 거야. 오늘 밤 레이철하고 오래 이야기를 했어. 레이철은 여러 가지 문제로 풀이 죽어 있더구나. 남은 돈도 별로 없대. 8년 전에 막내아들을 서부로 보내면서 농장을 담보로 빚을냈었나 봐. 그 뒤로는 이자만 내는 것이 고작이었지. 그리고 토머스를 병구완하면서도 이런저런 일로 꽤 많은 돈이 들었을 거야. 아무래도 농장을 팔아야 할 것 같은데, 레이철이 따져봤더니 빚을 갚고 나면 남는 게 거의 없대. 그러면 엘리자한테 얹혀 살아야 하는데, 에이번리를 떠날 생각만 하면 가슴이 찢어질 것 같다는구나. 레이철 정도 나이의 여자는 새 친구를 사귀거나 관심거리를 찾는 게 쉬운 일이 아니야. 그래서 말인데, 앤. 레이철과 이런저런 이야기를 나눌 때 그냥 우리 집에서 같이 살자고 하면 어떨까 하는 생각이 들었다. 하지만 레이철한테 이야기하기 전에 먼저 너랑 논의해야 한다고 생각했어. 레이철과 같이 살게 되면 너도 대학에 갈 수 있을 거야. 어떻게 생각하니?"

앤이 넋 나간 얼굴로 말했다.

"저, 누가 제게… 달이라도 따서 가져다준 것 같아요. 뭘 어떻게 해야 할지… 정확히는… 모르겠네요. 하지만 여기서 살면 어떻겠느냐고 그분에게 물어보는 건 아주머니가 결정하실 일이에요. 그런데, 정말 그러고 싶으신 거예요? 린드 아주머니는 좋은 분이고 친절한 이웃이기는 하지만…."

"결점도 있다. 이 말을 하고 싶겠지? 글쎄, 물론 네 말이 맞아. 하지만 난 레이철이 에이번리를 떠나는 걸 보느니 훨씬 더 나쁜 결점이라도 참아주는 게 낫다고 생각해. 난 레이철이 정말 그리울 거야. 레이철은 여기서 하나뿐인 내 절친한 친구잖아. 레이철이 없다면 어떻게 살아가야 할지 모르겠다. 우린 45년이나 이웃으로 지내왔고 한 번도 말다툼을 한 적이 없어. 레이철이 널 못생긴 빨간 머리라고 불러서 네가 대들었을 땐 거의 싸울 뻔했지만. 그날 일 기억하지, 앤?"

"물론 기억나죠. 어떻게 잊을 수 있겠어요. 그땐 가엾은 린드 아주머니를 왜 그렇게 미워했는지 모르겠어요!"

앤은 후회하는 기색이 역력했다.

"그러고 나서 네가 레이철한테 한 '사과'는 또 어떻고. 넌 꽤나 다루기 힘든 아이였어. 그때 나는 널 어떻게 훈육해야 할지 몰라서 몹시 당혹스러웠단다. 오히려 매슈 오라버니가 너를 잘 이해해줬지."

"매슈 아저씨는 뭐든 이해해주셨죠."

앤이 맞장구치며 고개를 끄덕였다. 매슈 이야기가 나올 때마다 앤의 목소리는 부드러워졌다.

"잘만 하면 레이철과 같이 살아도 부딪칠 일은 없을 것 같다. 항상 생각하던 거였는데, 두 여자가 한 집에 살면서 원만하지 않게 지내는 이유는 같은 부엌을 나눠 쓰면서 자기 방식대로 살림을 꾸려나가기 때문인 것 같아. 레이철이 여기 온다면 북쪽 방을 침실로 쓰고 손님방을 부엌으로 쓸 수 있을 거야. 우리 집엔 손님방이 별로 필요 없잖니. 거기에 난로를 가져다 놓고 가구도 원하는 대로 두면서 편안하게 독립된 생활을 누릴 수 있겠지. 자식들이 레이철의 생활비 정도는 충분히 도와줄 수 있을 거야. 그러니까 난 레이철한테 방만 내주는 거지. 그래, 앤. 내 생각엔 레이철이 이 집에 왔으면 좋겠어."

"그럼 린드 아주머니한테 물어보시는 게 어떨까요? 저도 아주머니가 이 섬을 떠나시면 무척 섭섭할 거예요."

"그래. 그리고 레이철이 여기 오게 되면, 너도 맘 편히 대학에 갈 수 있을 거다. 레이철이 내 말동무가 되어주고 쌍둥이를 돌볼 때도 내가 힘에 부쳐서 못 하는 일을 도와줄 테니까. 그러니 네가 대학에 가지 못할 이유는 없지 않겠니?"

그날 밤 앤은 창가에서 오랫동안 생각에 잠겼다. 마음속에는 기쁨과 서운함이 엇갈렸다. 마침내 앤은 갑자기 생각지도 못한 길모퉁이에 다다른 것이다. 저 너머에는 대학이 있다. 다채로운 무지갯빛 꿈과 희망이 가득 찬 곳이다. 하지만 앤은 길모퉁이를 돌아가는 순간 수많은 달콤한 것들을, 지난 2년간 마음속에 소중히 자리 잡은 사소한 의무와 관심 모두를 남겨두고 떠나야 한다는 사실을 깨달았다. 앤은 많은 열정을 쏟으며 이 모든 것을 아름다움과 기쁨으로 승화시켰다. 학교도 그만두어야 한다. 앤은 학생들 한 명 한 명을 사랑했다. 공부를 못하거나 버릇없는 아이들도 마찬가지였다. 폴 어빙만 생각해도 레드먼드가 과연 그럴 만한 가치가 있는 곳인지 의심이 들었다.

앤은 달을 보며 이야기했다.

"나는 지난 2년 동안 자그마한 뿌리를 많이 내렸어. 내가 가 버리면 작은 뿌리들이 몹시 아파할 거야. 하지만 대학에 가는 것이 최선이야. 마릴라 아주머니가 말씀하셨듯이 가지 못할 이유는 없으니까. 내 포부를 다시 꺼내 먼지를 털어내야겠어."

앤은 다음 날 사직서를 제출했다. 린드 부인은 마릴라와 진심 어린 대화를 나눈 뒤 초록지붕집에서 함께 살자는 제안을 기꺼이 받아들였다. 하지만 여름이 지나가기까지는 자기 집에서 살기로 했다. 농장은 가을이 되어야 팔릴 것이고 정리할 일도 많았기 때문이다.

린드 부인은 혼잣말을 하며 한숨을 내쉬었다.

"초록지붕집같이 길에서 멀리 떨어진 곳에서 살 거라곤 생각도 못 했어. 하지만 초록지붕집도 예전처럼 세상에서 외따로 떨어진 곳은 아니지. 앤의 친구들도 많이 드나들고 활달한 쌍둥이도 살고 있으니까. 어쨌든 에이번리를 떠날 바에는 차라리 우물 바닥에서 사는 게 낫겠어."

이 두 가지 결정이 온 마을에 퍼지면서 해리슨 부인이 나타났다는 소문은 뒷전으로 밀려났다. 아는 척하기 좋아하는 사람들은 마릴라 커스버트가 레이철 린드에게 함께 살자고 제안한 것이 너무 성급한 처사였다며 고개를 저었다. 둘이 한 집에서 사이좋게 지내지 못할 것이라고 생각했기 때문이다. 사람들은 둘다 '자기 식대로' 하려고 고집을 부릴 것이라면서 비관적인 전망을 쏟아냈지만 정작 당사자들은 조금도 개의치 않았다. 두 사람은 각자의 의무와 권리를 명확하게 이해했으며 그것을 철저하게 지키기로 마음먹었다.

린드 부인이 단호하게 말했다.

"난 마릴라의 일에 참견하지 않을 거예요. 마릴라도 그럴 테죠. 쌍둥이를 양육할 때 내가 할 수 있는 거라면 뭐든지 기쁜 마음으로 하겠지만, 데이비의 질문에 대답하는 일만은 사양할래요. 난 백과사전도 아니고 필라델피아 변호사도 아니니까요. 그점에 있어선 마릴라도 앤이 그리울 거예요."

마릴라가 표정도 바꾸지 않고 말했다.

"앤의 대답이 데이비의 질문만큼이나 이상할 때도 있어요. 쌍둥이는 틀림없이 앤을 그리워하겠죠. 하지만 데이비의 궁금증을 해소해주려고 앤의 미래를 희생시킬 순 없어요. 내가 답변하지 못하는 질문을 데이비가 하면, 아이들은 얌전히 있어야지 자꾸 떠들면 안 된다고 말해줄 거예요. 나도 그렇게 자랐으니까요. 구식이긴 하지만 난 그게 요즘 유행하는 교육법만큼이나 좋다고 생각해요."

"뭐, 앤의 방법은 데이비한테 꽤 잘 통했던 것 같아요. 데이비는 정말 많이 좋아졌잖아요."

린드 부인이 웃으며 말하자 마릴라도 인정했다.

"천성이 못된 아이는 아니니까요. 제가 이 아이들을 이처럼 좋아하게 되리라고는 상상도 못 했어요. 데이비도 레이철과 그럭저럭 잘 지낼 거예요. 도라는 참 사랑스러운 아이죠. 하지만 거기, 뭐랄까⋯."

린드 부인이 끼어들었다.

"단조롭다고요? 맞아요. 어디를 펴도 똑같은 책처럼 말이죠. 도라는 착하고 믿을 만한 어른이 될 거예요. 하지만 세상을 깜짝 놀라게 하지는 못할 것 같아요. 뭐, 그런 사람은 남들처럼 재미는 없더라도 주위 사람들을 편안하게 해줄 거예요."

앤이 학교를 그만뒀다는 소식을 순수하게 기뻐한 사람은 아마도 길버트 블라이드 한 명뿐이었을 것이다. 앤의 제자들은 엄청난 재난이라도 당한 듯한 모습이었다. 애네타 벨은 집에 가서 발작을 일으켰다. 앤서니 파이는 울분을 삭이려고 별 이유도 없이 다른 아이들과 두 번이나 싸웠다. 바버라 쇼는 밤새도록 울었다. 폴 어빙은 할머니에게 대들면서 한 주 동안 죽을 한 그릇도 먹지 않겠다고 했다.

"할머니, 저는 죽을 먹을 수 없어요. 아무것도 못 먹겠어요. 목구멍에 커다란 덩어리가 걸린 것 같아요. 제이콥 도널이 보고 있지 않았다면 학교에서 집으로 오는 동안 울어버렸을 거예요. 잠자리에 들면 울음이 터질 것 같아요. 내일 눈이 붓진 않겠죠?

울면 마음이 좀 풀릴 거예요. 어쨌든 죽은 먹을 수 없어요. 슬픔을 견디는 데 온 정신을 쏟느라 죽과 씨름할 힘은 남아 있지 않다고요. 아, 할머니. 우리 예쁜 선생님이 가버리면 전 어쩌죠? 밀티 볼터는 제인 앤드루스 선생님이 우리 학교에 온다고 장담했어요. 그 선생님도 아주 좋은 분이겠죠. 하지만 셜리 선생님처럼 우리를 잘 이해해주시진 않을 거예요.”

다이애나도 이 일을 매우 슬프게 받아들였다. 땅거미가 지고 달빛이 벚나무 가지 사이로 ‘은빛 안개’처럼 내려와 부드럽고 꿈결 같은 빛으로 동쪽 다락방을 가득 채웠던 어느 날, 앤과 다이애나가 이야기를 나누고 있었다. 앤은 창가의 낮은 흔들의자에 앉아 있었고 다이애나는 침대 위에서 책상다리를 하고 있었다. 다이애나가 슬픈 얼굴로 말했다.

“올겨울은 무척 쓸쓸할 거야. 너랑 길버트도 떠날 거고, 앨런 목사님 부부도 다른 곳으로 가실 테니까. 샬럿타운에서 앨런 목사님을 초빙했는데, 물론 승낙하시겠지? 정말 너무해. 겨울 내내 목사님의 자리는 비어 있을 거고, 줄줄이 늘어선 후보들의 설교를 들어야 하잖아. 그중 절반은 신통치 않을 게 뻔하고.”

앤이 단호하게 말했다.

“어쨌든 이스트그래프턴의 백스터 목사님은 부르지 않았으면 좋겠어. 본인은 오고 싶어 하지만 우울한 설교만 하시거든. 벨 아저씨 말씀으로는 자기가 보기에 그분은 구식이래. 그런데 린드 아주머니는 소화불량 증세만 빼면 그분에게 별문제가 없다고 말씀하시는 거야. 아마도 사모님 요리 솜씨가 형편없는 모양이야. 린드 아주머니 말씀으로는 석 주에 두 주꼴로 쉰 빵만 먹어야 한다면 신학이 어딘가 꼬일 수밖에 없다는 거야. 앨런 사모님은 이곳을 떠나는 게 무척 괴로우신가 봐. 갓 결혼해서 여기 온 뒤로 다들 친절하게 대해줬는데, 다른 곳으로 가게 되니 평생의 친구들과 이별하는 것 같대. 그리고 아기의 무덤도 여기 있잖아. 무덤을 두고 어떻게 떠날지 모르겠다고 하셨어. 아주 작고 3개월밖에 안 된 아기였으니 엄마를 보고 싶어 할까 봐 걱정되신다는 거야. 물론 사모님은 실제론 그렇지 않다는 걸 잘 알고 앨런 목사님한테도 그런 얘기는 안 하시겠지만. 사모님은 거의 매일 밤마다 몰래 목사관 뒤편 자작나무 숲을 지나 묘지로 가서 자장가를 불러주신대. 어젯밤 내가 매슈 아저씨 무덤에 일찍 핀 들장미를 놓아두려고 갔을 때 사모님이 모두 말씀해주셨어. 난 에이번리에 있는 동안은 아기 무덤에 꽃을 놓아두겠다고 약속했어. 그리고 내가 없을 땐 틀림없이…."

다이애나가 진심 어린 얼굴로 말을 이었다.

"내가 꽃을 놓아둘 거라고 말했겠지? 물론 그렇게 할 거야. 그리고 매슈 아저씨 무덤에도 널 위해서 꽃을 놓아둘게."

"정말, 고마워. 그렇게 해줄 수 있는지 네게 물어보려던 참이었거든. 그리고 헤스터 그레이의 무덤에도 꽃을 놓아줄 수 있겠니? 그녀를 꼭 기억했으면 좋겠어. 너도 알다시피 난 헤스터 그레이를 아주 많이 생각하고 상상해서 그런지, 이상하게도 그녀가 살아 있는 사람처럼 느껴져. 마치 서늘하고 고요하면서 푸른 정원 한구석에 헤스터가 다시 돌아와 있는 것 같거든. 난 어느 봄날 저녁, 빛과 어둠 사이의 마법 같은 시간에 그곳으로 몰래 돌아간다는 상상을 해. 헤스터가 놀라지 않도록 너도밤나무

언덕을 발끝으로 조심조심 넘어가지. 그러면 옛날 그대로의 정원이 보이는 거야. 6월 백합이며 이른 장미가 흐드러지게 피었고 그 너머에는 덩굴로 뒤덮인 조그마한 집이 있어. 그곳에 젊은 헤스터 그레이가 있지. 부드러운 눈매와 바람결에 날리는 검은 머리의 그녀는 백합 꽃잎 아래쪽에 손가락 끝을 대기도 하고 장미와 비밀을 속삭이기도 해. 그때 내가 우아하게 앞으로 다가가서 손을 내밀며 말을 거는 거야. '헤스터 그레이, 제 친구가 되어주시겠어요? 저도 장미꽃을 좋아하거든요.' 우린 낡은 벤치에 앉아 잠깐 동안 이야기를 나누며 꿈을 꾸고 아름다운 침묵을 즐기기도 해. 그러다가 달이 떠오르면 주위를 둘러보는 거야. 헤스터 그레이도, 덩굴이 달린 작은 집도, 장미꽃도 모두 없어져버렸어. 풀밭 속에 6월 백합만 피어 있는 황량한 정원과 벚나무 사이로 슬픈 한숨을 몰아쉬는 바람만 남아 있을 뿐이지. 아, 난 이게 실제 있었던 일인지 아니면 내 공상일 뿐인지 분간할 수 없다니까."

다이애나는 침대 머리맡 쪽으로 가서 몸을 기댔다. 해 질 녘에 이런 으스스한 이야기를 들을 때는 등 뒤에 뭔가 있을지도 모른다는 생각이 아예 떠오르지 않도록 해두려는 것이다.

"너랑 길버트가 떠나면 개선협회는 해체될지도 몰라."

다이애나가 걱정했지만 꿈의 나라에서 현실로 돌아온 앤이 씩씩하게 말했다.

"걱정하지 마. 개선협회는 확고하게 자리를 잡았어. 어른들에게 호감을 산 뒤로는 특히 더 그렇잖아. 올여름에 사람들이 자기들 잔디밭과 오솔길을 어떻게 바꾸었는지 생각해봐. 그리고 레드먼드에서 참고가 될 만한 일을 잘 봐뒀다가 겨울에 보고서를 써서 보내줄게. 그러니까 그렇게 비관적으로 볼 필요는 없어. 그리고 지금 내가 기쁨과 환희의 짧은 순간을 누린다고 해서 날 원망하진 말아줘. 나중에 떠날 때가 되면 도저히 기뻐할 수 없을 테니까."

"넌 기뻐해도 괜찮아. 대학에 가서 즐거운 시간을 보내고 멋진 친구도 잔뜩 사귈 거잖아."

"새 친구를 사귀고 싶어. 모르는 누군가와 친구가 된다고 생각하면 삶이 더 매력적으로 느껴지거든. 하지만 내가 아무리 많은 친구를 사귄다 해도 내게 더 소중한 건 옛 친구들이야. 특히 검은 눈동자에 보조개가 있는 소녀보다 소중할 순 없지. 그 친구가 누군지 알겠니, 다이애나?"

다이애나가 한숨을 쉬었다.

"하지만 레드먼드에는 똑똑한 여자애들이 아주 많을 거야. 난 아둔하고 '알겠어' 같은 사투리나 쓰는 시골뜨기일 뿐이지. 물론 하던 일을 멈추고 한 번 더 생각하면 더 나은 행동을 할 수 있게 되긴 했지. 그래도 지난 2년 동안 참 즐거웠어. 그러니 이제 끝이 나는 것도 무리는 아니지. 아무튼 난 네가 레드먼드에 가게 된 걸 기뻐하는 사람을 알고 있어. 앤, 한 가지 묻고 싶은데 진지한 질문이니까 절대 화내지 말고 있는 그대로 대답해줘. 너 길버트에게 조금이라도 관심이 있니?"

"친구로서는 정말 좋아해. 하지만 네가 생각하는 그런 건 절대 아니야."

앤은 침착하고 단호하게 말했다. 진심으로 그렇게 생각했기 때문이다. 하지만 어떻게든 앤이 다르게 대답해주기를 바랐던 다이애나는 한숨을 쉬었다.

"평생 결혼을 안 할 생각은 아니지, 앤?"

앤은 꿈꾸듯 미소를 지으며 달을 올려다보았다.

"이 사람이다 싶은 남자를 만난다면 언젠간 할 수도 있겠지."

다이애나는 물러서지 않았다.

"하지만 그런 사람이라는 걸 어떻게 확신할 수 있어?"

"아, 분명히 알아볼 수 있을 거야. 내게 뭔가 전해지는 게 있을 테니까. 내 이상형이 어떤 사람인지 너도 알잖아."

"하지만 이상형은 바뀌기도 해."

"내 이상형은 바뀌지 않을 거야. 난 그 기준에 맞지 않는 사람을 결코 사랑할 수 없어."

"만약 그런 사람을 만나지 못한다면?"

"그럼 노처녀로 살다 죽지 뭐. 그래도 죽을 때 그렇게 괴롭진 않을 거야."

앤의 쾌활한 대답이었다. 하지만 다이애나는 농담이나 하고 싶은 기분이 아니었다.

"물론 죽는 거야 쉽겠지. 내가 정말 싫어하는 건 노처녀로 사는 거야. 라벤더 아주머니처럼 될 수 있다면야 노처녀로 사는 것도 그리 나쁘진 않겠지. 하지만 난 그럴 수 없을 것 같아. 마흔다섯 살이 되면 살이 뒤룩뒤룩해질 테니까. 날씬한 노처녀라면 낭만적인 일이 몇 번은 있겠지만 뚱뚱한 노처녀에게는 그런 기회조차 없지 않을까? 아, 맞다. 넬슨 앳킨스가 3주 전에 루비 길리스에게 청혼했대. 루비가 전부 말해줬어. 루비는 넬슨과 결혼할 생각이 없었대. 결혼하면 그 집 어른들을 모시고 살아야 하거든. 그런데 넬슨이 완벽하게 아름답고 낭만적인 청혼을 하는 바람에 그만 빠져들고 말았다지 뭐야. 하지만 급하게 결정하고 싶지 않아서 일주일 동안 생각할 시간을 달라고 했어. 그리고 이틀 뒤 넬슨 어머니네 집에서 열린 바느질 모임에 갔는데 응접실 탁자에 『완벽한 예절 안내서』라는 책이 있었대. 그중에 '청혼과 결혼에서 갖춰야 할 몸가짐'이라는 제목의 글을 읽어보니 넬슨이 청혼할 때 했던 말이 글자 하나 안 틀리고 그대로 나와 있었다는 거야. 그때의 심정은 도저히 말로 표현할 수 없었다고 하더라. 루비는 집에 돌아와서 매몰찬 거절의 편지를 써서 보냈어. 루비 말로는 넬슨의 아버지와 어머니가 아들이 강에 몸을 던지지는 않을까 걱정하면서 번갈아 지키고 있었대. 하지만 걔네 부모님은 그런 걱정을 할 필요가 없었지. 왜냐하면 그 글에는 거절을 당한 뒤 어떻게 행동해야 하는지도 적혀 있었는데, 강에 빠져 죽으라는 이야긴 없었거든. 그리고 윌버 블레어도 자기 때문에 애가 타서 수척해지고 있는데, 그 문제에 관해선 자기도 어쩔 수 없다더라."

앤은 참다못해 몸을 움찔했다.

"친구를 배신하는 것 같아서 이런 말은 하지 않으려 했는데, 난 요즘 루비 길리스가 싫어. 이곳 학교와 퀸스를 같이 다닐 땐 루비가 좋았어. 비록 너나 제인만큼은 아니었지만 마음이 통하는 친구였지. 그런데 작년에 카모디로 간 뒤로 좀 변한 것 같아. 사실, 너무 많이 달라졌어."

다이애나가 고개를 끄덕였다.

"맞아. 길리스 집안의 성격이 드러나기 시작한 것 같아. 걔도 어쩔 수 없겠지. 린드 아주머니가 그러시는데, 그 집안 딸들은 남자를 생각하면 걸음걸이나 말투에서 그대로 드러난대. 루비는 남자 얘기밖에 안 해. 자기가 무슨 칭찬을 들었는지, 카모디 남자들이 모두 자기한테 얼마나 빠져 있는지 자랑스레 떠벌린다니까. 그리고 이상한 건, 아주 틀린 말은 아니라는 거야."

다이애나는 조금 화가 난 듯이 사실을 인정했다.

"어젯밤 블레어 아저씨네 가게에서 루비를 만났는데, 자기한테 새 애인이 생겼다고 귓속말을 하는 거야. 누군지 물어주길 바라는 것 같아서 일부러 가만히 있었어. 뭐, 루비가 바라는 건 항상 그런 것 같아. 걘 어렸을 때도 자주 말했잖아. 크면 애인을 많이 만들어서 결혼하기 전까지는 최대한 즐겁게 지내겠다고 했던 것 기억하지? 루비는 제인이랑 정말 달라. 제인은 친절하고 분별 있고 숙녀다워."

앤은 몸을 앞으로 내밀어 베개 위에 놓인 통통하고 작은 손을 부드럽게 쓰다듬었다.

"제인은 보석 같은 아이지. 하지만 나의 다이애나 같은 사람은 어디에도 없어. 우리가 처음 만났던 때를 기억하니? 너희 집 정원에서 우리 둘이 영원한 친구가 되겠다고 맹세했었지. 네가 날 사랑한다고 말해준 그날 느꼈던 가슴 떨리는 감정은 절대 잊지 못할 거야. 난 어렸을 때 너무 외롭게 지냈고 애정에 굶주려 있었어. 그걸 이제야 깨닫기 시작했지. 아무도 내게 신경을 쓰거나 날 걱정해주지 않았어. 내가 꿈속 나라에서 살지 않았더라면 정말 비참했을 거야. 그 속에서 난 그토록 원했던 친구들을

만나고 사랑받는 걸 상상했지. 하지만 초록지붕집으로 오면서 모든 것이 달라졌어. 그리고 널 만났지. 네 우정이 내게 어떤 의미였는지 모를 거야. 네가 항상 내게 베풀어준 따뜻하고 진실한 사랑에 대해 고맙다는 말을 꼭 하고 싶었어."

다이애나가 흐느꼈다.

"난 언제나, 언제까지나 그럴 거야. 난 그 누구도, 어떤 여자애도… 너에 대한 마음의 절반만큼도 사랑하지 않을 거야. 만약 내가 결혼해서 딸을 낳으면 이름을 앤이라고 지을 거야."

27장

돌집에서 보낸 오후

"어, 앤 누나. 그렇게 차려입고 어디 가? 그 드레스 입으니까 끝 내준다."

열은 초록색 새 모슬린 드레스 차림으로 식사를 하러 내려오 는 앤을 보고 데이비가 궁금해했다. 앤은 매슈가 세상을 떠난 뒤 처음으로 색깔 있는 옷을 입었다. 앤에게는 열은 초록색이 무척 잘 어울렸다. 앤의 섬세하고 꽃 같은 얼굴빛과 윤기 있는 머릿결을 더욱 돋보이게 해주기 때문이다.

앤이 데이비를 꾸짖었다.

"데이비, 그렇게 말하면 안 된다고 내가 몇 번이나 가르쳐줬 니? 난 메아리 오두막에 가는 거야."

데이비가 매달렸다.

"나랑 같이 가."

"마차를 타고 가는 거면 데려가겠지만, 오늘은 걸어갈 거야. 여덟 살짜리가 걷기엔 너무 멀어. 그리고 폴도 같이 갈 건데, 넌 폴하고 있는 걸 싫어하잖아."

데이비가 푸딩을 마구 떠 먹으면서 말했다.

"아니야. 난 폴 형을 전보다 훨씬 좋아해. 나도 꽤 착해졌으니까 형이 얼마나 더 착한지는 상관없어. 이대로 계속하다 보면 언젠간 다리 길이도 그렇고 착한 것도 그렇고 형을 다 따라잡을 거야. 그리고 폴 형은 학교에서 2학년 애들한테 정말 잘해줘. 다른 형들이 우리를 못살게 굴지 않게 도와주고 재밌는 놀이도 많이 가르쳐주거든."

"어제 점심시간에는 폴이 개울에 빠졌던데, 왜 그런 거니? 운동장에서 보니까 옷이 흠뻑 젖어 있었어. 얼른 갈아입으라고 집에 보내느라 무슨 일이 일어났는지 물어볼 틈도 없었지."

"아, 그건 어쩌다가 그렇게 된 거야. 형이 일부러 물에 머리를 집어넣은 건 맞는데, 물에 빠진 건 분명 실수였어. 다 같이 시냇가로 갔을 때 뭐 때문인지 프릴리 로저슨이 폴 형한테 화가 많이 나 있었어. 프릴리는 예쁘게 생겼지만 아주 못된 애야. 아무튼 그래서 프릴리가 형을 놀렸어. 할머니가 밤마다 형 머리를 걸레로 말아 올려준다고 한 거야. 폴 형은 프릴리가 하는 말엔 신경 쓰지 않다가 그레이시 앤드루스가 웃으니까 얼굴이 새빨개졌어. 형은 그레이시를 좋아하잖아. 그레이시한테 홀딱 빠져서 꽃도 꺾어다 주고 해변 길처럼 먼 데까지도 책을 들어다 줘. 형은 홍당무처럼 빨개진 얼굴로 할머니가 그런 게 아니라 자긴 원래 곱슬머리라고 말했어. 그런 다음 둑에 엎드리고 물속에 머리를 집어넣은 거야. 아이들한테 보여주려고 했나 봐."

데이비는 마릴라의 무서운 얼굴을 보고 서둘러 덧붙였다.

"아, 우리가 마시는 샘물 말고… 그 밑에 있는 작은 샘물이었어. 하지만 둑이 굉장히 미끄러워서 폴 형이 그대로 떨어진 거야. 끝내주게 물이 튀었지. 아, 앤 누나. 그런 말을 쓰려던 건 아닌데, 생각도 하기 전에 그냥 튀어나왔네. 음, 굉장히 멋있게 물이 튄 거야. 하지만 형이 기어 올라왔을 땐 참 웃겼어. 흠뻑 젖은 데다 진흙투성이였거든. 여자애들은 깔깔대고 웃었지만, 그레이시는 웃지 않았어. 오히려 미안해했지. 그레이시는 착하긴 한데 들창코라서 탈이야. 난 여자 친구를 사귈 만큼 자라도 들창코는 사귀지 않을 거야. 누나처럼 코가 예쁜 애를 고를 거야."

"푸딩을 먹을 때마다 얼굴이 온통 시럽투성이가 되는 아이를 여자애가 쳐다나 볼 것 같으냐."

마릴라가 엄하게 말했다. 데이비는 끈적거리는 얼굴을 손등으로 비벼서 닦으며 볼멘소리를 했다.

"하지만 전 여자애를 만나러 가기 전엔 꼭 세수할 거예요. 아줌마가 잔소리하기 전에 귀 뒤쪽도 깨끗이 씻을 거라고요. 오늘 아침에도 빼먹지 않았어요. 이제는 전처럼 자주 까먹지는 않아요. 하지만…."

데이비는 말을 잠시 멈추고 한숨을 쉬었다.

"씻어야 할 데가 너무 많아서 다 기억하기가 굉장히 힘들어요. 뭐, 라벤더 아줌마 집에 갈 수 없으면 해리슨 아줌마를 보러 갈 거예요. 해리슨 아줌마는 진짜 좋은 사람이에요. 남자아이들 먹으라고 부엌에 쿠키 항아리를 놓아둬요. 그리고 자두케이크를 반죽하면 항상 냄비에 눌어붙은 걸 긁어서 제게 주시죠. 냄비 바닥이랑 옆면엔 자두가 많이 붙어 있잖아요. 해리슨 아저씬 원래도 좋은 분이었지만 다시 결혼하고 나서 두 배는 더 좋아졌어요. 결혼하면 다들 더 좋은 사람이 되는 것 같아요. 그런데 마릴라 아줌마는 왜 결혼을 안 하셨어요? 궁금해요."

마릴라는 자기의 행복한 독신 생활에 대해 한 번도 마음 아파한 적이 없었다. 그래서 앤과 의미심장한 눈짓을 교환하면서 아무도 자신과 결혼하고 싶어 하지 않았기 때문이라고 친절하게 대답했다.

"그런데 아주머니가 결혼해달라고 부탁하지 않아서 그랬을 수도 있잖아요."

데이비의 말에 놀라서 아무도 선뜻 입을 열지 못하자 깜짝 놀란 도라가 새침하게 끼어들었다.

"어머, 데이비. 그런 건 남자가 물어보는 거야."

데이비가 투덜거렸다.

"왜 항상 남자가 해야 하는 건지 모르겠어. 세상 모든 일을 남자가 떠맡는 것 같아. 마릴라 아줌마, 푸딩 더 먹어도 돼요?"

"이미 잔뜩 먹었잖니."

마릴라는 이렇게 말하면서도 적당한 양을 덜어주었다.

"사람들이 푸딩을 밥처럼 먹고 살았으면 좋겠어요. 마릴라 아줌마, 왜 그러면 안 될까요? 궁금해요."

"그러면 금세 질리고 말 거야."

데이비가 미심쩍은 얼굴로 말했다.

"정말 그런지 시험해보고 싶어요. 하지만 푸딩을 전혀 못 먹는 것보단 손님이 오는 날이랑 생선만 먹는 금요일에라도 먹는 게 좋아요. 밀티 볼터네 집에선 푸딩이 아예 안 나와요. 밀티가 그러는데 손님이 오면 걔네 엄마는 치즈를 갖고 와서 직접 잘라 준대요. 아주 조금 준 다음에 미안하니까 하나 더 주는 거죠."

마릴라가 엄하게 말했다.

"밀티 볼터가 자기 어머니를 그렇게 말했다고 해도 네가 그 말을 다시 꺼낼 필요는 없다."

"하느님 맙소사."

데이비는 해리슨 씨가 평소에 하던 이 말을 귀담아들었다가 신이 나서 써먹곤 했다.

"밀티는 엄마 칭찬을 한 거예요. 걘 엄마를 굉장히 자랑스러워해요. 바위를 긁어내서라도 먹고살 수 있는 사람이라고 다들 그러니까요."

마릴라는 황급히 일어나서 밖으로 나가며 말했다.

"저, 저 못된 암탉이 또 팬지꽃 화단에 들어갔나 보다."

졸지에 악당 취급을 받은 암탉은 실제로 팬지꽃 화단 근처에 얼씬거리지도 않았고 마릴라는 화단을 쳐다보지도 않았다. 마릴라는 밖에 나가는 대신 지하실로 내려가는 입구 쪽에 앉아 스스로 민망해질 때까지 실컷 웃었다.

그날 오후 앤과 폴이 돌집에 도착했을 때, 라벤더와 넷째 샬로타는 정원에서 잡초를 뽑고 갈퀴질을 하면서 정원수를 다듬고 있었다. 평소 즐겨 입는 주름 장식과 레이스가 달린 화려하고 사랑스러운 옷차림을 한 라벤더는 정원용 가위를 내려놓고 뛰어와 손님들을 반갑게 맞았다. 넷째 샬로타도 환하게 웃었다.

"잘 왔다, 앤. 오늘 올 것 같았어. 넌 한낮 같은 사람이라 오후에 온 거구나. 같은 세계에 속한 존재들은 함께 오는 법이거든. 그것만 알아도 애먼 고생을 피할 수 있을 텐데…. 하지만 사람들은 그걸 모르지. 그래서 온 세상을 돌아다니며 어울리지도 않는 것들을 한데 모으느라 소중한 열정을 낭비하는 거야. 어머, 폴. 너 참 많이 컸구나! 저번에 왔을 때보다 머리 절반은 더 컸네."

"네, 린드 아주머니가 하룻밤 사이에 쑥쑥 자라는 명아줏대 같다고 하셨어요. 할머니는 죽을 먹은 효과가 이제야 나타난다고 말씀하셨는데, 그럴 수도 있겠죠."

폴은 키가 크고 있다는 사실을 뿌듯해하는 모습이었다. 하지만 곧 한숨을 쉬었다.

"하지만 그렇게 많이 먹으면 누구라도 키가 크지 않을까요? 전 이제 크기 시작했으니까 아빠만큼 자랐으면 좋겠어요. 아빠 키는 180센티미터가 넘거든요. 아주머니도 알고 계시죠?"

물론 라벤더는 알고 있었다. 그녀의 아름다운 뺨이 조금 더 붉어졌다. 라벤더는 폴과 앤의 손을 한쪽씩 잡고 말없이 집으로 걸어갔다.

"라벤더 아주머니, 오늘은 메아리가 울리기 좋은 날인가요?"

폴이 간절한 얼굴로 물었다. 처음 왔던 날은 바람이 너무 많이 불어서 메아리가 울리지 않아 무척 실망한 터였다.

라벤더는 생각에 잠겨 있다가 정신을 차리며 대답했다.

"맞아. 딱 좋은 날이지. 하지만 우선 뭐 좀 먹어야 하지 않겠니? 두 사람 모두 너도밤나무 숲을 지나 여기까지 걸어왔으니 배가 고플 거야. 넷째 샬로타하고 난 어느 때든 먹을 수 있어. 식욕이 왕성하거든. 그러니까 얼른 부엌으로 쳐들어가자. 다행히 그곳엔 맛있는 음식이 가득하단다. 오늘 손님이 올 것 같다는 예감이 들어서 넷째 샬로타하고 준비해놨거든."

폴이 말했다.

"아주머니는 부엌에 맛있는 걸 항상 준비해두시나 봐요. 우리 할머니도 그러시거든요. 하지만 간식은 주지 않으세요."

폴은 골똘히 생각하면서 말을 덧붙였다.

"그런데 다른 집에 왔다고 해서 이렇게 마구 먹어도 되는 건지는 잘 모르겠어요."

라벤더는 재미있다는 듯이 폴의 갈색 곱슬머리 너머로 앤과 눈짓을 교환했다.

"먼 길을 걸어서 왔잖니. 평소와 다른 상황이니까 할머니도 허락해주실 거야. 나도 간식이 건강에 좋지 않다고 생각해. 하지만 이곳 메아리 오두막에서는 간식을 자주 먹는단다. 넷째 샬로타와 나는 알려진 모든 식사법을 무시하면서 살고 있거든. 우린 먹고 싶다는 생각이 들 때마다 밤낮을 가리지 않고 소화가 잘 안 되는 온갖 음식을 먹고 있어. 그런데도 푸른 월계수처럼 튼튼하지. 우리도 이런 습관을 고쳐보려고 잘못된 음식에 대해 경고하는 신문 기사를 읽으면, 잊어버리지 않도록 그걸 오려서 부엌 벽에 붙여놓곤 해. 하지만 어찌 된 일인지 까맣게 잊어버렸다가 그 음식을 먹고 난 뒤에야 생각이 나는 거야. 다행히도 아직까지는 안 죽고 살아 있어. 하지만 넷째 샬로타는 잠자리에 들기 전에 도넛과 고기가 든 파이, 과일케이크를 먹으면 악몽을 꾼다고 하더구나."

"할머니도 자기 전에 우유 한 잔이랑 버터 바른 빵 한 조각 정도는 먹을 수 있도록 허락해주세요. 일요일 밤에는 빵에 잼을 발라 주시고요. 그래서 전 일요일 밤이 되면 무척 설레요. 물론 꼭 그 이유 때문만은 아니지만요. 해변 길에 살다 보면 일요일이 무척 길게 느껴져요. 하지만 할머니는 일요일이 너무 짧다면서 아빠도 어렸을 때 일요일을 지겨워하지 않았다고 하셨어요. 바위 사람들과 이야기할 수 있으면 일요일이 그처럼 길게 느껴지진 않겠죠. 하지만 그럴 순 없잖아요. 일요일에 그러는 걸 할머니가 허락하실 리 없으니까요. 전 생각을 많이 하는데, 하느님과 상관없는 것뿐이라서 걱정돼요. 할머니는 일요일엔 종교적인 것 말고 다른 걸 생각하면 안 된다고 하셨어요. 이에 반해 앤 선생님은 정말 아름다운 생각이라면 무엇에 대해서든, 무슨 요일에 생각하든 상관없이 모두 하느님과 관계가 있다고 말씀하셨죠. 그런데 할머니는 설교와 주일학교 수업만 종교적인 거라고 확신하세요. 할머니와 선생님 생각이 다를 땐 어떻게 판단해야 할지 모르겠어요. 제 솔직한 마음으로는…."

폴은 자기 말을 안쓰럽게 듣고 있는 라벤더를 푸른 눈으로 진지하게 바라보며 한 손을 가슴에 얹고 이야기했다.

"선생님 말씀이 맞는 것 같아요. 하지만 할머니는 나름의 방식대로 아빠를 훌륭하게 키우셨잖아요. 선생님은 아직 누군가를 어른이 될 때까지 키워본 적 없으시고요. 물론 데이비하고 도라를 도와주고 계시지만, 그 애들이 다 자랄 때까진 선생님 방식이 맞는지 장담할 순 없죠. 그래서 할머니 의견대로 하는 게 더 안전할 것 같다는 생각이 가끔씩 들어요."

앤이 진지하게 동의했다.

"폴, 나도 그렇게 생각해. 할머니와 난 표현하는 방식이 다르긴 하지만 각자 바라는 것을 나누다 보면 서로 뜻이 같다는 것을 발견하게 될 거야. 넌 할머니가 말씀하신 방법대로 하는 게 좋겠다. 그건 경험에서 나온 지혜니까. 쌍둥이가 어떻게 자랄지 아직은 모르니까 내 방법이 옳다고 확신할 수는 없어."

세 사람은 간식을 먹고 나서 정원으로 나갔다. 폴은 메아리가 울리는지 시험해본 뒤 무척 놀라며 기뻐했다. 그동안 앤과 라벤더는 포플러나무 아래 돌 벤치에 앉아 이야기를 나누었다.

"올가을에 떠나겠구나. 널 생각하면 기쁜 일이지. 그런데 이기적인 말처럼 들릴지는 모르겠지만, 난 몹시 슬프단다. 네가 정말 보고 싶을 거야. 아, 가끔씩은 친구를 사귀는 게 아무런 소용이 없다는 생각을 하게 돼. 때가 되면 친구들이 내 인생에서 떠나가고, 그들을 만나기 전에 가졌던 공허함보다 더 아픈 상처만 남을 뿐이니까."

라벤더가 무척 아쉬워했다.

"그건 엘리자 앤드루스 아주머니가 할 법한 말처럼 들려요. 라벤더 아주머니에겐 어울리지 않는걸요. 공허함보다 나쁜 건 없잖아요. 그리고 전 아주머니 인생에서 떠나는 게 아니에요. 편지도 있고 방학도 있잖아요. 어머, 얼굴이 창백해졌어요. 무척 피곤하신가 봐요."

"야… 호…! 야… 호…!"

폴은 둑으로 가서 지칠 줄 모르고 소리를 질러댔다. 가끔씩 듣기 거북한 소리를 내기도 했지만, 강 건너의 요정 연금술사는 이런 소리마저 금과 은으로 바꾸어 돌려보냈다.

라벤더는 초조한 듯 예쁜 손을 휘저었다.

"난 모든 게 지겨워졌어. 메아리까지도…. 내 인생에는 메아리 말고 아무것도 없단다. 희망과 꿈과 기쁨은 잃어버린 지 오래야. 아름답긴 하지만 왠지 날 비웃는 것 같아. 아이고, 앤. 손님 앞에서 이런 말을 하다니 나도 참 주책이지. 나이가 드는 걸 받아들이지 못하나 봐. 이러다 예순 살쯤 되면 성미 고약한 할머니가 되겠지? 어쩌면 내게 필요한 건 파란 알약일지도 몰라."

바로 그때 식사 후 모습이 보이지 않던 넷째 샬로타가 돌아와서는 존 킴벌 씨네 목초지 북동쪽 구석에 철 이른 딸기가 빨갛게 열려 있으니 함께 따러 가자고 앤에게 말했다.

라벤더가 소리쳤다.

"차를 마실 땐 철 이른 딸기가 제격이지! 아, 난 생각만큼 늙진 않았나 봐. 파란 알약 같은 건 필요 없어. 아가씨들, 어서 딸기를 따 가지고 오렴. 여기 은색 포플러나무 밑에서 다 같이 차를 마시자꾸나. 난 집에서 만든 크림을 미리 준비해둘게."

앤과 넷째 샬로타는 마을에서 떨어져 있는 킴벌 씨네 목초지로 갔다. 푸르른 들판에 감도는 공기는 벨벳처럼 부드럽고 제비꽃 화단처럼 향기로우면서 호박석처럼 황금빛이었다.

앤은 크게 숨을 들이마셨다.

"아, 여기 오니까 정말 향긋하고 상쾌하지 않니? 햇살에 취하는 기분이야."

"맞아요, 아가씨. 저도 그래요, 아가씨."

넷째 샬로타가 맞장구를 쳤다. 아마 앤이 황야의 펠리컨이 된 것 같은 기분이라고 말했어도 똑같이 대답했을 것이다. 넷째 샬로타는 앤이 메아리 오두막을 다녀갈 때마다 늘 부엌 위의 자기 방에 올라가 거울 앞에서 앤의 말투, 표정, 몸놀림을 연습했다. 아직 스스로 만족할 정도는 아니지만, 연습을 거듭하다 보면 완벽해질 것이라고 기대했다. 우아하게 턱을 들고 별빛 같은 눈망울을 반짝이며 바람에 흔들리는 나뭇가지처럼 걸을 수 있기를 간절히 바랐다. 앤을 보고 있을 때는 이런 행동이 쉬울 것만 같았다. 넷째 샬로타는 진심으로 앤을 동경했다. 앤이 빼어난 미인이라고 생각해서 그런 것은 아니었다. 사실 넷째 샬로타의 눈에는 앤의 달빛처럼 빛나는 회색 눈과 창백하면서 금세 장밋빛으로 물들곤 하는 뺨보다 다이애나 배리의 진홍색 뺨과 검은 곱슬머리가 훨씬 매력적으로 보였다.

"전 예쁘지 않아도 좋으니 아가씨처럼 되고 싶어요."

샬로타가 진심을 담아 말했다. 앤은 웃으며 이 찬사에서 꿀만 취하고 가시는 버렸다. 앤은 이와 같은 가시 섞인 칭찬을 듣는 데 익숙했다. 앤의 외모에 대해서는 의견이 분분했다. 미인이라는 말을 들었다가 실제로 보고 나서 실망한 사람들도 있었다. 반면 평범하게 생겼다는 말을 들은 사람들은 앤을 직접 본 뒤에 남들의 눈이 어떻게 된 것은 아닌지 의아해했다. 앤은 자기가 미인 소리를 들을 만한 자격이 있다고 생각한 적이 없었다. 거울에 비치는 것은 코 위에 주근깨 일곱 개가 나 있는 작고 창백한 얼굴뿐이었다. 장밋빛으로 타오르는 불꽃처럼 감정에 따라 앤의 얼굴에 떠올랐다가 사라지는 표정의 변화나 커다란 눈에 번갈아 떠오르는 꿈과 웃음의 매력은 거울에 나타나지 않았다.

엄밀히 말해서 앤은 미인이라고 할 수 없었지만, 말로 표현하기 힘든 매력과 눈에 띄는 용모를 지니고 있었다. 앤을 본 사람들은 그녀의 잠재력을 발견했으며 부드럽고 소녀다운 모습에 흐뭇해했다. 앤과 각별한 사람들은 그녀의 가장 큰 매력이 앤을 둘러싼 가능성의 기운이라는 사실을 무의식적으로 인지했다. 앤에게는 미래를 개척하는 힘이 깃들어 있음을 깨달은 것이다. 앤은 앞으로 일어날 일에 대한 기대감에 싸여 걷고 있는 것처럼 보였다.

딸기를 따면서 넷째 샬로타는 라벤더의 상태가 염려된다고 털어놓았다. 마음이 따뜻한 어린 하녀는 자기가 흠모하는 주인을 진심으로 걱정하고 있었다.

"라벤더 마님은 건강이 좋지 않아요, 셜리 아가씨. 직접 그렇게 말씀하신 것은 아니지만, 어딘가 편찮으신 것만큼은 확실해요. 아가씨와 폴이 여길 함께 다녀간 뒤부터 마님은 예전 같지 않으세요. 그날 밤 감기에 걸리신 게 틀림없어요, 아가씨. 두 분이 돌아간 뒤에 마님은 얇은 숄 한 장만 걸치고 정원에 나가서 어두워진 뒤에도 한참 동안이나 서성거리셨거든요. 산책을 하는 동안 눈도 많이 내려서 감기에 걸리신 게 틀림없어요, 아가씨. 그때 이후로 마님이 더 피곤해하고 쓸쓸해 보여요. 마님은 아무것에도 관심이 없어 보여요, 아가씨. 손님이 올 것처럼 상상하는 놀이도 하지 않고, 그걸 준비하지도 않으세요. 아무 일도 하지 않으시는 거예요, 아가씨. 아가씨가 오셨을 때만 겨우 기운을 차리시는 것 같아요. 그리고 무엇보다 걱정되는 건 말이죠, 셜리 아가씨."

넷째 샬로타는 몹시 이상하면서도 치명적인 증상을 말하려는 듯 목소리를 낮췄다.

"제가 뭘 깨뜨려도 절대 화를 내지 않으신다는 거예요. 책장에 항상 놓여 있던 연두색 그릇을 어제 제가 깨뜨렸어요. 마님의 할머니가 잉글랜드에서 가져오신 거라 평소에 정말 소중히 여기던 물건이었어요. 그래서 전 조심스럽게 먼지를 털었죠. 그러다가 떨어뜨리고 만 거예요, 셜리 아가씨. 손으로 잡기도 전에 산산조각이 나버렸죠. 저는 죄송하기도 하고 겁도 났어요. 심한 꾸지람이 떨어질 것을 각오했죠. 그랬더라면 차라리 나았을 거예요. 마님은 제대로 살펴보지도 않고 이렇게 말씀하셨어요. '별일 아니야, 샬로타. 사금파리 조각들을 잘 주워서 밖에 내다 버리렴.' 그것뿐이었어요, 셜리 아가씨. 마치 제가 깬 게 할머니가 잉글랜드에서 가져온 그릇이 아닌 것처럼 말씀하셨다니까요. 아, 마님이 편찮으실까 봐 정말 걱정돼요. 마님을 돌봐줄 사람은 저밖에 없으니까요."

넷째 샬로타의 눈에는 눈물이 가득했다. 앤은 분홍색 낡은 바구니를 든 조그맣고 거친 손을 다정하게 어루만졌다.

"샬로타, 라벤더 아주머니에게는 변화가 필요한 것 같아. 너무 오랫동안 여기서 혼자 사셨잖니. 어디 여행이라도 다녀오시라고 말씀드리면 어떨까?"

샬로타는 커다란 리본을 단 머리를 속절없이 흔들었다.

"소용없을 것 같아요, 셜리 아가씨. 라벤더 마님은 다른 집에 가는 걸 싫어하시거든요. 간간이 친척 세 분을 찾아가긴 하시지만, 가족 된 도리로 할 수 없이 만나러 가는 것뿐이라고 말씀하셨어요. 지난번엔 이렇게 예의상 방문하는 건 앞으로 하지 않겠다고 하셨죠. 그러면서 이렇게 선언하셨어요. '샬로타, 난 혼자 있는 게 그리워서 집에 돌아온 거야. 다시는 내 집을 떠나고 싶지 않아. 친척들에게 늙은이 취급을 받는 것도 지긋지긋해.' 정말 지긋지긋하다고 말씀하셨다니까요. 그러니까 마님한테 어디 여행이라도 다녀오시라고 말씀드려봤자 아무런 소용이 없을 것 같아요, 셜리 아가씨."

앤은 마지막 딸기를 따서 분홍 바구니에 담으며 단호한 표정으로 말했다.

"아주머니에게 무엇을 해드릴 수 있는지 찾아봐야겠어. 방학이 되자마자 여기 와서 일주일 동안 너랑 같이 지낼 거야. 우리 셋이서 매일 소풍도 가고 온갖 재미있는 것들을 상상하며 지내자. 그러면 라벤더 아주머니도 기운이 나실 거야."

"바로 그거예요, 셜리 아가씨."

넷째 샬로타가 기쁜 얼굴로 소리쳤다. 라벤더뿐만 아니라 자기에게도 무척 신나는 일이기 때문이었다. 샬로타는 일주일을 꼬박 관찰하면 앤처럼 움직이고 행동하는 법을 확실히 배울 수 있을 것이라고 기대했다.

두 사람이 메아리 오두막으로 돌아오자 라벤더와 폴은 작은 사각형 탁자를 부엌에서 정원으로 옮겨놓은 뒤 차 마실 준비를 하고 있었다. 넓고 푸른 하늘에는 하얀 솜털 같은 구름이 떠다녔고, 멀리 그림자를 드리운 숲에서는 바스락거리는 소리가 속삭이듯 들려왔다. 이런 분위기에서 먹는 딸기와 크림만큼 맛있는 음식은 세상에 없었다. 차를 마시고 앤이 샬로타를 도와 부얼에서 설거지하는 동안 라벤더는 폴과 함께 돌 벤치에 앉아 바위 사람들에 대한 이야기를 나누었다. 폴은 라벤더가 다정하게 이야기를 잘 들어주다가 쌍둥이 뱃사람 대목에 이르자 흥미를 잃었다는 사실을 눈치챘다.

폴이 진지한 얼굴로 물었다.

"라벤더 아주머니, 왜 절 그렇게 보고 계세요?"

"내가 어떻게 봤는데, 폴?"

"저를 보면서 누군가를 생각하시는 것 같았어요."

폴은 이따금씩 남다른 통찰력을 보여주었다. 그럴 때면 이 아이 앞에서 비밀을 지키기란 쉽지 않았다.

라벤더가 감상에 젖어 말했다.

"널 보고 있으면 오래전에 알고 지냈던 사람이 떠오른단다."

"아주머니가 젊었을 때요?"

"그래, 젊었을 때지. 폴, 내가 아주 늙어 보이니?"

폴이 솔직하게 말했다.

"그게, 뭐라고 말씀드리기 어려워요. 머리는 늙어 보이죠. 젊은 사람에게 흰머리가 난 것은 본 적이 없으니까요. 하지만 웃을 때 아주머니의 눈은 우리 예쁜 선생님만큼이나 젊어 보여요. 저기, 라벤더 아주머니."

폴의 표정과 목소리가 재판관처럼 엄숙해졌다.

"아주머니는 정말 훌륭한 엄마가 되실 수 있을 거예요. 훌륭한 엄마에 딱 어울리는 눈빛이거든요. 우리 엄마도 언제나 그런 눈빛이셨죠. 아주머니에게 아들이 없어서 참 안됐어요."

"폴, 난 꿈속의 아이가 있단다."

"와, 정말요? 몇 살인데요?"

"너랑 비슷할 거야. 네가 태어나기 전에 그 아이를 상상했으니까 너보다는 나이가 많겠지. 하지만 열한 살인가 열두 살 때부터 더 자라지 못하게 했어. 그냥 내버려두면 언젠가는 완전히 자라서 날 떠날까 봐 무서웠거든."

폴이 고개를 끄덕였다.

"아, 무슨 말씀인지 알아요. 그게 바로 꿈의 사람들이 가진 장점이에요. 우리가 원하는 나이로 붙잡아둘 수 있으니까요. 세상에서 꿈의 사람들을 알고 지내는 건 아주머니하고 우리 예쁜 선생님하고 저뿐이에요. 우리 셋이 서로 알고 지내는 게 참 재미있고 멋있게 느껴져요. 그런 사람들은 항상 서로를 찾아내는 것 같아요. 할머니는 꿈의 사람들을 한 번도 상상해보신 적 없고 메리 조 누나는 나를 머리가 이상한 아이로 생각해요. 하지만 꿈의 사람들을 알고 지내는 건 정말 멋진 일이에요. 라벤더 아주머니도 알고 계시잖아요. 아주머니의 꿈속 아이에 대해서 전부 들려주세요."

"그 아인 파란 눈에 곱슬머리야. 매일 아침 살며시 들어와 입맞춤으로 날 깨운 다음 온종일 이 정원에서 놀지. 그러면 나도 그 아이랑 논단다. 우린 늘 같은 놀이를 해. 달리기를 하고, 메아리와 이야기도 나누고, 또 내가 이야기를 들려주기도 하지. 그러다가 황혼이 찾아오면…."

폴이 상기된 얼굴로 끼어들었다.

"뭘 하는지 저도 알아요. 아주머니 옆에 와서 앉는 거죠. 이렇게요. 열두 살이면 무릎 위에 올라가긴 너무 크니까요. 그리고 나서 아주머니 어깨에 머리를 기대는 거예요. 이렇게요. 아주머니는 그 아이를 팔로 두르고 꼭꼭 껴안아요. 그리고 뺨을 그 아이 머리에 대는 거죠. 네, 바로 그거예요. 와, 알고 계시네요."

앤은 돌집을 나서며 두 사람을 보았다. 라벤더의 표정을 보니 왠지 그들을 방해하면 안 될 것 같았다.

"폴, 아쉽지만 이제 가야겠다. 그래야 어두워지기 전에 돌아갈 수 있을 거야. 라벤더 아주머니, 곧 다시 와서 일주일 내내 있을게요."

라벤더가 겁을 줬다.

"넌 한 주라고 했지만, 난 두 주 동안 널 붙잡아둘 거야."

28장

————

마법의 궁전으로 돌아온 왕자님

학교에서 보내는 마지막 날이 되었다. 앤의 학생들은 '학기말 시험'을 훌륭한 성적으로 통과했다. 마지막 수업 시간에 아이들은 앤에게 감사 인사를 하면서 휴대용 책상을 선물했다. 모든 여학생이 울음을 터뜨렸고, 남학생 몇 명은 울지 않았다고 우겼지만 나중에 살펴보니 얼굴에 눈물자리가 또렷했다.

하먼 앤드루스 부인, 피터 슬론 부인, 윌리엄 벨 부인은 함께 집으로 돌아가면서 이야기를 나누었다.

"아이들이 앤을 무척 따르고 있는데 여길 떠난다니 정말 안타까운 일이네요."

슬론 부인이 이렇게 말하고 한숨을 쉬었다. 부인은 한숨을 쉬는 버릇이 있어서 농담까지도 그렇게 마무리하곤 했다. 하지만 슬론 부인이 아차 싶었던지 급하게 말을 덧붙였다.

"물론 새로 오시는 선생님도 좋은 분이지만요."

앤드루스 부인이 당연하다는 듯이 말했다.

"우리 제인은 맡은 일을 잘 해낼 거예요. 틀림없어요. 아이들에게 동화를 너무 많이 들려준다거나 숲을 헤매면서 시간을 낭비하진 않겠죠. 게다가 제인은 장학사가 선정하는 우수 교사 명단에 이름을 올렸어요. 뉴브리지 사람들은 제인이 그만둬서 몹시 난감해한답니다."

벨 부인이 말했다

"앤이 대학에 간다니, 정말 다행이에요. 바라던 일을 이루었으니 앤에게는 정말 잘된 일이죠."

앤드루스 부인은 이날 다른 사람의 말에 전적으로 동의하지는 않겠다고 마음먹은 듯했다.

"글쎄요. 전 앤이 교육을 더 받을 필요가 있는지 잘 모르겠어요. 앤은 길버트 블라이드와 결혼하겠죠? 길버트가 대학을 졸업한 뒤에도 앤에 대한 마음이 식지 않는다면요. 그런데 라틴어나 그리스어가 앤에게 무슨 도움이 되겠어요? 대학에서 남자 다루는 법을 가르쳐준다면야 앤이 대학에 가는 의미가 어느 정도는 있겠지만요."

에이번리에서 떠도는 소문처럼 앤드루스 부인은 자기 '남자' 다루는 법을 전혀 몰랐다. 그러다 보니 앤드루스 집안은 화목하고 모범적인 가정과 거리가 멀었다.

벨 부인이 말했다.

"샬럿타운의 교회에서 앨런 목사님을 모시자고 의논하는 중이래요. 머지않아 목사님이 우리 교회를 그만두시겠네요."

슬론 부인이 말을 보탰다.

"9월이 되면 떠나실 것 같아요. 우리 마을로서는 커다란 손실이죠. 그리고 항상 느끼던 건데, 앨런 목사 사모님은 성직자 부인치고 옷을 너무 화려하게 입는 것 같아요. 하지만 완벽한 사람이 어디 있겠어요. 오늘 해리슨 씨가 얼마나 깔끔하고 단정하게 옷을 입었는지 보셨나요? 사람이 그렇게 달라지기도 하네요. 일요일마다 교회에 나올 뿐 아니라 목사님의 월급을 대기 위해 기부도 하고 있다니까요."

앤드루스 부인이 말했다.

"폴 어빙도 꽤 많이 컸죠? 처음 여기 왔을 땐 또래보다 훨씬 작았잖아요. 오늘은 거의 못 알아볼 뻔했어요. 점점 더 아버지를 빼닮아가네요."

벨 부인이 말했다.

"참 똑똑한 아이예요."

앤드루스 부인은 목소리를 낮췄다.

"그래요. 똑똑하긴 한데 이상한 이야기를 하고 다니는 것 같아요. 지난주 어느 날, 그레이시가 학교에 다녀와서는 폴이 자기한테 해변에서 사는 사람들에 대해 터무니없는 이야기를 했다고 하더군요. 사실과 동떨어진, 아주 허황된 이야기였죠. 전 그런 말을 믿어선 안 된다고 그레이시한테 말했어요. 그랬더니 그레이시는 폴도 자기더러 믿으라고 한 말은 아니었대요. 본인도 믿지 않는다면서 뭣 때문에 그런 얘길 했을까요?"

슬론 부인이 말했다.

"앤이 그러는데, 폴은 천재래요."

"그럴 수도 있겠네요. 미국인들이 무슨 짓을 할지 어떻게 알겠어요."

앤드루스 부인이 대꾸했다. 그녀가 아는 '천재'의 뜻은 별난 사람들을 가리키는 구어체 표현인 '기이한 천재'가 전부였다. 그래서 메리 조처럼 앤드루스 부인도 천재는 머리가 이상한 사람이라고만 생각했던 것이다.

앤은 교실로 돌아와 자기 책상에 앉았다. 2년 전 처음 교단에 섰던 날처럼 손으로 턱을 괴고는 이슬 맺힌 눈망울로 창문 너머 '반짝이는 호수'를 아쉬운 듯 바라보았다. 학생들과 이별한다는 사실이 너무도 가슴 아픈 나머지, 그 순간만큼은 대학이 주는 매력도 빛이 바랠 정도였다. 애네타 벨이 두 팔로 목을 껴안았던 감촉이 여전히 느껴졌고, "어떤 분이 오셔도 절대로 선생님만큼 좋아하진 않을 거예요. 셜리 선생님, 절대로, 절대로요"라는 아이다운 통곡도 귀에 생생했다.

앤은 2년 동안 성실하게 일했다. 실수도 많았지만 실수를 통해 배운 점도 많았다. 충분한 보상도 받았다. 가르치는 동안 도리어 학생들에게 배운 것이 더 많았다. 부드러움, 자제력, 꾸밈없는 지혜, 아이다운 마음이 주는 교훈을 얻은 것이다. 앤은 학생들에게 '거대한 야심'을 불어넣지는 못했다. 하지만 세심한 교훈보다는 다정한 성품으로 더 많은 것을 가르쳐주었다. 앞으로의 인생에서 훌륭하고 자애롭게 사는 것이 얼마나 선하고 필요한 일인지 일깨우면서, 진리와 예의와 친절을 지키는 법, 거짓과 비열함과 천박함을 멀리하는 법을 알려준 것이다. 지금 당장은 이런 교훈을 배웠다는 사실조차 의식하지 못할 테지만, 학생들은 아프가니스탄의 수도와 장미전쟁이 일어난 해를 잊어버린 뒤에도 앤의 가르침만은 기억하고 실천할 것이다.

"내 인생의 한 장이 끝났어."

앤은 책상을 잠그면서 큰 소리로 말했다. 무척 슬펐지만 '한 장을 끝냈다'라는 생각에 담긴 낭만이 마음을 조금 달래주었다.

방학이 시작되자 앤은 메아리 오두막에서 두 주간 머물렀다. 덕분에 거기 사는 사람들 모두 즐거운 시간을 보냈다.

앤은 물건을 구경하러 가자며 라벤더를 시내로 데리고 나가서는 새 모슬린 드레스를 사도록 권했다. 그러고 나서 함께 옷을 재단하고 수선하며 흥겨운 시간을 가졌다. 그동안 넷째 샬로타는 즐거운 마음으로 시침질을 하고 천 조각을 쓸어 담았다. 라벤더는 어떤 것에도 흥미가 나지 않는다고 툴툴댔지만, 아름다운 드레스를 보자마자 눈동자가 반짝반짝 빛났다.

라벤더가 한숨을 쉬었다.

"난 정말 천박하고 어리석은 사람인가 봐. 아무리 물망초 모슬린 드레스라고 해도 그렇지, 새 드레스 때문에 마음이 들뜨다니. 쥐구멍이라도 찾고 싶은 심정이야. 양심에 따라 살면서 해외 선교 활동에 기부금을 많이 냈을 때도 지금처럼 설레진 않았는데 내가 왜 이러는지 모르겠다."

메아리 오두막에서 머문 지 일주일 정도 지났을 때 앤은 초록지붕집에 가서 쌍둥이의 양말을 깁고 그동안 쌓아둔 데이비의 질문에도 답해주었다. 그날 저녁에는 해변 길을 따라 폴 어빙의 집에 갔다. 낮고 네모난 창문 옆을 지날 때 폴이 누군가의 무릎에 앉아 있는 모습이 언뜻 보였다. 하지만 곧바로 폴은 복도를 지나 달려 나오며 흥분한 얼굴로 소리쳤다.

"아, 셜리 선생님. 무슨 일이 일어났는지 짐작도 못 하실 거예요! 아주 멋진 일이거든요. 아빠가 오셨어요. 상상이 되세요? 아빠가 오셨다니까요! 얼른 들어오세요. 아빠, 이분이 우리 예쁜 선생님이에요. 제가 전에 말씀드렸죠?"

스티븐 어빙은 미소를 지으며 앤을 맞으러 나왔다. 키가 크고 잘생긴 중년 남자였다. 진회색 머리, 깊고 푸른 눈, 강해 보이지만 슬픈 얼굴에다가 턱과 이마의 생김새가 특히 멋있었다. 로맨스의 주인공에 딱 어울리는 그의 얼굴을 보자 앤은 가슴이 두근거렸다. 주인공이 분명한 누군가를 만났을 때 그의 머리가 벗겨져 있거나 등이 굽어 있는 등 남자다운 매력이 없다면 실망하기 마련이다. 만약 라벤더가 사랑했던 사람의 외모가 그에 걸맞지 않았다면 앤은 크게 낙심했을 것이다.

어빙 씨가 반갑게 악수를 청하며 말했다.

"아, 말로만 듣던 '예쁜 선생님'이시군요. 폴의 편지에는 선생님 이야기가 가득했죠. 그래서 전부터 알던 분처럼 느껴지네요. 폴을 잘 돌봐주셔서 감사하다는 말씀을 드리고 싶습니다. 폴에게는 선생님 같은 분이 꼭 필요하지요. 제 어머니는 둘도 없이 훌륭한 분이지만, 스코틀랜드 사람 특유의 투박하고 실용적인 사고방식을 지니셨어요. 그래서 제 아이를 온전히 이해하기는 어려우실 듯합니다. 어머니의 부족한 부분을 선생님께서 채워주신 거예요. 지난 2년 동안 폴은 선생님께 엄마 없는 아이가 받을 수 있는 최고의 교육을 받았다고 생각합니다."

칭찬받는 것을 싫어하는 사람은 없다. 어빙 씨의 찬사를 듣고 앤의 얼굴은 장미꽃처럼 활짝 피어났다. 늘 바쁜 일에 쫓기며 살아온 어빙 씨는 앤을 보면서 '동부 변두리' 작은 마을의 이 학교 선생님처럼 빨간 머리와 멋진 눈을 가진, 아름답고 사랑스러운 아가씨는 처음 본다고 생각했다.

폴은 더없이 행복한 얼굴로 두 사람 사이에 앉았다.

"아빠가 오실 줄은 꿈에도 몰랐어요. 할머니도 모르셨대요. 정말 깜짝 놀랐죠. 보통 때 같으면…."

환한 얼굴로 말하던 폴이 갈색머리를 진지하게 흔들었다.

"전 놀라는 걸 별로 좋아하지 않아요. 놀랐을 땐 뭘 기대하는 즐거움을 놓쳐버리니까요. 하지만 이런 거라면 괜찮아요. 아빤 어젯밤 제가 침대에 누운 뒤에 오셨어요. 할머니하고 메리 조 누나는 깜짝 놀랐지만 금세 마음을 가라앉혔고, 아빠는 할머니와 함께 저를 보러 2층으로 올라오셨죠. 아침까지는 절 깨우지 않을 생각이었대요. 그때 제가 눈을 뜨고 아빠를 본 거예요. 전 곧바로 아빠한테 달려들었어요."

어빙 씨가 폴의 어깨를 두 팔로 끌어안으며 말했다.

"아기 곰이 어미 곰에게 매달리는 것 같았지. 앤 선생님, 처음엔 내 아들인 걸 몰라볼 뻔했죠. 키가 부쩍 자랐고 햇볕에 그을린 데다 아주 튼튼해졌으니까요."

"할머니와 저 중에서 아빠를 보고 누가 더 좋아했는지 모르겠어요. 할머니는 종일 부엌에서 아빠가 좋아하는 음식을 만들었어요. 이것만큼은 메리 조한테 맡길 수는 없다면서요. 그게 바로 할머니가 기쁜 마음을 표현하는 방식이에요. 전 그저 이렇게 앉아 아빠랑 이야기하는 게 제일 좋아요. 그런데 죄송하지만 저

잠깐 나갔다 와야 해요. 메리 조 누나 대신 소를 우리에 넣어야 하거든요. 그건 제가 매일 해야 하는 일이에요."

'매일 해야 하는 일'을 하기 위해 폴이 뛰어나가자 어빙 씨는 앤에게 이런저런 이야기를 건넸다. 하지만 앤이 느끼기에 그는 속으로 다른 무언가를 생각하는 듯했다. 아니나 다를까 이윽고 그의 속마음이 드러났다.

"폴이 마지막으로 보냈던 편지엔 선생님과 어딜 갔다는 이야기가 있었는데요. 제 옛 친구인… 그러니까 그래프턴의 돌집에 사는 루이스 양에게요. 그분을 잘 아시나요?"

"네. 사실 그분은 제 가까운 친구예요."

어빙 씨의 질문을 듣고 돌연 머리끝부터 발끝까지 얼얼할 정도로 두근거림을 느낀 앤은 조심스럽게 대답했다. 가슴 설레는 로맨스가 길모퉁이까지 와서 이쪽을 훔쳐보며 서 있다는 사실을 직감했다.

어빙 씨는 일어나 창가로 다가가더니 바람이 거세게 불어대고 금빛으로 출렁이는 바다를 바라보았다. 어둠이 깔린 작은 방에는 잠시 동안 침묵이 흘렀다. 이윽고 몸을 돌린 그는 반쯤은 사려 깊고 반쯤은 들뜬 것 같은 미소를 지으며 동정심 가득한 앤의 얼굴을 내려다보았다.

"얼마나 알고 계신지 궁금하네요."

"전부 다 알고 있어요."

앤은 기다렸다는 듯 대답한 뒤 서둘러 덧붙였다.

"라벤더 아주머니와 전 각별한 사이예요. 아주머니는 그런 이야기를 아무에게나 하고 다니지 않으세요. 우린 마음이 통하는 사이니까 숨김없이 털어놓으신 거죠."

"네, 그렇군요. 그럼 한 가지 부탁이 있습니다. 라벤더 양을 만나고 싶어요. 그녀가 허락한다면요. 제가 찾아가도 괜찮을지 물어봐주시겠습니까?"

그녀가 거절할 리 있을까? 아, 당연히 허락할 것이다! 그렇다. 이것이 바로 시와 소설과 꿈의 매력을 모조리 갖춘 진정한 로맨스다. 비록 6월에 피었어야 할 장미가 10월에 핀 것처럼 조금 늦어지기는 했지만, 그렇더라도 장미는 여전히 가슴속에 황금빛을 머금고 달콤함과 향기로 가득 찬 꽃인 것과 마찬가지다. 다음 날 아침 앤은 어느 때보다 즐거운 마음으로 너도밤나무 숲을 지나 그래프턴에 갔다. 정원에 나와 있던 라벤더가 눈에 들어왔다. 앤은 무척 흥분한 상태라 손이 얼음장같이 차가웠고 목소리는 심하게 떨렸다.

"라벤더 아주머니, 드릴 말씀이 있어요. 정말 중요한 이야기예요. 무슨 일인지 아시겠어요?"

"스티븐 어빙이 집에 돌아왔구나."

앤은 라벤더가 짐작도 못 할 것이라고 생각했다. 하지만 라벤더는 얼굴이 새파랗게 질리더니 꽉 잠긴 듯한 목소리로 차분하게 말했다. 다채로운 색깔과 광채로 가득 찬 평소의 목소리는 온데간데없었다.

"어떻게 아셨어요. 누가 얘기해줬나요?"

앤은 잔뜩 실망한 얼굴로 소리쳤다. 자신이 전하려 했던 놀라운 소식이 이미 알려졌다는 사실에 화가 났다.

"아무도 얘기해주지 않았어. 네 말투 때문에 틀림없이 그 일이겠거니 짐작한 거야."

"어빙 씨가 아주머니를 보고 싶으시대요. 이곳에 방문해도 된다고 전해드릴까요?"

라벤더는 가슴이 두근거렸다.

"그럼, 물론이지. 안 될 이유가 없잖니. 그 사람은 그저 옛 친구로 오는 것일 뿐이겠지."

앤은 라벤더와 생각이 달랐지만, 어쨌든 서둘러 집 안으로 들어가서 라벤더의 책상에 앉아 두근거리는 가슴을 부여잡고 편지를 썼다.

"아, 정말 멋져. 동화의 한 장면 같잖아. 물론 다 잘될 거야. 그래야만 해. 폴은 그토록 바라던 어머니가 생길 테고 모두 행복해지겠지. 그런데 어빙 씨가 라벤더 아주머니를 데리고 떠나시면 이 작은 돌집은 어떻게 되는 걸까? 세상일이 다 그렇듯 이 일에도 양면이 있구나."

앤은 중요한 편지를 쓰고 나서 그래프턴 우체국까지 직접 가지고 갔다. 그런 다음 집배원을 붙잡고 에이번리 우체국까지 무사히 배달해줄 것을 신신당부했다.

"아주아주 중요한 편지예요."

무뚝뚝한 노인인 집배원은 어느 모로 보아도 사랑의 전령 큐피드와 닮은 데가 없었고, 심지어 기억력도 의심스러웠다. 하지만 그가 절대로 잊어버리지 않겠다고 약속했기에 앤은 그 말을 믿을 수밖에 없었다.

그날 오후 넷째 샬로타는 돌집에 무언가 신비한 기운이 감도는 것을 느끼면서 자신만 모르는 비밀이 있음을 눈치챘다. 라벤더는 어딘가 산만한 모습으로 정원을 서성거렸고, 앤도 귀신에 홀린 듯 이리저리 걸으며 위층과 아래층을 오르내렸다. 보는 사람이 불안할 지경이었다. 넷째 샬로타는 참을 수 없을 때까지 버티다가 앤을 가로막았다. 낭만에 빠진 아가씨 앤이 부엌으로 세 번씩이나 목적 없이 들어온 순간이었다.

넷째 샬로타가 부루퉁한 얼굴로 파란 리본을 휙 내던지며 소리쳤다.

"제발요, 셜리 아가씨. 아가씨하고 라벤더 마님한테 무슨 비밀이 있죠? 훤히 다 보여요. 이런 말을 하는 게 주제넘긴 하지만, 우리 모두 친구처럼 지내왔는데 제게만 입을 꾹 다무는 건 정말 너무해요."

"어머, 귀여운 샬로타. 내 비밀이었다면 네게 전부 털어놓았을 거야. 하지만 이건 라벤더 아주머니의 비밀이란다. 이것만 말해줄게. 만약 아무런 일이 없더라도 다른 사람에겐 절대로 말해선 안 돼. 오늘 밤 멋진 왕자님이 이곳에 오실 거야. 오래전에 왔었지만 어리석은 판단으로 이곳을 떠나서 아득히 먼 곳을 방황하다가 결국 마법의 궁전으로 가는 길을 잃어버렸지. 궁전에서는 공주님이 변치 않는 마음으로 왕자님을 생각하며 울고 있었어. 그러다가 마침내 왕자님은 그 길을 기억해냈지. 공주님도 여전히 왕자님을 기다리고 있었어. 사랑하는 왕자님 말고는 아무도 공주님을 궁전에서 데리고 나갈 수가 없었으니까."

"아, 셜리 아가씨. 그러니까 그게 무슨 뜻이에요?"

어리둥절한 얼굴로 숨을 가쁘게 쉬는 샬로타를 보면서 앤은 웃음을 터뜨렸다.

"쉽게 말하면 라벤더 아주머니의 옛 친구가 오늘 밤 이곳에
오신다는 거야."

상상력이 부족한 샬로타가 물었다.

"마님의 옛날 애인을 말씀하시는 거예요?"

앤이 진지하게 대답했다.

"그렇다고 할 수 있지. 쉽게 말하자면 그렇다는 거야. 그분은
스티븐 어빙 씨인데, 바로 폴의 아버지야. 앞으로 무슨 일이 일
어날지는 모르겠지만, 아무쪼록 잘되길 바라야겠지."

샬로타는 딱 부러지게 말했다.

"그분이 마님이랑 결혼했으면 좋겠어요. 처음부터 독신으로
살고 싶어 하는 여자들도 있어요. 저도 그런 사람이 아닌가 싶
어 걱정돼요, 셜리 아가씨. 전 남자와 같이 있는 게 정말 싫거든
요. 하지만 라벤더 마님은 그런 분이 아니죠. 제가 커서 보스턴
에 가야 한다면 마님이 어떻게 지내실지 정말 걱정을 많이 했
어요. 저희 집엔 이제 여동생이 없거든요. 낯선 여자아이가 들
어와서 마님의 상상놀이를 비웃고, 물건을 제자리에 두지 않고,
자기를 다섯째 샬로타라고 부르는 걸 싫어하면 어쩌죠? 마님이
저처럼 재수 없이 그릇이나 깨는 아이를 들이지는 않겠지만, 저
보다 더 마님을 사랑하는 하녀를 구하기는 어려울 거예요."

충직한 어린 하녀는 이 말을 마친 뒤 코를 훌쩍거리면서 오븐
앞으로 달려갔다.

그날 저녁 메아리 오두막에서는 여느 때처럼 식사 자리를 가
졌지만 아무도 음식에 손을 대지 않았다. 식사 시간이 끝난 뒤
라벤더는 자기 방으로 가서 새 물망초 모슬린 드레스로 갈아입

었고 앤은 그녀의 머리를 빗겨주었다. 두 사람 다 몹시 흥분했지만 라벤더는 짐짓 태연하고 무관심한 척했다.

라벤더는 세상에서 가장 중요한 일이라도 하듯 커튼을 자세히 살펴보았다.

"내일은 커튼의 해진 데를 수선해야겠어. 값에 비해 튼튼하지 않은 것 같아. 이런, 샬로타가 또 깜빡하고 계단 난간을 닦지 않았잖아. 이 일은 잔소리를 좀 해야겠어."

앤이 현관 계단에 앉아 있을 때 스티븐 어빙이 오솔길을 지나 정원으로 들어왔다. 그는 기쁜 눈빛으로 주위를 둘러보았다.

"여긴 시간이 멈춰 있는 유일한 곳이군요. 이 집도 그렇고 정원도 25년 전과 똑같아요. 변한 게 하나도 없네요. 다시 젊어진 것 같은 기분입니다."

앤이 진지한 얼굴로 말했다.

"아시다시피 마법에 걸린 궁전에서는 시간이 멈춰 있어요. 왕자님이 오셨을 때만 시간이 다시 흐르기 시작하죠."

어빙 씨는 젊음과 희망으로 별처럼 빛나는 앤의 환한 얼굴을 보면서 조금은 슬픈 듯한 미소를 지었다.

"때로는 왕자가 너무 늦게 오기도 하죠."

그는 앤에게 비유를 풀어서 설명해달라고 청하지 않았다. 마음이 맞는 사람들이라면 다 그렇듯 어빙 씨도 앤의 말을 '알아들은' 것이다.

"어머, 아니에요. 진짜 왕자님이 진짜 공주님의 궁전에 찾아온 거라면 그럴 리 없어요."

앤은 빨간 머리를 단호하게 가로저으며 응접실 문을 열었다.

어빙 씨가 들어가자 앤은 문을 꼭 닫았다. 뒤를 돌아보니 넷째 샬로타가 복도에 서서 '고갯짓과 손짓을 해대며 환한 미소를 짓고'* 있었다.

샬로타가 숨을 몰아쉬며 말했다.

"아, 셜리 아가씨. 제가 부엌 창문으로 훔쳐봤는데요. 정말 잘생긴 분이에요. 라벤더 마님이랑 나이도 딱 맞고요. 셜리 아가씨, 문에서 엿듣는 게 큰 실례일까요?"

앤이 단호하게 말했다.

"그런 짓 하면 안 돼, 샬로타. 그러니까 유혹에 넘어가지 않도록 나랑 저쪽에 가 있자."

샬로타는 한숨을 쉬었다.

"아무것도 할 수 없는걸요. 서성거리며 마냥 기다리는 건 너무 힘들어요. 그분이 끝까지 청혼하지 않으면 어쩌죠, 셜리 아가씨? 남자들은 절대 믿을 수 없으니까요. 제 큰언니인 첫째 샬로타는 옛날에 자기가 약혼했다고 생각한 적이 있었어요. 그런데 상대의 생각은 달랐죠. 그래서 언니는 앞으로 절대 남자를 믿지 않겠다고 말했어요. 그리고 이런 이야기도 들었는데요. 어떤 남자가 한 아가씨를 사랑해서 결혼하려 했는데, 정작 자기가 사랑했던 사람은 그 여자의 여동생이었다는 거예요. 남자도 자기 마음을 모르는데 불쌍한 여자가 어떻게 상대방의 마음을 확신할 수 있겠어요, 셜리 아가씨?"

"우린 부엌에 가서 은수저나 닦자. 그건 머리를 쓰지 않고도

---

* 존 밀턴(1608-1674)의 시 〈랄레그로〉에 나온 표현

할 수 있는 일이잖아. 오늘 밤엔 아무런 생각도 할 수 없을 것 같으니 허드렛일이라도 해야 시간이 빨리 갈 거야."

한 시간이 지났다. 앤이 잘 닦아서 윤이 나는 숟가락을 마지막으로 내려놓았을 때 현관문이 닫히는 소리가 들렸다. 두 사람은 서로의 눈을 쳐다보면서 불안한 마음을 진정시키려 했다.

샬로타가 숨찬 듯 말했다.

"아, 셜리 아가씨. 그분이 이렇게 빨리 가셨다면 아무 일도 일어나지 않은 거고, 앞으로도 무슨 일이 일어날 리 없잖아요."

두 사람은 창가로 달려갔다. 하지만 어빙 씨가 떠나려고 하는 것이 아니었다. 그와 라벤더는 돌 벤치로 향하는 마당 오솔길을 천천히 걷고 있었다.

"아, 셜리 아가씨. 그분이 마님 허리에 팔을 둘렀어요. 마님한테 청혼한 게 분명해요. 그게 아니라면 마님은 허리에 팔을 두르는 걸 허락하지 않았을 거예요."

넷째 샬로타가 기쁜 듯이 속삭였다. 앤은 넷째 샬로타의 통통한 허리를 붙잡고 숨이 찰 때까지 부엌을 돌며 춤을 추었다.

앤이 기쁜 얼굴로 소리쳤다.

"아, 샬로타. 난 예언자도 아니고 예언자의 딸도 아니지만 지금 예언을 하나 할게. 단풍잎이 빨갛게 물들기 전에 이 오래된 돌집에서 결혼식이 있을 거야. 혹시 쉬운 말로 다시 해줄까?"

"아뇨, 그건 이해할 수 있어요. 결혼식은 시가 아니니까요. 어머, 셜리 아가씨. 울고 있네요! 왜 그러세요?"

"아, 너무 아름답고, 동화 같고, 낭만적이고… 또 슬퍼서 그런 거야. 모든 게 완벽하고 사랑스러워. 그런데 그 속엔 왠지 작은 슬픔도 섞여 있는 것 같아."

앤의 눈에서 물방울이 반짝거렸다. 넷째 샬로타가 고개를 끄덕이며 말했다.

"아, 물론 어떤 사람하고 결혼하든 위험은 따를 수밖에 없죠. 하지만 모든 걸 다 고려해본다면, 세상에 남편보다 나쁜 건 얼마든지 있어요, 셜리 아가씨."

29장

———

시와 산문

그 일이 있은 뒤로 한 달 동안 앤은 에이번리를 휘감은 흥분의 소용돌이 속에서 살았다. 레드먼드에서 입기에 적당한 옷을 준비하는 일쯤은 뒷전으로 미뤄두었다. 라벤더의 돌집은 결혼 준비로 이런저런 계획을 세우고 논의하느라 줄곧 떠들썩했다. 넷째 샬로타는 기쁨과 걱정이 한데 뒤섞여 초조한 마음으로 주위를 서성거렸다. 그러다가 재봉사가 도착하자 다들 감격스러우면서도 조금은 아쉬워하며 옷을 고르고 치수를 쟀다. 앤과 다이애나는 메아리 오두막에서 많은 시간을 보냈다. 특히 앤은 여행용 드레스는 감색보다 갈색이 낫고 회색 비단옷을 입으면 공주처럼 보일 것이라면서 라벤더에게 조언한 내용이 과연 옳은 것인지 고민하느라 밤잠을 설치기도 했다.

라벤더에게 일어난 일과 관련이 있는 모든 사람은 무척 행복해했다. 폴 어빙은 아버지에게 소식을 듣자마자 앤에게 알려주려고 초록지붕집으로 달려왔다. 폴의 목소리에서 자랑스러움이 묻어났다.

"전 아빠가 멋진 새엄마를 맞이하실 거로 믿었어요. 믿을 만한 아빠가 있어서 참 좋아요. 그리고 전 라벤더 아주머니를 정말 좋아해요. 할머니도 기뻐하세요. 할머니는 아빠가 미국 사람과 재혼하지 않아서 다행이래요. 첫 번째로 결혼할 땐 좋은 사람을 만났다고 해도 그런 일이 두 번 일어나지는 않는다고 하시면서요. 린드 아주머니도 이 결혼을 전적으로 찬성한다면서, 라벤더 아주머니가 이제 별난 생각은 버리고 평범하게 지낼 것 같다고 하셨어요. 하지만 전 라벤더 아주머니가 별난 생각을 그만두지 않으셨으면 좋겠어요. 전 그게 좋아요. 아주머니가 다른 사람처럼 되는 것도 싫고요. 그런 사람들은 주변에 차고 넘치거든요. 선생님도 잘 아시잖아요."

넷째 샬로타도 누구보다 기뻐했다.

"아, 셜리 아가씨. 모든 일이 정말 아름답게 이루어졌어요. 어빙 씨와 라벤더 마님이 신혼여행에서 돌아오시면 저도 보스턴에 따라갈 거예요. 언니들은 열여섯 살이 될 때까지 보스턴에 가지 못했는데, 전 겨우 열다섯 살에 가게 되었네요. 어빙 씨는 참 멋진 분이죠? 마님이 밟았던 땅에다 절을 할 정도예요. 마님을 가만히 바라보는 눈빛을 보고 있노라면 가끔은 저까지 묘한 기분이 들어요. 말로는 뭐라 표현할 수 없어요, 셜리 아가씨. 두 분이 서로 너무 좋아하니까 정말 기뻐요. 뭐니 뭐니 해도 그게 가장 중요하잖아요. 물론 좋아하는 감정 없이도 화목하게 사는 사람들이 있긴 하지만요. 제 고모는 세 번 결혼했는데, 처음엔 사랑해서 결혼했고, 다음 두 번은 솔직히 먹고살기 위해서 한 거랬어요. 남편들 장례식 말고는 세 번 다 그럭저럭 행복한 결혼 생활이었대요. 하지만 저는 고모가 모험을 했다고 생각해요, 셜리 아가씨."

그날 밤 앤이 마릴라에게 속삭였다.

"아, 모든 일이 참 낭만적이에요. 만약 제가 킴벌 씨네 집으로 가던 날 길을 잘못 들지 않았더라면 라벤더 아주머니를 못 만났겠죠? 폴을 데리고 그곳에 갈 일도 없었을 테고요. 그러면 폴이 아버지에게 편지할 때 라벤더 아주머니의 집을 방문했다고 쓰지도 않았을 거예요. 그때 마침 어빙 씨는 샌프란시스코로 떠나려던 참이었대요. 어빙 씨 말로는 편지를 받자마자 동업자를 샌프란시스코로 보내고 자기는 이곳에 오겠다고 마음먹었대요. 그분은 지난 15년간 라벤더 아주머니에 대한 소식을 전혀 듣지 못하셨어요. 어떤 사람이 아주머니가 결혼했다고 말해주는 바람에 그런 줄로만 알고 누구에게도 아주머니에 대해 묻지 않으셨대요. 그런데 이제 모든 일이 바로잡혔어요. 저도 거기에 한몫했고요. 린드 아주머니 말씀처럼 하느님이 정해놓으신 일은 어떻게든 일어나게 되어 있는 것 같아요. 그렇다고는 해도 제가 운명의 도구로 사용되었다고 생각하니 정말 기뻐요. 맞아요, 참 낭만적인 일이에요."

"뭐가 그렇게 낭만적이라는 건지 당최 모르겠구나. 처음엔 어리석은 두 젊은이가 말싸움을 하다가 사이가 틀어졌지. 그러고 나서 스티븐 어빙은 미국으로 갔고, 얼마 뒤에 결혼해서 누가 봐도 행복하게 살았어. 그러다 아내가 죽었고, 적당한 시간이 흐른 뒤에 고향으로 돌아와서는 첫사랑이 아직 자길 좋아하는지 알아보려고 했던 거야. 그동안 여자 쪽은 혼자 살고 있었어. 아직 마음에 드는 사람을 만나지 못해서 그랬겠지. 결국 두 사람은 다시 만나서 결혼하기로 했어. 자, 이 이야기의 어느 부분이 낭만적이라는 거니?"

마릴라가 조금은 쌀쌀맞게 말했다. 마릴라는 대학에 가기 전에 준비해야 할 일이 산더미 같은데도, 이 일에 너무 빠져든 나머지 라벤더를 도와주러 사흘 중 이틀은 메아리 오두막에서 어슬렁거리는 앤이 못마땅했다.

앤은 갑자기 찬물을 뒤집어쓴 것처럼 숨을 몰아쉬며 말했다.

"아, 그런 식으로 말하면 하나도 낭만적이지 않죠. 그건 산문을 읽듯이 보는 방식이에요. 하지만 시를 읽듯이 바라보면 전혀 달라요. 시적으로 보는 게 훨씬 더 멋지거든요."

잠시 아득해진 정신을 회복한 앤의 눈동자가 반짝였고 뺨은 붉게 물들었다. 마릴라는 앤의 생기 있고 환한 얼굴을 힐끗 본 다음부터 더는 비아냥대지 않았다. 어쩌면 마릴라도 앤처럼 '상상력과 신적 능력*'을 갖는 것이 낫다는 사실을 깨닫게 되었는지도 모른다. 세상이 줄 수도 빼앗을 수도 없는 이 재능은 삶을 더 아름답게 바라보도록 해준다. 어쩌면 숨겨진 면을 드러내주는 것일지도 모른다. 이 매개체를 통해 모든 것은 천상의 빛으로 둘러싸이고 영광과 생기를 입게 된다. 마릴라나 넷째 샬로타

• 영국의 시인 윌리엄 워즈워스(1770-1850)가 쓴 표현

처럼 '산문적'으로 세상을 바라보는 사람들의 눈에는 절대 띄지 않는 현상이다.

잠시 입을 다물고 있던 마릴라가 물었다.

"결혼식이 언제라고?"

"8월 마지막 수요일이에요. 정원의 인동덩굴 밑에서 결혼식을 올릴 거예요. 25년 전, 바로 그 자리에서 어빙 씨가 라벤더 아주머니에게 청혼했거든요. 마릴라 아주머니, 이건 산문적으로 말해도 낭만적인 일이에요. 하객은 어빙 할머니, 폴, 길버트, 다이애나, 저 그리고 라벤더 아주머니의 사촌들이 전부예요. 결혼식을 마치면 신랑 신부는 6시 기차를 타고 태평양 연안으로 여행을 간댔어요. 가을에 두 분이 돌아오시면 폴과 넷째 샬로타도 보스턴으로 가서 함께 살 거예요. 하지만 메아리 오두막은 그냥 이대로 둔다고 했어요. 물론 암탉과 소는 팔고 창문은 판자로 막아놓아야겠지요. 해마다 여름이 되면 그곳에 와서 지낼 거래요. 전 정말 기뻐요. 올겨울 레드먼드에서 지낼 때 그 소중한 돌집이 텅텅 빈 채로 폐허가 되어 있을 걸 생각하면 가슴이 아플 테니까요. 물론 다른 사람이 거기서 사는 건 더더욱 견딜수 없는 일이죠. 하지만 이제는 그곳에 생기와 웃음을 다시 가져다줄 여름을 행복하게 기다리면서, 예전 모습 그대로의 그 집을 떠올릴 수 있어요."

세상에는 돌집 중년 연인의 몫으로 주어진 로맨스 외에도 낭만적인 사랑 이야기가 수없이 많다. 앤이 어느 날 저녁 비탈길 과수원집에 가려고 숲속 지름길을 따라 배리 씨네 정원으로 들어설 때였다. 앤은 갑자기 움찔하며 그 자리에 서버렸다. 다이애나 배리와 프레드 라이트가 커다란 버드나무 아래에 함께 있었기 때문이다. 뺨이 빨갛게 물든 채로 눈을 내리뜨고 회색 나무줄기에 기대어 서 있는 다이애나의 한 손을 프레드가 잡고 있었다. 프레드는 다이애나 쪽으로 고개를 숙인 채 간절한 목소리로 무언가를 속삭였다. 이 마법의 순간, 세상에는 오직 두 사람밖에 없었다. 그래서 그들은 앤을 보지 못했다. 앤은 얼떨떨하게 둘의 모습을 힐끗 보다가 무슨 일이 벌어졌는지 알아차린 뒤 몸을 돌려서 소리 나지 않게 조심하며 가문비나무 숲으로 발걸음을 재촉했다. 그렇게 자기 다락방까지 한달음에 달려온 앤은 가쁜 숨을 고르며 창가에 앉아 혼란스러운 마음을 가라앉히려고 애썼다.

"다이애나와 프레드가 사랑에 빠지다니! 아, 우린 벌써… 어쩔 수 없이 어른이 되어버린 거야."

앤은 다이애나가 어렸을 때 꿈꾸던 바이런적 영웅* 같은 이상형을 버린 것이 아닌지 의심하던 중이었다. 하지만 "보는 것이 듣는 것보다 강력하다"라는 말처럼 눈으로 직접 확인하자 엄청난 충격을 받았다. 한편으로는 미묘하게 외로운 기분도 느꼈다. 마치 다이애나가 자신을 바깥에 남겨둔 채 문을 닫아걸고 새로운 세상으로 나아간 것 같았기 때문이다.

앤은 왠지 모르게 서글픈 마음이 들었다.

"여러 가지가 너무 빨리 변하고 있어서 겁이 나. 이 일이 다

---

* 영국의 낭만파 시인 바이런(1788-1824)의 작품에 나온 인간상으로 우울하고 반항적이면서도 정열적이고 낭만적인 특성을 지녔다.

이애나와 나의 관계를 조금 바꿔놓으면 어쩌지? 이제 내 비밀을 다이애나한테 전부 털어놓을 수 없게 된 건 확실해. 프레드가 알게 될 수도 있으니까. 다이애나는 프레드의 어떤 점이 좋은 걸까? 뭐, 친절하고 유쾌하기는 해. 하지만 그냥 프레드 라이트일 뿐이잖아."

그 사람의 어디가 좋아서 그에게 빠져들었느냐는 질문은 영원히 풀기 어려운 수수께끼다. 하지만 그럴 수 있어서 얼마나 다행인지 모른다. 모든 사람이 똑같은 눈으로 사람을 본다면 어떤 늙은 인디언이 말한 것처럼 "누구나 내 아내만 넘보게" 될 것이다. 비록 앤의 눈에는 보이지 않았지만, 다이애나는 프레드 라이트에게서 무언가 매력을 찾은 것이 분명했다. 다음 날 저녁 다이애나가 초록지붕집으로 왔다. 수심에 젖은 듯 수줍은 표정의 젊은 아가씨는 어둡고 호젓한 동쪽 다락방에서 앤에게 하나도 빠짐없이 이야기를 해주었다. 두 사람은 울기도 하고 입맞춤도 하고 웃기도 했다.

"난 참 행복해. 그런데 내가 약혼을 했다고 생각하니 솔직히 우습기도 하고."

다이애나의 말에 앤이 궁금해하며 물었다.

"약혼하면 어떤 기분이 들어?"

약혼한 사람들이 으레 보이는 우월감을 물씬 풍기며 다이애나가 대답했다.

"글쎄, 누구랑 약혼했느냐에 따라 다르지 않을까? 프레드와 약혼한 건 완벽하게 행복한 일이야. 하지만 다른 사람과 약혼했다면 정말 끔찍했을 것 같아."

"그러면 남아 있는 우리에겐 위로가 안 되는 말이네. 프레드는 한 명밖에 없으니까."

앤이 웃었지만 다이애나는 살짝 짜증을 냈다.

"어머, 앤. 네가 잘못 이해한 거야. 난 그걸 말한 게 아니거든. 음, 뭐라고 설명해야 할지 모르겠어. 하지만 너무 신경 쓰지 마. 언젠가 네 차례가 오면 너도 이해하게 될 거야."

"세상에, 사랑스러운 다이애나, 난 지금도 이해해. 다른 사람의 눈으로 삶을 엿볼 수 없다면 상상력이 무슨 소용 있겠니?"

"나중에 내 들러리를 서줘야 해. 알았지, 앤? 꼭 한다고 약속해줘. 어디 있든지 내 결혼 소식을 들으면 와줄 거지?"

앤은 엄숙하게 약속했다.

"네가 날 필요로 한다면 세상 끝에 있다고 해도 달려올 거야."

다이애나가 얼굴을 붉히며 말했다.

"아직은 한참 남았어. 적어도 3년은 기다려야 해. 난 아직 열여덟 살인데 엄마는 스물한 살이 될 때까지는 결혼시키지 않겠다고 하셨거든. 게다가 프레드의 아버지는 아들에게 에이브러햄 플레처의 농장을 사줄 계획인데, 대금의 3분의 2를 지불하면 프레드 명의로 바꿔주신다고 했어. 물론 3년은 집안일을 준비하는 데 넉넉한 시간이 아니야. 난 아직 뜨개질도 서투르니까. 하지만 내일부터 깔개를 뜨기 시작할 거야. 마이러 길리스 아주머니는 결혼했을 때 깔개를 서른일곱 개나 만들었대. 나도 아주머니가 한 것만큼은 만들어볼 생각이야."

"깔개 서른여섯 장 가지고는 살림을 할 수 없겠지?"

앤이 진지한 표정을 지으면서도 장난기 어린 눈빛으로 말하자 다이애나는 마음이 상한 듯했다.

"앤, 네가 날 놀릴 줄은 몰랐어."

"아, 미안해. 널 놀리려는 건 아니었어. 조금 장난을 쳤을 뿐이야. 넌 세상에서 가장 사랑스러운 신부가 될 거야. 네가 벌써 꿈속의 집을 꾸미려고 계획을 세웠다는 건 참 멋진 일이야."

앤은 '꿈속의 집'이라는 말이 입에서 나오자마자 그 생각에 빠져들었고, 곧바로 자신만의 집을 짓기 시작했다. 물론 그곳에는 햇볕에 타서 짙은 피부에 자존심 강하고 우수에 찬 이상적인 남편이 살고 있었다. 그런데 이상하게도 길버트 블라이드가 그곳을 계속 어슬렁거렸다. 앤을 도와 그림을 걸고 정원을 설계했으며, 자존심 강하고 우수에 찬 주인공이라면 자신의 품위에 맞지 않는다고 여길 만한 잡다한 일까지 해주었다. 앤은 스페인에 있는 자신의 성에서 길버트의 모습을 지워버리려고 했지만 어찌된 일인지 길버트는 계속 그곳에 있었다. 그래서 앤은 급한 마음에 길버트를 내쫓는 일을 포기하고 가상의 건축물을 계속 지어나갔다. 결국 앤은 다이애나가 다시 입을 열기 전까지 '꿈속의 집'을 성공적으로 완성했다.

"앤, 넌 내가 프레드에게 푹 빠진 걸 이상하다고 생각할 거야. 프레드는 내가 항상 결혼하겠다고 말했던 남자, 그러니까 키가 훤칠하고 날씬한 남자와는 거리가 머니까. 하지만 난 프레드가 그런 사람이면 좋았을 것이라고 생각하진 않아. 네가 알진 모르겠는데 그런 사람은 프레드가 아닐 테니까. 물론 우리는…."

다이애나가 조금 슬픈 얼굴로 덧붙였다.

"아주 뚱뚱한 부부가 되겠지. 하지만 모건 슬론 부부처럼 한 사람은 작고 뚱뚱한데 다른 사람은 키 크고 삐쩍 마른 것보다는 둘이 비슷한 게 나을 것 같아. 린드 아주머니는 두 사람이 같이 있는 걸 볼 때마다 '크건 작건 간에'라는 말이 생각나신대."

그날 밤 앤은 금테 거울 앞에서 머리를 빗으며 중얼거렸다.

"어쨌건 다이애나가 만족하고 무척 행복해하니까 잘된 일 같아. 하지만 내 차례가 오면, 만에 하나 그런 일이 생긴다면, 내 가슴이 조금은 더 떨렸으면 좋겠어. 다이애나도 전에는 뻔하고 흔해빠진 약혼은 절대 하지 않겠다고 생각했었지. 청혼자는 자신을 붙잡기 위해 무언가 멋진 일을 해야만 한다고 몇 번이나 말했거든. 하지만 다이애나는 변했어. 어쩌면 나도 변할지 몰라. 하지만 난 다이애나와 달라. 난 그러지 않기로 결심했어. 아, 가까운 친구가 약혼을 하면 엄청나게 싱숭생숭해지나 봐."

30장

돌집에서 열린 결혼식

라벤더의 결혼식이 있는 8월 마지막 주가 되었다. 2주 뒤에는 앤과 길버트가 레드먼드 대학으로 떠날 예정이었다. 그 뒤 일주일 안에 레이철 린드 부인이 초록지붕집으로 이사 와서, 이제 껏 손님방으로 쓰던 곳에 자신의 소중한 물건을 채워 넣을 것이다. 그 방은 이미 린드 부인을 맞을 준비가 되어 있었다. 린드 부인은 여분의 살림살이를 경매에 붙였고, 이런 일이 적성에 맞는 사람답게 앨런 목사 부부가 이삿짐 싸는 것까지 도와주었다. 앨런 목사는 오는 일요일에 고별 설교를 할 예정이었다. 낡은 질서는 빠르게 변하면서 새 질서에 자리를 내어주었다. 앤은 흥분과 기쁨 속에서 일말의 슬픔을 느꼈다.

"변화가 전적으로 즐거울 순 없겠지만 훌륭한 일인 건 사실이야. 세상이 그대로 유지되기에 2년은 너무 긴 시간이지. 그대로 있다간 이끼가 낄지도 몰라."

해리슨 씨가 철학자처럼 말했다. 그는 베란다에서 담배를 피우는 중이었다. 그의 아내는 남편을 위해 희생하는 마음으로 열린 창가에서라면 집 안에서 담배를 피워도 된다고 말해주었다. 해리슨 씨는 날씨가 좋은 날에는 반드시 밖에서 담배를 피우는 것으로 아내의 배려에 보답했다. 이런 식으로 두 사람은 서로에게 마음을 쓰면서 화목하게 지냈다.

앤은 해리슨 부인에게 노란 달리아 몇 송이를 얻으러 이 집에 와 있었다. 앤과 다이애나는 그날 저녁 메아리 오두막에 가서 라벤더와 넷째 샬로타를 도와 내일의 신부를 위한 마지막 준비를 할 생각이었다. 라벤더는 달리아를 심어본 적이 없었다. 이 꽃을 좋아하지 않았을뿐더러 고풍스러운 정원에 감도는 호젓한 느낌과 어울리지도 않았기 때문이다. 하지만 그해 여름을 강타한 에이브 아저씨의 폭풍우 때문에 에이번리와 인근 지역에서 꽃을 찾아보기 어려웠다. 앤과 다이애나는 평소 도넛을 담아두던 크림색 돌 항아리에 노란색 달리아를 가득 꽂아 돌집 계단의 어두컴컴한 구석에 놓으면 배경 역할을 하는 거실의 어두운 빨간 벽지와 잘 어울릴 것이라고 생각했다.

해리슨 씨가 계속해서 말했다.

"두 주 뒤면 대학으로 떠난다면서? 에밀리와 나는 네가 참 많이 보고 싶을 거야. 이젠 린드 부인이 네 자리를 대신하겠구나. 뭐, 누군가를 대신하기에 린드 부인만 한 사람도 없겠지."

해리슨 씨의 잔뜩 비꼬는 말투를 글로는 도저히 전달할 수 없을 것이다. 그사이 아내가 린드 부인과 친해지기는 했지만 이런 새 질서 아래에서도 린드 부인과 해리슨 씨의 관계는 무장중립 상태를 유지하고 있다는 말이 가장 적절했다.

"네, 전 떠나요. 머리로는 기쁜데, 마음은 편치 않네요."

"레드먼드에 널린 상은 네가 전부 주워 담을 것 같은데."

"그중에서 한두 개 정도는 받을 수 있도록 노력해야겠죠. 하지만 2년 전에 그랬던 것처럼 그런 일에 죽기로 매달리진 않을 생각이에요. 대학을 다니면서 배우고 싶은 건 삶을 살아가는 데 필요한 지식과 그 지식을 잘 활용하는 방법이거든요. 다른 사람과 저 자신을 이해하고 돕는 법을 배우고 싶어요."

앤의 솔직한 말을 듣고 해리슨 씨가 고개를 끄덕였다.

"바로 그거야. 그게 바로 대학이 존재하는 목적 아니겠어? 그런데 지금 대학에선 책에서 배운 것과 허영심만 머리에 가득 차서 다른 건 들어갈 자리도 없는 졸업생들을 우르르 내보내고 있다니까. 네 말이 맞아. 내 생각에 대학은 너한테 그리 해를 끼치진 않을 거다."

다이애나와 앤은 차를 마신 뒤 자기들 집과 이웃집 정원을 돌아다니며 얻어온 꽃을 한 아름 안고 메아리 오두막으로 마차를 몰았다. 돌집은 그야말로 흥분의 도가니였다. 넷째 샬로타가 어찌나 신이 나서 뛰어다니는지, 그녀가 달고 있는 파란 리본이 동시에 여기저기서 보일 지경이었다. 마치 나바라의 투구°라도 된 듯 아수라장 속에서 힘차게 펄럭였다.

• 『나바라의 투구』는 미국의 소설가 버사 런클(1879-1958)이 1901년에 출간한 역사 소설이다.

두 사람을 본 샬로타가 경건하게 말했다.

"이렇게 와주셔서 정말 감사드려요. 할 일이 산더미 같거든요. 케이크 위에 입힌 설탕은 덜 굳었고 은그릇은 아직 닦지도 못했어요. 짐도 싸야 하는데, 요리에 써야 하는 수탉은 여전히 꼬꼬댁거리며 닭장 밖을 뛰어다니고 있어요, 셜리 아가씨. 지금 라벤더 마님한테는 일을 믿고 맡길 수 없잖아요. 고맙게도 어빙 씨가 몇 분 전에 와서 마님을 데리고 숲으로 산책을 나가셨어요. 연애를 해도 조용히 제자리에서 하면 아무런 상관이 없어요, 셜리 아가씨. 하지만 제가 생각할 때 요리랑 청소까지 뒤죽박죽 섞이면 모든 게 엉망이 될 거예요."

앤과 다이애나는 팔소매를 걷고 나섰다. 덕분에 10시쯤에는 넷째 샬로타도 만족할 정도로 일을 마쳤다. 샬로타는 머리카락을 여러 가닥으로 땋은 뒤 지친 몸을 침대에 뉘었다.

"전 한숨도 못 잘 게 뻔해요, 셜리 아가씨. 마지막 순간에 무슨 일이 일어날 것 같아서요. 크림에 거품이 일지 않는다거나, 어빙 씨가 갑자기 뇌졸중으로 쓰러져서 오지 못하게 되는 일 같은 거요."

"어빙 씨가 습관적으로 뇌졸중을 일으키는 건 아니지?"

다이애나가 입꼬리의 보조개를 실룩거리며 물었다. 다이애나의 눈에 넷째 샬로타는 아주 예쁜 아이가 아니었다. 하지만 만날 때마다 기쁨을 안겨주는 존재임은 분명했다.

넷째 샬로타가 엄숙하게 대답했다.

"그런 건 습관적으로 생기는 게 아니에요. 그냥 일어나는 거죠. 아가씨들도 마찬가지예요. 누구에게든 뇌졸중이 생길 수 있다고요. 어떻게 해야 걸리는지 배울 필요도 없죠. 어빙 씨는 제 삼촌과 많이 닮았는데, 어느 날 삼촌이 식사 때 자리에 앉자마자 뇌졸중 증세가 나타난 적이 있었거든요. 하지만 다 잘될 거예요. 이 세상에서는 그저 최선을 바라고 최악에 대비하면서 하느님의 뜻에 따르기만 하면 돼요."

다이애나가 말했다.

"내가 걱정하는 건 내일 날씨뿐이야. 에이브 아저씨가 이번 주 안에 비가 온다고 예보했어. 지난번 큰 폭풍우 이후로 에이브 아저씨가 하는 말을 그냥 넘길 순 없거든."

에이브 아저씨가 폭풍우와 얼마나 관련이 있는지를 다이애나보다 잘 아는 앤은 별로 불안한 마음이 들지 않았다. 앤은 지쳐서 금세 깊은 잠이 들었다가 열쇠 구멍을 통해 들려오는 넷째 샬로타의 우는소리를 듣고 아주 이른 시간에 일어났다.

"아, 셜리 아가씨. 이렇게 일찍 깨워서 정말 죄송해요. 아직 할 일이 많아요. 그런데 비가 올 것 같아 무서워요. 얼른 일어나서 아니라고 말해주세요."

앤은 넷째 샬로타가 자기를 깨우려고 해본 말이라는 희망을 간직한 채 창가로 달려갔다. 하지만 그날 아침 분위기는 심상치 않았다. 창문 아래에 여린 아침 햇살이 환하게 비치고 있어야 할 라벤더의 정원은 바람 한 점 없이 어두컴컴했으며 전나무 위의 하늘은 음산한 구름으로 덮여 있었다.

다이애나가 말했다.

"이럴 수가, 이건 너무하잖아!"

앤은 불안해지는 마음을 다잡았다.

"모든 게 잘될 거라는 희망을 가져야 해. 비만 내리지 않는다면 오늘처럼 시원하고 진줏빛처럼 흐린 날이 햇볕만 뜨겁게 내리쬐는 날보다 나을 거야."

"하지만 비가 올 거예요."

슬그머니 방으로 들어온 샬로타가 울먹거렸다. 머리를 여러 갈래로 땋고 끝을 흰 실로 묶어놓은 통에 머리카락이 사방팔방으로 삐져나와서 무척 우스운 모습이었다.

"올 듯 말 듯하다가 마지막 순간에 억수같이 쏟아질 거라고요. 사람들은 모두 흠뻑 젖을 테고, 진흙 발자국이 집 안에 가득해질 거예요. 두 사람은 인동덩굴 밑에서 결혼식을 올리지 못하겠죠. 가장 끔찍한 건 신부에게 햇빛이 비치지 않는 거예요. 뭐라고 말 좀 해보세요, 셜리 아가씨. 어쩐지 일이 너무 술술 풀려서 이게 끝까지 갈까 싶었어요."

넷째 샬로타는 마치 엘리자 앤드루스의 책에서 한 장을 찢어 온 것처럼 비관적이었다.

비는 오지 않았지만 금세라도 쏟아질 듯 하늘이 우중충했다. 정오까지 방을 모두 장식했고 식탁도 아름답게 차려놓았다. 2층에서는 신부가 "남편을 위하여 단장한 것"*처럼 차려입고 대기 중이었다.

앤이 황홀한 얼굴로 말했다.

"정말 예뻐요."

다이애나도 앤의 표현을 고대로 따라 했다.

---

* 신약성경의 요한계시록 21장 2절에 나온 표현

"정말 사랑스러워요."

"준비 다 됐어요, 셜리 아가씨. 아직까진 나쁜 일이 일어나지 않았네요."

샬로타는 밝은 얼굴로 말한 다음 옷을 갈아입으러 자기 골방으로 갔다. 땋은 머리를 모두 풀고 정신없이 곱슬곱슬해진 머리를 두 가닥으로 땋아 늘어뜨린 뒤 새로 산 밝은 파란색 리본을 두 개도 아니라 네 개나 가져다 묶었다. 위에 묶은 리본 두 개는 라파엘로의 그림에 나오는 천사처럼 길게 펼쳐진 날개가 샬로타의 목에서 돋아나온 것 같았다. 넷째 샬로타는 그 리본이 아주 예쁘다고 생각했다. 혼자 서 있을 수 있을 정도로 빳빳하게 풀을 먹인 드레스를 바스락거리며 갈아입고는 거울에 비친 자기 모습을 살펴보면서 흐뭇한 미소를 지었다. 하지만 이런 기분은 복도에 나오는 순간 사라져버렸다. 자연스럽게 몸에 붙는 가운을 입고 부드럽게 물결치는 빨간 머리에 하얀 별 모양 꽃을 꽂은 키 큰 아가씨가 손님방 문틈으로 살짝 보였던 것이다.

샬로타는 풀이 죽어 중얼거렸다.

"아, 난 절대로 셜리 아가씨처럼 될 순 없을 거야. 그렇게 태어난 걸 어떡해. 아무리 연습해도 저런 분위기를 낼 순 없어."

1시가 되자 하객들이 모두 도착했다. 그중에는 앨런 목사 부부도 있었다. 휴가 중인 그래프턴의 목사 대신 예식을 진행하기로 했기 때문이다. 결혼식은 형식에 구애받지 않고 치러졌다. 라벤더가 계단을 내려와 밑에 있는 신랑을 맞았다. 신랑이 신부의 손을 잡자 신부는 커다란 갈색 눈으로 신랑을 올려다보았다. 그 시선을 훔쳐본 넷째 샬로타는 전에 없이 기묘한 기분이 들었다. 신랑 신부는 앨런 목사가 기다리는 인동덩굴 아래로 걸어갔다. 하객들은 각자 편한 곳에 자리를 잡았다. 앤과 다이애나는 오래된 돌 벤치 옆에 서서 차갑게 떨리는 넷째 샬로타의 작은 손을 하나씩 꼭 잡고 있었다.

앨런 목사가 파란 표지의 책을 펴고 식을 진행했다. 라벤더와 스티븐 어빙이 남편과 아내가 되었다고 선언한 순간 아름답고 상징적인 일이 일어났다. 태양이 잿빛 구름 사이로 드러나더니 행복한 신부에게 찬란한 빛을 비춘 것이다. 순식간에 정원은 춤추는 그림자와 반짝이는 빛으로 생기가 감돌았다.

'정말 멋진 징조야.'

앤은 이렇게 생각하면서 신부에게 달려가 입을 맞췄다. 그런 다음 세 소녀는 하객들이 신혼부부를 에워싸고 웃음꽃을 피우는 동안 피로연 준비가 다 되었는지 점검하기 위해서 집 안으로 달려갔다.

넷째 샬로타가 안도의 숨을 쉬었다.

"정말 다행이에요, 셜리 아가씨. 무사히 결혼식을 마쳤어요. 이제는 무슨 일이 일어나더라도 상관없어요. 쌀 포대는 식료품 저장실에 있어요, 아가씨. 헌 신발은 문 뒤로 치워놨고 휘핑크림은 지하실 계단에 뒀어요."

어빙 부부가 떠나기로 한 2시 30분이 되었다. 두 사람을 배웅하기 위해서 모두 함께 브라이트리버역으로 갔다. 라벤더가, 아니 어빙 부인이 자기의 옛집 문을 열고 한 걸음 내딛자 길버트와 두 아가씨가 쌀을 뿌렸다. 넷째 샬로타는 헌 신발을 던졌는데, 어찌나 겨냥을 잘했던지 앨런 목사의 머리에 명중했다. 하

지만 작별 인사를 가장 멋지게 한 사람은 폴이었다. 폴은 식당 벽난로 선반에 놓여 있던 커다랗고 낡은 놋쇠 식사 종을 요란하게 흔들면서 현관에서 뛰어나왔다. 폴은 그저 신나는 소리를 내려고 했을 뿐이었다. 그런데 종소리가 사라지자 강 건너편 산꼭대기와 모퉁이와 언덕에서 '요정들의 결혼식 종소리' 같은 음악이 들려왔다. 라벤더에게 사랑받았던 메아리가 작별을 고하기라도 하듯 청명하고 아름답고 은은하게 울려 퍼지다가 점점 잦아들었다. 이 아름다운 소리의 축복을 받으며 라벤더는 꿈과 공상에 젖은 옛 생활을 떠나 저 너머의 좀 더 바쁘고 충만한 현실 생활로 발걸음을 내딛었다.

두 시간 뒤 앤과 넷째 샬로타가 다시 오솔길로 들어섰다. 길버트는 웨스트그래프턴에 볼일이 있었고 다이애나도 약속 때문에 집으로 갔다. 앤과 샬로타는 돌집을 정리하고 문단속도 하기 위해 돌아온 것이다. 늦은 오후의 황금빛 햇살이 정원을 가득 채웠다. 나비는 허공을 맴돌고 벌은 윙윙대며 이 꽃 저 꽃 날아다녔다. 하지만 이 작은 집에는 축제가 끝나면 항상 뒤따르는, 형언하기 어려울 만큼 적막한 분위기가 벌써부터 감돌았다.

"아, 이런…. 정말 쓸쓸해 보이죠? 다 끝나고 나면 결혼식도 장례식보다 즐거울 게 없네요, 셜리 아가씨."

넷째 샬로타가 훌쩍거렸다. 샬로타는 역에서 집으로 돌아오는 내내 울고 있던 참이었다.

바쁜 저녁 시간이 이어졌다. 장식을 제거하고 설거지를 했으며, 남은 음식은 넷째 샬로타의 남동생들에게 가져다주려고 바구니에 담았다. 앤은 모든 것이 말끔히 정리될 때까지 잠시도

쉬지 않았다. 샬로타가 바구니를 챙겨 들고 집으로 돌아가자 앤은 텅 빈 연회장을 홀로 거니는 기분으로 방마다 들어가서 덧문을 닫았다. 그러고는 현관문을 잠그고 은색 포플러나무 밑에 앉아 길버트를 기다렸다. 무척 피곤했지만 "길고 긴 생각"*이 지치지도 않고 계속 이어졌다.

"앤, 무슨 생각을 하고 있니?"

길버트가 산책로를 내려오면서 물었다. 말과 마차는 이미 길에 세워놓은 뒤였다. 앤이 감상에 젖어 대답했다.

"라벤더 아주머니와 어빙 씨 생각. 정말 아름다운 일이지? 사소한 오해 때문에 오랜 세월 동안 떨어져 지내던 두 사람이 결국 다시 만났잖아."

앤은 고개를 들고 길버트를 바라보았다. 길버트도 앤의 얼굴을 그윽하게 내려다보며 말했다.

"맞아. 참 아름다운 이야기지. 하지만 두 사람 사이에 이별이나 오해가 없었다면 어땠을까? 아마 훨씬 아름다웠을 거야. 두 사람이 평생 손을 맞잡고 살아왔더라면, 그동안 함께해온 추억을 가지고 살아간다면, 그게 더 아름답지 않을까?"

한동안 앤은 가슴이 묘하게 두근거렸다. 길버트의 시선을 받자 눈동자가 흔들렸으며 창백한 얼굴이 장밋빛으로 물들었다. 이런 적은 처음이었다. 마치 내면의 의식을 가리고 있던 베일을 걷어 올리며 예상치 못했던 감정과 현실을 보여주는 것 같았다. 어쩌면 로맨스는 말에 올라탄 멋진 기사가 요란한 나팔 소리와

• 롱펠로의 시 〈잃어버린 청춘〉에 나온 표현

함께 누군가의 인생을 찾아오는 것이 아니라, 오랜 친구가 그러하듯 조용히 곁으로 다가오는 것인지도 모른다. 아마도 한 줄기 빛이 문득 책장을 비추면서 산문으로만 보이던 곳이 시와 음악으로 변모해 새로운 모습을 드러내는 것일지도 모른다. 어쩌면 사랑은 초록색 꽃봉오리에서 황금빛 심장을 지닌 장미꽃이 피어나듯 아름다운 우정에서 자연스럽게 모습을 드러내는 것일지도 모른다.

잠시 후 베일이 다시 드리워졌지만 지금 어둑어둑한 오솔길을 걸어 올라가는 앤은 전날 저녁 즐겁게 마차를 몰고 온 앤이 아니었다. 보이지 않는 손가락이 소녀 시절의 장을 넘겼고, 이제는 매력과 신비, 고통과 기쁨을 담은 여인의 장이 어엿하게 펼쳐졌다.

길버트는 지혜롭게 더 이상 아무 말도 하지 않았다. 하지만 침묵 속에서 그는 앤의 붉게 물든 얼굴을 보며 앞으로 다가올 4년 동안의 일을 내다보았다. 성실하고 행복하게 공부하면서 유용한 지식을 쌓고, 마침내 달콤한 사랑을 얻게 되리라.

두 사람 뒤쪽에는 작은 돌집이 땅거미를 등지고 서 있었다. 쓸쓸해 보였지만 버림받았다는 느낌은 들지 않았다. 꿈과 웃음과 인생의 즐거움은 아직 끝난 것이 아니다. 작은 돌집에는 다가올 여름이 남아 있다. 그때까지 기다리면 된다. 보랏빛 노을에 싸인 강 건너 메아리도 그날을 고대하고 있다.

앤이 좋아했던 음식과 옷 그리고 집

✳ 식탁에서 일어난 소동

앤과 다이애나는 제법 격식을 갖추고 둘만의 다과회를 열었다. 하지만 기대했던 시간은 악몽이 되고 말았다. 앤이 과실주를 주스로 착각하고 다이애나에게 주었기 때문이다(1권).

원문을 보면 앤이 대접하려고 했던 음료는 라즈베리 코디얼(cordial)이다. 코디얼은 과일즙에 설탕과 물을 넣고 농축해서 만든 주스라고 할 수 있다. 유럽에서 과일을 오랫동안 보존하기 위해 고안해낸 방법이다. 물에 타서 마시기도 하고 술이나 다른 음식의 재료로 쓰기도 한다. 코디얼에는 소화를 돕는 효능이 있어서 주로 식사 후에 마셨다.

당시 사람들은 결혼식 하객이나 귀한 손님에게 앤처럼 레이어케이크를 대접했다. 크림이나 잼 등을 사이사이에 넣어서 여러 층으로 만든 것인데, 유럽에서는 주로 버터케이크 또는 스펀지케이크의 형태를 띠었다. 앤은 앨런 목사 부부를 초대했을 때 실수로 레이어케이크에 바닐라 대신 진통제를 넣기도 했다(1권).

과일, 채소, 수산물 같은 식재료를 설탕, 소금, 식초, 장 등에 절여서 오

라즈베리 코디얼을 활용한 음료

래 보관할 수 있도록 만든 절임 식품도 작품에 자주 등장한다. 달콤한 과
일절임은 그냥 먹거나 빵에 발라 먹고, 신맛 나는 채소절임은 요리에 곁
들여 먹는다. 1, 2권에서는 마릴라가 만든 자두절임이 여러 차례 손님상
에 오른다. 4권에서 앤은 식사 초대를 받아서 간 곳마다 호박절임이 나
오는 바람에 계속 같은 음식을 먹게 되어 곤혹스러워하기도 했다.

✱ 처음 먹어본 아이스크림

앤은 주일학교에서 소풍 가는 날을 손꼽아 기다린다(1권). 친구들과 즐
거운 시간을 갖는 것도 기대되지만, 무엇보다 난생처음 아이스크림을 먹
을 수 있기 때문이다. 소풍을 마치고 집에 돌아온 앤은 마릴라에게 아이
스크림의 맛을 이렇게 표현했다. "정말 숭고한 맛이었어요."

　최초의 아이스크림은 눈이나 얼음에 과일, 꿀, 술, 우유 등을 섞어서

만든 빙수 형태였다고 한다. 기원전 2000년경에 중국인들이 눈과 얼음에 과일즙을 넣어서 먹었다는 이야기가 전해져온다. 고대 그리스와 로마, 페르시아에서도 눈에 무언가를 첨가해 먹었다는 기록이 있다. 중국고대 왕조인 상나라(기원전 1600-1046)의 탕왕은 물소 젖으로 아이스크림을 만드는 기술자를 94명이나 두었다고 한다.

아이스크림에 대해 직접 언급한 문헌은 마르코 폴로의 『동방견문록』이다. 그는 책에서 원나라 사람들이 먹던 '우유 얼음'을 소개했는데, 이 제조법이 유럽으로 전해졌고, 16세기 중반에 이탈리아에서는 지금과 비슷한 형태의 아이스크림을 만들어냈다. 1718년 영국에서 출판된 『메리 에일스 아주머니의 요리책』에는 아이스크림이라는 용어와 제조법이 소개되었으며, 1744년에는 옥스퍼드 사전에 아이스크림이 표제어로 등재되었다. 입자가 곱고 부드러운 아이스크림은 1774년 프랑스에서 개발되

1883년 영국에서 출판된 아동 도서 『런던 타운』에 실린 아이스크림 판매상의 모습

었다. 몽고메리가 살았던 북미 지역에는 18세기 후반 영국인 이민자들을 통해서 전해진 것으로 보인다.

부유층의 전유물이었던 아이스크림은 냉동고가 발명되고 산업화가 급속히 진행되면서 점점 대중 사이에 널리 퍼졌다. 1851년 영국에서는 채링크로스역에 아이스크림 가판대가 차려졌으며, 같은 해 미국에 최초의 공장이 건설되면서 아이스크림의 대량생산 시대가 활짝 열렸다. 이후 북미 지역의 식당이나 커피숍에서 아이스크림이 메뉴에 추가되었는데, 1권에는 앤이 다이애나와 함께 조지핀 할머니를 만나러 갔다가 식당에서 아이스크림을 먹는 장면이 나온다. 1904년 미국에서 열린 세계 박람회에서는 와플을 원뿔 모양으로 만들고 거기에 아이스크림을 담은 '아이스크림콘'이 등장했다.

✱ 그토록 입고 싶었던 퍼프소매 드레스

빨간 머리 앤 시리즈의 독자라면 기차역에서 매슈와 열한 살배기 소녀 앤이 처음 만나는 장면을 기억할 것이다(1권). 그때 앤은 누르스름한 혼방 원피스를 입고 있었다. 혼방은 성질이 다른 섬유를 섞어서 짠 것으로, 앤이 입었던 원피스의 옷감은 면(무명이나 목화솜 등을 원료로 한 실 또는 그 실로 짠 천)과 모직(털실로 짠 천)이다. 따뜻하고 튼튼해서 오래 입을 수는 있지만 보기에 썩 예쁜 옷은 아니었다. 심지어 앤이 입은 옷은 너무 짧고 몸에 꽉 끼었다.

초록지붕집에 살게 된 앤에게 마릴라는 옷을 세 벌 지어주었다(1권). 그중 하나는 교회에 갈 때 입는 옷이었는데, 광택이 곱고 보드라운 견직물(명주실로 짠 물건)인 새틴으로 만들었다. 하지만 허리가 밋밋하고 소매의 모양도 평범해서 앤은 크게 실망했다. 앤은 퍼프소매가 달린 예쁜 옷을 입고 싶었기 때문이다.

퍼프소매는 어깨 끝이나 소매 끝에 주름을 넣어 약간 부풀린 모양을 말한다. 르네상스 시기에 어깨 부분을 부풀린 퍼프소매가 생겨났다. 이

퍼프소매 옷을 입은 여인(1890년대 후반)

런 장식은 남성복과 여성복 모두에 적용되었고, 16세기 중반에는 유럽 여러 나라로 퍼졌다. 영국 왕실 사람들은 권위를 드러내기 위해서 커다란 퍼프소매가 달린 옷을 입기도 했다. 이후 한동안 인기가 시들해졌다가 19세기 초에 이르러 다시금 영국, 미국, 캐나다의 중산층 여성들에게 유행하기 시작했다. 19세기 초에는 소매 부분이 점점 커져서 문을 드나들 때 불편을 겪기도 했으며, 이런 모습을 풍자하는 만화가 등장할 정도였다. 19세기 말과 몽고메리가 이 책을 쓰던 20세기 초에는 퍼프소매가 다시 인기를 끌었는데, 앤의 모습은 유행을 따르고 싶어 하는 당시 여인들의 속마음이 투영된 것이라고 할 수 있다.

앤의 소원을 이뤄준 사람은 매슈였다. 매슈는 앤에게 크리스마스 선물로 퍼프소매가 달린 드레스를 주었다(1권). 훗날 앤은 그때 새로운 세상으로 발을 내디딘 기분이 들었다고 회상했다(5권).

다이애나는 앤이 옷을 맵시 나게 입도록 도와주었다. 사람들 앞에서 시 낭송을 하게 된 앤에게 다이애나는 흰 오건디 옷을 입으라고 권했다(1권). 오건디는 얇고 반투명한 모직물로 여름용 여성복을 만들 때나 장식용으로 많이 쓰인다. 앤은 이 옷이 자기에게 잘 어울릴까 걱정했지만 무뚝뚝한 마릴라조차도 앤의 옷차림을 칭찬했다.

앤은 다른 사람의 옷단장을 도와주기도 했다. 노처녀 폴린이 집안 행사에 가면서 장례식에나 어울릴 법한 검은색에 낡고 헐거운 호박단 드레스를 입으려 하자 앤은 자신의 은회색 포플린 드레스를 빌려주었다(4권). 둘 다 광택 있는 옷감으로 여성복이나 양복을 만들 때 쓴다.

* 앤의 보금자리
"초록지붕집을 포기하는 것보다 더 나쁜 일은 없어요. … 우린 이 정든 집을 지켜야만 해요."

경제적인 문제로 집을 내놓아야 할 상황에 처하자 앤이 마릴라에게 한 이야기다(1권). 앤은 어린 시절의 꿈이 담긴 이곳을 무척 각별하게 여

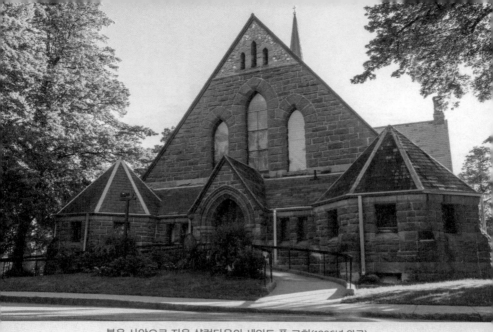

붉은 사암으로 지은 샬럿타운의 세인트 폴 교회(1896년 완공)

졌으며, 다른 지역에서 공부할 때도 방학 때마다 즐거운 마음으로 집에 돌아왔다(초록지붕집에 대해서는 1권 권말 참고).

빨간 머리 앤 시리즈에는 초록지붕집 외에도 앤이 정을 붙였던 집들이 등장한다. 2권에서 앤은 라벤더의 '메아리 오두막'을 자주 찾는다. 주민들 상당수가 목조 주택에서 살았던 것과 다르게 이 집은 프린스에드워드섬에서 나는 붉은 사암으로 지었다. 앤은 매슈와 함께 마차를 타고 초록지붕집으로 가면서 길이 왜 빨간색이냐고 물어보는데(1권), 그 이유는 흙에 함유된 산화철 때문이다. 흙이 굳어 만들어진 사암은 주로 관공서나 교회 등의 공공건물과 부유층의 주택을 지을 때 사용했다. 앤의 신혼집 앞에도 붉은 사암 계단이 있다(5권).

앤이 레드먼드 대학에 다니는 동안 킹즈포트에서 두 번째로 머물렀던 '패티의 집'은 작고 하얀 목조주택이다(3권). 이 집은 오늬무늬(헤링본) 길이 문에서 앞쪽 현관으로 이어져 있다. 오늬무늬는 화살의 오늬(화살

프린스에드워드섬에 있는 망사르드지붕 구조의 건물

몽고메리의 할아버지가 살던 집을 그린 그림(1880년)

앤이 사는 곳을 재현한 프린스에드워드섬의 에이번리 마을

몽고메리의 이모가 살던 집 앞에는 '반짝이는 호수'의 모델이 된 물가가 있다.

의 끝을 시위에 끼도록 에어낸 부분) 또는 물고기의 뼈처럼 서로 어긋난 모양을 여러 개 짜 맞춘 형태다. 가장 단순한 문양 중 하나이며 선사시대의 유물에서도 흔히 찾아볼 수 있다.

서머사이드에서 지내는 동안 머물렀던 '바람 부는 포플러나무집'도 하얀색의 목조주택이다(4권). 앤의 방 창문에서는 이웃한 집들의 망사르드(mansarde)지붕이 보인다. 프랑스의 건축가 프랑수아 망사르(1598-1666)가 고안한 이 양식은 프린스에드워드섬에서는 19세기 말에서 20세기 초에 유행했다. 경사가 완만하다가 급하게 꺾인 형태로, 아래 지붕에 채광창을 내어 다락처럼 쓸 수 있다.

앤이 마지막으로 머물렀던 잉글사이드 저택은 안팎이 아름답고 널찍하며 편리한 시설이 갖춰진 곳이었다. 이 집은 몽고메리의 할아버지가 살던 파크코너의 집에서 영감을 얻은 것으로 알려져 있다.

앞면지 Library and Archives Canada, public domain

406쪽 Gagarova Olga/Shutterstock.com

407쪽 Felix Leigh, Thomas Crane, and Ellen Houghton, public domain

409쪽 public domain

411쪽 pho.stories/Shutterstock.com

412쪽 위: Cold, Indrid, Wikimedia Commons, CC-BY-SA-2.0 | 아래: public
domain

413쪽 Carl Campbell, Wikimedia Commons, cc-by-sa-2.0(위, 아래)

그린이 유보라

대학에서 애니메이션과 만화를 공부했다. 현재 일러스트레이터이자 문구 디자이너로 바쁘게 활동하고 있다. 특히 어릴 적 누군가 찍어 주었던 사진 속 아이처럼 마냥 행복했던 그 순간을 사람들에게 전하고 있다.

옮긴이 오수원

대학과 대학원에서 영어영문학을 공부하고 현재 파주 출판도시에서 동료 번역가들과 '번역인'이라는 작업실을 꾸려 활동하고 있다. 철학, 역사, 예술, 문화 관련 양서를 우리말로 맛깔나게 옮기는 것이 꿈이다. 총 8권에 이르는 빨간 머리 앤 전집을 번역하면서 작가 몽고메리가 펼쳐놓은 인간의 우정과 신의, 자연과 영성에 대한 섬세한 감성, 상실에 대한 쓰라린 통찰을 독자에게 전하려 했다.

빨간 머리 앤 전집 2

에이번리의 앤

1판 1쇄 발행 2023년 6월 14일
1판 2쇄 발행 2024년 3월 11일

지은이 루시 모드 몽고메리
그린이 유보라
옮긴이 오수원
발행인 박명곤 **CEO** 박지성 **CFO** 김영은
기획편집1팀 채대광, 김준원, 이승미, 이상지
기획편집2팀 박일귀, 이은빈, 강민형, 이지은
디자인팀 구경표, 구혜민, 임지선
마케팅팀 임우열, 김은지, 이호, 최고은

펴낸곳 (주)현대지성
출판등록 제406-2014-000124호
전화 070-7791-2136 **팩스** 0303-3444-2136
주소 서울시 강서구 마곡중앙6로 40, 장흥빌딩 10층
홈페이지 www.hdjisung.com **이메일** support@hdjisung.com
제작처 영신사

© 현대지성 2023

※ 이 책은 저작권법에 따라 보호받는 저작물이므로 무단 전재와 복제를 금합니다.
※ 잘못 만들어진 책은 구입하신 서점에서 교환해드립니다.

"Curious and Creative people make Inspiring Contents"
현대지성은 여러분의 의견 하나하나를 소중히 받고 있습니다.
원고 투고, 오탈자 제보, 제휴 제안은 support@hdjisung.com으로 보내 주세요.

현대지성 홈페이지

이 책을 만든 사람들
편집 김준원 **디자인** 구경표